W0410065

NOUVELLES PLUMES

la **MAISON D'ÉDITION** dédiée
à la **PUBLICATION**
des **PREMIERS ROMANS*** !

Vous avez écrit un **ROMAN**...
et VOUS RÊVEZ DE LE FAIRE PUBLIER ?

N'hésitez pas... déposez votre manuscrit
sur **nouvellesplumes.com**

* Quel que soit le genre (aventure, thriller, historique, polar, fantasy, divers, etc.).

Le prix de la trahison

Fred LE MERRE

Le prix de la trahison

ÉDITIONS DE NOYELLES

Éditions de Noyelles,
Avec l'autorisation des Éditions Nouvelles Plumes

31, rue du Val de Marne, Paris

Le Code de la propriété intellectuelle n'autorisant, aux termes des paragraphes 2 et 3 de l'article L. 122-5, d'une part, que les « copies ou reproductions strictement réservées à l'usage privé du copiste et non destinées à une utilisation collective » et, d'autre part, sous réserve du nom de l'auteur et de la source, que les « analyses et les courtes citations justifiées par le caractère critique, polémique, pédagogique, scientifique ou d'information », toute représentation ou reproduction intégrale ou partielle, faite sans le consentement de l'auteur ou de ses ayants droit ou ayants cause, est illicite (article L. 122-4). Cette représentation ou reproduction, par quelque procédé que ce soit, constituerait donc une contrefaçon sanctionnée par les articles L. 335-2 et suivants du Code de la propriété intellectuelle.

© Éditions Nouvelles Plumes, 2019

ISBN : 978-2-298-15247-0

À notre jeunesse, à nos rêves

« Prévenir la trahison, débusquer le faux ami, le jaloux parent, le traître avant qu'il inocule son venin est une opération aussi complexe que de nettoyer l'anus d'une hyène. »

Ahmadou Kourouma

1

Juillet 1999, quelque part au large de Marseille.

Je m'appelle Téo Pirtakis et il me reste au mieux vingt minutes à vivre. Ironie du sort, c'est aujourd'hui mon anniversaire. J'ai 40 ans et croyez-moi, j'aurais préféré les fêter différemment. J'ai bien tenté de le dire aux deux affreux qui sont en train de me lester les jambes à l'aide d'une très vilaine plaque de béton, mais cela n'a pas eu l'air de les intéresser. Allez savoir pourquoi ! De plus, j'ai le mal de mer. Tout en blaguant, en se moquant de ma gueule complètement cabossée – j'ai sans aucun doute le nez cassé, un œil fermé certainement en train de virer à l'écarlate, l'oreille droite à moitié arrachée, et vraisemblablement quelques côtes de travers, en plus de ma mâchoire suppliciée –, l'un des deux ânes pilote comme un manche la barque de pêcheur dans laquelle ils m'ont traîné de force après m'avoir tabassé dans les règles de l'art.

Il est environ 15 heures, quelque chose comme ça. Difficile de regarder sa montre quand on a les mains liées dans le dos. J'essaie de me rappeler à quelle heure je suis né, mais je n'y arrive pas. Sans doute l'angoisse qui m'étreint à l'approche de ma mort imminente. Malgré tout, l'idée que je pourrais crever à la même heure que celle à laquelle je suis né dessine sur mes lèvres boursoufflées un sourire grotesque, puis, immédiatement après, m'arrache un petit cri de douleur. Je viens de rouvrir une plaie et ça fait un mal de chien.

— Regarde-moi-le, ce con ! Tu as mal, ma chérie ? Fallait y penser avant de nous mettre en colère. Remarque, si ça peut te rassurer, tu ne vas plus souffrir très longtemps. Si tu aimes la plongée sous-marine, tu vas être servi, et pas qu'un peu. Là où on t'emmène, tu vas faire la plongée la plus profonde de ta vie. Bon, quand je dis « ta vie », je me goure sans doute un poil. Comment on dit, Albert, quand un mec est en train de crever ? Il est vivant ou il est mort ?

— Ferme-la, Mario. Regarde plutôt ce que tu es en train de faire. Pas question qu'il puisse se libérer, cet abruti ! Et ne m'appelle plus Albert ! Al ! C'est Al tout court, que je m'appelle, tu as compris ?

— Oh ça va, j'ai pas fait exprès ! Et il risque pas de les défaire, mes nœuds, je te le garantis !

— J'espère pour toi.

Les deux abrutis qui m'ont embarqué à bord de la vieille barcasse au départ de la calanque de Callelongue, au sud-est du 8e arrondissement de Marseille, dans le quartier des Goudes, n'ont de toute évidence pas inventé l'eau chaude, mais ils savent cogner. J'ai tout le corps en compote, pas un millimètre qui ne me fasse horriblement souffrir. Et Dieu sait que je ne suis pas douillet ! En revanche, j'entrevois une toute petite, une infime chance de ne pas couler à pic quand ils vont me jeter à la mer. L'imbécile prénommé Mario passe plus de temps à débiter des âneries qu'à se concentrer sur mes liens. Si je ne me noie pas immédiatement, alors je pourrai peut-être me libérer du béton qui me sert de chaussures. Ou plutôt de palmes. Quelle belle sirène je vais faire ! Non, purée, faut pas que je rie !

Cela fait un bon moment que nous naviguons maintenant. Sans montre, difficile à dire avec précision, mais quarante bonnes minutes, j'imagine. Vu la place du soleil, je peux affirmer que nous nous dirigeons vers l'est. Est sud-est, on va dire. Avec un peu de chance nous ne nous sommes pas trop éloignés de la côte. Mes deux marins d'eau douce ne doivent pas avoir envie de risquer un naufrage. Vu la dextérité avec laquelle Al Capone barre le Pitalugue, c'est sûr qu'il s'est improvisé skipper cinq minutes avant de quitter la calanque ! Encore un bon point pour moi si j'arrive à me libérer. Je suis un excellent nageur, et même cassé en mille morceaux comme je le suis, si je me laisse porter par le courant, je rejoindrai toujours la terre ferme, j'en suis persuadé. Si…

Aïe ! Albert met le moteur au ralenti ! Non, Al, il est un peu trop tôt pour mourir ! Tu ne veux pas qu'on remette ça à demain ?

— Fous-moi ce con à la baille, Mario, qu'on en finisse. Non, attends ! Dugland, tu veux toujours pas nous dire où est la fille ? Si tu fais ça, je te promets de te tuer avant de te balancer. Tu ne souffriras pas.

Comment veut-il que je lui réponde, ce crétin ? Il a oublié qu'il m'a démoli la gueule ?

— Ah, c'est vrai, tu ne peux plus causer. Bon, que veux-tu, c'est dommage, mais je n'y peux rien. Allez Mario, ouste ! À la baille !

Malgré moi, la terreur me saisit. Je tente de me débattre et hurle un cri silencieux – ou presque.

— Mmmm !

— Putain, il est lourd ce con ! File-moi un coup de main, Alb… Al.

Albert quitte la barre et le voilà déjà à côté de moi. Ne te presse pas, Albert, j'ai le temps !

— C'est vrai qu'il pèse ! On aurait dû le couper en deux, ah ah. Bon, à trois, d'accord ? Un petit effort et ce soir on bouffe à Port-d'Alon. Le patron m'a dit d'aller là-bas quand on aura fini.

— Vrai ? Super !

Merci les gars pour le renseignement, sympa.

— Mmmm…

Heureux de réussir à capter leur attention, roulant mon seul œil à peu près ouvert et bougeant difficilement la tête, je fais en sorte qu'ils regardent mes mains, et m'offre l'immense plaisir de leur faire un magnifique doigt d'honneur. On ne pourra pas dire que Téo Pirtakis n'a pas fait une sortie en beauté !

— Quel connard ! Allez, on le vire ! Un, deux et trois !

Dans un mouvement énergique, sans l'ombre d'une hésitation, mes deux bourreaux me balancent par-dessus bord et je suis pris un peu tardivement d'une terreur indicible. Je vais mourir. Je suis mort !

2

Juillet 1962, Carnoux-en-Provence.

Cela fait quelques années déjà, depuis 1957, que le bien nommé Émilien Prophète a convaincu un groupe de colons marocains qu'il leur faudrait inéluctablement et sans doute très bientôt quitter le Maroc, terre sur laquelle la plupart étaient nés ou y avaient construit toute leur vie. L'émancipation du Maroc et son accession à l'indépendance d'une part, et les évènements qui agitaient l'Algérie pays voisin d'autre part, ne laissaient présager rien de bon.

Une coopérative immobilière – la Coopérative immobilière française – est créée à Casablanca le 25 mars 1957. Elle délègue Émilien Prophète pour qu'il aille en France et qu'il trouve un lieu qui serait une terre de retour pour ces colons, futurs déracinés. Celui-ci jette son dévolu sur un coin de garrigue de 270 hectares, partagé entre deux propriétés et situé sur les territoires de Roquefort-la-Bédoule et Aubagne à côté de Cassis. Il n'y a rien, juste un chemin de terre et un relais postal, du moins ce qu'il en reste, mais à force d'opiniâtreté, un groupe composé de quelques irréductibles commence en 1958 la construction d'une première tranche de quarante-cinq villas.

Les difficultés sont énormes, d'autant que la préfecture a accordé les permis de construire alors que les terrains – un vallon au milieu de la rocaille – n'étaient pas viabilisés. Il n'y a aucun service public, pas de commerces ni d'électricité, et de nombreuses malfaçons se révèlent tandis que le promoteur, qui continue à vendre des lots au Maroc, doit faire face à des ennuis avec la justice. La coopérative bat de l'aile. Cependant, l'arrivée massive de rapatriés d'Algérie à partir de 1962, même si elle irrite les colons du Maroc qui se sentent – à juste titre – submergés, permet la dynamisation du projet, et la population de ce qui n'est jusque-là qu'un lieu-dit passe rapidement de deux cents à mille deux cents personnes.

Parmi ces nouveaux arrivants, noyée dans la masse des déboussolés d'Afrique du Nord de 1962, se trouve la famille Pirtakis. Alessandro, Cloé et Téo Pirtakis. Cloé est enceinte de cinq mois, Téo a tout juste 3 ans, et Alessandro qui était coiffeur à Constantine se demande avec angoisse s'il va pouvoir nourrir sa famille dans cette France, cette « métropole » qu'il ne connaît pas, où ni lui ni Cloé n'ont jamais mis les pieds. Ils ont débarqué mi-juin à Marseille en provenance d'Alger, après une traversée de vingt-cinq longues heures à bord du *Sidi-Bel-Abbès*, un paquebot de la Société générale des transports maritimes qui fait la navette entre l'Algérie et la France et qui assure depuis peu le rapatriement des pieds-noirs fuyant un pays dans lequel ils n'ont de toute évidence plus leur place. Ballottés de centre d'accueil en centre d'accueil, quittant un gymnase sur le sol duquel des matelas ont été jetés à la va-vite pour se faire diriger vers un hôtel vétuste et surpeuplé qui semble prêt à s'écrouler à tout instant, les Pirtakis prennent leur mal en patience jusqu'à ce que toutes les formalités administratives soient accomplies. Le petit Téo et Alessandro ont le crâne rasé car leurs cheveux étaient devenus des repaires à poux ; Cloé, quant à elle, ne tient debout que par la seule force de sa volonté et se demande avec angoisse si elle va mener sa grossesse jusqu'à son terme. Les uns et les autres ont considérablement maigri, surtout Téo qui semble n'avoir plus que la peau sur les os.

— Nous ne pouvons plus continuer comme ça, dit-elle un matin à son mari, je ne vais pas pouvoir tenir le coup… Et regarde notre fils, je ne le reconnais même plus. Tu dois faire quelque chose.

— Je sais bien, mon amour, je ne suis pas aveugle. Mais rassure-toi, je vais peut-être avoir une très bonne nouvelle à t'annoncer quand je reviendrai de la Délégation aux rapatriés. Tu te rappelles que c'est aujourd'hui que je vais recevoir nos indemnités ?

— Je le sais, et ça aussi ça me fait peur ! Et si nous perdions tout ? Si on nous les volait ?

— Mais non ! On ne va rien nous voler du tout, et de toute manière, je ne vais recevoir qu'une petite partie de ces allocations. Tu crois que le gouvernement français est prêt à distribuer autant d'argent à de si nombreuses personnes ? Tu rêves !

L'État français n'était assurément pas d'accord pour dilapider ses richesses, mais un effort considérable avait néanmoins été consenti pour aider les deux à trois cent mille rapatriés mensuels en provenance d'Algérie. Des sommes colossales avaient été débloquées, principalement sous forme de prestations de départ, rapatriement gratuit, hébergement et allocations de subsistance pour un an. L'aide à la réinstallation et des indemnisations allaient encore suivre pour ceux qui en feraient la demande et prouveraient son bien-fondé.

En milieu d'après-midi, c'est un Alessandro tout joyeux qui revient à l'hôtel Bompard. Cet établissement situé rue des Flots-Bleus était bien connu pour avoir servi de centre d'internement sous Vichy, mais il abritait depuis peu la famille Pirtakis ainsi que de trop nombreuses autres. Alessandro brandit fièrement une liasse de billets, sous le regard horrifié de son épouse.

— Regarde ça, ma chérie ! Nous sommes riches !

— Mais cache ces billets, malheureux ! Tu veux nous faire dévaliser ?

— Mais non, rabat-joie, dit-il avec beaucoup de tendresse dans la voix, arrête de t'inquiéter. Et ce n'est pas tout, figure-toi !

Malgré elle, Cloé ne peut s'empêcher de s'emparer des billets, de les compter et de les frotter entre ses doigts, son visage illuminé d'un large sourire.

— Il y a combien ? Je n'ai jamais vu autant d'argent !

— Pas assez, mais suffisamment pour vivre quelque temps. Tu ne veux pas connaître l'autre bonne nouvelle ?

— Si, bien sûr. C'est quoi ?

— Nous quittons Marseille demain, nous allons habiter entre Aubagne et Roquefort-la-Bédoule. Un petit village est en train de se construire. Il va s'appeler Carnoux-en-Provence. Et tiens-toi bien, il n'y a pas encore de coiffeur !

Folle de joie, Cloé Pirtakis se jette au cou de son mari et le couvre de baisers. Elle est enfin libérée de l'angoisse qui l'oppresse et comprime sa poitrine.

3

C'est deux ans plus tard que le petit Téo rencontre pour la première fois Sébastien Cardon, le 18 septembre très exactement, jour de rentrée des classes de l'année 1964. Pourquoi l'Éducation nationale a-t-elle choisi un vendredi pour organiser la rentrée des élèves d'écoles primaires, cela restera un mystère pour le commun des mortels. Peut-être afin que les pauvres petits, qui s'apprêtaient à subir un an de tortures en tous genres – et dont la pire était sans aucun doute de devoir rester assis chacun à sa place et écouter la maîtresse sans bavarder ni rire alors qu'au-dehors la vraie vie les appelait de mille manières –, aient le temps, pendant tout un samedi et tout un dimanche, de prendre la mesure exacte de ce qu'ils allaient avoir à endurer au cours des très longs prochains mois et ainsi s'y préparer au mieux.

Quoi qu'il en soit, c'est ce jour-là très précisément que Téo Pirtakis fait la connaissance de celui qui va devenir pour de nombreuses années son meilleur ami. Téo a bien grandi depuis l'été 1962 ; il s'est remplumé, également. À défaut d'être gros, on peut dire qu'il ne fait plus pitié, même s'il reste très filiforme. Il n'a plus de poux et ses cheveux sont magnifiques. Il faut dire qu'il est le fils de Sandro Takis, comme l'appellent les

Carnussiens, le seul et unique coiffeur du lieu-dit en pleine expansion qui, en 1966, deviendra la plus jeune commune de France sous le nom de Carnoux-en-Provence. Alessandro est loin d'être un excellent coiffeur : il manie la tondeuse avec une rapidité étonnante et n'a vraisemblablement jamais entendu parler de la coupe aux ciseaux. Ses clients, la très grande majorité de la petite communauté de pieds-noirs qui tentent de s'adapter à leur nouvelle vie, sont philosophes et ne manquent pas d'humour. Ils ont baptisé le look qu'ils ont en sortant du salon d'Alessandro la coupe « Sandro », en rajoutant lorsque quelqu'un leur demande pourquoi ils ne vont pas chez un vrai coiffeur, à Aubagne, Cassis ou la Bédoule, qu'Alessandro est un des leurs et que même s'il n'est pas le meilleur coiffeur, il n'est pas le pire, Takis. Après quoi, invariablement, ils éclatent d'un rire sonore, très heureux de la bonne blague qu'ils adorent répéter aussi souvent qu'on leur pose la question.

Fait suffisamment exceptionnel pour qu'il soit souligné, la famille Cardon ne vient ni d'Algérie ni du Maroc. Elle est originaire de l'est de la France, d'une petite ville au nom bizarre de Yutz. Georges, le père, est fonctionnaire au centre des impôts d'Aubagne et Francine, sa femme, est mère au foyer. Elle élève Sébastien, leur fils unique. Les Cardon rêvaient d'avoir au moins cinq enfants, mais depuis la naissance de leur premier, Francine n'a plus jamais été enceinte. D'après les médecins, cela est dû à des complications lors de l'accouchement et bien qu'ils ne puissent jurer de rien, ils conseillent aux Cardon de ne pas trop espérer. Il y a peu de chances qu'ils aient un petit frère ou une petite sœur pour leur fils. « Peut-être qu'un climat différent, au soleil de la Méditerranée à respirer un bon air marin par exemple, favoriserait une grossesse ? » leur a malgré tout suggéré un jour leur médecin de famille sans trop y croire, soucieux de l'infinie tristesse qui voilait désormais les magnifiques yeux de Francine Cardon. Alors Georges a fait sa demande de mutation, a fait une croix sur la promotion qu'il méritait et qu'il aurait eue en restant à Yutz, et la petite famille a rempli quelques cartons, pas grand-chose car elle possédait peu. Et elle a embarqué à bord de la 403 Peugeot achetée à crédit huit ans auparavant, direction le sud et la petite ville d'Aubagne où le ministère des Finances prêtait gracieusement à Georges un minuscule appartement proche du centre des impôts, quelques mois, le temps que les Cardon trouvent à se loger.

Francine voulait habiter Cassis, magnifique village d'environ trois mille habitants, situé en bord de mer et possédant un petit port de pêche et de plaisance d'une beauté époustouflante, ainsi que des plages et des calanques sublimes, à faire baver d'envie toutes ses amies yutsoises. Celle qui rêvait d'être à nouveau mère voulait être au plus près de l'eau et des bienfaits de l'air marin. Et même si elle ne savait pas nager, elle voulait pouvoir se tremper chaque jour dans la Méditerranée pour favoriser une nouvelle grossesse. Malheureusement, le salaire de fonctionnaire de Georges ne permettait pas d'assumer le prix d'une location dans la petite station balnéaire. De plus, le temps qu'aurait eu à mettre chaque jour la 403 familiale pour se rendre de Cassis à Aubagne décourageait à l'avance son conducteur, qui non seulement détestait rouler mais voulait aussi préserver une voiture qui n'était plus toute jeune. Francine refusant catégoriquement d'habiter Aubagne, bien trop éloignée de la mer, le couple décida donc de se loger à Carnoux qui n'était alors qu'un immense chantier mais qui représentait le meilleur compromis entre les désirs de chacun et les possibilités financières des Cardon. C'est ainsi que le petit Sébastien se retrouva, complètement perdu, un vendredi 18 septembre, au milieu d'enfants de tous âges dans le terrain vague clos à la va-vite jouxtant la villa qui avait été choisie pour faire office d'école, en cette année 1964, à une population d'élèves chaque jour grandissante. Il faut dire que les rapatriés d'Algérie continuaient plus que jamais d'affluer à Marseille et Toulon, et que le bouche-à-oreille aidant, le village des pieds-noirs en construction attirait de plus en plus de monde. Le garage d'une villa avait été aménagé en classe commune, et une gentille maîtresse y enseignait de la maternelle jusqu'au cours moyen. Tous ces enfants avaient en commun leur très fort accent pied-noir, ils étaient pour la plupart mats de peau et semblaient tous se connaître. Pour Sébastien qui était arrivé depuis moins de quinze jours de sa Yutz natale, blanc comme un linge et pourvu d'un formidable accent lorrain, il n'en fallait pas plus pour être terrorisé et se mettre à pleurnicher. C'était un jour de première rentrée scolaire, il n'était donc pas le seul. Cependant, c'est lui que remarqua Téo qui, bien que n'en menant pas large non plus, eut envie de savoir d'où pouvait bien sortir cet étranger au teint si pâle.

— C'est quoi ton prénom ?

Au bout de quelques minutes, avec la facilité des jeunes enfants, ils avaient fait connaissance, et le gros chagrin de Sébastien était oublié. Il avait désormais un ami à l'école, même s'il ne comprenait absolument rien à ce que celui-ci lui disait. Il adressa un pâle sourire ainsi qu'un petit signe de la main à sa mère, et Francine qui, ainsi que les autres parents, n'avait pas été autorisée à pénétrer dans la cour improvisée, regarda avec angoisse son petit chéri disparaître dans le garage salle de classe.

4

Fin août 1966, le Premier ministre de l'époque, Georges Pompidou, signe le décret officialisant l'existence de Carnoux-en-Provence en tant que commune. Le rêve d'un petit groupe de rapatriés d'Afrique du Nord, qui pouvaient passer pour des illuminés, se concrétise enfin, après plusieurs années d'un difficile combat. Le tas de cailloux choisi par Émilien Prophète et sur lequel vivent désormais mille trois cents habitants appartenait jusque-là aux deux communes voisines, Roquefort-la-Bédoule et Aubagne, et devait normalement être rattaché à la commune d'Aubagne. Mais les Carnussiens dans leur ensemble, qui désirent depuis longtemps leur autonomie, ont réclamé au préfet une enquête publique afin que Carnoux soit érigée en commune de plein exercice. Deux échecs successifs, deux refus catégoriques, ne vont pas faire baisser les bras de ces déracinés qui ont déjà tout perdu une première fois et ne comptent pas abandonner à nouveau. Un comité dit « comité des cinq » est créé. Il est composé d'un ancien vice-champion olympique de décathlon venu du Maroc, d'un commerçant rapatrié d'Algérie, de deux autres personnes originaires du Maroc, ainsi que d'un juriste venu de Tunisie. Ceux-ci multiplient les campagnes de presse et les réunions publiques et obtiennent finalement gain de cause, faisant de Carnoux un cas unique en France. Une communauté en exil, celle des Français d'Afrique du Nord, a créé une ville à partir de rien, par sa seule farouche volonté et par autofinancement.

La quasi-totalité des mille trois cents habitants est constituée de rapatriés, mais aussi de Marocains, d'Algériens et de Tunisiens venus chercher dans l'immense chantier de la ville en construction un emploi qu'ils ne trouvaient pas chez eux. Ils constituent indubitablement une main-d'œuvre pas chère et peu regardante sur les conditions de travail, véritable aubaine pour les entrepreneurs bâtissant les villas blanches à toit plat à flanc de colline à un rythme accéléré. Les Cardon, originaires de métropole, restent un cas relativement isolé dans la population carnussienne mais ils sont désormais bien intégrés. Georges, dont le statut de fonctionnaire des impôts aurait pu en rebuter plus d'un, a su par sa gentillesse et son ouverture d'esprit gagner la confiance des petits commerçants qu'il conseille efficacement pour la tenue de leur comptabilité et l'établissement de leurs déclarations fiscales. Il faut dire que l'amitié sans faille qui lie son fils au petit de Sandro, le coiffeur, y a fait beaucoup. Depuis ce jour de rentrée scolaire de septembre 1964, les deux garçons sont devenus les meilleurs amis du monde et on ne les voit jamais l'un sans l'autre. Les parents se sont liés d'amitié, et tout naturellement, Georges Cardon en est venu à conseiller Alessandro pour la bonne marche de son commerce. Puis, le bouche-à-oreille, appelé téléphone arabe à Carnoux, a fait le reste, et

Georges a été de plus en plus sollicité pour venir jeter un œil sur des comptabilités jusque-là bancales. En buvant un verre d'anisette et en grignotant quelques olives, Georges prodigue ses conseils, attrape peu à peu l'accent de Bab-El-Oued, et se tord de rire aux mille et une blagues de ses intarissables nouveaux amis. Il ne regrette plus Yutz ni sa promotion manquée. Même si Francine n'est toujours pas enceinte, elle aussi est heureuse dans sa nouvelle vie, au milieu de gens si chaleureux et dans une Provence dont elle est irrésistiblement tombée amoureuse. Elle adore parcourir à pied les collines de Carnoux dès que le soleil se fait moins brûlant, en milieu d'après-midi le week-end ou après la sortie de l'école en semaine, avec Sébastien et Téo ainsi que parfois Cloé, quand celle-ci peut amener Mélia, la petite sœur de Téo qui aura 4 ans en novembre mais qui est de santé très fragile et pour laquelle les médecins peinent à établir un diagnostic précis, mis à part d'accuser les privations dont Cloé a été victime durant sa grossesse.

Les deux garçons ont le même âge, à cinq mois près, et se régalent de ces sorties quasi quotidiennes dans la garrigue provençale au cours desquelles ils s'inventent mille jeux, comme des gamins de 7 ans peuvent le faire. Bien qu'il soit de février, et donc l'aîné, Sébastien est pour l'instant légèrement plus petit que son camarade, et surtout beaucoup moins dégourdi. Alors que Téo est agile comme un bouquetin des Alpes et se joue de n'importe quelle difficulté que la colline lui offre, Sébastien reste empoté, et peine à suivre son ami lorsque celui-ci décide de le défier pour une course-poursuite impromptue au milieu des cailloux et des kermès. Les deux ont terminé en juin leur année de cours préparatoire et ils seront donc en cours élémentaire première année dès le milieu du mois de septembre. L'époque de la salle de classe commune improvisée dans le garage d'une villa est révolue. Pour cette nouvelle rentrée scolaire, les enfants vont pouvoir bénéficier d'une véritable école. En effet, des bâtiments en préfabriqué ont été bâtis au centre du village qui dispose désormais de plusieurs salles de classe, et des enseignants ont été nommés par le rectorat.

S'ils ne sont pas de mauvais élèves, Téo et son ami sont loin d'être les premiers de la classe. Ils écoutent et respectent leur maîtresse, mais ils ont du mal à tenir en place plusieurs heures durant sans chuchoter pour se raconter des blagues. Le nouvel accent de Sébastien fait mourir de rire Téo qui ne cesse de lui demander de répéter et répéter encore les mêmes histoires, juste parce que le mélange lorrain-pied-noir-provençal fraîchement acquis par le jeune garçon, qui inconsciemment a fait beaucoup d'efforts pour gommer ses différences, est irrésistible aux oreilles de Téo. Particulièrement lorsque son copain s'applique à raconter une blague stupide.

Le mercredi 16 septembre, les élèves de cours élémentaire retrouvent mademoiselle Stéphanie, la gentille institutrice qui était leur maîtresse de cours préparatoire l'année précédente. Celle-ci, après leur avoir demandé de se mettre sagement en rang devant le bâtiment, les fait entrer dans une salle de classe flambant neuve et prend bien soin de séparer les deux compères. L'un reçoit l'ordre d'aller s'asseoir au premier rang à l'extrême droite, tandis que l'autre doit prendre place au troisième pupitre à gauche. Ainsi éloignés, il y a peu de chances qu'ils puissent perturber le cours, pense-t-elle à juste titre. Parcourant la salle du regard, l'institutrice découvre des têtes inconnues. Il est vrai que Carnoux a attiré de nombreux nouveaux habitants. Mais heureusement, se dit-elle, les classes sont loin d'être surpeuplées, et je suis beaucoup mieux ici qu'à Marseille.

Téo quant à lui est bien triste de se voir si loin de son meilleur ami, vers lequel il se retourne et à qui il fait une grimace, histoire de rigoler un peu quand même, ce qui ne semble pas du goût de sa voisine, une nouvelle qu'il n'a jamais vue, vilaine comme pas deux en plus. Une rouquine ! Beurk !

— Arrête de faire l'idiot, tu me déranges !

Vilaine et pas marrante, en plus…

— Comment tu t'appelles, tu es nouvelle, toi ?

— Arrête, je te dis, la maîtresse ne va pas être contente.

— C'est ça ton nom ?

Malgré elle, la voisine de Téo esquisse un petit sourire puis se referme et répond :

— C'est Murielle. Maintenant, on se tait !

Mademoiselle Stéphanie qui les voit bavarder se demande si elle a fait le bon choix en plaçant Murielle Choukroun à côté de son petit perturbateur préféré. Son dossier scolaire est pourtant très élogieux. C'est une petite élève appliquée, qui a un an d'avance et est très respectueuse, et sait déjà lire et écrire à la perfection.

Bien que d'origine pied-noire elle aussi, elle arrive de Lille où ses parents ont habité trois ans à leur retour d'Alger, sans parvenir à s'habituer au froid, et qui ont entendu parler de la petite communauté de rapatriés qui se développait au soleil provençal.

— Murielle Choukroun ! Tu sais que nous sommes en classe ?

— Oui, madame.

— Alors ne parle pas avec ton voisin et écoute ce que je dis. D'accord ?

— Oui, madame.

Plus tard dans la matinée, Téo, qui avait d'abord bien rigolé intérieurement que la petite peste se fasse remettre à sa place, est pris de remords.

— Je suis désolé que tu te sois fait engueuler à cause de moi. Tu es fâchée ?

Le regard noir que lui lance sa voisine est bien plus éloquent que toute réponse que Murielle aurait pu faire.

— Je vois. D'accord.

5

Finalement, l'institutrice a bien fait. Les deux compères, une fois séparés, se sont assagis et leurs résultats scolaires sont globalement en hausse. La petite Murielle, dont le père est professeur de mathématiques au lycée Joliot-Curie d'Aubagne, a eu un effet bénéfique sur Téo Pirtakis et par contrecoup sur le petit Cardon également, malgré ce qu'on pourrait appeler « des débuts difficiles ». Murielle ayant un sacré caractère, et ne voulant pas être assimilée à ce cancre de Téo, elle avait dès le deuxième jour de classe demandé à sa maîtresse la permission de changer de place pour aller retrouver une gentille élève qui ne passait pas son temps à dire des bêtises. Mademoiselle Stéphanie avait tenu bon, expliquant à la petite que Téo était un adorable garçon, qu'il avait juste besoin d'être guidé et cadré par une fille intelligente, et que c'était désormais sa mission de faire en sorte que son voisin de classe devienne un meilleur élève. Qu'elle ne se fasse pas de souci : sa maîtresse savait parfaitement qu'elle-même ne bavardait pas de son plein gré.

Flattée, Murielle avait pris sa tâche au sérieux, mais de la pire des manières possible. Agissant de façon très autoritaire, elle n'avait pas mis longtemps à braquer Téo qui se demandait vraiment pourquoi il avait eu la malchance de tomber sur cette pimbêche. Et du coup, au lieu de se calmer, il en rajoutait encore un peu plus, histoire de bien contrarier sa peste de voisine. Un matin à l'heure de la récréation, Murielle, en pleurs, était retournée voir sa maîtresse. Très patiemment, mademoiselle Stéphanie lui avait conseillé de chercher à devenir son amie plutôt que de vouloir donner des ordres à ce petit rebelle.

— Sois plus gentille avec lui, écoute-le quand il te parle, je ne te gronderai pas, c'est promis. À moins que vous fassiez trop de bruit, bien sûr. Écoute-le, et surtout cherche à ce qu'il t'écoute. Souris-lui, tu as un magnifique sourire et je sais que tu es une gentille fille, je te vois faire avec les autres. Eh bien, sois pareille avec Téo.

— Mais…

— Il n'y a pas de mais, mademoiselle. Fais en sorte qu'il te considère comme son amie, tu verras, il t'écoutera et ne choisira plus n'importe quel prétexte pour te mettre en colère.

L'institutrice lui promit que si cela ne marchait pas, elle la changerait de place pour la mettre à côté de quelqu'un de plus sérieux, mais qu'elle lui faisait confiance, elle allait y arriver.

Alors Murielle, à nouveau convaincue, changea son fusil d'épaule et modifia son attitude envers Téo. Elle se mit à discuter avec lui sans le rembarrer dès qu'il ouvrait la bouche, devint gentille et patiente, prit le temps de lui expliquer chaque fois qu'il semblait perdu, surtout en maths, et la magie opéra. Téo ne perçut plus sa voisine comme une vilaine sorcière rousse mais comme la gentille fillette qu'elle était, et il eut envie de lui faire plaisir en arrêtant – ou presque – de faire des bêtises en classe.

Téo et Murielle ne tardèrent pas à devenir les meilleurs amis du monde, avec Sébastien bien sûr. Le trio devint inséparable, au grand dam de Denise Choukroun, la maman de Murielle, qui voyait – à juste titre – d'un mauvais œil sa fille se lier d'amitié avec les deux garçons. Effectivement, si la fillette avait réussi à calmer les garçons en classe, au-dehors, c'était une autre paire de manches. Et Murielle, qui jusque-là avait toujours été une petite fille très sage, ne ratait plus une occasion de participer aux multiples bêtises que pouvaient inventer ses camarades. Carnoux était encore un tout petit village ne comportant que quelques routes goudronnées, seulement les axes principaux, comme la route d'accès, qui venait du pont des Barles depuis Aubagne ou la Bédoule et qui traversait le bourg pour mener à Cassis, ou bien encore la rue qui menait à la station d'essence depuis le centre-ville. Ensuite, il n'y avait pratiquement que des pistes qui gravissaient les collines sur lesquelles les villas se mettaient à pousser comme des champignons. Les enfants de Carnoux vivaient une jeunesse rêvée, en totale liberté ou presque. Rien ni personne ne leur interdisait de se promener à pied ou à vélo dans l'immense parc de jeux que représentait leur commune. Il n'y avait pas de voitures roulant trop vite pour les écraser, et si on avait demandé à un père ou une mère d'expliquer ce que pouvait être un pédophile, il ou elle aurait sans doute répondu qu'il devait s'agir d'une espèce rare de dinosaure maintenant disparue. Tout simplement, aucune paranoïa n'était de mise ; et Téo, Sébastien, Murielle et leur troupe de copains en profitaient sans retenue au cœur de cette Provence qu'ils considéraient comme le centre du monde.

Il arrivait parfois qu'un enfant rentre chez lui couvert de sang et doive aller se faire recoudre le pied ou le bras de quelques points de suture chez le docteur Blin, le médecin de famille préféré du village, après avoir joué avec un peu trop d'ardeur aux cow-boys et aux Indiens, ou bien ne rentre chez lui avec un bras cassé, conséquence d'une branche trop fragile qui n'avait pas supporté son poids alors qu'il se prenait pour Tarzan, le roi de la jungle. Rien de vraiment grave cependant n'arrivait jamais, et Denise Choukroun était bien obligée d'admettre parfois que sa petite n'aurait sans doute jamais été autant épanouie sans ses fadas de copains. Tous ces enfants grandissaient en plein air, se dépensaient sans compter, s'arrêtant parfois pour cueillir ici ou là les cerises ou les raisins sauvages que les constructions n'avaient pas encore fait disparaître et dont le goût acide formait sur leurs visages des grimaces qui les faisaient se tordre de rire. Ils profitaient tout simplement de la vie, inconscients des tourments qu'elle pourrait leur réserver. Les années passaient, Murielle était invariablement première de sa classe, Téo et Sébastien restaient sages, au moins à l'école, et leur amitié profonde semblait être indestructible.

6

J'ai souvent entendu dire que quelqu'un qui va mourir revoit sa vie se dérouler devant lui en accéléré. Eh bien, c'est vrai. Du moins pour moi, en partie.

Car, alors que les deux petites frappes, mes amis Mario et Albert – et tant pis si ça ne lui plaît pas qu'on l'appelle comme ça –, sont en train de me balancer à l'eau sans l'ombre d'une espèce de semblant d'hésitation, je revois tout un pan de ma vie comme dans un flash. Seulement mes dernières années. En une micronanoseconde. Je dis « mes dernières années », mais ce n'est pas totalement vrai. Ma mémoire tente d'occulter la préparation de ma vengeance, ainsi que ma vengeance elle-même. Peut-être ne suis-je pas encore prêt à regarder cet épisode de ma vie en face ? Et pourtant, ai-je des regrets ? Non, assurément, je n'en ai aucun, ce qui semble complètement contradictoire puisque je ne me le pardonne pas, ou pas complètement du moins. Ce qui est certain, c'est que jamais je ne pourrai lui pardonner, à lui, mon ami, mon frère. Caïn !

Mais ne suis-je pas devenu ce Caïn moi aussi, en me rabaissant à son niveau en assouvissant ma vengeance ? Ne suis-je pas comme Caïn, maudit moi aussi et condamné à errer sur la Terre ? Errance de courte durée me direz-vous, puisque dans une poignée de secondes je serai mort…

Le ruban de ma vie défile, donc.

Je suis à la porte de la prison. Dehors, je précise. Je viens d'être libéré après un trop long séjour de cinq ans.

Bien qu'ayant été arrêté à Marseille pour un délit commis à Marseille, je ne suis jamais resté aux Baumettes. Même pas pendant ma détention provisoire. Il faut dire que j'étais flic à Marseille, ce qui explique un peu. Vous m'imaginez passer ne serait-ce qu'une nuit dans une prison où une grande partie de la population est là à cause de moi ? Je n'aurais pas fini la nuit vivant. Ce ruban qui défile à toute vitesse commence à ma sortie de la maison d'arrêt de Melun où j'ai purgé la dernière année de ma peine. Je ne revois pas mes années de Fleury-Mérogis, et c'est tant mieux. Je ne souhaite à personne d'être incarcéré là-bas. La plus grande maison d'arrêt d'Europe. La pire sans doute également. Prévue pour accueillir deux mille cinq cents détenus, elle en compte régulièrement plus de trois mille cinq cents. Je vous laisse imaginer les conditions de vie. Ne pas me revoir là-bas me laissera me noyer en paix.

Je suis donc à la porte de la centrale de Melun. Groggy, comme saoul. Retrouver la liberté après cinq ans d'incarcération provoque chez moi des sensations phénoménales et paradoxales. Je suis évidemment le plus heureux des hommes, mais dans le même temps je suis terrorisé. J'ai purgé l'intégralité de ma peine. Personne ne va venir me demander de pisser dans un bocal ni d'aller pointer chez un contrôleur judiciaire. Personne ne va me demander d'accepter un boulot dont je ne voudrais pas. Personne, plus jamais, ne va me dire ce que je dois faire. Je suis enfin libre comme l'air !

Pourquoi suis-je tellement angoissé alors ? Tout simplement parce que je n'ai plus l'habitude d'avoir à décider de quoi que ce soit dans ma vie. En prison, tout est organisé à l'avance et les jours se succèdent, invariablement identiques. L'heure du lever est décidée pour vous, ainsi que les heures des repas, des promenades et des activités. Quand vous avez la chance d'en bénéficier. La routine est un luxe rassurant. Sauf que le détenu est un pion que l'administration déplace à son gré.

Vais-je avoir encore assez de ressort pour redevenir autonome ? Voilà une des grandes questions que je me pose. Et aussi – surtout – devrais-je dire, les décisions que j'ai prises en prison sont-elles raisonnables ? Ne serait-il pas plus logique de les oublier, d'ignorer mon ressentiment, de tenter d'ignorer ma haine ?

Alors que je viens de franchir la petite porte de la prison, mon émotion est telle que je n'y vois plus rien pendant quelques longues secondes. Tout est trouble, comme si les lunettes que je porte s'étaient couvertes de buée. Je me force à respirer profondément, fais quelques pas, d'abord hésitants puis, peu à peu, plus confiants.

Et soudain je réalise pleinement ce qui m'arrive.

Je suis libre ! Je hurle alors ma joie et ma rage, et enfin rasséréné, presque sûr de moi, je me mets en marche.

Je sais à peu près la direction à prendre pour atteindre la gare de Melun, un surveillant me l'a expliqué. J'en ai pour une quinzaine de minutes, en marchant tranquillement. Quinze minutes ou une heure, peu m'importe, je ne suis pas pressé. Cela fait cinq ans que j'attends ce moment.

Normalement, je devrais déjà connaître la ville. Les détenus de la maison d'arrêt de Melun, la plupart en tout cas, sont là pour de courtes peines ou bien, comme moi, sont en fin de détention et sont là pour préparer au mieux leur réinsertion. À ce titre, ils bénéficient de la possibilité de trouver un emploi, et donc de sortir chaque jour pour aller travailler. Charge à eux de rentrer impérativement tous les soirs.

J'ai toujours refusé cette opportunité, j'avais bien trop peur de ne pas avoir le courage de retourner me faire enfermer après une journée au-dehors. Je suis donc resté derrière les barreaux jusqu'au dernier jour de ma peine.

Pour ma sortie de taule, personne n'est venu me chercher. Je ne vois pas qui aurait pu le faire. Je n'ai plus de famille et j'ai coupé les ponts avec tous mes amis. Du moins avec les rares qui désiraient encore me parler. Je suis un paria, un flic ripou, la honte de la profession. Moi seul sais que je n'ai commis aucun délit, que je suis innocent de tout ce dont j'ai été accusé. Moi et Caïn, devrais-je dire. Car bien sûr, lui aussi sait que je n'ai jamais été un ripou.

Je vais prendre le train, direction Paris, et m'accorder quelques jours pour me réadapter. Il s'agit pour moi d'une nouvelle vie, que je ne veux pas gâcher en allant trop vite. Ensuite, je contacterai un certain Baptiste. D'après mon pote Dédé, un caïd de Fleury, ce gars doit pouvoir me trouver un boulot dans mes cordes. Ce n'est pas que cette idée me remplisse de joie, mais j'ai besoin d'argent pour mettre mon plan à exécution. Alors…

7

L'adolescence, avec les premiers flirts et les premières amours, ne diminue en rien l'amitié qui lie Murielle, Téo et Sébastien. Elle la renforce même. Les deux garçons ont bien essayé de voler quelques baisers à leur très belle amie, mais celle-ci s'est toujours dérobée et les trois ont fait le serment de rester amis uniquement. Les meilleurs. Éternellement. Ils ont scellé ce pacte de leur sang, comme ils l'avaient vu faire au cinéma, en apportant au rituel leur touche personnelle. Chacun une petite entaille au bout du pouce droit à l'aide de l'Opinel de Sébastien. Bien au centre, et chacun recouvre la blessure des autres avec la sienne. Amis pour toujours.

Au collège à Aubagne depuis leur entrée en sixième, ils n'ont pas eu la chance d'être tous dans la même classe. Les garçons sont toujours ensemble mais Murielle est désormais seule. Et Sébastien, qui est d'un naturel soupçonneux, prétend que c'est le père, le prof de maths, qui s'est débrouillé pour qu'elle soit séparée d'eux. Malgré les protestations de Murielle qui lui jure que son père n'y est pour rien, l'entêté ne veut pas en démordre, ce qui fait bien rigoler les deux autres.

Sébastien est désormais plus grand que son camarade. L'année de ses 11 ans il s'est tout à coup mis à pousser comme une asperge. Il a d'abord rattrapé Téo, puis en un rien de temps l'a dépassé d'une tête. Depuis, il se régale à le regarder de haut, ce qui n'empêche pas Téo de lui mettre des pâtées au judo, sport qu'ils pratiquent assidûment depuis l'ouverture du club omnisports du village, le COC – Carnoux Olympic Club –, ne manquant aucune compétition régionale. En classe, c'est le *statu quo*, au moins pour Téo. Pour leur entrée en quatrième, les garçons ont promis à leurs parents de travailler plus dur, et effectivement ils font des efforts. Toutefois, ceux de Téo ne sont pas encore couronnés du succès espéré, ce qui a tendance à le démotiver. D'autant plus que l'intérêt que lui portent les filles n'est pas là pour l'aider à se concentrer en cours, ni à dégager du temps pour faire les devoirs. Le choix est vite fait lorsqu'il s'agit de décider entre faire une rédaction à rendre le lendemain et une séance de bisous pelotage avec une mignonne copine. La rédaction a bizarrement beaucoup moins d'attrait.

Comment rester à travailler lorsqu'il y a tellement de sollicitations pour s'amuser ? Car en plus de toutes les possibilités habituelles, un nouvel abbé a été nommé à Carnoux. Un pied-noir brut de brut à l'accent incroyable. Baraqué comme un lutteur de foire, avec un cou de taureau et un ventre énorme, ce curé hors normes n'est pas économe de son temps, qu'il consacre bien plus à agir qu'à prier. Il a fait l'acquisition de tables de ping-pong, d'un flipper, ainsi que d'un projecteur de films, et a installé tout ça dans une salle en dessous du presbytère dans le but de fournir des occupations supplémentaires à la jeunesse carnussienne et ainsi l'attirer vers la religion. Malheureusement, il ne mâche pas ses mots, ce qui n'est pas du goût des vieilles bigotes, et il ne reste pas très longtemps en poste dans le petit village. Suffisamment cependant pour laisser à jamais des souvenirs inoubliables aux enfants qui ont profité des séances de cinéma de l'abbé Kéradas, que tout le monde avait surnommé « Carré d'as » en raison de la salle de jeux souterraine que les enfants assimilaient à un tripot clandestin. Qui a pu oublier les films projetés, dans lesquels le moindre chaste baiser avait été censuré, la bobine coupée par les bons soins du super curé ? Certainement pas Téo en tout cas, car il ne manquait pas une séance. Les devoirs pouvaient bien attendre le lendemain matin. Il recopiait à la va-vite les exercices de maths ou l'histoire-géo des cahiers de Sébastien dans le bus scolaire qui emportait les collégiens à Aubagne, tout en racontant le film de la veille à son copain qui en bavait d'envie.

Arrive 1973, l'année du brevet, et celle où il faut décider d'une préorientation. Pour Murielle, il n'y a pas d'hésitation : elle veut être prof de français, ce sera donc la section lettres. Téo est attiré par le sport, mais il ne sait pas encore s'il veut être champion du monde de judo ou bien champion du monde de motocross. Qu'il n'ait pour l'instant en guise de moto qu'une minable mobylette trafiquée ne le gêne en rien. Il sera champion de quelque chose. Sinon, glandeur professionnel. Il se verrait bien ne jamais travailler et rester à rêvasser dans un confortable fauteuil. Refaire le monde, pourquoi pas ? N'importe comment, ses résultats scolaires ne lui permettent ni d'aller en section scientifique, ni de prétendre à la section lettres. Dommage, il aurait volontiers rejoint sa copine dans celle-ci. Pour lui, ce sera donc la section pseudo-économique, qu'il voit un peu comme un fourre-tout. Celui des cancres pour lesquels il subsiste malgré tout un infime espoir. Ceux qui ne sont pas totalement stupides et irrécupérables. Qui peuvent encore se montrer capables d'un sursaut d'amour-propre pour prouver que rien ne les empêche d'aller jusqu'au baccalauréat. Il n'imagine pas un seul instant qu'on oserait l'envoyer en BEP ou CAP, même si ses professeurs l'en menacent régulièrement. Là, ce serait la déchéance totale ! Il décide cependant, avant qu'il soit définitivement trop tard, de consacrer un peu plus de temps à son travail.

Sébastien n'a pas ces problèmes : dès le milieu de la quatrième, il s'est ressaisi et fait désormais partie des bons élèves. La seconde scientifique lui tend les bras. Il n'a encore aucune idée de ce qu'il veut faire plus tard, mais il a bien compris qu'un bac C lui ouvrira toutes les portes.

L'été 1973, les garçons ont 14 ans ; Murielle, 13. Brevet en poche, même Téo, et orientation confirmée pour chacun, ils profitent allègrement des vacances. La bande d'une quinzaine de copains et copines carnussiens qui est la leur occupe les deux mois de vacances à de multiples activités. Beaucoup de sports tels que le tennis et le vélo, mais pas que ça. Ces ados sont aussi capables de rester de longues heures, posés à l'ombre chez l'un ou l'autre, à discuter de tout et de rien, des projets de chacun, des métiers qu'ils envisagent d'exercer, de ce qu'ils ne voudraient pas faire ou devenir. Ils alternent avec des journées passées à la plage du Bestouan, à Cassis, les après-midi de motocross en un lieu isolé à l'entrée du village qu'ils ont baptisé la Prairie, ou bien encore à la Vallée perdue, belle vallée située en contrebas des collines de Carnoux, côté Aubagne, qu'ils ont appelé comme ça car bien que la voyant parfaitement depuis les hauts de Carnoux, ils avaient mis très longtemps avant de trouver un chemin qui les y mène directement.

Lorsqu'ils partent à la plage, c'est généralement pour la journée. Chacun apporte son pique-nique, et la troupe descend tôt le matin à pied vers Cassis, coupant au plus court par la colline quand cela est possible, sinon en suivant l'étroite route sinueuse reliant les deux villages. La journée passe en se baignant, en se dorant au soleil et en draguant bien sûr aussi, les copines carnussiennes, les touristes venues du Grand Nord, Lyon, ou même Paris très souvent. Autant dire de l'Arctique.

Lors de ces journées de plage, Téo et Sébastien s'amusent à nager durant des heures et à se lancer des défis de plongée en apnée. Ils ne font pas de natation au collège ou en activité extrascolaire, mais ils auraient pu car ils nagent à la perfection. Le soir approchant, dès que le soleil commence à décliner, tout le monde enfile son short et son tee-shirt, replie sa serviette, et la bande remonte la colline, beaucoup plus lentement qu'à la descente.

La Prairie est une immense étendue de pinède encore non construite, composée de larges prés bien plats et de restanques, vestiges d'anciennes cultures en terrasses, sur laquelle ils – principalement les garçons, mais aussi quelques filles – ont délimité un circuit de cross qu'ils parcourent à l'infini, s'appliquant sans relâche à détruire les mobylettes ou les motos qu'ils s'acharneront à réparer le lendemain, pour de nouveau les casser le surlendemain.

C'est lors d'une journée passée à la Vallée perdue, durant cet été 1973, que le cours de la vie du trio inséparable a bien failli basculer. Bien que le pire ait été évité, l'évènement qui s'est produit ce jour-là les a fortement marqués, influençant irrémédiablement pour certains leurs décisions à venir.

Ils étaient une dizaine, partis relativement tard, vers 10 heures, de chez Murielle dont la mère avait été très difficile à convaincre de laisser sa fille accompagner la troupe pour la balade impromptue organisée la veille à la va-vite. Denise Choukroun n'était pas certaine de comprendre quel plaisir pouvait avoir sa fille à crapahuter plusieurs heures sous un cagnard de plomb, à aller se tordre les chevilles dans la descente vers la vallée, à manger d'infâmes sandwichs au pain trop mou et au beurre dégoulinant, à boire de l'eau tiédasse. Tout ça pour passer la journée avec ses copains, une bande de décérébrés, surtout le petit du coiffeur qui ne ratait jamais une ânerie à dire ou à faire, et jouer à ce jeu stupide qu'ils appelaient « la boîte de conserve » et qui n'était rien d'autre, si elle avait bien compris, qu'une version améliorée du traditionnel cache-cache.

— Vraiment, ma fille, tu es certaine de vouloir accompagner ces vauriens ? Il y a beaucoup à faire ici, tu sais ?

— Oui maman, je sais. Mais je pourrai faire ça demain, pas vrai ? Allez, sois gentille... Et puis on ne va pas revenir tard, promis ! Hein les gars, qu'on va revenir hyper tôt ?

Avec un ensemble parfait, copains et copines répondent un « oui » qu'ils espèrent très persuasif.

— Tu parles ! Je vous connais tous, vous savez ? Est-ce que quelqu'un a une montre au moins ?

Après avoir rapidement vérifié, madame Choukroun reprend :

— Personne, j'en étais sûre !

— On n'a pas besoin de montre, madame, y a le soleil pour nous renseigner.

— « Il y a », Téo. On dit « il y a le soleil ». Tu n'as donc rien appris en classe ? Quand tu y vas, je veux dire. Et donc tu es capable de savoir l'heure rien qu'en regardant le soleil ?

— Oui madame, c'est facile.

— Ben tiens... Et quand il y a des nuages ?

— Des nuages ? C'est quoi ça, les nuages ? Il fait toujours beau en Provence ! Surtout à Carnoux ! Tenez, là je peux vous dire qu'il est presque 10 heures et qu'on est déjà en retard. Qu'on va crever de chaleur si on attend encore pour partir.

— Tu es un vrai rigolo, toi. Bon, Murielle, tu peux y aller. Mais je veux vraiment que vous soyez rentrés tôt ! Je ne plaisante pas. Les enfants, si ma fille n'est pas là à 4 heures, elle est punie pour le reste des vacances !

— Maman, 4 heures, c'est trop tôt ! Ça va nous faire remonter alors qu'il fera encore très chaud. 5 heures, allez, 5 heures, OK ?

— D'accord, mais pas plus tard !

— Juré. Merci maman chérie !

Murielle avait embrassé sa mère, tous les copains avaient très poliment dit au revoir, et le groupe s'était empressé de filer avant que la maman chérie ne change d'avis.

8

Pour aller de Carnoux à la Vallée perdue, il faut d'abord monter sur la colline qui surplombe le village côté nord, emprunter une piste à feu sur environ deux kilomètres pour rejoindre l'autre versant, puis tracer droit en descente à travers les cailloux, hors-piste sur une centaine de mètres, avant de trouver un minuscule chemin dissimulé au milieu des kermès. Alors la balade devient de plus en plus belle à mesure qu'on approche de la vallée qui est atteinte, en marchant normalement depuis Carnoux, en à peu près une heure et demie.

Les enfants, comme à leur habitude, avaient avancé plutôt lentement, blaguant, s'arrêtant pour retirer une pierre d'une chaussure, boire un coup, ou tout simplement admirer ce paysage dont ils ne se lassaient pas. Vers midi, ils étaient dans leur vallée. Nul n'aurait su dire avec précision l'heure exacte, puisqu'aucun n'avait de montre et que contrairement à ce qu'il avait affirmé, Téo était bien incapable de deviner, même très imparfaitement, l'heure indiquée par le soleil. De toute manière, cela n'intéressait personne. Ils rentreraient à Carnoux quand ils rentreraient. La mère Choukroun pouvait bien menacer Murielle des pires punitions, cela n'allait jamais plus loin et tous les copains le savaient. La petite fille chérie menait sa mère, ainsi que son père, par le bout du nez.

Ils commencèrent par pique-niquer, car ils avaient tous très faim après la descente, puis s'allongèrent pour discuter et refaire le monde, activité qu'ils affectionnaient particulièrement. Deux couples qui s'étaient formés au sein du petit groupe s'éloignèrent chacun de son côté pour rechercher un peu d'intimité, sous les railleries du reste des copains, qui se moquaient d'eux mais les enviaient secrètement. Comme beaucoup d'adolescents, tous ces amis découvraient peu à peu la vie et se cherchaient au travers de relations nouvelles. Chacun était sorti avec chacun, ou presque. Les couples se formaient le lundi pour se séparer le jeudi, sans aucune forme de rancœur ni de regret. On découvrait son corps et celui de l'autre tout en restant très sage. La vie était magnifique et tout était prétexte à jouer. Les soucis viendraient bien assez vite…

Après s'être suffisamment reposés et avoir bâti un monde nouveau fait d'amour et de paix, l'heure était venue d'attaquer la « boîte de conserve ». Le soleil suivait son bonhomme de chemin, et même le plus ignare était capable de constater que l'heure tournait. Les amoureux furent appelés, un des copains fut désigné pour être celui qui allait chercher les autres, et tout le monde disparut pour aller se cacher. Le principe du jeu était simple, les règles du cache-cache classique s'appliquaient, comme l'avait bien compris la maman de Murielle. Seule différence, le joueur chercheur devait, dès qu'il découvrait un camarade, aller poser le pied sur une boîte de conserve disposée au centre d'un cercle de deux mètres de diamètre dessiné au milieu d'un terrain bien dégagé, à découvert, et dire son nom. Le joueur devenait prisonnier ainsi que tous les autres qui seraient dans le même cas. Ceux-ci pouvaient cependant être libérés si un joueur parvenait jusqu'à la boîte de conserve et la faisait sortir de son cercle en shootant dedans sans que le chercheur ait eu le temps de dire son nom avec le pied sur la boîte. En cas de libération, le jeu reprenait, les joueurs se cachaient à nouveau et ainsi de suite. S'il arrivait que tout le monde soit fait prisonnier, alors le chercheur avait gagné, et le premier à avoir été capturé devenait chercheur à son tour.

Le groupe de copains arrivait à un âge où normalement ils devaient commencer à se désintéresser de ce genre de jeu, mais non, ils continuaient à y prendre beaucoup de plaisir et se régalaient à y jouer dans « leur » vallée perdue.

C'était au tour de Sébastien d'être chercheur, et tout le monde avait disparu. Le garçon tentait de repérer des camarades en s'éloignant le moins possible de la fameuse boîte. Il était assez fort à ce jeu, capable de se déplacer silencieusement et de courir très vite pour rejoindre le petit cercle en criant le nom d'un malheureux découvert. Il en avait d'ailleurs déjà capturé sept : il ne restait plus que Murielle et un autre prénommé François à trouver, et il aurait gagné. Soudain, il entendit un cri. Un cri différent de ceux que pouvaient pousser les autres imbéciles pour le déconcentrer. Très rapidement, il se dirigea vers ce qui lui semblait être l'origine du bruit, et il aperçut, à une vingtaine de mètres, Murielle, tirée par un type en uniforme de soldat vers une jeep débâchée. La jeune fille avait beau tenter de se débattre, son agresseur était bien trop grand et bien trop fort pour qu'elle puisse se libérer. Elle ne pouvait que tenter de crier, mais l'homme lui recouvrait la bouche d'une main énorme.

Sébastien hurla instinctivement, pour alerter les autres mais aussi sans doute pour essayer d'effrayer le militaire, et se mit à courir du plus vite qu'il le pouvait en direction de la jeep, alors qu'il entendait déjà assez loin derrière lui les copains qui arrivaient. Murielle, que le hurlement de Sébastien avait galvanisée, tenta un croche-pied, et son agresseur trébucha, la lâchant pour se rattraper. Elle en profita immédiatement pour s'éloigner le plus possible et s'élancer vers Sébastien, sauvée et en pleurs.

Un Sébastien enragé qui ne s'arrêta pas pour la réconforter ou voir si elle n'était pas blessée, mais qui tout en continuant d'avancer ramassa des pierres et se mit à les jeter avec toute la force dont il était capable sur le désormais fuyard qui rejoignait sa jeep et démarrait maladroitement sous une volée de cailloux qui l'atteignaient à la tête et au corps. C'est en sang qu'il parvint à s'enfuir, alors que Sébastien continuait encore et encore à envoyer tout ce qui pouvait servir de projectile.

Enfin, Téo, l'un des premiers arrivés, réussit à le faire asseoir pour qu'il se calme et souffle un peu. Murielle, choquée et en pleurs, vint le remercier de l'avoir sauvée des griffes de son agresseur, puis peu à peu rassérénée réussit à raconter ce qui était arrivé. En cherchant une bonne cachette, elle avait aperçu la jeep et son conducteur debout à côté. Le gars tout souriant lui avait fait signe d'approcher. Sans méfiance, et pensant qu'il avait besoin d'un renseignement, elle avait obéi et dès qu'elle avait été suffisamment proche, l'autre forcené l'avait empoignée pour la forcer à monter dans la voiture. Elle s'était heureusement débattue, avait réussi à s'échapper, mais le gars était plus rapide qu'elle et l'avait rattrapée immédiatement. Elle avait hurlé, alertant ainsi Sébastien. Elle n'avait rien, quelques contusions sur les bras, et s'en tirait à bon compte grâce à son sauveur qui continuait à pester et se reprochait de ne pas avoir eu la présence d'esprit de noter le numéro de la plaque d'immatriculation.

— Il faut qu'on prévienne la police, dit-il. Même si nous n'avons pas la plaque, le type s'est pris un paquet de caillasses sur la tronche et sans doute la bagnole aussi. Les flics le trouveront.

— Non ! Si on fait ça, mes parents vont être au courant et ils ne me laisseront plus aller nulle part, et encore moins sortir avec vous. Déjà que c'est difficile !

— Tu veux dire que tu veux laisser ce type dans la nature, libre d'agresser d'autres filles ?

— Pas sûr qu'il ait envie de recommencer après ce que tu lui as fait, répondit Téo. Tu ne l'as pas raté !

— Ouais, ben c'est rien par rapport à ce qu'il aurait dû avoir. Réfléchis bien quand même, Murielle, c'est important. Et d'abord, qu'est-ce qu'il foutait là ce militaire ?

— Tu ne te souviens plus ? Au bout de la vallée, c'est le camp de Carpiagne.

— Je sais bien, rigolo, mais là on en est un peu loin quand même, non ?

— Va savoir. De toute manière, on s'en fout de pourquoi il était là. Ce qui compte, c'est que Murielle n'ait rien eu. Purée, tu l'as échappé belle !

Après une discussion à n'en plus finir, il fut décidé comme le voulait Murielle. Rien de ce qui s'était passé ne serait raconté à qui que ce soit, car en réalité, il ne s'agissait pas que de la liberté de Murielle dans cette histoire. Si les parents apprenaient qu'un des enfants avait été agressé de la sorte, plus personne n'aurait le droit de sortir se balader. Adieu la belle vie ! À l'avenir, ils se méfieraient, voilà tout, et aucune fille ne resterait seule.

Sébastien dut convenir que c'était une sage décision, mais il regrettait néanmoins en lui-même que la police ne soit pas mise au courant. Du haut de ses 14 ans, même s'il avait fait preuve d'un courage étonnant, il restait un enfant, et se serait bien vu dans la peau d'un enquêteur guidant le commissaire chargé de l'affaire sur les traces du malfaiteur jusqu'à son arrestation. Il ne s'en rendrait compte que beaucoup plus tard, mais sa décision de rentrer dans la police datait plus que certainement de ce jour-là.

9

Il m'a fallu plus d'une semaine pour recommencer à vivre presque normalement. Dans la gare de Melun, j'ai tout d'abord retiré la somme maximale autorisée à un distributeur automatique, puis suis monté dans mon train pour Paris où j'ai pris une chambre dans un hôtel minable du 2e arrondissement sous un nom d'emprunt. Comme je m'en doutais, personne ne m'a demandé de justifier mon identité.

J'ai marché dans la capitale de longues heures, à arpenter les rues, à longer les quais de Seine, à humer les senteurs particulières de la liberté dont j'avais été privé si longtemps. J'ai pris des cafés en terrasse, mangé au restaurant d'énormes pizzas, des hamburgers monstrueux à m'en rendre malade. J'ai dormi dans un lit douillet, réglé un réveil rien que pour le plaisir de choisir l'heure à laquelle j'allais ouvrir les yeux. J'ai repris des couleurs en me gavant de soleil tout en continuant à faire chaque jour, mais en extérieur, tous les exercices que je m'astreignais à effectuer dans ma cellule. Les abdos, les pompes, les flexions qui me maintenaient en bonne forme physique. Je me suis acheté des chaussures de course, un short et des tee-shirts, et j'ai repris le jogging. Je pouvais désormais courir où je le désirais et non plus sur place comme j'avais dû le faire pendant mes cinq ans de captivité. J'ai continué à cultiver ma haine, que je voulais intacte. Puis, le temps est venu que je contacte ce Baptiste dont m'avait parlé Dédé. Je ne pouvais faire l'impasse, j'avais besoin de ce type. Il me fallait de l'argent, et des papiers. Téo Pirtakis devait disparaître, il était hors de question que Caïn puisse le trouver s'il le recherchait.

Je me revois entrer dans le bar – *Chez Paulo* – où Baptiste m'avait donné rendez-vous quand je l'avais appelé. Quand j'avais choisi le 2e arrondissement pour me loger, ma mémoire d'ancien flic ne m'avait pas trahi. C'est l'un des quartiers les plus sensibles de la ville, et le bar étant justement dans le 2e, je n'ai pas eu à marcher bien longtemps pour m'y rendre. La salle est enfumée, l'air irrespirable, et je me demande combien de temps il va me falloir pour choper le cancer du poumon. Baptiste est assis au fond, je ne peux pas le louper, Dédé m'en a fait une description très réaliste mais je m'en rends compte, également très complaisante.

— Tu verras, c'est un obèse au visage assez disgracieux constellé de cicatrices d'acné, m'a-t-il dit.

Moi, je vois un énorme porc suant et dégoulinant de partout, avec des cheveux aussi gras que s'ils venaient d'être trempés dans un bol de saindoux, et des yeux de gobie déposés par erreur trop près l'un de l'autre sur la face visible de la Lune, au milieu d'innombrables cratères purulents. Mais je suis de toute évidence moins indulgent que le Dédé.

Je m'approche de sa table et lui demande si je peux m'asseoir. De près, il est encore pire. À faire cauchemarder le plus endurci des survivants du film *La Nuit des morts vivants*. Un hypothétique cancer du poumon devient le cadet de mes soucis. Vais-je réussir à ne pas vomir mon déjeuner sur lui ?

— Assieds-toi, petit. Alors, comment va ce bon vieux Dédé ?

Un accent corse à couper au couteau vient rendre le personnage plus humain à mes yeux. J'aime ces intonations du Sud, qui me rappellent ma jeunesse.

— Il va bien et te transmet ses amitiés. Il préférerait pouvoir le faire directement lui-même, mais ce n'est pas encore pour demain.

— Combien il lui reste ?

— Le jour où il sortira, ce sera entre quatre planches. À moins d'un miracle. Mais je ne pense pas qu'il croie encore aux miracles. Ou même qu'il y ait jamais cru. Ça ne l'empêche pas de profiter de la vie.

— Bon, et tu veux quoi, toi ? Dédé m'a fait passer un message pour me prévenir que tu allais venir me voir. Mais je n'ai pas bien compris. En plus, un ancien flic, j'aime pas ça, moi.

— Je te comprends. Mais comme tu dis, « ancien » est le terme juste. Je ne le suis plus et je viens de passer cinq ans au trou. Ça devrait aider, ça, non ?

— Ce qui aide, c'est plutôt que mon ami Dédé te recommande. Alors je répète, tu veux quoi ?

— J'ai besoin de papiers, plusieurs jeux, plus vrais que nature. Et je n'ai pas de fric pour payer. Donc je peux bosser pour toi, mais pas de casse ni de cambriolage. Pas question que je prenne le risque de retourner en taule. Et je veux travailler seul.

— Piombu, rien que ça ? Tu es un bon, pour un pinzuttu ! Je vais te les avoir, tes papiers, ne t'inquiète pas. Pour ce qui est des risques, tu vas bien être obligé d'en prendre, gamin. Tu sais tirer ?

— Je savais, en tout cas.

— De temps en temps j'ai besoin que certains individus me foutent la paix. Tu vois ce que je veux dire ?

— J'en ai bien peur, oui.

— Donc tu pourrais être celui qui m'en débarrasse. Si tu en es capable.

Dédé m'ayant déjà briefé, je savais à quoi m'en tenir et avais déjà réfléchi à tout ce que pouvait impliquer pour moi d'accepter un tel boulot. Tueur à gages pour un mafieux corse, quelle déchéance ! Mais après tout, si ce gros porc acceptait mes conditions, je ne ferais ni plus ni moins qu'un tireur d'élite du GIPN ou du RAID lorsqu'il élimine un braqueur de banque ou un preneur d'otages. La Terre serait débarrassée d'un nocif, et moi je serais plus riche de quelques milliers de francs.

— Cela ne me pose aucun problème dès lors que la cible le mérite. De mon point de vue, je veux dire.

— Un tueur au grand cœur !

— Au grand cœur, oui. Mais qui doit être encore capable de tirer à la perfection, et qui manie le couteau comme personne. Si tu n'es pas intéressé, tu n'as qu'à me le dire, ce n'est pas plus compliqué.

— Susceptible, avec ça... Mais en fait, oui, je suis intéressé. J'ai justement un bon ami à moi qui cherche à me faire un peu d'ombre. Et j'aime le soleil, moi. Ta conscience pourrait s'en accommoder, c'est un dealer doublé d'un proxénète qui tabasse ses femmes.

Il a eu la mauvaise idée de croire qu'il pourrait s'installer sur mon territoire. Mais où va le monde, je me le demande ! Il faut que je fasse un exemple. Et donc, si tu pouvais l'abîmer un peu avant qu'il clamse, ça m'arrangerait.

— Dis-moi juste où je peux le trouver, et si ce que tu dis est vrai, considère le problème comme résolu.

10

Après l'agression dont avait été victime leur copine, peu d'enfants avaient encore le cœur à retourner dans la vallée, qui redevint alors réellement perdue. De nombreuses années plus tard, le domaine serait vendu à l'armée et définitivement interdit au public. Mais ces enfants seraient devenus des adultes et sans doute pas un ne l'apprendrait.

Quoi qu'il en soit, au retour de cette mémorable partie de boîte de conserve, personne ne vend la mèche. Il ne s'est rien passé d'anormal au cours de la journée et les parents sont à mille lieues de se douter du drame qui a été évité. Afin d'expliquer les hématomes que Murielle porte aux poignets, deux autres filles ont accepté d'être marquées elles aussi de la même manière, ou presque, et il a été expliqué aux parents que ces idiots de garçons avaient insisté pour jouer à Tarzan et Jane. Jane étant tenue par les poignets par le roi de la jungle pendu à une branche. Évidemment il y a eu des engueulades et quelques punitions, mais cela n'a pas été plus loin. Les ados restaient libres de leurs mouvements et c'était ce qui comptait.

Murielle, qui est la plus jeune du groupe, donne le change devant les autres, pas question de se laisser aller à flancher. Elle va bien et a déjà oublié l'incident.

Mais en réalité, et c'est bien normal, elle est très choquée. Elle réalise qu'elle a échappé de justesse aux griffes d'un prédateur et que sans l'intervention si rapide et si énergique de Sébastien, elle ne serait peut-être déjà plus en vie, après avoir subi des choses qu'elle n'ose imaginer. Ses copains les plus proches, dont Téo et son sauveur, ne sont pas dupes de l'attitude qu'elle prend quand ils sont tous ensemble, et font le maximum pour l'aider à reprendre confiance. Malgré tout, elle peine à sortir comme d'habitude et à aller jouer avec les autres durant le mois qui suit. Elle reste plus volontiers chez elle avec sa mère qui a bien remarqué son changement de comportement et qui met naïvement cela sur le compte d'une légère dispute avec les amis. Denise Choukroun est secrètement ravie d'avoir sa petite fille chérie avec elle plus souvent.

Au cours des années suivantes, les trois inséparables le deviennent un peu moins, même s'ils continuent à se voir beaucoup. Chacun a choisi une filière scolaire différente et fréquente de nouveaux amis. Les caractères changent, évoluent, certains traits se renforcent. Murielle avait été une petite fille trop sérieuse, limite rasoir et enquiquineuse, mais qui s'était adoucie et ouverte petit à petit au contact de ses copains plus délurés, jusqu'à cette traumatisante agression. Durant ses années de lycée, elle se referme sur elle-même, sort moins, rit moins, prétextant à chaque fois qu'on l'invite quelque part qu'elle doit travailler, que le bac approche et qu'elle ne veut pas risquer de le rater. Malgré les nombreuses tentatives de ses deux amis, rien n'y fait. En réalité, elle a peur de sortir, peur d'une nouvelle agression. Téo et Sébastien l'ont très vite compris et font tout pour lui redonner confiance, mais sans succès. De guerre lasse, ils baissent les bras, espérant que le temps aidant, leur belle amie retrouvera sa joie de vivre. Ils sont à bout d'arguments, à court d'idées géniales, et ont leurs propres problèmes à régler.

Téo, qui était depuis toujours le moins sérieux, ne manquant jamais une occasion de faire le pitre, poursuit dans cette voie-là malgré les nombreux rappels à l'ordre de ses professeurs et de ses parents. Il s'ennuie en classe, n'apprécie toujours pas de rester assis de longues heures, et rêve de sport, d'adrénaline et de fêtes interminables. Il est celui des trois amis qui reste le plus égal à lui-même. Contrairement à Sébastien, il n'a pas arrêté le judo et est désormais ceinture noire. Parallèlement, il fait de la musculation – raisonnablement, il ne veut pas ressembler à ces culturistes gonflés aux hormones – et a commencé des cours de karaté. Les filles sont folles de lui et il passe de l'une à l'autre à une vitesse vertigineuse, sans s'attacher à aucune. Évidemment, les résultats scolaires s'en ressentent et Téo finit par redoubler sa classe de première. Il s'en moque complètement, ce n'est pas un problème, il n'a aucune envie de faire des études supérieures. À la fin de sa terminale, qu'il ait le bac ou non, il fera vite fait son service puis voyagera, fera le tour du monde, un sac sur le dos et une fleur entre les dents.

La vie de Sébastien ne peut être plus à l'opposé. Il ne l'avouera jamais, mais il est secrètement amoureux de Murielle. Cela fait longtemps, depuis toujours en réalité. Mais il a promis. Scellé le pacte en mêlant son sang à ceux de Murielle et Téo. Amis pour toujours. Seulement amis…

Alors il se réfugie dans le travail, étudie avec acharnement, ne remarquant même pas les filles qui rêvent de le voir les embrasser, voire beaucoup plus. Il est grand, bien bâti et plutôt mignon, même s'il n'est pas franchement marrant. Il pourrait aussi et assurément s'enorgueillir de sa belle réussite scolaire : ses résultats sont très au-dessus de la moyenne de ses camarades. Mais il n'en retire aucun plaisir, il ne travaille en définitive que par frustration et se met à jalouser son ami Téo qui profite de chaque instant de sa vie et est apprécié de tous. Il lui reproche sans rien en laisser paraître, et sans même finalement le savoir lui-même, sa joie de vivre, ses succès féminins, son je-m'en-foutisme forcené et tellement naturel, ainsi que son physique. Bien que ce ne soit absolument pas le cas, il est persuadé que Téo est beaucoup plus beau que lui et cela le complexe. Il évolue lentement vers un caractère grincheux, envieux et maladivement jaloux.

Son entourage, ses amis et lui-même au premier chef en feront malheureusement plus tard les frais, tous victimes de grandes souffrances.

Mais alors qu'il n'est encore qu'en terminale, et totalement inconscient de l'évolution négative de son caractère, il a déjà compris – influencé ou non par l'agression de Murielle – qu'il voulait être policier. Et puisqu'il excelle dans les matières scientifiques, il intégrera la police scientifique. Avant cela, il doit néanmoins passer par la fac de maths et obtenir sa licence, puis faire son service militaire pour lequel il lui faut d'abord demander un sursis, et en profiter pour voir s'il lui est possible d'envisager d'effectuer ses douze mois sous les drapeaux dans la gendarmerie, histoire de ne pas totalement perdre bêtement une année.

11

Les jours qui ont suivi mon entretien avec Baptiste, à qui je n'ai pas osé proposer de se présenter à Monsieur Univers, j'ai occupé mon temps à me procurer les armes et tout le matériel dont j'aurai besoin pour mener à bien les missions dont j'allais être chargé. J'ai accepté la confortable avance qu'il est allé chercher dans une salle à l'arrière du bar. De grosses liasses de beaux Pascal semblant flambant neufs. J'ai eu sur le moment un gros doute. Et si tout cet argent n'était que des faux billets ? J'allais *illico presto* me retrouver en cabane ! Le top model assis en face de moi a dû lire dans mes pensées, car il est immédiatement parti d'un rire sonore suivi d'une quinte de toux qui m'a semblé ne jamais vouloir s'arrêter.

Quand enfin Baptiste a pu à nouveau parler, il m'a dit :

— On dirait que tu ne me fais pas confiance ! Tu crois vraiment que je pourrais te filer des faux billets ? Parce que c'est à ça que tu pensais, pas vrai ?

— Je ne vais pas prétendre le contraire. Oui, ça m'a traversé l'esprit.

— Tu vas me vexer, monsieur l'ancien flic ! Ça veut dire que tu me penses assez con pour prendre ce genre de risques, et je n'aime pas beaucoup, figure-toi.

— Il va falloir faire avec. Je suis devenu méfiant, là-bas. C'est sans doute pour ça que je suis encore en vie. Alors excuse-moi si je choque quelque peu ta susceptibilité. Je suis trop vieux pour changer maintenant.

D'un revers de la main, le bras faisant un aller-retour au-dessus de la table, il semble évacuer le problème.

— Ne t'inquiète pas, je rigole. Alors tu le veux ce pognon ? Ou bien ?

J'ai pris les billets. Mais en précisant bien que je n'en devenais pas pour autant son employé. J'allais travailler en indépendant et je me réservais le droit de refuser tout contrat qui ne me plairait pas. Cela a eu l'air de lui convenir, et c'était tant mieux car il était mon seul contact et j'avais réellement besoin de lui pour me faire du fric. Une fois satisfait d'avoir fait l'acquisition de bonnes armes, j'ai pris un moment pour me familiariser avec. Cinq ans sans tenir ni fusil ni pistolet ! Il fallait que je retrouve la main et passe au minimum plusieurs heures à m'entraîner. Je ne pouvais évidemment envisager d'aller dans un club de tir ; le beau Baptiste m'a donc aidé en me recommandant à un ami à lui, propriétaire d'une immense décharge à la périphérie de Paris dans laquelle j'ai pu tirer autant de cartouches que je le désirais, sans attirer l'attention de qui que ce soit et sans avoir à justifier d'un quelconque permis de port d'armes. Après plusieurs séances, j'étais fin prêt. J'avais pris mes marques et retrouvé mes automatismes. Il me fallait seulement me poser une dernière fois la question à deux millions : étais-je vraiment certain de vouloir faire ce que je m'apprêtais à faire ? Étais-je capable d'abattre de sang-froid un pauvre type qui ne m'avait rien fait, même si celui-ci était la dernière des ordures ? Je m'étais déjà posé cette question de nombreuses fois, et y avais répondu avec plus ou moins de conviction. La réponse était chaque fois « oui ». Au moment de vraiment sauter le pas, sachant qu'après il me serait impossible de faire machine arrière, la même réponse me vint aux lèvres. Oui, non seulement je pouvais le faire, mais je devais le faire. Il s'agissait de ma propre survie, j'avais un besoin vital de l'argent que j'allais gagner, ce n'était pas plus compliqué que ça.

Sur les indications de Baptiste, j'ai repéré ma cible. Un Albanais au nom improbable de Rrezargjend. Impossible à prononcer. Quand le Corse avait tenté de le faire, j'ai cru qu'il allait s'étouffer une nouvelle fois.

— Tu le crois toi ? Avec un nom pareil, même s'il ne cherchait pas à empiéter sur mes terres, il faudrait l'éliminer quand même. Ça devrait être interdit, un nom pareil ! En plus, il paraît qu'au départ, c'est un prénom. Qu'est-ce qu'ils ont dans la tête, ces Albanais ? Tu me diras, son prénom n'est guère mieux.

Comme il marquait un temps d'arrêt, j'ai supposé qu'il s'attendait à ce que je le lui demande. Donc pour lui faire plaisir, et alors que je m'en contrefoutais, j'ai questionné :

— Ah… Et ce prénom, c'est quoi ?

— Shkozak.

— Bon… Au moins c'est un peu plus facile à prononcer.

— Ouais, ce n'est pas faux. De toute manière, il se rase le crâne et se fait appeler Kojak. Je pense qu'il n'a jamais pardonné à ses parents. Le bruit court qu'il les a fait tuer tous les deux. C'est une véritable ordure, ta conscience va te laisser en paix. Mais méfie-toi, il est loin d'être con et est complètement paranoïaque. Il s'entoure d'une armée de gardes du corps. Je préférerais que tu ne butes que lui. Je compte bien récupérer son business et ses hommes avec.

— Pas de soucis, considère que c'est fait.

Je tentais d'afficher une sérénité de façade et je pense qu'il n'était pas dupe. Il était obèse et réellement repoussant, mais il avait oublié d'être stupide. Je me fis la réflexion qu'il valait mieux ne pas le fâcher. Si un jour je l'avais comme ennemi, je ne donnais pas cher de ma peau.

Je lui avais dit que cela me prendrait quelques jours quand même, au minimum une à deux semaines. Je devais repérer Kojak, me familiariser avec ses petites habitudes et découvrir quel créneau serait le plus propice pour agir. Même s'il était totalement parano, il y avait bien dans ses journées des moments où sa garde rapprochée se relâchait, où lui-même se laissait un peu aller.

Mais je prenais un maximum de précautions car il était très clair pour moi que j'avançais en terrain miné. Je savais, par mon expérience de flic et aussi pour en avoir côtoyé en prison, qu'il ne fallait pas prendre les Albanais à la légère. L'Albanie est l'un des États à avoir le plus souffert de la transition de l'ex-bloc communiste vers la démocratie et la crise économique exceptionnelle du début des années 1990 a provoqué un exode massif vers les pays européens proches, et les criminels originaires de ce petit pays font régulièrement preuve d'un très haut niveau de violence, souvent disproportionné par rapport à leurs objectifs. Leurs activités favorites sont le trafic de drogue, d'êtres humains, et l'exploitation de la prostitution. Exactement le créneau de Kojak.

Celui-ci résidait dans le 18e arrondissement, au bas de la rue de Tanger, tout proche de la place du Maroc. Il possédait un infâme boui-boui à deux pas, rue Landowski, dans lequel il était supposé être possible de manger des plats typiques albanais – si l'on avait l'estomac solide – mais qui lui servait en réalité de quartier général et dans lequel un étranger comme moi était accueilli par des regards noirs et des propos injurieux à peine voilés. J'avais pris le risque de m'aventurer jusque-là pour voir s'il me serait possible de tenter quelque chose de ce côté, mais j'avais très vite battu en retraite devant l'hostilité ambiante, ce qui finalement valait sans doute mieux pour mon système digestif.

En définitive, je jetais mon dévolu sur un lieu assez dégagé, un jardin public qu'il utilisait parfois le soir pour des rendez-vous avec des types, jamais plus d'un à la fois, et que je cataloguais immédiatement comme étant des flics. Des ripoux, des vrais ceux-là, qui venaient toucher leur prime hebdomadaire, celle qui leur permettait de demeurer aveugles, sourds et muets. Si par malchance mon tir en atteignait un, cela ne m'empêcherait pas de dormir ! Et si j'apercevais un certain policier, alors là ! Mais non, il ne me fallait pas rêver... De plus, à celui-ci, je réservais un sort bien moins enviable qu'une simple balle en pleine tête.

12

Fin juin 1977, Murielle Choukroun, ainsi que soixante-dix pour cent des élèves de sa classe, obtient le diplôme du baccalauréat L, assorti de la mention très bien. Elle est la plus heureuse et ses parents les plus fiers, même si, secrètement, Olivier Choukroun aurait préféré que sa fille présente un bac C. Il est vrai qu'il est prof de maths et a eu du mal à admettre lors du passage en classe de seconde qu'elle choisisse la section littéraire. Il avait été tenté, à l'époque, de chercher à la convaincre de ne pas aller en L, car Murielle était brillante et avait de très bonnes notes en maths. Rien ne lui interdisait la filière scientifique. Sauf qu'elle savait parfaitement ce qu'elle voulait et personne n'aurait pu la faire changer d'avis. Le mauvais souvenir de l'agression dont elle a été victime s'est estompé peu à peu, et même si elle reste légèrement angoissée lorsqu'elle se retrouve seule en dehors de chez elle, elle a décidé de s'inscrire en fac à Paris. C'est à la Sorbonne qu'elle veut étudier et nulle part ailleurs. Avec l'aide de ses parents, elle a trouvé un minuscule studio proche de la faculté, rue Saint-Séverin, qu'elle garde pendant les trois ans de préparation à sa licence. À la fac, elle redevient la jeune femme épanouie qu'elle n'aurait jamais dû cesser d'être. Ses amis sont des artistes, de doux rêveurs qui refont le monde en écoutant Maxime Le Forestier et Graeme Allwright, mais aussi les Pink Floyd et Genesis, au cours de soirées enfumées où l'odeur du cannabis envahit jusqu'aux cages d'escalier. Elle croque la vie à pleines dents mais reste malgré tout, comme toujours, très sérieuse dans son travail. À l'instar de tous les jeunes de son âge, elle a quelques aventures, rien de très sérieux, et ne s'attache à personne en particulier. Son cœur est ailleurs, à huit cents kilomètres de la capitale, et il a les traits d'un jeune rebelle d'origine grecque à l'accent pied-noir tinté de provençal. Elle a réalisé durant sa première année en faculté combien Téo lui manquait et à quel point il comptait pour elle. Elle n'a d'abord pas voulu l'admettre et a mis sa mélancolie sur le compte de l'éloignement avec sa famille et avec Carnoux. Puis il lui a bien fallu regarder les choses en face : ses pensées revenaient sans cesse à son imbécile de copain. Elle était amoureuse. Ayant compris et admis cela, elle s'est juré de ne jamais rien en dire. Copains pour toujours, rien de plus. Elle avait, comme les autres, mêlé son sang. Pouce contre pouce. Et même si à maintenant 18 ans elle pouvait juger ce pacte ridicule, il n'en restait pas moins qu'elle savait Sébastien amoureux d'elle depuis toujours, et malgré tout respectueux de la parole qu'ils s'étaient donnée lorsqu'ils avaient tout juste 11 ans. Elle ne pouvait trahir son engagement. Et puis, qui était-elle pour oser croire un seul instant intéresser Téo ? Téo qui avait toujours été la coqueluche du lycée et qui devait être encore, et même plus, le bourreau des cœurs.

Elle reste néanmoins en contact et lui écrit une fois par mois pendant sa première année parisienne. Téo est alors en terminale et peine pour préparer son bac B qu'il est certain de rater et lui répond bien moins souvent qu'elle ne le voudrait. Elle l'exhorte à travailler plus, à ne pas gâcher son potentiel, mais lui se moque, et comme à son habitude tourne tout en dérision, la traitant de vieille prof, mamie avant l'heure. Il a découvert le parachutisme sportif et s'est inscrit dans un club d'Aix-en-Provence, avec lequel il va sauter chaque fois qu'il le peut à Pujaut, un terrain proche d'Avignon. Il rêve désormais, bac réussi ou pas, de s'engager dans l'armée, chez les parachutistes. Murielle, dont la plupart des amis parisiens sont antimilitaristes, est horrifiée et met toute son énergie à tenter de le dissuader de faire cette énorme erreur. Elle va même jusqu'à lui envoyer une cassette sur laquelle elle a enregistré en boucle la chanson *Parachutiste* de Maxime Le Forestier. Cela fait bien rigoler Téo qui cherche à son tour une chanson pour sa copine, et qui trouve son bonheur avec *La Vieille* de Michel Sardou, qu'il enregistre lui aussi sur cassette et lui expédie à Paris.

Il a beau fanfaronner, Murielle a atteint son but. Et lorsque par miracle il obtient son bac en juin 1978, il décide de faire d'abord son service militaire dans les paras avant de décider de s'engager pour plusieurs années.

Sébastien et Murielle entretiennent aussi une correspondance régulière, même si les lettres de Sébastien sont plus fréquentes que celles de sa copine. Le garçon poursuit ses études de maths à la fac Saint-Charles de Marseille avec plus de détermination que de réussite. Bien qu'il travaille d'arrache-pied, ses notes sont invariablement à peine au-dessus de la moyenne, entretenant chez lui ce sentiment de frustration et de jalousie qui ne le quitte pour ainsi dire pas. Pourquoi certains de ses camarades, qui passent leur temps à sortir, picoler et fumer des joints, ont-ils de meilleurs résultats que lui ? Il s'agit d'une injustice flagrante, les profs ne l'aiment pas, de toute évidence. Pour quelle raison ? Il n'en sait rien, sans doute à cause de son père... Les contrôleurs des impôts font en général l'unanimité contre eux.

Parfois cependant, mais trop rarement, Sébastien fait preuve de franchise avec lui-même, et il est obligé d'admettre que le problème vient de lui. Il n'est pas et ne sera jamais la personne brillante qu'il rêvait d'être. Dans ces moments-là, lorsque sa personnalité tourmentée est apaisée, il recherche à nouveau la compagnie de son ami de toujours, qu'il fuit régulièrement d'habitude. Téo, qui l'adore malgré ses sautes d'humeur et l'accepte tel qu'il est, est alors ravi de retrouver pour quelques jours celui qu'il considère comme son frère. Les deux amis sortent les vieilles motos du garage des parents de Téo et repartent dans la colline faire mille bêtises, exactement comme lorsqu'ils étaient gamins.

Mais cela ne dure jamais bien longtemps. Le caractère ombrageux de Sébastien reprend vite le dessus, n'importe quel prétexte étant alors bon pour cesser de s'amuser et retourner vers une solitude dans laquelle il semble se complaire. Téo, qui est d'un caractère simple et facile, ne cherche plus à le retenir et à le faire profiter malgré lui d'une vie que lui-même trouve merveilleuse. Il sait qu'il est privilégié, avec une famille adorable, pas beaucoup de travail mais énormément de sport et de distractions, des amis pour déconner et toutes les filles de la Terre pour sortir avec lui. Mais Sébastien ne devrait rien avoir à lui envier, il a tout ça à sa portée, sauf que d'après Téo, son camarade fait une grave intolérance au bonheur et refuse de se laisser aller à être heureux. Cela ne l'empêche pas de l'aimer. Quand son ami est disponible pour rigoler, alors tant mieux. Quand ce n'est plus le cas, eh bien tant pis, il a plein d'autres amis…

13

C'est mon premier job en tant que tueur à gages, et j'ai bien peur de m'être déjà fait une réputation d'emmerdeur auprès de mon commanditaire, le beau Baptiste. Cela fait maintenant quatre semaines pleines que je surveille le sieur Kojak, Albanais de naissance, Français d'adoption, et très prochainement décédé de force. Mon Corse s'impatiente, alors j'ai décidé de lui faire plaisir, je vais honorer mes engagements dès ce soir. Nous sommes jeudi, et Kojak graisse les pattes de ses ripoux, tous les jeudis pour certains, et tous les vendredis pour d'autres. Si jamais un imprévu m'empêchait d'aller au bout de ma mission ce soir, je pourrais encore essayer demain. Tino Rossi n'est plus à un jour près pour entonner *Petit papa Noël* avec le cadeau que je vais lui faire. Durant ces quatre dernières semaines, j'ai trouvé l'emplacement parfait pour m'installer. Suffisamment éloigné pour pouvoir ne pas être repéré, et assez proche pour ne pas trop risquer de rater ma cible. Il s'agit du toit d'un immeuble rue d'Aubervilliers, à un peu moins de cinq cents mètres des jardins d'Éole, le bureau de banque de Kojak, ou plutôt devrais-je dire du distributeur automatique de billets des flics ripoux qui protègent l'Albanais. La problématique pour le choix du lieu de tir est simple et doit tenir compte *grosso modo* de trois impératifs : précision, discrétion et extraction. Les deux premiers sont presque invariablement antinomiques, mais pas toujours, la précision restant quasi exclusivement l'élément prépondérant. Ensuite, peu importe sur quoi on tire, celui qui est en mesure de mettre de la distance entre lui et son but et de le toucher à tous les coups est quelqu'un qui aura l'avantage de la surprise et de plus grandes chances de fuite en cas de complications après le tir. Cela amène au principe numéro trois après la discrétion : le plan de fuite. Si vous êtes arrivé sur votre poste de tir en toute discrétion, il faudra savoir en partir… en toute discrétion. Connaître divers chemins de fuite est indispensable pour faire face à plusieurs situations dangereuses pour vous. Partez du principe qu'après le tir, il faudra fuir pour des raisons évidentes de bruit ou parce que le but a été atteint et que l'on vous recherche… J'ai tenu compte de cette théorie universelle lorsque j'ai opté pour le toit sur lequel j'attends patiemment depuis maintenant trois heures en bougeant le moins possible. Pour manquer l'Albanais, il faudrait que je devienne subitement aveugle ou que celui-ci se jette à terre lorsque je tirerai. J'ai équipé mon fusil d'un silencieux efficace et je peux fuir dans trois directions différentes, selon que les sbires de Kojak décident ou pas de venger leur patron. À mon avis, dès qu'ils auront constaté que le crâne rasé a explosé, ils vont plutôt tailler la route et chercher à protéger leurs arrières en allant se mettre à l'abri. Alors que je me dis que je vais devoir m'autoriser quelques pas, histoire de me dégourdir un peu et ne pas grincer de partout lorsque je me lèverai, Kojak rentre dans le jardin, accompagné de sa garde rapprochée. Trois affreux le serrent de très près, mais je sais, pour les avoir vus faire à chaque fois, qu'ils s'écarteront et prendront position à l'entrée du parc dès qu'un flic se pointera. Pour l'instant, ils sont encore collés à leur patron et scrutent l'obscurité, tournant leurs vilaines têtes de brutes épaisses en tous sens. Je me fends intérieurement la poire : ils vont être sacrément surpris dans quelques minutes, quand Kojak va s'effondrer. Chercheront-ils encore dans les massifs de fleurs un tireur embusqué ? Ma déconcentration est de courte durée, un type vient de pénétrer dans le square. Il est rapidement fouillé par l'une des petites frappes, puis sur un signe de tête du grand patron, il s'avance pour encaisser sa paie hebdomadaire pendant que les sous-fifres reculent pour se poster à la grille d'entrée tout en adoptant ce qu'ils imaginent sans doute être une mine ultraconcentrée. Des vraies têtes d'abrutis, oui ! Si je n'avais pas autant besoin de me concentrer, je me laisserais aller à rigoler un bon coup tellement ils sont pitoyables. Kojak et son larbin assermenté discutent deux secondes puis, tel un magicien, l'Albanais fait apparaître une grosse enveloppe dans sa main droite et la tend au ripou. Celui-ci s'en empare, l'ouvre et en extrait une volumineuse liasse de billets qu'il s'empresse de compter avant de marquer un temps d'arrêt et de fixer mon mafieux d'un air mécontent. Je suis très loin, mais la lunette de mon arme m'est bien utile pour assister à la scène comme si j'étais au premier rang de ce théâtre de plein air qu'est devenue pour l'occasion l'esplanade des jardins d'Éole. Sauf que je n'ai pas le son. J'imagine quand même un peu le dialogue car les attitudes sont explicites. Mon vilain flic fait la gueule, il voudrait bien une rallonge, mais crâne rasé la lui refuse et lui dit de se barrer. Je vois bien son bras s'agiter et son doigt pointer vers la petite porte grillagée. Casse-toi pauvre con ! C'est exactement ça qu'il doit lui dire. Le ton monte entre les deux, et je vois la garde rapprochée de Kojak devenir nerveuse. Deux des balaises ont sorti une arme et fixent la scène, anxieux tandis que leur big boss empoigne le flic par le col et le repousse violemment. Tu ne vois pas, me dis-je, que l'inspecteur Columbo s'énerve d'un coup et descende ma cible ? Ah, ah, ce serait trop bon ! Mais non, il ne faut pas rêver. Le flic a cessé de ronchonner, il a bien dû voir les sbires sortir leurs flingues. À sa place, je me calmerais aussi…

Je décide maintenant de me reconcentrer, je suis ici pour un travail, pas au spectacle. Et comme mon Albanais ne s'agite plus en tous sens, je vais pouvoir viser plus aisément. Ça discute encore, le flic exprime toujours des revendications, d'un genre dont il ne peut parler à son syndicat, et je vois Kojak opiner de la tête, genre « Je suis d'accord avec toi, la prochaine fois tu auras plus, promis ». S'il arrêtait une seconde de secouer son crâne d'œuf, je pourrais tirer, merde ! Enfin, il se met sur pause et sourit bêtement. Je prends une longue inspiration, cherche à sentir les battements de mon cœur qui est idéalement lent, puis fixe ma cible dans la lunette de mon arme. Mon doigt effleure la gâchette, puis s'immobilise. Le temps s'est ralenti, je ne vois plus rien d'autre que la tête sur laquelle je dois faire feu. Rien ne pourrait me déconcentrer. Mon index augmente la pression, le coup part et c'est terminé. La boîte crânienne de Rrezargjend Shkozak est en mille morceaux.

J'ai décidé en arrivant à mon poste de tir que je ne bougerais, une fois Kojak descendu, que si j'étais repéré et qu'il me fallait impérativement fuir. Sinon, il était plus prudent d'attendre sur place que le parc se soit vidé. J'étais certain que quoi que fassent les hommes de l'Albanais, ils n'appelleraient pas les flics. Et comme mon fusil était muni d'un silencieux, ce n'était pas le bruit qui les alerterait. Mais je n'avais pas prévu ce qui se passe dès que le corps du truand s'effondre au sol. Un des sous-fifres s'enfuit sans demander son reste tandis que les deux autres, plus courageux mais aussi bien plus stupides, ressortent les armes qu'ils venaient de rentrer et font feu sur mon pauvre flic, croyant que c'est lui qui vient de dessouder leur patron. Qu'ils ne l'aient vu brandir aucune arme ne les perturbe *a priori* pas du tout. Le gars est à terre, une multitude de balles dans le corps désormais sans vie, mais ce n'est pas grave, les débiles continuent de tirer. Enfin, quand leurs chargeurs sont vides, ils s'approchent du corps de leur ex-patron et sont obligés de constater qu'il est plus que mort. Alors seulement, ils réalisent qu'il vaudrait mieux dégager rapidement, qu'ils ont fait un boucan d'enfer, que d'autres policiers vont se pointer, et qu'ils sont désormais des tueurs de flics.

14

Vers la fin de l'année 1979, Téo termine son service militaire dans les paras, vouant une reconnaissance éternelle à son amie Murielle qui a su le dissuader de s'engager dans l'armée à l'issue de son bac. Tout n'est pas négatif, bien sûr, dans l'année qu'il vient de passer en uniforme : il est plus que jamais en excellente forme physique, s'est fait quelques copains pour la vie et surtout a eu la chance de pouvoir effectuer un maximum de sauts en parachute. Mais cela ne contrebalance pas le fait que s'il n'a pas de problème particulier avec l'autorité en général, il est irrémédiablement allergique à l'autoritarisme et a dû prendre énormément sur lui durant cette année pour ne pas finir au cachot comme certains de ses camarades moins capables de se dominer.

Durant son année de terminale, il avait accompli la préparation militaire parachutiste au camp d'Idron dans les Pyrénées-Atlantiques. Il s'agissait là presque d'une formalité pour lui qui pratiquait déjà le parachutisme sportif, et le côté « militaire » de la préparation ne l'avait pas rebuté outre mesure. Il est vrai que l'instructeur était sympa et appréciait d'avoir avec lui un élément si volontaire et déjà expérimenté, pour l'aider dans son cours. En revanche, cela n'avait pas été le cas pour son service proprement dit. Ses camarades et lui avaient eu la malchance de tomber sur une brochette de sous-officiers gratinés, des vieux de la vieille qui avaient résisté à l'Indochine puis à l'Algérie et qui à l'approche de l'heure de la retraite tentaient maintenant de résister aux ravages des trop nombreux litres d'alcool qu'ils avaient ingurgités dans leur vie, et qu'ils continuaient d'ingurgiter, aux comptoirs des innombrables bars de la ville de Pau où Téo était incorporé. Sachant qu'il était trop tard pour faire machine arrière et que de toute évidence il devait d'une manière ou d'une autre effectuer la totalité de son service national, le jeune garçon avait tout fait pour positiver. Cette année sous les drapeaux lui permettait de sauter, de s'initier au tir en apprenant à se servir d'armes diverses, et de pratiquer intensivement les sports de combat qu'il affectionnait tout en en découvrant de nouveaux. Il aurait pu tomber plus mal, se disait-il à juste titre.

De retour à Carnoux-en-Provence, Téo retrouve avec joie sa famille qu'il n'a vue que deux fois en un an. Mélia sa petite sœur a maintenant 15 ans et va entrer en seconde. Ses ennuis de santé sont loin et elle est devenue une belle jeune fille – le portrait craché de sa mère au même âge – bien plus sage et disciplinée que son frère. Quand il découvre son fils, Alessandro, qui rate rarement une occasion de plaisanter, se régale à commenter la coupe de Téo.

— Encore plus court que la coupe Sandro ! Je ne savais pas qu'il y avait des coiffeurs pires que moi !

— Des coiffeurs pires que toi, il n'y en a pas, papa. Ces types ne sont en aucun cas des coiffeurs. Dans mon régiment, c'étaient des appelés comme moi qui assumaient cette fonction à tour de rôle, et je te garantis qu'ils n'avaient aucune formation.

— Tu me rassures, j'étais inquiet de ne plus détenir le record du plus mauvais coiffeur. Ouf ! Mais ils auraient pu te laisser partir avec quelques poils sur le caillou. Tu avais fini, quand même !

— C'est l'armée, papa. Ils aiment bien emmerder le monde. Et puis, je n'étais pas le préféré de l'adjudant, je dois dire.

— Tu m'étonnes...

Maintenant que la corvée inévitable du service militaire est achevée, Alessandro et Cloé Pirtakis encouragent leur fils à reprendre des études. Il n'a aucune formation et ce n'est pas son bac B qui va lui ouvrir les portes du marché du travail. Mais Téo a d'autres idées en tête. Il veut voyager, voir du pays et ne pas se laisser enfermer dans le schéma de monsieur Tout-le-monde. Il a décidé de partir à l'aventure, muni de son seul sac à dos et des quelques billets qu'il pourra gagner avant de partir. Malgré l'insistance de ses parents, surtout celle de Cloé qui s'angoisse à l'idée des risques auxquels s'exposerait son fils sur la route, et malgré l'intervention de Murielle qui tente par tous les moyens de convaincre son ami, Téo reste inflexible : son choix est fait, il va trouver un job pour quelques mois puis il mettra le cap à l'ouest, direction le Brésil.

Tout le monde espère que d'ici là le garçon aura changé d'avis, mais tout le monde se trompe. Le 15 février 1980, après avoir travaillé quatre mois dans un restaurant de Cassis et économisé chaque centime de son salaire, Téo monte à bord d'un cargo en partance pour Santos, importante ville portuaire du sud du Brésil, proche de la capitale économique du pays, São Paulo. Grâce au propriétaire du restaurant cassidain dans lequel il était employé et qui connaît personnellement un haut responsable de la compagnie maritime, il a réussi à négocier un tarif réduit en échange duquel il travaillera à bord toute la durée de son voyage.

Murielle est venue en Provence pour y passer les vacances de février. Elle est toujours à Paris, en dernière année de licence, et enrage de ne pas parvenir à faire changer d'avis son bel ami. Elle est plus que jamais amoureuse et adorerait partir avec lui dans cette excitante aventure. Elle ne lui avoue ni l'un ni l'autre, et finit par le laisser embarquer seul, le cœur serré et la larme à l'œil, ne sachant quand elle le reverra, avec la seule promesse qu'il lui écrira dès qu'il pourra.

Sébastien est également sur le quai le jour du grand départ et il envie lui aussi Téo qui a le courage de se lancer seul dans une grande aventure dont il se sent bien incapable. Mais il a Murielle pour lui tout seul encore quelques jours et cela le remplit de joie. Il a programmé des sorties au cinéma, à la patinoire de Marseille, ainsi qu'au bowling et au restaurant. Il compte bien lui faire oublier son chagrin, tellement visible et tellement rageant.

15

Dès le lendemain de la mise à exécution de mon premier contrat, je retrouve Baptiste dans le même troquet pourri que la fois d'avant. *Chez Paulo* est toujours autant enfumé et je me dis que s'il devait y avoir d'autres rendez-vous, je refuserai que ce soit là. J'ai déjà survécu à beaucoup de choses et n'ai définitivement pas envie de me choper un cancer dans ce trou à rats. Au premier coup d'œil, je me rends compte que mon commanditaire n'a pas l'air des plus ravis, alors j'attaque d'emblée de jeu.

— Tu es libéré de ton Albanais, mission accomplie.

— Tu parles d'une mission accomplie, toi ! Tout ce que Paris compte de policiers est sur le pied de guerre. Mais quel bordel tu as été me foutre ! Il ne manquait plus que tu me dézingues les gardes de Kojak, et c'était la totale ! Quelle idée d'aller buter un flic !

— C'est quoi ton délire ? Baisse un peu le ton, s'il te plaît. D'où tu sors que j'ai dessoudé le flic ?

— C'est pas ce que tu as fait ?

— Non, ce n'est pas ce que j'ai fait. Ce sont les autres tarés, les gardes du corps, qui l'ont abattu quand l'Albanais est tombé le crâne en mille morceaux. Ils l'ont pris pour Gérard Majax, le plus grand magicien de la Terre. Sans arme à la main, il avait explosé la tête de leur patron.

— Ah... Ce sont eux qui ont tué le flic... Putain, mais quels cons !

— Tu l'as dit. Ils ont vidé leurs chargeurs sur le pauvre type. Remarque, je ne le plains pas, ça fait un pourri de moins, c'est tout.

— Ouais, mais c'est mauvais pour le business, ça va refroidir ses collègues qui vont avoir moins envie de venir me manger dans la main.

— Ils seront toujours moins refroidis que lui, si ça peut te rassurer.

— T'es vraiment un rigolo, toi. Arrête, je vais me tordre de rire !

— Ouais, ben moi, je ne riais pas du tout hier soir, après leur fusillade à la con. Plus question de me barrer en douce après le raffut qu'ils avaient fait. Les bagnoles de flics arrivaient de toute part. En deux minutes, le square était rempli de policiers en tenue et moi j'étais bloqué sur mon toit, espérant qu'il n'y en aurait pas un plus intelligent que les autres pour comprendre que le coup qui avait tué Kojak ne venait pas du jardin.

— Tu as attendu longtemps ?

— Attendu quoi ?

— Eh bien, mais pour pouvoir te barrer, débilos !

— Parle-moi plus doucement, je t'ai déjà dit. Non, je n'ai pas attendu très longtemps, j'aurais bien aimé, mais le mauvais flic est arrivé trop vite. Un type en civil, un inspecteur sans doute. Il s'est pointé sur les lieux, il a regardé ce qui restait de ton ami l'Albanais, et il s'est immédiatement tourné vers moi. On aurait dit qu'il savait que j'étais là. Ensuite il a appelé des mecs en tenue et a donné des ordres en pointant du doigt tous les toits alentour. Alors les mecs se sont mis à courir dans tous les sens pendant que superflic demandait des renforts dans sa radio.

— Merde !

— Comme tu dis.

— Et t'as fait quoi ?

— Tu voulais quoi, que je reste à les attendre en tendant mes poignets pour qu'ils me passent les bracelets ? Je me suis barré *fissa*, oui ! J'ai replié tout mon matériel et j'ai effacé mes traces du mieux que je pouvais. Tout était prêt, remarque. J'avais prévu d'avoir à m'enfuir précipitamment. Sauf que je ne pensais pas que ce seraient les flics que je fuirais. J'ai jeté un dernier coup d'œil pour voir d'où ils allaient arriver, j'ai taillé la route par une des voies de repli que j'avais choisie et je n'ai pas été emmerdé. Ils ont commencé par vérifier des toits plus proches du jardin, ça m'a laissé du temps.

— Quels abrutis ces mecs quand même ! Bon, donc excuse-moi, ce n'est pas de ta faute, si j'ai bien compris. Finalement j'aurais dû te demander d'éliminer les lieutenants, parce que des idiots de cet acabit j'en veux même pas pour nettoyer mes chiottes. Allez, passons. J'ai ce que tu as demandé. Trois jeux complets. Carte d'identité, passeport, permis de conduire, tout. Les photos que tu m'avais refilées ne sont pas bien belles, mais ça, je n'y suis pour rien.

— Fais voir… Non, pas de souci, c'est super, merci. Et pour le reste ?

— C'est dans ce sac, si tu veux recompter.

— Je te fais confiance, je sais que tu ne vas pas m'arnaquer, ce n'est pas ton genre. Dédé m'a garanti que tu étais réglo… Pour un Corse…

— Tu parles ! Le Dédé il est encore plus corse que moi ! Mais tu ne devrais pas plaisanter avec ça. Si tu tombes sur un mec susceptible, ça risque de chauffer.

— Mais toi tu n'es pas susceptible, pas vrai ?

— Ça dépend pour quoi.

— Bon, je peux te raconter une blague sur les Corses alors ?

— Si tu as envie de jouer avec ta vie…

— Je risque bien plus en respirant l'air qu'il y a dans ce bar – si on peut appeler ça de l'air – qu'en te racontant une innocente blague. Alors, tu veux ou pas ?

— Vas-y. Mais je te préviens, je vais pas rigoler.

— Tant pis pour toi. Donc je commence. C'est deux amis corses qui se rencontrent. Ça fait très longtemps qu'ils ne se sont pas vus. Ils se donnent de leurs nouvelles, puis passent à leurs gosses. Ma fille s'est mariée, mon grand fait ça, le moyen fait ceci… Je te la fais courte, hein, pour pas que tu t'impatientes.

— Je m'impatiente pas, j'en ai plein le troufignon.

— Et d'un coup, l'un des deux, très fier, dit à l'autre : Tu sais pas ce qu'il fait mon dernier ? Il a fait des études pour être docteur ! Médecin, il paraît qu'il faut dire. Ah ? Et il a ouvert un cabinet ? Non, beaucoup mieux que ça. Il est à la médecine du travail ! La médecine du travail ! Ils ont enfin reconnu que c'était une maladie ! Alléluia !

— C'est fini ? Elle est nulle ta blague. En plus je la connaissais. Mais mieux racontée.

16

Malgré les difficultés rencontrées, Sébastien termine sa troisième année de fac avec une licence de maths en poche. Il lui a fallu faire preuve de beaucoup de persévérance et d'acharnement pour en arriver là. Ce n'est qu'en limitant au maximum les distractions et les sorties qu'il a obtenu son diplôme et grâce également à la grande disponibilité de monsieur Choukroun, le père de Murielle, qui a toujours répondu présent lorsque l'étudiant le sollicitait. Olivier Choukroun apprécie énormément Sébastien, qu'il juge raisonnablement intelligent, sympathique, sérieux et travailleur. Il le verrait avec plaisir d'ici quelques années épouser sa fille et devenir son gendre, mais malheureusement Murielle semble ne pas le voir autrement que comme un bon camarade. Ce qui n'empêche pas son père d'espérer, on ne sait jamais, après tout. Monsieur et madame Choukroun sont très fiers de leur fille unique qu'ils chérissent de tout leur cœur. Il y a bien longtemps que la petite déception du professeur de maths est oubliée. Murielle n'aime pas les maths ? La belle affaire ! À peine âgée de 20 ans, la voilà diplômée de la prestigieuse université parisienne de la Sorbonne. Bien sûr, leur vie à Carnoux est plus terne depuis que Murielle est partie étudier à la capitale, mais ils sont heureux pour elle. Loin d'être aveugles, ils voient bien que leur petite croque la vie à pleines dents et a de nombreux amoureux, bien qu'elle n'en parle jamais ni ne soit venue leur en présenter un. Estimant qu'il vaut mieux prévenir que guérir, Denise Choukroun a depuis très longtemps, un peu avant son départ pour Paris en fait, discuté avec Murielle des moyens de contraception et des risques auxquels elle s'exposerait en ayant des relations sexuelles non protégées et elle ne le regrette pas. Même si à l'époque son mari la traitait de folle qui voulait dévergonder leur fille, et même si Murielle rougissait à en devenir écarlate dès que sa mère abordait le sujet. Murielle peut avoir autant d'amants qu'elle le désire, elle ne tombera pas enceinte accidentellement. Mais ce qu'ils voudraient plus que tout maintenant, c'est que Murielle devienne prof à Marseille ou à Aubagne, et qu'elle rencontre un gentil garçon qui prenne soin d'elle. Et qu'à ce moment-là, elle délaisse sa pilule magique et qu'elle leur fasse de beaux petits-enfants. Sébastien aussi ne rêve qu'au retour de son amie en Provence. Il a beau s'être juré d'honorer son pacte, il a de plus en plus de mal à en respecter les termes et à ne pas espérer qu'un jour elle devienne sa femme. Ils n'étaient que des gosses lorsqu'ils ont mêlé leur sang, quel mal y aurait-il à passer outre ce serment stupide ? Il sait parfaitement que Murielle préfère Téo. Mais où est-il, son ami à l'heure qu'il est ? Se soucie-t-il de Murielle, lui ? Bien sûr que non. Il court le monde, couche avec n'importe quelle jolie fille qu'il rencontre et a oublié Carnoux depuis belle lurette !

Cependant, avant de tenter quoi que ce soit auprès de Murielle, Sébastien doit effectuer son service militaire, maintenant qu'il a fini la fac. Il pourrait demander un nouveau report pour prolonger ses études, mais il a assez souffert comme ça pendant trois ans. La maîtrise de mathématiques lui est totalement hors de portée, il est suffisamment lucide pour l'accepter. Sa licence le satisfait largement. Pour son service, il a déjà effectué toutes les formalités, complété un volumineux dossier et réussi les tests nécessaires afin de passer les douze prochains mois dans la gendarmerie, ce qui constituera un excellent tremplin pour intégrer la police nationale le moment venu. Ensuite, lorsqu'il sera devenu policier, rien ne l'empêchera de demander à Murielle de devenir sa femme.

Inconsciente d'occuper autant les pensées de Sébastien, la jeune femme, en cette fin d'année universitaire, est encore à Paris et n'en finit plus de faire la fête avec ses amis étudiants. Qu'on ait réussi ou échoué, peu importe, tout est prétexte à s'amuser, danser et boire plus que de raison. Contrairement à bon nombre de ses amies, Murielle ne multiplie pas les aventures sans lendemain. Elle a des relations sérieuses, même si elles ne durent pas. Elle reconnaît volontiers que c'est de sa faute, car elle recherche dans chacun de ses petits amis un double de Téo, alors qu'elle sait qu'il ne peut y en avoir qu'un comme lui. Dernièrement, elle a rencontré un jeune étudiant qui termine médecine. Ils ne sortent pas encore ensemble, il est trop tôt et elle ne le connaît pas assez, mais Murielle n'est pas insensible à son charme. Il s'appelle Julien et elle sait qu'il n'aurait pas besoin de beaucoup en faire pour qu'elle cède à ses avances. Peut-être lui ferait-il oublier son vieux camarade ? Cela l'étonnerait. Le petit garçon qu'elle a connu en cours préparatoire s'est transformé en un beau jeune homme d'un mètre quatre-vingt-cinq ; ses cheveux blonds, tout bouclés à l'époque, sont maintenant brun très foncé, presque noirs, et sont raides comme des piquets. Il a gardé ses magnifiques yeux bleus aux reflets verts si déconcertants, et son nez bizarre, légèrement de travers. Les multiples sports qu'il pratique depuis toujours l'ont solidement charpenté, et Murielle devine qu'il sera toujours beau et deviendra l'homme indestructible, inébranlable, dont elle rêve.

Où es-tu Téo, mon amour ? Avec qui ? ajoute-t-elle avec une toute petite pointe d'amertume. J'aimerais tellement que tu sois à mes côtés, et n'avoir jamais prononcé cette stupide promesse. Amis pour toujours ? Je veux plus que ça. Je te veux à moi, et je veux être à toi. Quand je te reverrai, si tu es encore libre, alors peut-être que je me libérerai de ce serment de gamine…

Téo Pirtakis, celui qui est l'objet de tant de questionnements, s'apprête à quitter le Brésil, un peu plus de trois mois après son arrivée à Santos. Le voyage vers le continent sud-américain s'était admirablement déroulé pour le jeune homme qui découvrait pour la première fois la vie sur un cargo et s'en était parfaitement accommodé malgré la somme de travail qu'il devait accomplir. Le tarif réduit que la compagnie maritime lui avait consenti était un marché de dupe et il avait travaillé chaque jour plus de douze heures tout au long de la traversée. Mais il ne lui était pas interdit de bavarder. Alors, comme un bon tiers de l'équipage était composé de Brésiliens et que lui-même était incapable de rester sans parler, il en avait profité pour apprendre la langue, ou du moins pour commencer à se débrouiller. Lorsque le cargo avait accosté, il était fin prêt pour sa grande aventure et remerciait mille fois son amie Murielle de l'avoir dissuadé de s'engager dans l'armée. Par ailleurs, pendant la traversée, il était devenu l'un des meilleurs spécialistes mondiaux de lutte contre la corrosion en haute mer. Nul doute que cela allait lui être indispensable pour découvrir le Brésil. La brosse métallique et la peinture antirouille n'avaient plus de secret pour lui, de même qu'il était désormais capable de nettoyer le sol d'un réfectoire ou de plusieurs sanitaires en quelques minutes. Mais pour ça, il faut dire qu'il avait déjà bénéficié d'un entraînement intensif durant son année chez les paras.

Une vie nouvelle et exaltante s'offrait à lui, alors qu'il avait tout juste 21 ans. Il était le plus heureux des hommes !

Après avoir mis le cap sur São Paulo et y être resté quelques jours à compléter tous les renseignements et conseils qu'il avait pu glaner de ses compagnons brésiliens, il avait eu la chance de trouver un camion qui faisait la route jusqu'à Asunción. Il ne risquait pas de laisser passer cette occasion de découvrir les chutes d'Iguaçu dont la beauté lui avait tant été vantée. Difficile pour lui d'imaginer qu'il aurait une seconde opportunité de couvrir les presque six mille kilomètres qui séparaient Foz do Iguaçu de São Paulo avec un seul et même véhicule. Le voyage fut légèrement plus long qu'il ne l'avait envisagé, mais il était tout sauf pressé et profitait de chaque seconde pour s'émerveiller de la beauté des paysages et de la gentillesse des Brésiliens. Ils commencèrent par un pneu éclaté alors qu'ils n'étaient qu'au tiers du parcours entre São Paulo et Curitiba. Ce n'était pas un problème insurmontable, son chauffeur avait une roue de secours et le pneu défaillant fut vite changé. Ensuite, avant Guarapuava, c'est la pompe à eau qui décida de les laisser en plan. Ce coup-là, le chauffeur n'avait pas de rechange, quel étourdi ! Il laissa la responsabilité du camion et de son chargement à Téo qui n'en menait pas large et disparut durant vingt-quatre heures avant de revenir avec une pompe d'occasion qu'il lui fallut bricoler pour l'adapter à son moteur. Au fur et à mesure que Téo améliorait son portugais, ses compétences en mécanique augmentaient elles aussi. Il finit par arriver aux chutes et ne regretta jamais les douze jours passés sur la route pour parvenir jusque-là. Il découvrait un spectacle grandiose dont il se souviendrait sa vie entière. Avec le petit appareil Canon qu'il s'était acheté d'occasion avant de quitter la France, il compléta la série de photos qu'il avait prises en chemin, et envoya les pellicules avec un petit mot gentil mais bref à sa copine de toujours, Murielle Choukroun.

17

Je commençais à apprécier le dénommé Baptiste… et décidais de ne plus jamais lui raconter de bonnes blagues.

Après qu'il s'est moqué si gentiment de moi, je quitte le bar enfumé, mes précieux faux papiers en poche et un sac rempli de billets à la main. J'ai dit au beau Corse que je lui téléphonerai très prochainement pour lui indiquer comment me contacter en cas de besoin. Pour l'instant, je ne vais pas être joignable pendant quelque temps. Je ne lui en dis pas plus, cela ne le regarde pas.

J'ai besoin de me poser quelque part, de trouver un petit appartement discret dans un quartier calme loin du 2e arrondissement. Je vais louer à l'aide d'un de mes nouveaux noms. J'ai maintenant le choix entre Bernard Delcroix, Alain Rignart et Pierre George. Le faussaire de Baptiste ne m'a pas raté, quels noms à la con ! Mais au final, l'important est que je puisse faire disparaître Téo Pirtakis de la surface de la Terre. Je choisis Bernard Delcroix. Après tout, ne suis-je pas en train de porter ma croix ? Quelques souvenirs de mes années de catéchisme avec l'abbé Carré d'as me reviennent comme dans un flash, mais je les repousse. Le petit garçon qui faisait l'enfant de chœur dans la grande église de Notre-Dame d'Afrique, celui qui sonnait la cloche pendant la messe sur les indications du curé, est mort, et bien mort. Il a cédé la place à un tueur de sang-froid qui a renié son Dieu et ne veut plus entendre parler ni de croix, ni de Jésus, ni de religion. Seule la vengeance occupe son esprit.

Bernard Delcroix va habiter dans le 5e, j'en ai décidé ainsi. C'est un petit clin d'œil que je m'accorde, une pensée émue et un sourire que j'envoie à un amour perdu, une ancienne amie qui a habité dans ce coin-là lorsqu'elle étudiait à la Sorbonne. En consultant les petites annonces immobilières, je trouve rapidement un appartement qui me convient parfaitement, au troisième étage du numéro 52 de la rue Mouffetard, un bâtiment qui fait l'angle avec la rue Ortolan. La station de métro Monge est à deux pas, et le Jardin des plantes tout proche. Je compte bien m'y rendre le plus souvent possible pour courir afin de rester en forme. Normalement, il est quasiment impossible de louer ne serait-ce que le plus minable des studios sans fournir une liste de documents longue comme deux bras. Contrat de travail, feuilles de paye, déclaration fiscale, etc. J'en passe, et des moins bonnes. *A fortiori* lorsque vous vous trouvez être un ex-taulard fraîchement libéré. Mais j'ai pour moi d'avoir une belle gueule, de savoir me rendre charmant et de présenter parfaitement bien si je fais l'effort de m'habiller correctement. Et bien sûr, d'avoir un sac débordant de beaux billets tout neufs. Je pense honnêtement que mon fric n'était pas le plus important dans la prise de décision du propriétaire lorsqu'il a fallu signer le bail, mais le fait que je paye d'avance pour une année entière y a quand même été pour beaucoup. Ça et mon beau sourire.

Une fois bien installé, je donne quand même un petit coup de fil à Baptiste, je le lui ai promis. J'ai de l'argent et compte me concentrer sur le projet qui me hante depuis que j'ai été arrêté, mais je ne peux faire l'impasse sur d'éventuelles rentrées. Lorsque ma vengeance sera accomplie, je veux pouvoir quitter la France, aller recommencer ma vie loin de tout ça et tenter d'oublier. Mais je me doute bien que ce n'est pas en allant travailler à la chaîne chez Renault que je vais me procurer l'argent nécessaire. J'ai donc malheureusement besoin de rester en contact avec des gens comme le Corse. Je me suis procuré quelques téléphones cellulaires et en ai affecté un à mes conversations « professionnelles ». C'est le numéro qu'aura Baptiste pour me joindre.

— Allô ?

Il a répondu dès la deuxième sonnerie.

— Tu veux une bonne blague corse ?

— C'est toi ? Tant mieux, je me demandais si tu allais refaire surface. J'ai quelque chose pour toi.

— Déjà ? Je ne sais pas trop…

— C'est bien payé et facile.

— C'est que je suis occupé, j'ai pas mal de choses à faire.

— Ces choses, elles ont bien attendu cinq ans, non ?

— Oui mais…

— Eh bé, elles vont attendre encore un peu, fais-moi plaisir. Et je te promets de rire, la prochaine fois.

— C'est pour toi le boulot ?

— Non, pas directement, mais ça me rendrait service que tu acceptes. Ce sera vite fait, tu ne le regretteras pas, crois-moi. Je peux te rappeler à ce numéro ?

— Oui, mais…

— Arrête avec tes « mais » ! Je te rappelle tout de suite.

Je reste le téléphone à la main et mes arguments au fond de la gorge. Après tout, si cela peut me rapporter un max, je ne vais pas refuser. Cinq minutes plus tard, ma jolie sonnerie retentit.

— Oui.

— Demain matin, 9 heures au bar *Zanzibar*, en bas de la rue des Martyrs, à l'angle du boulevard de Clichy dans le 9e. Métro Pigalle. Tu verras un grand Noir, Alassane, dis-lui que tu viens de ma part.

— Tu n'y seras pas ?

— Non, mais fais-moi confiance, le gars est réglo.

— Si tu le dis. Bon, j'y serai.

Je raccroche et me dis que je n'aime pas ça. Tout va trop vite, je ne connais pas ce type et n'ai que la parole de Baptiste pour toute garantie. À l'avenir, fini les rendez-vous dans les bars. Déjà, ça économisera mes poumons, et en plus personne ne verra à quoi je ressemble car je ne me montrerai plus. Je compose à nouveau le numéro du Corse.

— Tu veux quoi ?

— Juste te dire que demain je vais aller sur place, mais que c'est la dernière fois que je rencontre un commanditaire. Trop de danger pour moi, même si je te fais entièrement confiance. Dorénavant, si on te demande, tu donnes mon numéro, c'est tout. Il a mon nom, cet Alassane ?

— Tu me prends pour qui, toi ? Tu vas finir par me vexer !

— Excuse-moi, je retire ma question, c'était stupide. Si tu parles de moi à quelqu'un, dis juste « le Russe », c'est tout.

— Tu es russe comme moi je suis grec ! Je rêve !

— Justement, je ne veux rien qui permette de remonter jusqu'à moi.

18

Après le Brésil, où il a découvert une multitude d'endroits extraordinaires, Téo décide tardivement d'aller en Colombie. Il voyage depuis quelque temps avec un groupe de routards anglais, des jeunes comme lui, qui rêvent de découvrir le monde et le refont chaque soir au son d'une guitare, souvent devant un verre de bière et, quand ils le peuvent, en fumant un petit joint. Il s'est laissé convaincre de remonter le fleuve Amazone depuis Manaus jusqu'à une ville qui est à cheval sur la frontière. Côté Brésil, la ville s'appelle Tabatinga ; de l'autre côté, en Colombie, elle se nomme Leticia. Le voyage dure au minimum six jours pour un peu plus de onze cents kilomètres sur le plus grand fleuve du monde et s'il avait été seul, Téo n'aurait pas entrepris ce périple qu'il juge très impressionnant. Mais il est accompagné, et de plus, dans le groupe de ses nouveaux amis, une jeune fille l'intéresse particulièrement. Il s'est donc laissé tenter, bien que la Colombie n'ait jusque-là pas fait partie de son projet de voyage. Il envisageait initialement de passer par le Pérou avant de se payer l'avion pour les États-Unis. Il faut dire que la fille, qui a pour prénom Kaitlyn, est très belle et qu'elle ne semble pas impossible à conquérir. En six jours, il peut se passer beaucoup de choses, notamment sur un bateau où les distractions ne sont pas si nombreuses…

Mais rapidement, de ce côté-ci du moins, il doit déchanter. La promiscuité sur le bateau est telle que même s'il réussit à voler un baiser à sa belle, cela n'ira jamais plus loin. En revanche, pour ce qui est du dépaysement et de l'aventure, il est aux anges. Le bateau fait escale dans de nombreux villages plus pittoresques les uns que les autres, et à chacune d'elles des passagers descendent et d'autres montent, lui offrant ainsi de nouveaux visages à photographier, de nouvelles personnes avec lesquelles discuter. De plus, il est souvent possible de partir à la découverte du village le temps de l'escale qui dure plus ou moins longtemps, selon s'il y a des marchandises à charger ou décharger. Il adore cette manière de voyager et ne regrette rien. Durant les trois mois qui viennent de s'écouler à une vitesse vertigineuse, il a parcouru le Brésil d'est en ouest et du nord au sud. Le plus souvent en camion et en bus, mais aussi en voiture, à pied, un peu trop à son goût, et même une fois à cheval. Une expérience qu'il ne renouvellera pas car même s'il n'est pas tombé – un miracle – quand il est descendu de sa carne, il n'avait pour ainsi dire plus de fesses et ne pouvait plus s'asseoir pendant quinze jours. Il a vu tout ce qu'il voulait voir, comme le vrai touriste qu'il était. Dans le désordre et sans tout pouvoir citer, il y eut : le parc national de Chapada Diamantina, Salvador de Bahia, le Pantanal qui est la plus grande réserve naturelle d'animaux du Brésil, et bien sûr Rio de Janeiro, où il réussit à trouver des petits boulots pour regonfler son porte-monnaie chaque fois qu'il le fallait.

Une fois débarqué à Leticia, et après avoir définitivement admis que la jolie Kaitlyn ne partagera jamais son lit, Téo dit au revoir à ses amis anglais qui ont prévu de rester quelques semaines dans le sud de la Colombie. Lui-même met le cap sur Bogota où il compte prendre un vol vers San Francisco. Dans la capitale colombienne, cependant, il fait la connaissance d'un couple d'Espagnols qui le dissuade de prendre l'avion pour aller aux États-Unis. Ils ont un bien meilleur plan, et nettement moins onéreux : ils ont rencontré des Colombiens qui font régulièrement le voyage vers la Floride à bord de leur voilier et qui leur ont proposé moyennant une faible contribution de les embarquer avec eux. Il reste certainement des places, il n'y a qu'à se renseigner. Cela intéresse immédiatement Téo, qui voit là un moyen d'économiser une grosse somme d'argent et également de parfaire son espagnol hésitant, tout en profitant d'une croisière dans les Caraïbes et le golfe du Mexique. Il accepte donc et quitte Bogota en compagnie de ses nouveaux amis espagnols en direction de Barranquilla, l'un des ports fluviaux et maritimes les plus importants et actifs, à l'extrême nord de la Colombie, pour y embarquer sur le voilier qui le mènera à Miami.

Malgré ses récentes expériences de voyage qui n'ont pas toujours été les meilleures possible, Téo est resté très naïf et ne se doute pas une seule seconde des risques qu'il prend à s'associer à des Colombiens qu'il ne connaît pas et qui font fréquemment la traversée vers la Floride. Le transport de passagers payants n'est que de la poudre aux yeux destinée à détourner l'attention des douaniers américains de la cargaison dissimulée dans la structure du voilier.

Après quinze jours de navigation plutôt à l'étroit, à cinq personnes sur un douze mètres, Téo est ravi d'accoster dans le port de Miami. Il n'a plus dormi dans un vrai lit depuis des mois, se contentant le plus souvent d'une paillasse ou, comme pendant la remontée de l'Amazone, d'un hamac inconfortable suspendu entre deux poteaux. Il rêve d'une baignoire et d'un bain bouillant dans lequel il se prélassera des heures. Dès les formalités d'entrée aux États-Unis effectuées, il trouvera un hôtel abordable et s'offrira ce plaisir inestimable.

Malheureusement, à peine le bateau amarré au quai, des hommes en uniforme surgissent de nulle part, appréhendent immédiatement tous les passagers, et les séparent pour les empêcher de communiquer entre eux. Persuadé qu'il s'agit d'une méprise, Téo, dont l'anglais s'est très nettement amélioré grâce à Kaitlyn, essaie sans succès de faire comprendre aux policiers qu'ils font une regrettable erreur. Puis il comprend en voyant le sigle DEA au dos des uniformes que ces hommes n'ont peut-être pas si tort que ça et qu'il risque fort de s'être fourré dans un horrible guêpier en embarquant avec des Colombiens inconnus. Il ne mesure pas encore l'importance de ce qu'il encourt et a une pensée émue pour le bain chaud qu'il ne prendra pas avant longtemps.

Introduit *manu militari* dans un véhicule de police qui démarre en trombe, il se retrouve rapidement dans une salle d'interrogatoire d'un commissariat de la ville où on le laisse seul durant une bonne heure. Au fur et à mesure que le temps passe, son angoisse augmente et il devient de plus en plus désemparé, avant de comprendre que c'est évidemment le but recherché et qu'il lui faut tout faire pour se calmer et retrouver ses esprits. Après tout, il n'a strictement rien fait de mal et n'est coupable d'aucun délit. Les Américains sont des gens civilisés, non ? On ne va pas l'emprisonner pour rien, c'est une certitude. Malgré cette louable tentative d'autopersuasion, Téo n'en mène pas large lorsqu'une policière pénètre dans la salle et s'assoit en face de lui.

— Téo Pirtakis, c'est bien ça ?

— Oui madame.

— Écoute-moi bien mon garçon, car je ne me répéterai pas. Tu comprends bien l'anglais ?

— Si vous ne parlez pas trop vite, ça ira.

— Je vais essayer, sinon préviens-moi, et je te trouverai un interprète. Tu as compris ?

— Oui madame.

— Alors voilà. Ce que je pense, c'est que tu ne connaissais pas les deux Colombiens, Alvaro et Cruz, avant de monter sur leur bateau. J'ai feuilleté ton passeport, tu arrives directement du Brésil, pays dans lequel tu viens de passer un peu plus de trois mois. C'est exact ?

— Oui madame. Mais finalement je pense que je vais avoir besoin d'un interprète, je veux être certain de bien comprendre, excusez-moi.

— Il n'y a pas de problème.

La policière se lève et sort. Téo doit encore attendre. Après plus d'une demi-heure, la porte s'ouvre à nouveau. L'inspectrice est accompagnée du traducteur.

— Voici monsieur Ross, un interprète assermenté qui travaille régulièrement pour nous. Reprenons, si tu es d'accord.

Monsieur Ross se met donc à traduire au fur et à mesure les paroles de la policière tandis que Téo fait son maximum pour s'exprimer en anglais.

— Je te disais donc que je pensais que tu n'avais aucun lien avec les deux Colombiens, et que tu arrivais directement du Brésil, tu te souviens ?

— Oui madame.

— Il se trouve que ces deux hommes sont des trafiquants de drogue. Tu t'en doutais ?

— Non madame.

— Ce sont des trafiquants de cocaïne que nous surveillons depuis déjà quelque temps. Cela fait plusieurs voyages qu'ils effectuent depuis la Colombie jusqu'ici, vois-tu. Le problème, c'est que nous n'avons pas trouvé de drogue sur eux ni dans leurs affaires. Et…

— Et ?

— Et, nous les interrogeons depuis une heure et ils nient transporter autre chose que des passagers. Ils affirment qu'ils ne connaissaient ni les Sanchez, le couple d'Espagnols, ni toi, avant le départ.

— Donc cela prouve bien que je n'ai rien à voir avec eux.

— Laisse-moi finir. Notre problème, comme je viens de te le dire, c'est qu'il ne semble pas y avoir de drogue à bord du voilier et que dans leurs affaires non plus.

— Donc où est le problème ?

— Il est que ton sac et celui des Sanchez sont bourrés de coke. Voilà où il est, le problème. Ton problème, mon garçon.

— Mais je n'ai jamais vu de cocaïne de ma vie, je ne sais même pas à quoi ça ressemble !

— Je pense que tu dis la vérité, figure-toi. Je pense que ce sont Alvaro et Cruz qui ont mis les sachets dans vos sacs, pour qu'en cas de problème la DEA se focalise sur vous. Dans le cas contraire, si personne ne venait s'intéresser à eux, ils n'avaient qu'à récupérer discrètement la marchandise là où ils l'avaient déposée. Mais pour moi, ces sachets ne sont qu'un leurre. Je ne les vois pas faire la traversée avec si peu de marchandise. La véritable cargaison de coke est dissimulée dans le bateau. Il se trouve malheureusement que je suis peut-être la seule à penser comme ça. Donc, si tu ne veux pas passer les vingt prochaines années de ta vie en prison pour trafic de drogue, il va falloir que tu m'aides.

Téo est atterré, désespéré. Que peut-il faire ? Il est piégé et ne voit aucune solution à sa portée, malgré l'apparente gentillesse de la policière. Trop fatigué tout à coup, trop angoissé, il craque et fond en larmes. Il n'a que 21 ans et voit sa vie foutue, gâchée par sa bêtise. Puis, après une longue minute à s'apitoyer sur son pauvre sort, il se ressaisit, sèche ses yeux et renifle bruyamment en s'essuyant le nez.

— Vous dites que je peux vous aider ?

— Effectivement.

— Mais comment ?

— Les deux Colombiens sont des imbéciles, des sous-fifres chargés du convoyage de la cocaïne entre

Medellín et Miami, qui savent qu'ils risquent leurs vies et celles de toute leur famille si la drogue disparaît pendant le voyage. Qu'elle soit saisie par la DEA est un autre problème, auquel ils peuvent faire face. Mais si ne serait-ce qu'un gramme de coke est porté manquant à l'arrivée, alors ils sont morts, c'est aussi simple que ça. Tu as déjà entendu parler de Pablo Escobar ?

— À peine.

— Don Pablo – el padrino – est le principal parrain du cartel de Medellín, le plus grand réseau de narcotrafiquants du monde. Bon, peu importe. Ce qu'il faut juste que tu saches, c'est qu'Escobar est responsable, directement ou indirectement, de la mort de milliers de personnes. C'est un homme paisible, vois-tu ? Parfois, quand ça le prend, pour l'exemple ou juste pour le plaisir, il choisit un pauvre type et le désigne comme traître. Il le torture lentement puis le tue. Cela a un fort effet dissuasif sur ses hommes. Personne, à moins d'être fou et suicidaire, n'oserait le trahir. Ce qui ne l'empêche pas de recommencer régulièrement. Alors, pour en revenir à nos deux idiots, je suis persuadée qu'ils sont allés vérifier plusieurs fois leur cargaison pendant la traversée. Le voilier étant minuscule, il est impossible que tu n'aies rien remarqué. Je veux que tu me dises où est la coke.

— Mais je vous ai dit que je ne suis au courant de rien. Et vous étiez d'accord !

— Je suis toujours de cet avis. Mais tu sembles un garçon intelligent, réfléchis, creuse ta mémoire. Tu as certainement observé quelque chose sans t'en rendre compte. À l'époque tu ne savais pas, pour la drogue, donc je peux comprendre que rien de ce que pouvaient faire les Colombiens ne t'ait alarmé et que tu n'aies pas tiqué, mais désormais ce n'est plus le cas. Allez, force-toi un peu ! Sinon nous serons obligés de t'inculper.

Téo comprend que s'il ne parvient pas, par un moyen ou un autre, à aider la police, il n'aura aucune chance de sortir libre de ce guet-apens. Une colère noire s'empare de lui, il insulte intérieurement les deux Colombiens, et se jure d'y arriver. Il va trouver ce qui jusque-là lui a échappé.

— Je vous promets de découvrir ce que vous cherchez. Laissez-moi un peu de temps et de calme pour me concentrer. J'ai faim, et soif, aussi. S'il était possible d'avoir un sandwich et de l'eau, cela m'aiderait.

19

À 9 heures précises, j'entre dans le *Zanzibar*. Je suis ravi de constater qu'il n'y a aucune comparaison possible avec *Chez Paulo*, l'infâme bouge de Baptiste. Ici, les clients ne recherchent pas une mort prématurée à coups de cancer du poumon. Peut-être la cirrhose, mais cela ne me concerne pas. La salle est impeccablement propre, l'air est limpide, et je ne vois personne qui puisse être comparé à un zombie. Un Noir est assis seul à une table et je présume qu'il s'agit d'Alassane. Comme je me dirige vers lui, il se lève et me tend la main. Je ne lui donne pas plus de 20 ans. Il porte un costume que j'imagine hors de prix et son attitude évoque plus celle d'un élève d'une prestigieuse université anglaise que celle d'un loubard de Barbès. Même si ce troquet est un cinq-étoiles par rapport à *Chez Paulo*, Alassane n'est pas à sa place ici et cela déclenche ma petite alarme intérieure. Qu'est-ce que je fous là ? Alassane a une poignée de main franche et énergique et me regarde droit dans les yeux. « Il est réglo », m'a dit Baptiste. Allez, faisons-lui confiance…

— Bonjour, je viens de la part de Baptiste.

— Je m'en doutais. Merci d'être venu, asseyez-vous, s'il vous plaît. Je peux vous offrir à boire ?

Une pointe d'accent anglais. Cambridge ou bien Oxford ?

— Un café, merci.

Alassane passe la commande et mon expresso est très vite devant moi. Je demande alors :

— Bien, et si vous me disiez pourquoi je suis là ?

— Bien sûr, excusez-moi.

À voix basse, il entame son récit, regardant régulièrement autour de nous pour voir si quelqu'un l'écoute.

Il est originaire du Burkina Faso, un petit pays d'Afrique coincé entre la Côte d'Ivoire et le Ghana au sud, le Mali à l'ouest et le Niger à l'est. Petit pays d'une extrême pauvreté mais dont tous les habitants ne sont pas dans la misère. Certaines familles sont multimilliardaires et possèdent de nombreux biens en Afrique et également en Europe. C'est le cas des Kamissoko, les parents d'Alassane. Mais celui-ci redoute de se faire dépouiller à très court terme par son beau-père, Moussa Soumaré, un homme cupide qu'il soupçonne d'être en train d'empoisonner sa mère. Son malheureux père est décédé deux ans auparavant dans des circonstances bizarres et pour l'instant inexpliquées, sur lesquelles il a sa petite idée, et sa mère dépérit depuis peu sans vouloir écouter son fils qui tente de la mettre en garde contre l'homme qu'elle a épousé en second mariage. Jusqu'à récemment, en cas de décès de la mère, son nouveau mari devenait le gestionnaire de la fortune familiale en attendant la majorité d'Alassane. Le garçon, qui aura bientôt 18 ans, ne se faisait pas de souci pour ça, il n'avait de crainte que pour sa mère et redoublait les mises en garde tout en payant des gens pour la protéger. Mais un fait nouveau et très alarmant est intervenu quelques jours auparavant. La mère d'Alassane a signé des documents donnant tous ses biens à son mari au cas où elle disparaîtrait, ne laissant que des miettes à son fils. Plus rien n'empêche l'infâme beau-père d'éliminer sa femme. Alassane n'a d'autre solution que de prendre les devants et de faire en sorte que Moussa Soumaré meure immédiatement, sous peine de se voir dépouiller. Il a longuement réfléchi et n'a pas trouvé d'autre solution. Sa mère ne veut rien entendre, elle est totalement sous l'influence de Soumaré et gobe tout ce qu'il lui dit. Il lui a promis que dès qu'il jugerait Alassane capable de prendre les rênes des entreprises Kamissoko, il se désisterait en sa faveur, mais que pour l'heure il était bien trop jeune et risquait de dilapider sa fortune.

— Je ne peux faire appel à personne localement, ce serait bien trop dangereux pour moi. Mon beau-père a énormément de mes compatriotes à sa solde. Mais le temps presse, cette ordure peut passer à l'acte à tout moment. Je le soupçonne d'avoir déjà soudoyé les gardes que je paye pour protéger ma mère. Ce n'est sans doute plus qu'une question d'heures avant qu'il ne passe à l'acte de façon définitive. Monsieur Baptiste est un personnage peu recommandable, je le sais, mais il a connu mon père il y a longtemps en Côte d'Ivoire lorsqu'il y habitait, et c'est pourquoi je me suis tourné vers lui. Il n'a pas hésité une seule seconde et m'a envoyé vers vous. Il m'a dit que je pouvais vous faire confiance, que vous étiez un professionnel aguerri doublé d'un homme de cœur.

— Ben voyons, comme c'est facile ! Vous étudiez en Angleterre ?

— Oui, pourquoi ?

— Juste comme ça. Oxford ?

— Non, Cambridge.

— Donc vous attendez de moi que j'élimine votre beau-père, c'est bien ça ?

— Oui monsieur.

— Et pour ça vous voulez que je me rende au… comment avez-vous dit ? Au Burkina Faso ? Et bien sûr, il va me falloir un visa ?

— J'ai bien peur que oui.

— Donc je rentre au Burkina, tue ce Moussa, et ressors comme si de rien n'était. Vous rêvez un peu, vous ne croyez pas ? Je ne connais rien de ce pays et suis certainement un tantinet plus blanc que la majorité des gens là-bas. Je serai repéré en deux secondes et envoyé en taule. Bien que je ne sois jamais allé en Afrique, j'imagine que la prison y est moins confortable qu'en France. Et même ici, je n'ai aucunement l'intention de faire quoi que ce soit qui m'y renvoie.

— Je vous promets que cela n'arrivera pas si vous m'écoutez. Nous allons réserver un vol pour Niamey, au Niger. De là, nous prendrons un 4 × 4 avec lequel nous pénétrerons au Burkina par les pistes, sans voir un seul poste frontière. Vous effectuez votre travail, et nous reprenons le véhicule tout-terrain direction Niamey où vous montez à bord de l'avion qui vous ramène ici. Vous n'êtes jamais entré au Burkina, vous ne craignez rien.

20

Téo mange son sandwich avec frénésie puis se désaltère. Il se rend compte que malgré l'imbroglio désespéré dans lequel il se retrouve, il mourait de faim. La policière est sortie, le laissant seul avec ses pensées qui, bien qu'il tente de se concentrer, partent en tous sens. Comment a-t-il été assez stupide pour ne se douter de rien ? Que va-t-il lui arriver s'il ne réussit pas à trouver un indice qui mette la DEA sur la bonne voie ? Risque-t-il vraiment d'être inculpé de trafic de drogue ? Il n'a de réponse à aucune question, et se dit qu'il doit vraiment faire un effort pour creuser sa mémoire. Comme l'a si bien dit la policière, le bateau est minuscule et il est impossible, si Alvaro et Cruz ont vérifié leur cargaison, qu'il n'ait pas à un moment ou un autre assisté à la manœuvre. C'est inscrit quelque part dans sa mémoire, il doit l'en extraire !

Ayant réussi à se calmer un peu, il se repasse le film des quinze jours en mer. Les Colombiens étaient vraiment sympas, jouant à la perfection leur rôle de skippers. Ils ne ménageaient pas leur peine et ne mettaient que très peu leurs touristes à contribution. Peut-être parce qu'ils ne voulaient pas que nous risquions de tomber par hasard sur la coke, se dit Téo. Mais non, c'est n'importe quoi ! La DEA et ses chiens renifleurs ont inspecté le bateau, aucune chance pour que nous découvrions quoi que ce soit. Il faut chercher ailleurs. La policière a raison, mais en même temps elle se trompe. La cocaïne est bien quelque part, mais les trafiquants n'ont pas eu à le vérifier. Alors, où peut-elle être dissimulée pour ne pas alerter l'odorat des chiens ? Dans la cale, impossible, il est bien trop facile d'y accéder. La coque ou bien la quille ? Sans doute que non, bien que ce soit *a priori* hors de portée du flair des chiens, cela impliquerait de gros travaux sur la structure elle-même, avec le risque d'entraîner des voies d'eau en cas de malfaçon. Le garçon doute fort que les convoyeurs aient envie de risquer un naufrage dans une mer infestée de requins. Il n'a aucune certitude en ce qui concerne les squales, mais il imagine volontiers que les Colombiens n'ont pas envie de tester. Alors, si l'on élimine l'intérieur du bateau, si l'on élimine la structure, que reste-t-il ? Malheureusement rien. Téo est sur le point d'abandonner, lorsqu'il a un éclair qu'il qualifiera plus tard d'éclair de génie. La cocaïne se trouve obligatoirement dans le haut du mât, ou plus certainement encore dans le haut des voiles. Et donc, il peut finalement dire que la policière, contrairement à ce qu'il pensait quelques minutes auparavant, a raison sur toute la ligne. Alvaro et Cruz ont amené plusieurs fois les voiles, et s'il y réfléchit bien, sans raison apparente. Ce devait donc être pour vérification. Des fois que la coke se soit envolée…

Surexcité, Téo se tourne vers la vitre opaque qui occupe tout le côté d'un mur de la salle et fait de grands gestes pour attirer l'attention sur lui. Il est persuadé qu'il s'agit d'un miroir sans tain et imagine qu'on le surveille. Mais son agitation fébrile reste sans réaction. Personne ne l'a remarquée. Alors il se lève et va tambouriner à la porte en criant. Deux secondes plus tard, même sans doute moins, celle-ci s'ouvre à la volée et un flic en uniforme entre en trombe, prêt à sortir son arme. Téo recule d'un bond en levant les mains bien haut, puis demande qu'on appelle la policière. Le flic le prie alors de retourner s'asseoir et de rester calme, il va faire le nécessaire.

Au bout d'un temps qui lui paraît interminable, le jeune garçon est rejoint par l'inspectrice, à qui il soumet son hypothèse.

— Ce n'est pas idiot, nous allons vérifier. J'espère pour toi que tu penses juste, car ma hiérarchie est loin de te croire innocent. Mais sois sans crainte, si tu ne te trompes pas, je te promets d'arriver à vous faire libérer, toi et tes amis espagnols.

— Merci madame.

Commence alors pour le garçon une nouvelle et longue attente. Sa vie dépend de ce qu'on lui dira lorsque la porte de la salle d'interrogatoire s'ouvrira la prochaine fois. Pourvu que ses déductions soient bonnes !

Téo patiente un moment en se forçant à repousser les pensées négatives qui l'assaillent, puis le temps passant, la fatigue se fait sentir. Alors, malgré l'angoisse qui le tenaille, ses paupières se ferment lentement, et il finit par s'assoupir, la tête posée sur ses bras repliés.

Le bruit de la porte qui s'ouvre brutalement le réveille en sursaut. Complètement désorienté, il se demande durant quelques secondes où il peut bien être, ne reconnaissant pas la pièce où il se trouve. Mais il revient vite à la réalité, et son anxiété redouble d'intensité. C'est la policière qui vient d'entrer. Que va-t-elle lui annoncer ? Alors qu'elle ouvre la bouche, le cœur de Téo s'arrête de battre.

— Bravo mon garçon, tu avais raison sur toute la ligne ! La drogue était dissimulée dans la voile mais aussi dans la partie supérieure du mât. Cela ne permet pas de cacher une grande quantité, mais nous en avons trouvé bien plus que dans ton sac et celui des Sanchez. Sans toi, nous risquions de passer à côté. Il me reste maintenant à convaincre ma hiérarchie de vous libérer, les Espagnols et toi. Cela risque de prendre un peu de temps, mais ne t'inquiète pas, j'y parviendrai. As-tu quelqu'un que tu aimerais prévenir en France ? Tes parents ?

Après avoir demandé à l'inspectrice de répéter plus lentement, Téo répond par la négative. Hors de question d'alerter sa famille ! S'il a la garantie d'être libéré, il ne veut en aucun cas affoler son père et sa mère.

Avec la naïveté d'un gamin de 20 ans, il pense pouvoir être libre au bout d'un jour ou deux. C'est sans compter sur la lenteur de la procédure judiciaire. De nouveaux policiers, assistés du même traducteur, viennent l'interroger et il doit répondre encore et encore aux mêmes questions. Il est auditionné par un procureur auquel il lui faut répéter en détail dans quelles conditions il a fait connaissance d'Alvaro et Cruz, comment s'est déroulé le voyage, et comment il a pu en arriver à la déduction que la cocaïne était dissimulée dans la voile et le mât. Cela à plusieurs reprises, sans doute afin de vérifier s'il ne se contredit pas, imagine-t-il. Ces auditions sont espacées sur deux semaines, il n'y a évidemment pas que lui de concerné, et les policiers aussi bien que le procureur ont d'autres chats à fouetter. Entre-temps, Téo est heureusement gardé dans une cellule individuelle, loin de véritables criminels, et surtout hors de portée des Colombiens.

Enfin, après vingt jours de détention, et alors qu'il commence à redouter le pire, Téo est averti par son inspectrice préférée en personne, laquelle vient lui rendre visite dans sa cellule, qu'il est définitivement totalement blanchi des soupçons qui pesaient sur lui, et qu'il va être libéré le jour même en fin de matinée. Sait-il où aller ? Il risque d'être perdu et totalement désorienté après son incarcération prolongée.

— Non madame. J'avoue que je n'osais pas trop réfléchir à l'avenir, pas trop faire de projets. Je suppose que je vais trouver un transport pour San Francisco, c'est là-bas que je devais aller en arrivant aux États-Unis.

— Tu es un bon gars, Téo Pirtakis. Et tu as fait de gros progrès en anglais. Mais ce pays est rude, ne t'y trompe pas. Un jeune homme comme toi est une proie facile pour des criminels en tout genre, tu as pu t'en rendre compte. J'ai parlé avec mon mari qui est entièrement d'accord. Si ça te chante, alors tu peux venir habiter chez nous le temps que tu voudras. Le temps nécessaire pour apprendre tout ce que tu dois savoir sur ce charmant pays qui est le mien.

Téo reste interloqué. Il n'en revient pas et n'hésite que le temps de réaliser sa chance. Cette proposition est inespérée, il accepte immédiatement.

21

Je suis à Orly, dans la file des passagers qui vont voyager en première classe sur l'antique DC-10 de la compagnie Air Afrique à destination de Niamey, la capitale du Niger. Je ne vais pas tarder à savoir si mes faux papiers sont de qualité. Je croise les doigts, je n'ai aucune envie de me retrouver en taule.

Alassane m'a finalement convaincu du bien-fondé de sa demande. Son beau-père est une ordure, un nuisible qu'il faut éliminer avant qu'il ne finisse de tuer sa femme. Il y a urgence, la saison des pluies commence déjà dans cette partie du Sahel, et les pistes que nous devons emprunter pour entrer clandestinement au Burkina ne seront bientôt plus praticables. J'essaie de me persuader que je suis uniquement guidé par mon bon cœur, mon âme chevaleresque, mais je dois avouer que la somme qu'Alassane me propose pour honorer mon contrat est elle aussi intervenue dans ma prise de décision. Je ne peux cracher sur dix millions de francs CFA. À ce rythme-là, je n'aurai pas besoin de rester longtemps tueur à gages pour m'assurer une confortable retraite.

Les formalités d'enregistrement sont très rapides et de plus je n'ai qu'un bagage à main. Je voyage léger par habitude, mais également parce qu'Alassane m'a garanti qu'il me fournirait tout ce dont j'ai besoin sur place. De toute manière, je ne me voyais pas mettre en soute ni un fusil à lunette, ni un revolver, ni même un simple cran d'arrêt. Mon commanditaire doit assurer cette partie de l'opération. Il m'a même promis de me procurer des vêtements plus adaptés à mon indispensable incognito.

Arrivé aux formalités de police, j'ai un petit pincement au cœur. Il y a deux personnes devant moi, je peux encore décider de faire demi-tour. Il suffira que je rende à Alassane les cinq millions qu'il a déjà virés sur le compte que j'ai ouvert au nom d'Alain Rignart à la Belize Bank International au Belize grâce à ses conseils éclairés. Il faut dire qu'Alassane est un petit génie de la finance et qu'il prépare à Cambridge son entrée dans une autre prestigieuse université anglaise en vue d'une maîtrise en finance internationale. J'ai appris à cette occasion que le Belize est un petit pays anglophone d'Amérique centrale, paradis fiscal dans lequel il est aisé de créer à distance une société offshore de type « International Business Company ». Une IBC est une société ayant vocation à engager des opérations internationales. Elle est exempte de taxes, n'a pas d'obligation de soumettre un rapport d'activité et permet un haut niveau de confidentialité. Tout à fait adapté aux besoins d'Alain Rignart. J'aurais bien sûr préféré ouvrir un compte à mon véritable nom, mais je ne peux me permettre de dévoiler ainsi mon identité à Alassane. En temps utile, je me débrouillerai pour ouvrir ce compte et ferai les virements nécessaires.

Les deux passagers ayant passé le contrôle, il m'est désormais impossible de rebrousser chemin. Je m'avance donc de mon air le plus décontracté possible. Ça, je sais faire. Flic pendant huit ans, taulard pendant cinq. J'ai appris à faire semblant…

Au coup de tampon du gars de la PAF, je suis totalement rassuré, les papiers de Bernard Delcroix sont en règle, Téo Pirtakis ne finira pas la journée en prison. Ouf ! Cela m'aurait fait de la peine pour lui. Alassane Kamissoko est sur le même vol que moi, mais nous ne nous connaissons pas et n'échangeons pas un seul regard. Il va m'épauler une fois arrivé à Niamey, mais ne fera rien de plus et n'interviendra jamais personnellement. Son anonymat doit lui aussi être préservé. Il a déjà réservé sous un faux nom par téléphone depuis la France le véhicule qui me mènera à Ouagadougou, la capitale du Burkina, mais me laissera me débrouiller avec le chauffeur.

Après cinq heures et demie de vol, notre avion se pose sur le tarmac de l'aéroport Diori Hamani de Niamey. Il est 17 heures et la température, d'après notre pilote, est encore de 28 degrés, ce qui fait une légère différence avec Paris. Je retrouve Alassane sur le parking, après avoir subi toutes les formalités d'entrée au Niger. Mon carnet de santé tout neuf, que j'ai exhibé fièrement, n'a intéressé personne. J'aurais aussi bien pu ne pas me décarcasser la veille pour me faire vacciner contre la fièvre jaune. À part ressentir une vague douleur au bras gauche, je ne vois pas à quoi il va me servir. Le garçon fait signe à un des nombreux taxis qui attendent les voyageurs dans un désordre indicible, et immédiatement trois chauffeurs se précipitent vers nous. Alassane semble avoir l'habitude, les palabres sont vite stoppés et nous embarquons dans une vieille Mercedes qui à vue de nez doit avoir au moins vingt-cinq ans. Je n'appuie pas trop mes pieds sur le plancher, de peur qu'ils passent au travers. Le moteur tousse plusieurs fois avant de décider s'il va démarrer ou pas, puis tout à coup s'emballe et rugit comme s'il allait exploser. J'ai très envie de descendre et de rebrousser chemin. Cela doit se voir car mon jeune accompagnateur me regarde en souriant.

— Bienvenue en Afrique, monsieur Delcroix. Bonne arrivée à Niamey.

Le taxi s'élance en brinquebalant sur une route qui aurait grand besoin d'une nouvelle couche de bitume et tout à coup, alors que je n'y ai pas prêté attention, il fait nuit. Je me souviens que sous ces latitudes, le jour décline très rapidement. Nous ne sommes plus en France, où la pénombre prend tout son temps, en fin d'après-midi, pour s'emparer petit à petit de la totalité du ciel. Ici, il fait grand jour à 17 h 59 et nuit noire à 18 heures. Bon, j'exagère sans doute un poil, mais l'idée est là : la nuit tombe avec une rapidité fulgurante. Après avoir roulé dans une zone quasi déserte, nous passons dans un quartier très animé que je suppose être le centre-ville, puis après avoir franchi un pont, nous quittons la route goudronnée pour emprunter des pistes sur lesquelles notre chauffeur doit fréquemment ralentir et rouler au pas pour ne pas noyer sa voiture dans d'immenses flaques d'eau. Comme me l'a dit Alassane, la saison des pluies a commencé.

Après vingt bonnes minutes, notre taxi stoppe devant une grande villa. Nous sommes arrivés à destination.

— Nous sommes dans le quartier de la Grande Mosquée, me dit Alassane. La maison appartient à un ami en qui j'ai toute confiance, nous allons y passer la nuit, et demain avant l'aube, un Land Cruiser va venir vous prendre. C'est avec lui que vous irez à Ouaga. Vous avez pu remarquer qu'il pleut déjà beaucoup. J'espère de tout cœur que cela ne rendra pas votre voyage impossible.

— Si votre 4 × 4 est en meilleur état que ce foutu taxi, cela devrait aller.

— C'est un véhicule presque neuf, ne vous faites pas de souci pour ça. Maintenant, avant de manger, il serait bon que nous revoyions ensemble les informations dont vous aurez besoin.

— Pourquoi pas. Il me semble que j'ai tout mémorisé, mais cela ne peut pas faire de mal.

— Et vous n'allez garder aucun papier qui pourrait me compromettre, n'est-ce pas ?

— Alassane…

— Excusez-moi, je suis désolé. Je sais que je dois vous faire confiance.

— Non seulement vous le devez, mais surtout, et c'est le plus important, vous le pouvez.

22

Téo reste deux mois chez Tracy et Edwin Johnson. Ils ont l'âge de ses parents et n'ont jamais pu avoir d'enfants. Il retrouve cependant avec eux une ambiance familiale qui, il s'en rend compte, lui manque beaucoup. Edwin est comptable au Dade County Art Museum de Miami, un magnifique jardin botanique doublé d'un musée dont il est très fier et qu'il admire. Il a une vie plus réglée que celle de sa femme, et peux consacrer plus de temps à Téo. C'est un homme chaleureux, amoureux de sa région, et qui fait découvrir au garçon la Floride et son histoire, sous un jour bien différent de celui des agences de voyages locales. Il lui raconte la Floride, couverte de marécages infestés de moustiques, de serpents et d'alligators, les immenses capitaux investis, la main-d'œuvre bon marché venue d'ailleurs. Photos anciennes à l'appui, il lui montre tout ce qui a été créé à partir de rien, les marécages asséchés, les canaux creusés, même le sable qui a été apporté par camions à certains endroits. Il est intarissable et parle des heures de sa Floride, devenue l'Amérique des extrêmes et de la démesure, où les signes extérieurs d'une richesse arrogante côtoient les quartiers délabrés et la misère. Incroyable transition entre l'Amérique du Nord et l'Amérique latine, qui accueille des immigrants du Nicaragua et des Caraïbes, et se réveille au son des rythmes cubains. Au cours des nombreuses balades qu'il fait en compagnie d'Edwin, Téo prend une multitude de photos, mais comme à son habitude depuis qu'il a quitté la France, il ne les fait pas développer. Il glisse les pellicules dans une enveloppe et les accompagne d'un petit mot gentil, d'un résumé de ses aventures, et adresse le tout à Murielle qui a la charge de prendre soin des images de son voyage et de donner de ses nouvelles à Alessandro et Cloé. Il n'a jusque-là pas encore écrit à ses parents, mais sur l'insistance des Johnson, il achète une jolie carte postale et la leur expédie.

Du fait de son métier, Tracy est beaucoup plus occupée que son mari et Téo passe moins de temps avec elle. Mais quand elle est libre, quelquefois en fin d'après-midi, alors elle n'hésite pas. Elle le prend avec elle, ils vont s'asseoir sur la balancelle hors d'âge qu'Edwin et elle ont installée au milieu de leur magnifique jardin et elle lui raconte ses journées. Il pénètre ainsi au cœur des enquêtes policières et de la traque des narcotrafiquants. Cela l'excite et l'intéresse au plus haut point, faisant naître à son insu une vocation qui marquera sa vie. Il l'écoute bouche bée, buvant ses paroles. Quand il deviendra policier quelques années plus tard, ce sera en grande partie grâce à Tracy Johnson et à cette période de sa vie.

Edwin, qui regrette depuis toujours de ne pouvoir être père, s'est pris d'une réelle amitié pour le garçon, qui le lui rend bien. Il se débrouille pour lui dénicher un emploi temporaire au jardin botanique, à la plus grande joie de Téo qui peut ainsi économiser encore un peu plus d'argent pour poursuivre son voyage sans souci, d'autant plus que durant les deux mois qu'il passe chez les Johnson, ceux-ci refusent catégoriquement qu'il leur paye ne serait-ce qu'un dollar de contribution.

C'est donc le porte-monnaie bien rempli qu'il leur dit au revoir, un beau matin de septembre. Cette séparation lui coûte bien plus qu'il ne s'y attendait et il ne peut s'empêcher de pleurer lorsque Tracy fond en sanglots et qu'il voit Edwin essuyer une larme au coin de ses yeux. Ce couple extraordinaire ne s'est pas contenté de lui offrir le gîte et le couvert, il lui a ouvert tout grand les portes de son cœur et l'a accueilli comme un fils. Tracy lui a fait promettre de leur écrire et lui a remis une de ses cartes professionnelles, juste au cas où il serait encore tenté d'importer de la cocaïne et voudrait éviter la prison. Son anglais s'étant considérablement amélioré, il lui a répondu que désormais il pourrait se passer d'interprète…

N'ayant pas changé son projet initial, il monte dans un bus à destination de Baton Rouge, capitale de la Louisiane et première étape sur la route qui doit le conduire à San Francisco. Il a toujours en tête la chanson de Maxime Le Forestier qui parle d'une maison bleue et il veut absolument connaître cette ville mythique. Durant les six mois suivants, il découvre successivement Dallas puis Oklahoma City, Santa Fe et Los Angeles, avant de parvenir enfin à San Francisco.

Il a exercé de nombreux petits boulots et ne s'est plus jamais laissé piéger par qui que ce soit. Il s'est tenu loin des malfrats qui lui proposaient des combines douteuses, et a dû se battre à plusieurs reprises pour protéger ses maigres biens ou son intégrité physique, remerciant ses années de pratique de judo et de karaté.

Il a beaucoup mûri, et même s'il a toujours donné le meilleur de lui-même pour accomplir correctement le travail qu'on lui offrait, il envisage désormais comme possible de reprendre des études lorsqu'il rentrera en France. Il ne veut pas passer sa vie à faire un travail dans lequel il ne s'épanouirait pas. Les pellicules photo ont continué à s'envoler vers Paris, à l'adresse de Murielle. Téo espère juste que sa copine, si elle a déménagé, aura pensé à faire suivre son courrier.

Mais il s'inquiète inutilement, celle-ci habite toujours son petit appartement rue Saint-Séverin dans le 5e arrondissement. À 21 ans, la jeune fille a laissé la place à une belle jeune femme qui ne tardera pas à être titulaire d'une maîtrise de lettres modernes. Murielle est plutôt grande pour une femme, elle mesure près d'un mètre soixante-quinze, et la plupart des hommes se retournent sur son passage, s'attardant sur sa belle chevelure ondulée roux cuivré qu'elle porte longue, et sur une chute de reins époustouflante prolongée de jambes interminables. S'ils n'ont pas été suffisamment attentifs, ils ont raté le meilleur : le visage de Murielle est à couper le souffle. Une peau claire et lumineuse, des yeux verts intelligents et étincelants surmontés de sourcils broussailleux toujours en désordre, un nez petit et fin, très gracieux, des oreilles arrondies et délicates, imperceptiblement décollées, et enfin, une bouche immense et souriante aux lèvres pleines, invitation permanente et surréaliste, même pour le plus sage des hommes, aux fantasmes les plus débridés. Il en va de même pour sa poitrine, belle, ronde et haute, à en faire damner le pape s'il venait à la croiser, bien que Murielle la trouve trop grosse et aurait préféré de petits seins.

La meilleure amie de Téo reçoit régulièrement de ses nouvelles, qu'elle attend avec une impatience difficilement contenue, dévorant les trop courts récits de son merveilleux voyage et guettant avec fébrilité des signes de son amour pour elle. Signes qu'elle ne trouve jamais, et pour cause, car il n'y en a pas. Téo écrit très peu et ne se dévoile pas, estimant que ses photos parleront d'elles-mêmes et feront partager à son amie tout le merveilleux de son périple sur le continent américain.

Murielle a fini par se résigner, l'amour qu'elle porte à Téo n'est pas réciproque et elle tente de tourner définitivement la page. Elle a fini par céder aux avances de Julien Gardel, son étudiant en médecine qui est désormais diplômé. Il est même question qu'elle aille vivre avec lui dans l'appartement qu'il occupe dans le 15e. Mais elle ne se sent pas encore prête et la jalousie maladive dont Julien ne se départit jamais lui fait peur. Elle hésite donc encore beaucoup.

23

D'après Alassane, il faut abandonner l'idée d'éliminer son beau-père avec un tir à longue distance. Malgré ce qu'il m'avait promis, il ne peut me fournir de fusil suffisamment précis pour faire mouche sans crainte de blesser ou tuer un voisin immédiat de Moussa Soumaré. Il s'ensuit une longue et orageuse discussion, au cours de laquelle il cherche à me convaincre que le meilleur moyen d'éliminer son beau-père est de passer à l'action lors d'un rendez-vous en tête à tête que je dois facilement réussir à obtenir en me faisant passer pour un représentant d'une des nombreuses compagnies minières qui tentent leur chance depuis peu au Burkina. La branche la plus importante de la compagnie Kamissoko étant le département des travaux publics, cela ne devrait pas poser de problème. Il n'a malheureusement aucune arme à me fournir, je devrais me débrouiller seul, me dit-il. Ce n'est absolument pas ce qui était prévu et cela ne me plaît pas du tout. Je lui annonce donc mon intention de laisser tomber et de prendre le prochain vol en partance pour la France. Il me supplie alors de ne pas l'abandonner, de ne pas laisser Moussa assassiner sa mère, et me promet qu'il va tout faire pour m'obtenir au moins un revolver par un ami à lui à Ouaga.

— Comment veux-tu que je te fasse encore confiance ? dis-je en abandonnant le vouvoiement.

— S'il vous plaît, accordez-moi encore une chance ! L'ami dont je vous parle connaît des personnes qui peuvent nous vendre le pistolet qu'il vous faut. Laissez-moi l'appeler.

Alassane sort son téléphone de sa poche et compose le numéro, puis s'éloigne pour s'isoler. Quand il s'approche à nouveau, un grand sourire éclaire son visage.

— Il n'y a pas de problème, mon ami me dit que je peux compter sur lui. Vous avez rendez-vous demain soir à l'hôtel *Ricardo*. C'est là que vous dormirez, il viendra vous demander.

— Ben voyons, je suppose que tu lui as donné mon nom ?

— Oui, mais ce n'est pas votre vrai nom. Alors, où est le problème ?

— Le problème est évident. Je te prenais pour un garçon intelligent, mais je vois que je me suis trompé. Je voyage sous ce nom-là, figure-toi. Comment vais-je faire si un avis de recherche est lancé pour Bernard Delcroix ? Je n'aurai plus qu'à jeter mon passeport. Tu as d'autres papiers à me fournir ?

— Il n'y aura pas d'avis de recherche. J'ai une confiance totale en mon ami.

— Ça ne te coûte pas trop… Écoute-moi bien, je vais faire l'effort d'aller jusqu'à Ouagadougou. Mais si sur place je juge que c'est trop risqué, j'abandonne et je rentre.

— Je suis certain que ça ira.

— Nous verrons bien. Maintenant je pense qu'il est l'heure d'aller manger puis de vite se coucher, je ne tiens pas à être crevé demain, en plus.

La nuit passe trop vite, et quand Alassane vient me secouer, j'ai du mal à émerger. Je commence à me faire vieux...

Après une douche rapide, je vais déjà nettement mieux et suis d'attaque pour un café chaud. Il n'est pas encore 5 heures, il fait nuit noire pour encore un moment, mais mon véhicule est déjà là. Alors je me presse un peu. Je me suis habillé avec les habits que m'a fournis Alassane. Ce ne sont pas des vêtements traditionnels africains. Même si j'ai le teint mat, personne ne s'y tromperait. Il s'agit d'un jean, d'un tee-shirt et d'un blouson normaux mais usés jusqu'à la corde. On ne cherchera pas à m'agresser pour mon argent durant le voyage. Je ne sais pas s'ils sont propres et ne veux pas vraiment le savoir, l'ignorance est parfois salutaire.

Alassane donne à mon chauffeur ses dernières recommandations : conduire prudemment, éviter tout poste frontière, filer tout droit plein ouest à travers la brousse jusqu'à couper le goudron entre Dori et Kaya, puis redescendre sur Ouaga en évitant de se faire arrêter par des policiers ou des douaniers trop zélés, et enfin me déposer au *Ricardo*, au bord du barrage numéro 2, non loin de l'hôtel *Sofitel Silmandé*. Le conducteur (je viens d'apprendre qu'il se nomme Désiré) écoute d'une oreille distraite, il a l'air de n'avoir rien à faire de ce que lui raconte Alassane. Cela promet. Une fois encore, je me demande ce que je suis venu faire dans cette galère, et hésite une dernière fois à faire machine arrière tant qu'il en est encore temps. Mais je suis un incorrigible aventurier, et les risques que cette mission implique m'attirent plus qu'ils ne me dissuadent. Je vais aller à « Ouaga », comme ils appellent cette ville, et je verrai bien ce qu'elle me réserve. J'ai les poches pleines de francs CFA donnés par Alassane et une chambre d'hôtel m'attend sur place. Tant que je ne tue personne, je ne risque rien, après tout.

La première bonne surprise de la journée, je la découvre lorsque nous démarrons. Le 4 × 4 est en excellent état et le moteur tourne comme une horloge. Désiré me fait un grand sourire et me dit :

— Bonjour patron. Bonne arrivée. Monsieur Alassane m'a dit que je devais être très prudent sur les pistes, de faire très attention à ne pas m'ensabler. Ne vous inquiétez pas, je suis bon conducteur, ce soir nous serons à Ouaga. Avant ce soir même !

— Je ne me fais aucun souci, Désiré, je pense que tu as l'habitude, pas vrai ?

— Oui patron. Mais c'est pas facile. La saison des pluies a commencé. C'est pas facile, m'explique-t-il encore avec un grand sourire. Vous voulez que je mette de la musique ?

— Pourquoi pas ? Qu'est-ce que tu as ?

Il ouvre la boîte à gants et en sort une pochette pleine de CD qui ont dû voir des jours meilleurs et sont stockés en vrac.

— J'ai de tout, patron. Alpha Blondy, La Compagnie Créole, Tiken Jah Fakoly, ou, si vous préférez, j'ai Mireille Mathieu.

— Non, surtout pas. Allons-y pour Alpha.

— Ah patron, vous êtes trop fort, j'adore Alpha, c'est le plus grand !

Il sort le disque de la pochette fourre-tout et insère le CD dans le lecteur. Nous attendons tous les deux que la voix du pape du reggae ivoirien vienne ravir nos oreilles. En vain. Le CD ne fonctionne pas. Imperturbable, Désiré le retire du lecteur et se met à essuyer consciencieusement la face supérieure du disque, celle qui ne contient aucune donnée. Je m'apprête à le lui faire remarquer, mais il replace déjà le CD dans l'appareil. Je lui lance un regard circonspect, sourcils relevés et yeux grands ouverts, prêt à me lancer dans une magnifique explication didactique, lorsque mon reggaeman favori entonne de sa voix chaude *Jérusalem*, une chanson que j'adore.

— Ah patron, c'est pas facile !

Je commence à comprendre que c'est là son expression favorite et me dis également qu'il vient d'accomplir devant mes yeux un véritable miracle pour faire fonctionner ce disque. Après tout, peut-être que ma mission va être plus facile qu'il n'y paraît ?

Le soleil pointe déjà le bout de son nez et le ciel semble exempt de tout nuage. Il va faire chaud, mais ce sera tant mieux s'il ne pleut pas. Je n'ai pas envie de rester bloqué au milieu de nulle part. De vieux souvenirs de galères brésiliennes me reviennent, des galères qui m'avaient le plus souvent fait rire à l'époque. Mais j'avais vingt ans de moins et tout mon temps. Je n'étais pas sur le point de commettre mon deuxième meurtre de sang-froid.

24

L'année 1981 est celle du service national pour Sébastien Cardon. Exactement comme il l'avait programmé depuis longtemps, il l'effectue en tant que gendarme auxiliaire. Sa période d'instruction se passe à Auxerre, puis il revient sur ses terres provençales pour rejoindre le peloton d'élèves brigadiers basé sur l'île de Porquerolles dans le Var. Lorsqu'il est démobilisé, il hésite entre s'engager dans la gendarmerie ou poursuivre son idée initiale d'intégrer l'école de police. Il reste finalement sur son projet de toujours et prépare le concours externe d'entrée à l'École nationale supérieure des officiers de police. Il sait qu'il a peu de chances de réussir – il y a selon les années quarante-cinq ou cinquante places pour trois mille candidats – mais travaille d'arrache-pied. S'il échoue, il se rabattra sur l'École nationale de police, sans grand enthousiasme, uniquement pour poursuivre son rêve.

Pendant qu'il prépare son concours pour l'entrée à l'ENSOP, il reste sur Carnoux, espérant en profiter pour voir Murielle les rares fois où elle descend. Mais il est déçu et même fort contrarié lorsque celle-ci vient passer quelques jours de vacances accompagnée de son petit copain médecin. Il tente, sans y parvenir, de donner le change à son amie d'enfance, mais Murielle le connaît trop bien, elle sait parfaitement qu'il lui en veut et elle regrette de ne plus retrouver en lui le Sébastien de l'école primaire, le petit garçon insouciant et joyeux avec lequel elle a passé ce pacte stupide. Sa jalousie évidente la rend malheureuse, d'autant plus que Julien aussi en est conscient et qu'il suspecte son amie d'avoir eu une liaison avec Sébastien et de ne rien lui en avoir dit. Lui aussi est d'une extrême jalousie, il surveille constamment Murielle et lui fait des scènes pour des broutilles. Ce qui devait être un week-end prolongé idyllique tourne au cauchemar, et le couple de Parisiens enchaîne dispute sur dispute même s'ils évitent de croiser Sébastien. Cela en arrive à un point tel que Murielle menace de rompre et de rentrer seule à Paris. Finalement, comme à chaque fois, Julien fait son *mea culpa* et la jeune femme se laisse convaincre qu'un changement est possible, que son petit ami va faire les efforts nécessaires. Sébastien, de son côté, se plonge avec plus d'ardeur dans des révisions rébarbatives qui ne l'intéressent absolument pas, avec pour seule consolation le fait de pouvoir se dire que si Murielle reste avec ce stupide médecin, peut-être a-t-elle définitivement oublié son ami Téo.

Lorsqu'il reçoit les résultats du concours, il est tellement fébrile qu'il laisse sa mère ouvrir l'enveloppe. Il est persuadé d'avoir échoué. Les épreuves lui étaient apparues particulièrement difficiles et il avait même failli ne pas aller jusqu'au bout. Ce n'est que parce qu'il avait craint qu'un tel comportement lui ferme définitivement les portes de l'école de police qu'il avait poursuivi. En voyant la réaction de sa mère qui pousse un hurlement de joie, il est interloqué et n'ose encore y croire avant d'avoir vu et lu de ses propres yeux : il vient de réussir brillamment les épreuves et termine parmi les quinze premiers !

Début janvier 1982, il intègre l'école de police de Cannes-Écluse, en Seine-et-Marne. Commence alors une formation qui va durer dix-huit mois, dont douze de cours et six de stages. L'enseignement qu'il doit recevoir est à la fois théorique et pratique. Pour le côté théorique du programme, il va trouver du management, du droit bien sûr, à toutes les sauces (général, administratif et pénal), une formation au commandement, et même de la dactylographie. Le versant pratique sera composé de sports de combat et d'autodéfense, de tir évidemment, et d'entraînement sportif divers. Il est là dans son élément, bien plus qu'en fac de maths, et oublie peu à peu sa motivation initiale pour la police scientifique.

Après la période d'incorporation, qui dure un petit mois, commence celle de formation au métier de policier officier de police judiciaire. Son objectif est de faire acquérir aux stagiaires les connaissances et les capacités nécessaires à l'encadrement de l'exercice du métier de policier et à l'exercice des prérogatives d'un officier de police judiciaire. Cette formation s'articule autour de quatre grands axes : police judiciaire, police administrative, sécurité routière, et enfin, renseignement.

Ayant obtenu une note supérieure à 12/20 aux tests de police judiciaire, Sébastien est assuré d'effectuer cette formation directement en milieu opérationnel. Cela le ravit, il en a plus que marre des cours théoriques après ses années de lycée et ses trois ans de faculté de maths. Il n'est bien sûr pas dispensé de tout le reste, mais cela lui donne l'occasion de se confronter directement à la réalité du métier. De plus, pour cette partie-là, sa demande d'être affecté à Paris est acceptée : il va pouvoir rencontrer plus souvent sa Murielle, et tant pis si ce stupide Julien n'apprécie pas. Ou tant mieux… Téo est loin, apparemment oublié par Murielle. L'élève officier commence à se dire que l'engagement que trois enfants ont scellé de leur sang de nombreuses années auparavant peut désormais se considérer comme caduc. Il y a sans doute prescription.

Téo, qui fait plus que jamais partie des pensées de sa très belle amie rousse, en ce début d'année 1982 est sur le point d'embarquer dans l'avion qui le ramènera en France après deux ans de voyage autour du monde. Il a pris des milliers de clichés de gens extraordinaires, de lieux magnifiques et improbables qu'il n'aurait jamais imaginé pouvoir exister, d'animaux somptueux ou bizarres qu'il a pu approcher, prendre dans ses bras et câliner, ou au contraire qu'il a dû fuir ou repousser pour protéger sa vie. Il a rencontré les plus belles personnes comme les pires, et a noirci de sa fine écriture des centaines de pages de petits carnets achetés en route. Ses récits de voyage qu'il a l'intention de ne montrer à personne et de conserver uniquement pour lui, son jardin secret. Il est inconscient d'occuper à ce point l'esprit de son amie d'enfance. Alors qu'il a tenu dans ses bras bien plus de jolies filles en deux ans que beaucoup d'hommes en une vie, il ne peut se douter que Murielle vient de rompre avec son médecin après avoir reçu sa dernière lettre, celle qui lui annonçait qu'il serait très prochainement de retour au pays. La jeune femme est elle-même surprise de sa décision. Bien sûr, les relations avec Julien étaient chaotiques, bien sûr, il y avait cette insupportable jalousie et cette violence parfois mal maîtrisée, bien sûr, il y avait aussi eu cette aventure qu'il s'était autorisée alors qu'elle n'avait pas le droit de regarder ne serait-ce qu'un instant un autre garçon, à moins de vouloir un conflit de plusieurs jours, bien sûr tout ça, mais il avait de bons côtés qu'elle aimait beaucoup chez lui et elle n'envisageait pas de rompre. Elle se donnait du temps, pensait qu'elle pouvait encore faire quelques efforts. Mais voilà, elle venait de recevoir ce courrier : Téo revenait, il serait là dans quelques jours ! Elle voulait être libre pour lui, totalement disponible.

Avant de se retrouver dans un hall d'embarquement de l'aéroport de Brisbane, capitale et ville la plus peuplée de l'État du Queensland en Australie, pour son vol de retour vers la France, Téo a parcouru de nombreux kilomètres depuis son séjour à San Francisco où il avait posé son sac un jour de février 1981, après déjà un an de voyage. Il rêvait depuis très longtemps de cette ville mythique et n'avait pas été déçu. Ayant besoin de regonfler son porte-monnaie, et du fait qu'il parlait désormais couramment l'anglais et le français et se débrouillait en portugais et en espagnol, il avait rapidement trouvé un emploi au service des parcs nationaux des États-Unis pour servir de guide aux très nombreux touristes qui se pressent chaque année sur l'île d'Alcatraz, ancienne prison fédérale de haute sécurité, ce qui lui permit d'écrire à Tracy Johnson qu'il était de nouveau en prison. Heureusement pour lui, ce n'était qu'une boutade, car les conditions de détention sur le Rocher, comme est aussi appelée l'île, n'étaient pas des plus enviables. La plupart de ceux qui y étaient détenus l'étaient non pour leurs crimes, mais parce qu'ils refusaient de se conformer aux règles dans les autres prisons fédérales et étaient considérés comme violents ou présentaient de forts risques d'évasion. Du coup, la vie à Alcatraz était très structurée, et obligeait les détenus à suivre scrupuleusement les règles édictées. Ces derniers ne jouissaient que de quatre droits : avoir à manger, être habillés, être abrités et recevoir une assistance médicale en cas de nécessité. Téo, lui, ne restait dans sa prison que quatre jours par semaine. Il passait le reste du temps à parcourir San Francisco et ses environs. Après tout, n'était-il pas lui-même, et en premier lieu, un touriste ?

25

Ce brave Désiré est un chauffeur prudent qui ménage le 4 × 4 autant qu'il le peut. Nous roulons très lentement la plupart du temps et je finis par me demander si nous allons atteindre la capitale burkinabè avant la nuit. Désiré n'est pas avare de sa salive et ne cesse de parler pour dire ce qui lui passe par la tête, ponctuant chaque fin de phrase par un « ah patron, c'est pas facile » qui me fait sourire inévitablement. Parfois, il utilise la variante « ah patron, c'est difficile ». Je l'aime bien celle-là aussi. Il m'apprend que nous devrions arriver, si tout se passe bien, en milieu d'après-midi. Il y a environ deux cent trente kilomètres à vol d'oiseau entre Niamey et Dori. Sur une route normale, cette distance serait franchie en un rien de temps, mais hors-piste comme nous le faisons, fatalement, cela prend beaucoup plus. Ensuite, dès que nous aurons retrouvé le goudron, dépendant de l'endroit où nous le rejoindrons, il ne restera pas plus de cent à cent vingt kilomètres, que nous pourrons franchir à bonne vitesse. Nous passerons Kaya, puis ce sera Ouaga.

Nous croisons parfois un véhicule, mais très rarement. Le dernier que nous ayons vu était un minibus bourré à craquer dont le plancher semblait racler le sable tellement il était chargé. J'ai compté un minimum de quinze personnes à l'intérieur, impossible d'en être certain. Peut-être y avait-il un ou deux enfants enfouis sous la masse ? Au-dehors, sur le toit, encore quatre passagers en plus d'un empilement de sacs et de valises inimaginable. Des jeunes hommes, visiblement très à l'aise posés sur leur matelas de bagages hétéroclites. Sur trois côtés – heureusement, le pare-brise avait été épargné et restait à peu près dégagé – pendait une kyrielle de poulets attachés par les pattes. Impossible de les compter, j'étais trop estomaqué. Au dernier moment, comme je me tordais le cou pour pouvoir observer cet incroyable véhicule plus longtemps, j'ai cru discerner entre les valises et les sacs des bouts de pattes et ce qui m'a semblé être une tête de chèvre. Mais j'ai dû rêver, ce n'était tout simplement pas possible. J'ai compris en me tournant vers Désiré que ce spectacle était habituel : aucun signe d'étonnement de sa part, aucune remarque ponctuée du sempiternel « ah patron, c'est pas facile ».

Je me rends compte au fur et à mesure de notre voyage que Désiré est un puits de science. Lorsque je l'interroge sur la végétation clairsemée que nous apercevons au milieu de l'immensité de sable qui nous entoure, il m'explique immédiatement qu'il s'agit de ce que l'on appelle la « brousse tigrée », une structure de végétation constituée d'arbustes et d'herbe séparés par des bandes de sol nu et s'allongeant parallèlement aux courbes de niveau du terrain. Il ajoute que cette structure apparaît dans les zones arides ou semi-arides, en bordure des déserts quand le sol est peu pentu et peu profond. Stupéfait par ces paroles qui semblent sortir directement d'un manuel de science, je demande :

— Comment se fait-il que tu saches cela si parfaitement ?

— Patron, je suis étudiant en géologie à l'université de Ouaga.

— Je croyais que tu étais chauffeur ?

— Patron, c'est pas facile. Il faut que je puisse payer mes études. Et puis je veux me marier. Ça coûte cher !

— C'est le mariage qui coûte cher ?

— La femme, patron, c'est la femme qui coûte cher !

— Ah, ah. C'est pas facile, Désiré, pas vrai ?

— Ah non, patron, c'est trop difficile même !

— Donc tu es étudiant ? Bravo. Alors tu vas pouvoir aussi me dire : les cases qu'on voit de temps en temps, elles sont faites avec quoi ? De la terre ?

— C'est du banco, patron. Des briques de terre. Il n'y a pas de ciment ici. On utilise aussi la terre des termitières pour coller les briques entre elles, et le toit, c'est de la paille.

— Ah. Mais on a vu aussi des cases faites en paille, non ?

— Vraiment, vous êtes trop observateur, patron. Oui, on a croisé des cases en paille aussi. On appelle ça du séko. Et ce sont des branchages qui forment la charpente. Ce sont des constructions plus typiques du Nord. Mais là, on est à la limite, en fait.

Pendant que nous roulions, le jour s'était levé. Un magnifique soleil était apparu, aussi rapide pour partir à l'assaut du ciel que pour le fuir. La nuit avait disparu aussi vite qu'elle nous était tombée dessus la veille, puis il a commencé à faire chaud. Vraiment chaud. J'avais jusque-là apprécié de rouler avec ma vitre ouverte et de sentir les odeurs de la brousse africaine, mais ensuite il m'avait fallu tout fermer, et Désiré avait mis la climatisation en marche.

Cela fait longtemps que nous roulons dans cette confortable fraîcheur, et je me suis assoupi, le visage posé contre ma veste collée à la vitre, lorsque je suis réveillé par une remontée fulgurante de la température. Désiré est à l'extérieur, il se gratte le crâne en regardant dubitativement l'arrière de la voiture. Aussitôt parfaitement réveillé, je sors à mon tour.

— Ah patron, c'est pas facile ! Nous sommes ensablés.

— Merde ! Comment ça s'est passé ?

— La piste est trop traître même ! Nous avons croisé un taxi-brousse. Le chauffeur, ce bâtard saboteur, ne s'est même pas rangé ! Si je ne m'étais pas garé, c'était l'accident ! Mais maintenant nous sommes coincés.

— Pas grave, tu as le matériel qu'il faut, non ?

— Oui patron.

— Alors allons-y.

Désiré est sans doute rassuré par la désinvolture avec laquelle je prends l'incident. Il faut dire qu'au cours de mes voyages j'ai eu plus d'une fois l'occasion de rester planté au milieu de nulle part. C'était généralement dans des mares de boue bien plus que dans du sable, mais je présume que la technique pour s'en dégager est sensiblement la même.

Effectivement, après à peine quinze minutes à creuser, à glisser les plaques de désensablement devant les roues et à démarrer lentement en dosant l'accélération, le Land Cruiser est à nouveau mobile et nous reprenons notre route. Nous sommes en nage, Désiré bien plus que moi qui n'ai fait que le regarder et faire démarrer la voiture lorsqu'il me le demandait, et nous apprécions la remise en route de la climatisation. Ce sera heureusement le seul incident de la journée. Nous mangeons en roulant, des sandwichs qu'Alassane nous a fait préparer, et parvenons à la route qui relie Dori à Kaya vers 16 heures sans avoir jamais croisé de poste frontière. Jusque-là tout va bien, nous serons à Ouaga dans environ une heure.

26

Finalement, Téo ne restera que trois mois dans la ville qu'il rêvait de découvrir. Tout, ou presque tout, lui plaît à San Francisco, à commencer par cette prison dans laquelle il vient travailler avec énormément d'entrain quatre fois par semaine. Il aime communiquer, il aime les gens et adore les rencontres qu'il fait. C'est d'ailleurs la raison pour laquelle il ne reste pas plus à « The City by the Bay », comme est surnommée la ville du fait de sa magnifique baie.

Cela fait à peine quatre semaines qu'il est à San Francisco lorsqu'un groupe de touristes français vient visiter Alcatraz. Ce sont des jeunes du même âge que lui, et qu'il trouve très sympathiques. Immédiatement le courant passe, et comme ils n'alignent pas deux mots d'anglais, Téo propose de les piloter dans San Francisco. Ils sont au nombre de cinq, deux couples accompagnés d'une amie célibataire, et ils acceptent sur-le-champ. Ce qui devait arriver arrive, bien entendu. La fille n'est pas belle au sens strict du terme, mais elle est bien mignonne quand même, et surtout, elle aime rire et ne se prend pas une minute au sérieux. Cela plaît énormément à Téo qui n'a pas besoin de dépenser beaucoup d'énergie pour séduire la jeune fille qui porte le joli prénom d'Émeraude : elle était amoureuse de lui dès le premier regard. Bombardé guide de première classe, Téo fait découvrir à ses nouveaux amis les endroits qu'il a appréciés et qu'ils n'ont pas encore visités, et découvre avec eux des lieux qu'il n'aurait pas forcément eu envie d'aller voir mais pour lesquels au final il ne regrette pas de s'être laissé tenter. Il quitte la petite chambre qu'il occupait pour rejoindre « le club des cinq », comme il appelle ses copains français, qui ont trouvé un minuscule appartement dans le quartier d'Union Square. Ce n'est pas une maison bleue accrochée à la colline, mais comme dans la chanson, on y vient à pied et il n'y a nul besoin de frapper pour être invité à entrer. On fume, on chante, on refait le monde et tout ce qu'il faut pour le repeupler... Les cinq sont originaires de Bordeaux, mais seuls quatre arrivent de France. Émeraude, dont le nom de famille est Castignac, habite avec ses parents à Tahiti et poursuit avec peu d'enthousiasme des études de droit par correspondance avec le CNED car il n'y a pas encore d'université à Papeete. Son père est commandant de bord pour la compagnie UTA et à ce titre, elle bénéficie de tarifs très avantageux, ce qui lui a permis de fixer ce rendez-vous improbable d'un mois à San Francisco à ses amis qui résident toujours en France. Lorsque vient pour elle l'heure de retourner à Tahiti, elle convainc Téo de laisser les États-Unis et de l'accompagner en Polynésie. Elle va le loger dans son petit studio et l'aider à trouver un travail. Devant le peu d'enthousiasme de Téo, elle commence par faire la tête, mais elle sait que ce n'est certainement pas comme ça qu'elle va le convaincre, et de toute manière, ce n'est pas dans son caractère. Elle insiste alors sur tous les bons côtés d'un tel voyage et finit par l'emporter en lui promettant qu'elle va lui faire découvrir la plongée sous-marine dans des eaux paradisiaques et le surf sur les plus beaux spots du monde. Téo n'a jamais surfé, et la seule plongée qu'il connaisse étant celle qu'il pratiquait en apnée avec Sébastien à la plage du Bestouan, il finit par dire oui, même s'il devine qu'en le faisant, il risque de donner à Émeraude une idée fausse des sentiments qu'il peut avoir pour elle. Il la trouve très sympa et mignonne, elle le fait rire et ils ont du bon temps ensemble. Cela ne va pas plus loin en ce qui le concerne, mais il devine que pour Émeraude leur relation est plus sérieuse et il se promet de ne rien faire qui pourrait lui laisser croire que c'est réciproque.

La jeune fille ne peut faire bénéficier Téo d'un tarif réduit sur le vol San Francisco-Papeete puisqu'il n'est pas de la famille, mais cela ne le dérange pas outre mesure : il a des économies et ne doute pas un instant de pouvoir trouver un job sur place. Dans le pire des cas il se fera entretenir quelque temps par Émeraude, qui semble n'avoir aucun souci d'argent.

Après pas loin de douze heures de voyage dont une escale à Los Angeles, ils sont à l'aéroport de Tahiti-Faaa et Téo découvre la gentillesse et le sourire des Polynésiens. À l'entrée du hall d'arrivée, un petit orchestre local joue pour les passagers débarquant, et de jeunes et jolies Tahitiennes leur offrent des colliers de fleurs qu'elles leur passent autour du cou. Pendant la manœuvre d'approche avant l'atterrissage, Téo a pu constater que l'île est relativement petite et principalement composée de deux montagnes volcaniques aux pieds desquelles les habitations se concentrent. Il remarque aussi et surtout le magnifique lagon qui entoure Tahiti ainsi que la petite île qui se trouve à côté, Moorea.

Téo reste trois mois en Polynésie. Comme à son habitude, il a réussi à trouver un travail qui lui permet également de profiter de beaucoup de temps libre. Il est employé quatre soirs par semaine dans une crêperie située au bord de la route à Punaauia, petite commune distante de sept kilomètres de Papeete, et dans laquelle Émeraude a son studio. C'est idéal pour lui, il n'a besoin que de marcher pour se rendre au *Crépuscule*, nom choisi par le propriétaire en une sorte de double clin d'œil : le menu est composé principalement de crêpes, et les clients qui arrivent au bon moment peuvent admirer de leur table un magnifique coucher de soleil, avec en prime une vue imprenable sur l'océan. On y mange à la bonne franquette à des tables bancales, assis sur des chaises en plastique, mais les crêpes sont succulentes ainsi que les pizzas et salades qui sont aussi proposées. Il y a de nombreux établissements de ce genre à Tahiti : pas de salle de restaurant ni de cuisine, uniquement un camion aménagé, un auvent, quelques mauvaises chaises et deux ou trois tables. On les appelle « les roulottes ». La plupart sont au bord de la route, mais on en trouve également sur le port de Papeete, toujours prises d'assaut par les milliers de touristes que la Polynésie attire.

Émeraude avait promis le surf et la plongée, et Téo n'est pas déçu. Sa gentille copine lui fait découvrir les deux, délaissant le plus souvent ses cours de droit et les examens qui approchent. Elle est plus que jamais amoureuse de ce gentil et beau garçon, mais elle a bien compris qu'elle ne doit pas trop s'attacher, son Téo profite de la vie qui lui est offerte tel un papillon dont même les minutes sont comptées. Il butine chaque fleur qu'il rencontre pour vite passer à une autre, et tout de suite après, une autre encore. Elle ne se berce d'aucune illusion, son amoureux n'est là que pour très peu de temps : alors pourquoi perdre ne serait-ce qu'une heure de présence à ses côtés ?

Émeraude est à Tahiti depuis dix ans. Elle en connaît chaque recoin et en fait profiter Téo. Pour l'initiation au surf, elle l'emmène d'abord à Papenoo, une plage de sable noir au nord de l'île. Le spot est peu fréquenté en semaine et la vague casse au bord. Idéal pour débuter. Comme le garçon est doué, autant à l'aise dans l'eau que sur terre, elle enchaîne rapidement sur Papara, de l'autre côté de l'île. La vague est réputée pour être là une des plus consistantes de Tahiti. Téo y progresse rapidement et ce sport lui plaît bien, mais il avoue préférer franchement la plongée en bouteille. Avec Émeraude il ne rate pas une occasion de pratiquer sa nouvelle passion, commencée sur le site baptisé « l'Aquarium de Tahiti », indiscutablement le plus adapté pour effectuer son baptême de plongée. Il s'agit d'un grand cercle de corail posé sur le sable, où des milliers de poissons tropicaux viennent nager avec leurs visiteurs. De plus, sur ce même lieu, trois différentes épaves tapissent le fond sableux à faible profondeur : un vieux Cessna et deux petits bateaux. Après une première expérience dans de telles conditions, Téo est définitivement mordu et il ne cessera jamais, de toute sa vie, de pratiquer chaque fois qu'il le pourra ce sport, passion qu'il adorera jusqu'à sa mort.

Émeraude n'est pas comme lui une inconditionnelle, mais elle se débrouille bien et lui fait découvrir les plus belles plongées de l'île, notamment la « Vallée blanche » où l'on peut croiser presque à coup sûr des requins de récif, et la « Zélée » du nom d'une épave de bateau coulé en 1916 qui repose entre dix et vingt mètres de fond. Téo retrouve à Tahiti son amour de la mer et nage des kilomètres dès qu'il le peut, souvent dans la journée, lorsque son amie est occupée avec ses cours. Il repousse chaque jour un départ qu'il sait inéluctable – il lui reste encore tant de choses à découvrir, tant de lieux et tant de gens – mais il est bien là, et veut profiter encore de ce qui lui est offert. Avec Émeraude, il découvre Moorea et la baie de Cook, spectacle époustouflant qu'il prend évidemment en photo, et qui marque très fortement Murielle lorsqu'elle fait développer les pellicules en provenance de Tahiti. Grâce au père de sa copine et à des relations qu'il entretient avec ses collègues pilotes, Téo voyage en Polynésie, accompagné d'Émeraude bien sûr, qui voit en chaque excursion une petite lune de miel dont elle profite avec avidité, sachant que chaque vol en compagnie de son chéri peut s'avérer être le dernier. Elle sait, elle ressent au plus profond d'elle-même que Téo pense à partir vers d'autres cieux, et cela la bouleverse. Alors, elle invente une nouvelle destination, supplie son papa chéri pour avoir encore des billets, sinon gratuits, du moins à tarif très réduit. Et ça marche, le père d'Émeraude ne pouvant rien lui refuser, mais également parce qu'il apprécie Téo qu'il aimerait bien avoir pour gendre. Le couple visite plusieurs îles, y passant chaque fois deux ou trois jours à farnienter, nager et plonger. Émeraude est plus amoureuse que jamais, Téo s'attache doucement mais sûrement. Ils adorent leurs câlins et ne s'en privent pas, devenant de plus en plus complices. Huahine, Raiatea, Bora Bora, Rangiroa : autant de noms qui font rêver, autant d'îles qu'ils ont la chance de découvrir ensemble. Manihi aussi, une minuscule île de l'archipel des Tuamotu, berceau de la culture de la perle de Tahiti, où ils font de magnifiques plongées.

Cependant, après trois mois, Téo ressent le besoin impérieux de bouger à nouveau, de partir découvrir de nouveaux endroits. Il sait que s'il reste plus longtemps, il ne repartira plus. La vie avec Émeraude est facile, et Tahiti tellement simple ! Mais Tahiti n'est qu'une île, et Émeraude ne sera jamais son grand amour. Alors, pour une fois la mort dans l'âme, il charge son maigre sac et fait ses adieux à une Émeraude, en pleurs, inconsolable. Il a dans sa poche un billet aller simple Papeete-Nouméa, et des millions de souvenirs plus beaux les uns que les autres dans la tête.

27

Bien évidemment, la circulation est plus importante sur la route qui relie Ouagadougou au nord du pays qu'en brousse d'où nous arrivons. Le trafic reste néanmoins très fluide, même s'il se densifie à mesure que l'on approche de la capitale. Nous croisons principalement des poids lourds surchargés, la plupart penchant dangereusement d'un côté, les amortisseurs mis à rude épreuve. Il y a aussi les inévitables taxis-brousse, simples voitures converties en transports en commun ou bien minibus ressemblant étrangement à celui qui m'a tant surpris le matin même. Désiré, qui s'était mis momentanément sur pause après avoir engouffré son repas de midi, repart de plus belle sur le mode guide touristique. Lorsque nous passons Kaya, il m'explique que c'est dans cette ville que l'on mange les meilleures brochettes du pays et que c'est d'ici que sont originaires les plus fameux virtuoses de la guitare traditionnelle, le kundé, une guitare à trois cordes. En m'embarquant dans cette aventure, j'étais loin de me douter que j'allais participer à un voyage touristique et culturel. C'est dans Kaya que je remarque pour la première fois les vélos et mobylettes qui transportent les poulets par centaines, ficelés à leur guidon, à leur cadre, à leur porte-bagages, partout, en réalité. Les pauvres bêtes sont figées tête en bas, incapables de bouger ne serait-ce que le cou tellement elles sont nombreuses et serrées. Je ne fais aucune remarque à ce sujet, et Désiré non plus. Tout est normal…

Mon guide me signale, lorsque nous dépassons Ziniaré, que c'est là que l'actuel dirigeant du pays, le président Blaise Compaoré, est né. Il ne s'attarde pas sur le sujet et je ne lui pose aucune question. Je sais, pour l'avoir lu quelque part, que Compaoré est arrivé au pouvoir après avoir dessoudé son vieux copain de toujours, le très charismatique Thomas Sankara, et cela résonne à mes oreilles comme un air tristement connu sur lequel je n'ai aucune envie de m'appesantir.

Puis nous sommes à Loumbila, tout près de Ouaga, pas plus d'une vingtaine de kilomètres. Il est maintenant 5 h 30 et Désiré se concentre totalement sur sa conduite car nous ne sommes définitivement plus seuls sur la route. Dix minutes plus tard, nous entrons dans Ouaga. Il a dû y avoir un lâché de deux-roues auquel je n'ai pas fait attention, car nous sommes cernés par une multitude de mobylettes dont les conducteurs n'ont certainement jamais été mis au courant de l'existence d'un code de la route. Ils sont partout, et dans tous les sens ! Désiré reste imperturbable, si ce n'est qu'il augmente légèrement la fréquence de ses éternels « Ah patron, c'est pas facile. » Puis nous tournons à droite et longeons un énorme bassin de retenue d'eau avant de parvenir à destination. Nous sommes à l'hôtel *Ricardo* où Alassane m'a réservé une chambre. Je remercie chaudement mon chauffeur et comprends en le voyant rester dans le 4 × 4 qu'il va certainement dormir ailleurs.

— Merci infiniment, Désiré. Tu as été très performant et je suis content d'être arrivé si tôt.

— Ah patron, ce n'était pas facile. Moi aussi je suis content. Alors au revoir, et bon séjour à Ouaga. Je reviens vous chercher ici après-demain. Ou bien, appelez-moi à ce numéro, dit-il en me tendant un papier.

— Comment ça, bon séjour ? Tu ne viens pas demain me chercher ?

— En tout cas patron, monsieur Alassane ne m'a rien dit.

J'insulte mentalement mon commanditaire de mille petits mots gentils. Si cet enfoiré pense que je vais pouvoir me débrouiller tout seul, il est complètement inconscient !

— Ah Désiré, c'est pas facile ! *Voilà que je me mets à parler comme lui maintenant.* J'ai besoin de toi demain, et sans doute les jours suivants également. Tu es disponible ?

— Heu, c'est-à-dire patron…

— Tu pourrais gagner beaucoup d'argent.

On dirait que j'ai touché une corde sensible car son visage s'éclaire.

— Beaucoup d'argent, ça t'intéresse ?

— Non, mais en tout cas, patron, oui, je peux me libérer.

Je ne saisis pas forcément la contradiction apparente de sa réponse, mais suis heureux de constater que je vais pouvoir compter sur lui.

— Merci, tu ne le regretteras pas, je te le promets. Donc nous disons demain, ici, à 8 heures, d'accord ?

— D'accord patron.

— Bon, et si tu arrêtais avec ton « patron » ?

— Ah patron, c'est difficile.

— OK, on laisse tomber, à demain.

Mon maigre sac sur l'épaule, je pénètre dans l'hôtel par une salle que je suppose être le bar et m'immobilise un instant. La décoration est franchement surréaliste. Des têtes empaillées d'animaux à cornes dont je ne connais pas le nom, sans doute des buffles, antilopes ou autres gazelles, je n'en sais rien en fait, sont accrochées aux murs tandis que des statues africaines de toutes tailles occupent le sol et se partagent l'espace avec des fauteuils, des chaises et des tables, sans oublier l'indispensable billard. Progresser dans cette salle relève du parcours du combattant. Mieux vaut n'avoir personne à fuir, cela ferait des dégâts. Je progresse difficilement en tentant de ne rien renverser, et passe dans une autre salle qui se révèle être le vrai bar. Je m'étais donc trompé. Enfin, je vois quelqu'un.

— Bonjour, vous devez avoir une réservation à mon nom. Je m'appelle Delcroix.

— Monsieur Delcroix, ah oui, bonjour. Comment allez-vous ?

— Bien, merci.

— Vous avez fait bon voyage ?

Après un échange que j'écourte le plus possible, je me retrouve enfin dans ma chambre. Celle-ci est au premier étage et donne sur une immense piscine tout en longueur. C'est tentant, après une journée de voiture sur des pistes défoncées. Je n'hésite pas longtemps pour décider d'aller piquer une tête, sauf que je réalise que je n'ai pas de maillot. Qu'à cela ne tienne, je dois bien pouvoir en acheter un à la réception, me dis-je. Le barman m'informe qu'il n'y en a pas à vendre, mais qu'ils en ont tout un stock, en plus ou moins bon état, que des clients oublient régulièrement. Je trouve mon bonheur et passe la demi-heure suivante à enchaîner des longueurs en crawl et brasse, alternativement. Cela me relaxe et me vide la tête. Je sais que demain va être un jour crucial et dangereux.

28

Après six heures quinze d'un vol sans histoire, l'avion de Téo se pose sur le tarmac de l'aéroport international de la Nouvelle-Calédonie, La Tontouta, situé sur la commune de Païta. Nouméa, la capitale du « Cailloux », comme est également appelée la Nouvelle-Calédonie, est à environ une heure de route, un peu plus de cinquante kilomètres. Bien qu'il ait payé son vol, Téo n'a jamais eu autant d'argent depuis qu'il a quitté le sol français métropolitain en direction du Brésil. La vie est excessivement chère à Tahiti, mais les salaires sont en rapport avec ce coût élevé et Téo, malgré ses nombreux allers-retours vers les îles de Polynésie, s'est toujours débrouillé pour conserver son emploi au *Crépuscule*, travaillant à plein temps certaines semaines pour compenser ses fréquentes absences. Grâce à la gentillesse d'Émeraude qui n'a jamais voulu accepter un centime de sa part, ainsi qu'à celle des parents Castignac qui l'ont reçu de nombreuses fois dans leur magnifique résidence de Te Maruata sur les hauteurs de Punaauia, il a pu économiser la majeure partie de son salaire payé évidemment en francs Pacifique français. Il dispose d'une véritable fortune si l'on convertit la somme en francs français. Il pourrait se payer un taxi, mais n'a aucun désir de changer ses habitudes et veut continuer de voyager sans luxe excessif. Il décide donc de quitter l'aéroport en bus. La première étape programmée de son séjour sur ce territoire d'outre-mer est Nouméa, dont Alain Castignac lui a vanté la beauté et la propreté. Il n'est pas déçu. La capitale, qui est la ville française la plus éloignée de Paris, à presque dix-sept mille kilomètres à vol d'oiseau, est constituée d'une presqu'île formant une succession de baies et dont le domaine maritime comprend de très nombreux îlots plus ou moins éloignés. C'est le paradis pour les amoureux de sports nautiques et les plaisanciers. Il reste sur place quelques jours, séduit par cette magnifique ville, mais son objectif est de se rendre à Poum, petite commune située à l'extrémité nord-ouest de l'île, où se trouve un centre de plongée dont lui a parlé Émeraude et où il projette de préparer et passer les différents degrés balisant la progression du plongeur confirmé qu'il est devenu, sans cependant jamais passer d'examens. Pour une fois, il ne va pas chercher à travailler et consacrera tout son temps à cette formation. Mais il n'est pas pressé par un quelconque calendrier, et peut se permettre de fractionner son périple en plusieurs étapes, comme à l'accoutumée. Il est sur la route depuis bientôt un an et demi et se donne encore six mois avant de décider de mettre le cap sur Carnoux-en-Provence. Il passe donc une journée à Bourail, sans rien y voir d'extraordinaire, puis s'arrête deux jours à Koné, une petite ville située au pied de la Chaîne centrale qui coupe la Nouvelle-Calédonie du sud au nord. Dans cette commune, un centre équestre propose des randonnées de plusieurs jours dans la montagne qui abrite, d'après le propriétaire du ranch, des troupeaux de chevaux et de bœufs sauvages. Cela intéresse Téo qui a eu largement le temps d'oublier son mal de fesse brésilien et qui programme donc mentalement un nouvel arrêt dans ces écuries lors de son retour vers le sud. Ensuite, il se rend directement à Poum pour prendre contact avec les responsables du centre de plongée et programmer son stage.

Sur place, il a l'agréable surprise de trouver du courrier pour lui. C'est Émeraude qui lui a écrit dès son départ une gentille lettre dans laquelle elle lui avoue tout l'amour qu'elle lui porte et dont elle n'a jamais voulu parler de peur de le faire fuir. Elle le remercie des fantastiques moments passés ensemble et lui souhaite une vie heureuse. En ce qui la concerne, elle ne l'oubliera jamais et lui demande de ne pas répondre à son petit mot, elle ne veut pas entamer une correspondance avec lui, cela lui ferait trop mal. Il a fait son choix, qu'elle respecte, et veut garder comme souvenir de lui leur dernière merveilleuse nuit, la veille de son départ.

Téo est énormément touché par ces mots si gentils, et est près de craquer, de décider de retourner à Tahiti auprès de cette fille si facile à vivre, si gentille, et finalement si belle, à laquelle il s'est attaché plus qu'elle ne le croit et plus qu'il ne le croyait, lui.

Mais il réalise que ce serait sans doute une erreur et qu'il vaut mieux pour lui tourner la page, comme le fait Émeraude.

Le couple qui dirige « Poum Plongée » a une dizaine d'années de plus que lui, mais ce sont d'anciens routards qui ont beaucoup voyagé avant de poser définitivement leur sac en Calédonie. Le courant entre Téo et eux passe immédiatement et ils acceptent de lui laisser à disposition la paillote qu'ils réservent d'habitude à des clients venant pour un week-end, en échange de menus services qu'il pourra leur rendre. C'est une proposition parfaite pour lui car il projette un dernier petit détour par l'Australie avant de rentrer en France et sait que ses économies vont fondre comme neige au soleil pour payer ses plongées.

L'examen du niveau 1 est vite validé et Téo attaque aussitôt la formation pour le niveau 2 qui est presque un détail puisqu'il a déjà effectué de très nombreuses plongées en mer au-delà de vingt mètres de profondeur. Mais ses instructeurs sont des professionnels sérieux qui n'ont envie de prendre aucun risque et cela ne le gêne en rien car, de toute manière, il ne demande qu'à plonger et apprendre. Après les dix sorties réglementaires et les cours théoriques obligatoires, il se retrouve titulaire du niveau 2, paré pour l'étape suivante. Il sort en mer presque tous les jours, mais trouve néanmoins le temps de faire un peu de tourisme. Sur les conseils de ses hôtes, et avec leur voiture gentiment prêtée, il va voir l'incontournable poule de Hienghène, un des lieux touristiques les plus emblématiques de Calédonie, situé sur la côte nord-est, et qui est une formation rocheuse en calcaire représentant à s'y méprendre une poule pondeuse, mais aussi un puissant lieu tabou pour les habitants de la région qui lui vouent un immense respect en raison de la légende entourant son apparition. Avant d'arriver à Hienghène, il a franchi une des innombrables rivières calédoniennes sur l'un des derniers bacs encore en service, le bac de la Ouaième, et a admiré la cascade de Tao, ajoutant encore une série de pièces uniques à la collection de photos qu'il continue d'envoyer à Murielle.

Après un mois et demi de travail assidu à Poum, Téo obtient son niveau 4 de plongée. Il est plus que satisfait, fin prêt à redescendre sur Koné pour une petite randonnée à cheval, histoire de se tanner à nouveau les fesses, puis passer quelques jours à Nouméa avant de s'envoler vers Melbourne en Australie.

29

Lorsque je sors de ma douche après la piscine, le téléphone de ma chambre sonne. C'est l'ami d'Alassane qui m'attend au bar. Je ne l'attendais pas si tôt, et lui demande donc quelques minutes. Je m'habille vite avec les vêtements que j'ai portés toute la journée, je ne veux pas risquer de salir ceux que m'a donnés Alassane pour jouer mon rôle de représentant d'une compagnie minière. Je présume que celui qui m'apporte une arme, quelle qu'elle soit, sera indifférent à ma tenue. Je le retrouve au comptoir immense du *Ricardo*. J'imaginais un jeune, éventuellement chevelu genre rasta, sans doute le fait d'avoir écouté Alpha Blondy dans la voiture, mais je ne pouvais me tromper plus. Mon livreur est un homme relativement âgé, ses cheveux sont courts et plus blancs que noirs. Lorsqu'il quitte son tabouret pour m'accueillir, je remarque qu'il boite et qu'une canne est appuyée sur le bord du comptoir.

— Monsieur Delcroix ?

— Oui, bonsoir.

— Je m'appelle Inoussa Kafondo, enchanté. J'ai quelque chose pour vous dans ma voiture, si vous voulez bien me suivre.

Il attrape sa canne qui semble en bois brut, au pommeau sculpté dans la masse, représentant un cheval. Magnifique.

— Vous avez là une très belle canne, monsieur.

— C'est Oumarou Kamissoko, le père d'Alassane, qui me l'a donnée. Elle est très belle, en effet.

— C'était un ami à vous ?

— J'ose croire que j'étais son ami, oui. J'ai travaillé pour lui de nombreuses années, c'était un homme de cœur et son fils lui ressemble.

— Que pensez-vous de Moussa Soumaré ?

— C'est un homme de la pire espèce, et je suis certain, malheureusement sans pouvoir le prouver, qu'il est pour beaucoup dans la mort d'Oumarou. Je sais ce qu'Alassane projette et je l'approuve. Soyez sans crainte, je ne risque pas de parler à quiconque de ce que je sais. Il ne mérite pas de vivre !

Nous avons progressé très lentement et arrivons maintenant à la voiture. Inoussa ouvre le coffre de sa berline Toyota et attrape un carton à chaussures qu'il me tend.

— Regardez si cela peut vous convenir.

J'ouvre la boîte et découvre un Walther PPK qui semble avoir déjà bien vécu. Regardant autour de nous, et comme manifestement nous sommes seuls, je le prends en main. Il est petit, compact. Idéal pour être dissimulé dans une poche. Je vérifie les munitions. Il est entièrement chargé. Du calibre 7,65 Browning si je ne me trompe pas. Tel quel, ce pistolet a donc une capacité de sept coups. Plus qu'il n'en faut pour abattre quelqu'un à bout portant.

— Vous n'avez pas de silencieux, par hasard ?

— Malheureusement non, je n'ai pas trouvé ça à Ouaga.

— Tant pis, j'aurais déjà pu tomber plus mal. Est-ce indiscret de vous demander comment vous vous l'êtes procuré ? À moins qu'il ne soit à vous ?

— Non, grand Dieu ! Je ne saurais pas m'en servir ! Je l'ai acheté le mois dernier à un militaire. Alassane commençait à envisager cette solution pour son beau-père, et j'étais bien décidé à l'aider. Je suis le seul à avoir rencontré le soldat et si cette affaire tourne mal, excusez-moi, je ne le souhaite pas vous savez, mais si elle tourne mal, Alassane restera complètement en dehors. Moi je suis un vieil homme, ma vie est derrière moi déjà.

— Cela vous honore, mais j'espère que vous avez pris de bonnes précautions quand même.

— Ne vous tracassez pas pour ça, je suis vieux, mais pas suicidaire. Et si je peux me permettre, pour le bruit, ne vous inquiétez pas trop non plus. Le bureau dans lequel ce vaurien va vous recevoir est immense et capitonné. Vous allez remarquer en arrivant sur place que l'entrepôt est extrêmement bruyant. Monsieur Kamissoko avait fait insonoriser le plus possible son lieu de travail. Il faut dire qu'il y passait tout son temps !

— Parfait alors.

Le pistolet a retrouvé sa place dans la boîte à chaussures. Je remercie Inoussa Kafondo et retourne à ma chambre afin de mettre l'arme en lieu sûr et à l'abri des regards. Ensuite, je descends dans la salle de restaurant prendre un repas léger et rapide. Je suis crevé et désire me reposer pour être parfaitement opérationnel demain. Avant de me coucher, il me reste à vérifier que je suis paré et qu'il ne me manquera rien le moment venu. Je démonte le revolver et en vérifie chaque pièce. Il semble en parfait état de marche et ne m'explosera sans doute pas au visage, c'est déjà ça. J'ai suspendu les habits achetés avec Alassane à Paris. Le parfait déguisement d'un responsable administratif, compagnie minière ou pas. Chemise étincelante de blancheur, pantalon au pli impeccable et incontournables chaussures noires ultrabrillantes. J'ai également la veste, bien sûr. Et même s'il fait une chaleur à crever, je la porterai. Sinon, où cacher mon arme ?

Lors de son dernier briefing, Alassane Kamissoko m'a donné le numéro de téléphone personnel de son beau-père afin que je puisse le contacter directement, ainsi que l'adresse du groupe Kamissoko. Je vérifie que je n'ai rien perdu pendant le voyage. Tout est là, je suis *a priori* fin prêt, je peux me coucher en tentant de faire le vide dans ma tête. Mais comme dirait une personne rencontrée récemment, « c'est pas facile ». Je risque gros dans cette affaire. Je suis dans un pays que je ne connais pas, et j'y suis entré illégalement qui plus est. Si ma confrontation avec le beau-père d'Alassane tourne mal, quelles sont mes chances de pouvoir me sortir de ce piège ? Pas plus de deux sur dix, dirais-je. En étant optimiste… Mon pote Désiré est bien sympathique, mais va-t-il assurer si nous devons évacuer Ouaga en catastrophe ? Je préférerais ne pas avoir à connaître la réponse à cette question.

Mais ma principale angoisse, celle qui depuis le départ accapare mon esprit, est cette interrogation, à laquelle il va absolument falloir que je puisse répondre avant de faire feu : Moussa Soumaré est-il la parfaite ordure décrite par Alassane et le vieil Inoussa, ou bien me fais-je manipuler depuis le début par un jeune loup aux dents acérées ?

Je n'aurai que peu de temps, une fois entré dans le bureau de ma cible, pour en décider…

30

À Koné, Téo retrouve le grand village coincé entre mer et montagne, bâti au bord de la rivière Koné qu'il a découvert à l'aller, ainsi que Patrick Dirkaso, le propriétaire de Koné Ranch. C'est un Caldoche, personnage massif, haut en couleur, et ayant visiblement le cœur sur la main. Issu d'une famille installée en Calédonie depuis la colonisation du début du XIXe siècle, il a grandi à Koné et la Chaîne centrale n'a aucun secret pour lui. Il la parcourt à cheval depuis son enfance et la fait découvrir aux touristes depuis de nombreuses années.

Téo ayant fait part de son inexpérience à cheval, Patrick le rassure, cela ne posera aucun problème. L'essentiel de sa clientèle est composé de débutants et ses randonnées se sont toujours déroulées de manière parfaite. Ses chevaux sont calmes et dressés, ils connaissent leur travail et sont très gentils. Pour le souci des petites fesses fragiles du monsieur, il a ce qu'il faut : de magnifiques selles western tout confort, bien meilleures que le meilleur des fauteuils. Dirkaso n'a pas de sortie dans la Chaîne de programmée avant plusieurs semaines, mais il propose quand même à Téo, qui en est ravi, son habituelle balade de trois jours. Par acquit de conscience, juste pour vérifier le comportement de son client avant de risquer de se retrouver bloqué avec un imbécile qui pleure sa mère au milieu de nulle part, il pose Téo sur un cheval pour une petite séance d'initiation. Celle-ci le rassure pleinement, le jeune homme est sportif, il a de l'équilibre et n'est pas du genre à se plaindre.

Effectivement, la randonnée est un succès et Téo ne regrette rien. Patrick est un accompagnateur sérieux et compétent, soucieux de la sécurité et du confort de son client. Cinq heures à cheval le premier jour, essentiellement au pas, au milieu de la brousse calédonienne, dans la forêt, sur des sentiers bordés de niaoulis, mais aussi au galop sur un plateau vallonné couvert de savane, ne sont pas venus à bout de l'enthousiasme de l'apprenti cavalier. D'autant plus qu'à l'arrivée, la cabane en tôle de Patrick offre le nec plus ultra après la transpiration de la journée : une vraie douche avec de l'eau chaude ! Ensuite, l'incontournable dîner cuit au feu de bois pendant lequel Patrick raconte sa Calédonie en mille anecdotes, et c'est l'heure d'aller se reposer. Téo ne demande pas son reste, il est crevé mais on ne peut plus heureux. Une seconde avant de s'endormir, il réalise qu'il a souvent pensé à son amie Émeraude durant la journée, et se dit qu'il aurait bien aimé partager cette expérience avec elle.

Le deuxième jour est consacré au repos. Les chevaux le méritent, et les cavaliers également. Au programme pour Patrick et son client, promenade à pied pour découvrir le magnifique site en pleine nature, pêche aux crevettes de ruisseaux, anguilles et carpes, chasse au cochon sauvage et baignade en rivière.

Ensuite, le troisième jour arrive malheureusement trop vite, et avec lui le moment de seller les chevaux pour le retour sur Koné par un chemin légèrement différent de l'aller. Lorsqu'il quitte le ranch après une longue nuit de sommeil chez Patrick qui l'a gentiment accueilli, Téo a encore les yeux remplis du spectacle grandiose qu'offre la Chaîne. De nouvelles pellicules à poster à Murielle, une carte pour ses parents à qui il a finalement pris l'habitude d'écrire, et un nième nouveau carnet de voyage, qu'il vient de commencer, ont rejoint le fond de son sac. Il est prêt pour l'Australie.

Après deux jours à Nouméa, le temps de flâner encore un peu et d'effectuer sa réservation pour Melbourne, il est de nouveau à l'aéroport de La Tontouta où il poste son courrier pour Paris avant d'embarquer pour un vol relativement court de quatre heures.

En Australie, où il reste jusqu'au début de l'année 1982, Téo voyage sans cesse, ne se posant réellement nulle part. Le pays est plus qu'immense et il veut en découvrir le maximum, sachant que désormais le temps lui est compté, qu'il ne peut continuer à voyager indéfiniment. Il s'était accordé deux ans, et le délai arrive à son terme. Bien trop rapidement au goût du jeune homme, qui ne se voit pas encore entrer définitivement dans la vie active, et avoir un boulot où chaque jour ressemblerait à celui d'avant. Il se dit que si ses parents sont d'accord, alors il reprendra volontiers des études. Il a bien aimé ce que faisait Émeraude, le droit. Sans doute très rébarbatif au début, avec des milliards de pages à apprendre par cœur, mais certainement très excitant une fois un diplôme obtenu au vu des multiples carrières possibles, notamment celle d'avocat qui ne lui déplairait pas.

Comme ses finances sont encore suffisantes, Téo ne cherche pas à travailler, il le fera si la nécessité s'impose. Il visite Melbourne puis fait du stop jusqu'à Adélaïde où il reste très peu de temps. Il voit Kangaroo Island et ses paysages somptueux, l'immense dune de sable blanc de Little Sahara, la faune étonnante composée de kangourous par centaines, qu'il faut surveiller sans cesse dès qu'on est en voiture car ils n'ont peur de rien et se jettent sous vos roues, de koalas, wallabies, pingouins, échidnés et d'oiseaux de toutes espèces, plus colorées les unes que les autres.

Ensuite il met le cap sur l'intérieur, plein nord vers la chaîne des Flinders – les Flinders Ranges – en voiture de location car il se voit mal faire du stop dans un endroit si peu fréquenté. Après son retour sur Adélaïde, c'est à nouveau en stop qu'il se rend à Sydney *via* Melbourne. Il y reste une quinzaine de jours avant de remonter lentement vers Cairns en prenant le temps d'effectuer de belles plongées dans une mer magnifique, pour finir en apothéose sur la grande barrière de corail lors d'une mini-croisière au cours de laquelle il fait la connaissance de jeunes Australiens de Brisbane avec lesquels il sympathise et qui lui proposent de venir passer un moment chez eux. Il n'hésite que très peu, et uniquement parce qu'il a déjà vu la ville à l'aller. Mais il est en fin de séjour, n'a plus vraiment assez d'argent pour poursuivre jusqu'à Darwin, et ses nouveaux amis lui promettent de lui faire découvrir leur ville comme il n'a pu le faire tout seul.

Il reste là-bas jusqu'à son départ pour la France sans jamais être déçu, heureux d'admettre que ses copains ne lui ont pas menti.

Le jour de son vol, il manque de peu rater l'avion car une fête impromptue a été organisée sur le parking de l'aéroport pour lui dire au revoir et que le champagne australien lui tourne la tête. Quand enfin il rejoint sa place à bord, il a droit à des regards courroucés des autres passagers. Cela faisait dix minutes que tout le monde attendait le dernier voyageur enregistré.

Durant le vol, lorsqu'il repense à cette dernière étape de son voyage, il est conscient de ne pas avoir assez profité de l'Australie. Il aurait pu voir plus de choses, il aurait dû travailler pour pouvoir se le permettre. Mais en réalité, il doit admettre qu'il en avait un peu assez, et que sa famille, ses amis et Carnoux commençaient à sérieusement lui manquer.

31

Désiré est ponctuel. À huit heures précises, lorsque je sors du *Ricardo*, il est sur le parking, à m'attendre. J'ai réglé ma note et pris toutes mes affaires. Désiré attrape mon sac et le pose sur un siège arrière.

— Bonjour patron.

— Bonjour Désiré, bien dormi ?

— Trop même, patron.

— Tant mieux. Tu sais où se trouve le groupe Kamissoko ?

— Pff, patron… Tout le monde sait où c'est !

— Excuse-moi, je voulais juste vérifier. Donc c'est là-bas que tu devras m'emmener tout à l'heure. Mais pour l'instant, je voudrais que tu me fasses découvrir la ville.

— D'accord patron.

Le 4 × 4 est étincelant de propreté, mon chauffeur a dû passer sa nuit à le briquer. Je n'ai pas pensé à lui demander la veille, mais je doute fort qu'il soit à lui.

— La voiture n'est pas à toi, si ?

— Non patron, je n'ai pas l'argent ! Elle est à un Libanais qui fait la location. Je travaille juste pour lui.

— Combien il te paye ?

— Par jour ?

— Oui.

— Ah patron, c'est pas facile. Il me donne mille francs CFA.

Je suis interloqué. Cela représente dix francs… Pour une journée de travail !

— Ah… Bon, on va dire qu'aujourd'hui tu vas gagner beaucoup plus.

— Merci patron.

— Mais il va falloir que tu fasses tout ce que je te demanderai, sans discuter ni poser de questions, d'accord ?

— Oui patron.

Je ne vais pas lui dire qu'on risque fort d'avoir à dégager sur les chapeaux de roues, inutile de l'alarmer si tôt.

Nous longeons la retenue d'eau et rejoignons la route goudronnée.

— Vous voulez aller directement dans le centre, ou nous faisons un grand tour ?

— Un grand tour, s'il te plaît.

— D'accord patron.

Arrivé à un carrefour, Désiré prend à gauche et rentre à nouveau dans son personnage de guide touristique.

— Sur votre gauche, juste là, c'est la forêt Bangr Weogo, on l'appelle « le bois de Boulogne ». Il n'y a pas si longtemps c'était encore la brousse ici. Mais Ouaga grandit tous les jours. Sur la droite, c'est la Zone du Bois. Les Blancs habitent là. Presque tous. Nous sommes sur la route de Niamey. C'est la route normale, celle qu'on prend quand on veut bien passer la frontière et qu'on n'est pas un gangster.

— Parce que tu crois que je suis un gangster ?

Mon chauffeur se tourne vers moi et m'adresse un grand sourire.

— Sinon, pourquoi ne pas passer par la route ?

— Je voulais faire du tourisme.

Là-dessus, Désiré éclate de rire.

— Ah patron, c'est pas facile, vraiment !

Fort heureusement, il abandonne le sujet et continue son tour de Ouaga. Quand nous finissons par nous garer en centre-ville, j'ai appris beaucoup de choses, une particulièrement, qui me fait sourire. Les très nombreuses rues secondaires de la capitale ne sont pas goudronnées et sont appelées des « six mètres » du fait de leur largeur. Je trouve ça joli et très imagé.

Contrairement à ce que j'avais espéré, je n'arrive toujours pas à me repérer. Mais une chose me rassure cependant : la circulation est fluide dans cette ville. Si nous devons fuir rapidement, il y a peu de risques d'être bloqués dans un embouteillage.

J'invite mon chauffeur à venir prendre un café à l'hôtel *Indépendance* et en profite pour lui emprunter son téléphone portable. Il est déjà 9 heures, je dois appeler Soumaré. Je me présente comme étant le directeur administratif de la compagnie minière West Africa Global Mining, de passage pour la journée à Ouaga et désireux de l'entretenir d'un projet de prospection dans le Sud. Mon agenda est très chargé, j'ai plusieurs rendez-vous avec des entreprises concurrentes du groupe Kamissoko, mais je suis libre entre 9 et 10 heures s'il veut me recevoir pour envisager une éventuelle collaboration. Je sais bien que cela ne tient pas vraiment debout, mais je manque de temps et n'ai pas envie de m'éterniser à Ouaga. L'idéal pour moi est de rencontrer ce type dans son bureau, afin de pouvoir discuter un peu et vérifier s'il est bien l'ordure qu'on m'a décrite avant d'éventuellement l'éliminer. J'ai réellement besoin de pouvoir rassurer ma conscience. En revanche, s'il ne peut m'accorder un entretien, je serai obligé de l'aborder au-dehors, et tout me sera moins facile. Bien plus risqué également.

Mais l'homme est disponible, il ne voit aucune objection à ce que je vienne le voir et est manifestement très intéressé par l'appât du gain potentiel que représente une campagne de prospection. Nous décidons donc que je le rejoigne immédiatement.

La conversation s'est déroulée devant Désiré et je vois bien que son esprit tourne à plein rendement. Je dois plus que jamais apparaître comme un gangster à ses yeux. Il est temps pour moi de lui donner les bribes d'informations nécessaires à ma survie.

— Désiré, écoute-moi bien. Je t'ai dit tout à l'heure que tu allais gagner plus d'argent que d'habitude, aujourd'hui.

— Oui patron.

— Laisse-moi parler, je ne veux plus être interrompu, d'accord ?

— Oui patron.

— Bien. Donc, tu vas gagner beaucoup plus. Mais pour ça, tu vas devoir prendre certains risques en me conduisant.

Désiré ouvre de grands yeux mais garde le silence pour une fois.

— Le gars que je vais voir, ce Moussa, il m'a volé et me doit énormément d'argent. Je suis ici pour récupérer mon fric. Et donc, quand je serai dans son bureau, ça risque de chauffer pas mal, si tu vois ce que je veux dire. Non, tais-toi ! Alors, quand je vais revenir à la voiture, il est possible que je te demande de rouler très vite et qu'on quitte Ouaga immédiatement. Mais peut-être que tout se passera en douceur ; alors à ce moment-là, on roule cool, d'accord ?

Comme il semble m'interroger, je lui dis :

— Oui, tu peux parler. Donc, c'est d'accord ?

— Non, mais en tout cas, oui patron.

32

Téo débarque à Marignane, l'aéroport situé à vingt-cinq kilomètres de Marseille, le jeudi 14 janvier à 10 heures du matin. Sa famille ainsi que Murielle savent qu'il devrait être bientôt de retour, sans connaître sa date exacte d'arrivée. Lui-même ne la connaissait pas quelques jours avant.

Les vols sur la France au départ de Melbourne affichaient complet et il risquait de passer une semaine encore à Brisbane pour disposer d'une place sur un vol Qantas. Par chance, un passager avait annulé sa réservation, et Téo avait pu bénéficier du désistement. Après une escale à Colombo au Sri Lanka, et un peu moins de vingt-deux heures de vol, il foule enfin, non pas son sol natal puisqu'il est né en Algérie, mais du moins la terre qui l'a vu grandir, la terre de Provence. Il lui reste un peu d'argent, il prend donc un taxi. Maintenant qu'il est arrivé, il ne peut plus attendre, il veut voir ses parents, sa sœur, ainsi que ses amis s'ils sont à Carnoux. Mais lorsque la voiture entre dans le village une heure et demie plus tard, il demande au chauffeur de ralentir et de prendre une rue sur la droite. Elle conduit au sommet de la colline qui domine ce qui n'était il n'y a pas si longtemps qu'un hameau et qui désormais est une vraie petite ville. Tout en haut, là où le point de vue est le meilleur, il descend malgré le froid qui le transperce et admire son Carnoux, heureux d'être rentré. Pour un peu, il demanderait au chauffeur de continuer vers les pistes à feu, et de rouler jusqu'à ce qu'il aperçoive sa Vallée perdue. Mais il sait bien que c'est impossible, l'homme refuserait à coup sûr, de peur d'endommager sa voiture. Alors il remonte, non sans avoir aspiré goulûment un grand bol d'air provençal, et se fait conduire en centre-ville.

Après avoir réglé la course, il quitte le parking où le taxi l'a laissé et marche d'un pas léger jusqu'au salon de coiffure de son père, dans lequel il pénètre le plus discrètement possible. Alessandro Pirtakis est là, occupé à massacrer la chevelure d'un malheureux client, et ne l'a pas entendu entrer. Alors, d'un ton autoritaire, il demande :

— Bonjour ! Une coupe Sandro, c'est possible ici ?

À cette voix, qu'il reconnaîtrait entre mille, le coiffeur sursaute et parachève – on pourrait aussi bien dire achève – la coupe de son client, en lui faisant un magnifique trou au sommet du crâne à l'aide de sa redoutable tondeuse qu'il laisse ensuite tomber tellement il est ému. Cela fait deux ans qu'il n'a pas vu son garçon ! Père et fils s'étreignent longuement tandis que le client se lève et vient serrer la main de Téo qui le reconnaît enfin. Il s'agit du marchand de chaussures, un dénommé Bonneau dont il ne se souvient pas du prénom, mais qu'il se rappelle avoir dérangé plus d'une fois avec ses copains d'enfance lorsqu'ils avaient 9-10 ans. Ils déliraient sur la bande à Bonnot en entrant en trombe dans sa boutique en criant : « Chef ! Les flics arrivent, faut se tirer ! », et bien d'autres stupidités qui faisaient invariablement sourire le brave homme. Et voilà qu'aujourd'hui, grâce au même garnement, il avait droit à une maxi-coupe Sandro. Le top du top, qu'il prenait encore avec le sourire.

Pour Alessandro, il n'est plus question de rester au salon une seconde de plus. Royal, il offre sa coupe au malheureux qu'il vient de défigurer, puis ferme carrément boutique.

— Heureusement qu'il n'y avait pas d'autre client, papa, tu n'aurais pas pu fermer.

— Tu parles ! Mon fils revient après deux longues années d'absence et tu crois que je vais travailler ? Aïe aïe aïe ! Mais tu es devenu fou, mon fils ! Allez viens, on va voir ta mère.

— Mélia est à la maison ?

— Parce que tu crois que ta sœur est comme toi ? Une faignante qui ne travaille pas ? Mélia a presque 20 ans et est en faculté, figure-toi. C'est une bosseuse, elle.

Alessandro Pirtakis a le parler des pieds-noirs, feint la colère et hausse le ton, mais ce n'est qu'une façade. Il est le plus heureux des hommes depuis que son fils a franchi le seuil de son salon.

Cloé Pirtakis manque s'évanouir quand elle aperçoit son fils. Heureusement, elle est proche d'une chaise et s'y laisse tomber une seconde, avant de se relever et de se jeter dans les bras de Téo. Elle fond en larmes, entraînant son garçon avec elle dans un concert de pleurs.

— Bon, si c'est comme ça, je vais retourner escagasser des tignasses, moi !

Sans lâcher Téo, Cloé attrape son imbécile de mari et le serre contre eux deux.

— Au lieu de dire des âneries, tu ferais mieux de nous servir un peu d'anisette, Sandro.

Quand Mélia rentre de ses cours en fin d'après-midi, elle trouve ses parents pas mal éméchés, assis sur leur petite terrasse, en train d'écouter le récit fantastique que leur raconte son grand frère, emmitouflé dans une énorme couverture. Folle de joie, elle laisse tomber le petit sac qui lui sert de cartable et se jette au cou de Téo en criant comme une folle. Quand enfin elle est à peu près calmée, elle va se chercher un verre pour participer à la beuverie générale.

— Tu ne nous as pas ramené une jolie Brésilienne ? demande-t-elle à son frère.

— Il y en avait trop, je n'ai pas su choisir.

— Quel vantard ! Toujours le même, je vois.

— J'ai failli revenir avec une belle Tahitienne, en revanche.

— Ah bon ?

— Oui, et là je ne plaisante pas. Pas vraiment en fait. Mais je n'étais pas assez amoureux, il faut croire.

Pour sa sœur, il reprend l'histoire de son merveilleux voyage, omettant parfois volontairement quelques détails, et ne s'appesantissant pas sur son séjour en prison et les risques qu'il avait encourus à Miami. Il prend des nouvelles de Sébastien et Murielle et apprend qu'ils sont tous les deux loin de Carnoux, lui en Seine-et-Marne à son école de police, et elle toujours en fac de lettres à Paris, vivant avec un petit médecin peu sympathique, selon Mélia.

— Mince, il faut que je la voie, je lui ai envoyé toutes mes pellicules photo. Tu ne sais pas si elle les a développées ?

— Elle les a développées et toutes faites en double pour nous. Ça, c'est une fille gentille, elle ! lui répond Cloé. Tu ne crois pas que tu aurais pu nous les envoyer à nous, ces pellicules, fils ingrat ?

— Je ne voulais pas vous déranger, maman. Et puis, il y en a peut-être dans le lot qui sont censurées, après tout ?

— Eh bien alors, Murielle les a gardées pour elle parce que je n'en ai pas vu, figure-toi. Censurées, non mais entendez-moi-le ce minot !

— Ça fait plaisir de vous retrouver, vous m'avez manqué !

— C'est vrai ce mensonge ?

— Ah, ah. Mélia, tu aurais un numéro de téléphone de Murielle, par hasard ?

— Bien sûr, mais pour ça il faut me montrer les photos censurées.

— C'est comme ça que vous l'avez élevée ? Chapeau !

Ayant quand même récupéré le numéro de sa copine, Téo s'empresse de l'appeler. Et après l'inévitable séquence émotion au cours de laquelle Murielle pleure à chaudes larmes, elle lui annonce qu'effectivement elle avait un petit ami, mais qu'elle a rompu, qu'elle n'a plus aucun compte à rendre à personne et qu'elle va venir à Carnoux pour le week-end.

— Mais je peux monter à Paris si tu préfères.

— Non non, il faut que je voie mes parents de toute manière, lui dit-elle pour couper court à toute autre proposition de sa part. En réalité, elle veut s'éloigner au maximum de son tordu d'ancien copain qui la harcèle depuis la rupture, et elle ne veut surtout pas qu'il la rencontre en présence de Téo, il comprendrait à la seconde les sentiments qu'elle éprouve et cela finirait très mal.

33

Nous prenons la route de Bobo-Dioulasso, petite ville du Sud-Est qui était l'ancienne capitale du Burkina, du temps où le pays s'appelait Haute-Volta. Le siège du groupe Kamissoko est collé au cimetière de Gounghin, un quartier qui fait suite à celui de Petit Paris, dont le nom me fait sourire.

— Ici aussi, il y a beaucoup de Blancs. Mais c'est moins tranquille que Zone du Bois. Il y a des voleurs, me dit Désiré en me regardant en coin et le sourire aux lèvres, content de sa blague.

Nous arrivons déjà à l'entrepôt, c'est l'heure de vérité. Soudainement, l'adrénaline inonde mes veines. Je respire profondément, tente en vain de calmer les battements de mon cœur, et sors de la voiture.

— Mets-toi en position pour quitter immédiatement ce parking, Désiré. Mais tu peux arrêter le moteur, inutile de te faire remarquer. Sois vigilant, c'est tout. Surveille l'entrée des bureaux. Dès que tu m'aperçois, mets en route.

Je sens mon chauffeur devenir fébrile, même s'il tente de donner le change.

— Oui patron, bonne chance.

J'en aurai besoin, me dis-je. Merci Désiré. J'ai rapidement retrouvé mon calme, et suis prêt à affronter

Moussa Soumaré. Le parking de l'entreprise est exactement comme me l'avait dit le vieil Inoussa. J'ai dû élever fortement la voix pour me faire entendre de Désiré. Tant mieux.

M'étant présenté à la réception, je suis immédiatement introduit dans le bureau du patron. Avant cela, j'ai demandé à la secrétaire, avec ma voix autoritaire de grand directeur, accompagnée d'un sourire charmeur comme j'ai toujours su le faire, que nous ne soyons dérangés sous aucun prétexte.

Le bureau est immense et je remarque à peine entré qu'aucun bruit extérieur ne filtre. Inoussa a dit vrai. Re tant mieux.

Moussa Soumaré s'est levé, il avance vers moi la main tendue.

— C'est un plaisir de vous rencontrer, monsieur !

Je suis remonté à bloc et n'ai pas envie de perdre de temps en discussion inutile. Saisissant la main du beau-père, je lui tords brutalement le bras et le force à s'agenouiller tout en sortant mon revolver pour le pointer dans sa direction.

— Tu fermes ta gueule et tu m'écoutes, OK ?

— Mais…

— Ferme-la ! Je vais relâcher ton bras et tu vas aller t'asseoir bien gentiment, d'accord ? Si tu fais un mouvement de travers, si tu pousses le moindre cri, je t'abats comme un chien. Tu comprends ?

— Oui, mais aïe ! Vous me faites mal ! Qu'est-ce que vous voulez ? J'ai de l'argent, je peux vous en donner !

— On verra ça plus tard. Assieds-toi.

Visiblement terrorisé, Soumaré s'exécute sans rechigner et je commence à respirer mieux. Pour l'instant, tout se passe bien. Je ne relâche pas la pression pour autant et garde mon arme pointée sur ma cible.

— Je suis venu te voir pour que tu me donnes beaucoup d'argent. Tu es riche, pas vrai ?

Comme je commence à parler fric, lui aussi respire mieux. L'argent, il connaît, c'est son domaine.

— Riche, c'est vite dit ! J'ai de l'argent. Un peu.

Tu parles, Charles, me dis-je, quel renard !

— Un peu, ça ne suffira pas. Je sais que tu as éliminé Oumarou Kamissoko pour prendre sa place dans le groupe et dans son lit. Ne discute pas, j'ai des preuves ! Pour le prix de mon silence, il va falloir que tu alignes.

— Vous vous trompez, je n'ai tué personne ! Surtout pas Oumarou qui était mon meilleur ami !

— Les meilleurs amis, c'est capable des pires trahisons, ne me raconte pas de conneries. Tu es en train d'empoisonner ta femme. La veuve de ton meilleur ami. J'ai aussi des preuves, pour ça.

— Je vous jure…

— Bon, on arrête les conneries, d'accord ! Je n'ai pas la journée. Alors, ou tu me donnes du fric, ou je commence par te flinguer un genou. Ça me semble bien insonorisé ici. Personne ne va ni entendre le coup de feu, ni tes cris quand tu vas pleurer comme une femmelette. Je compte jusqu'à trois.

— Non, pitié ! D'accord !

— D'accord quoi ?

— D'accord, je vous donne de l'argent !

— Mauvaise réponse, ça ne me suffit pas. Je veux entendre « d'accord, c'est moi qui ai tué Oumarou, d'accord c'est encore moi qui veux empoisonner ma femme ». C'est ça que je veux entendre.

— D'accord, d'accord ! Oui, j'ai tué Oumarou et je suis en train de me débarrasser de ma stupide femme !

— Ah... Là je suis content ! Et dis-moi vite comment tu l'as tué, ce pauvre Oumarou. Ne cherche pas à m'embrouiller, je sais exactement comment tu as fait.

Moussa Soumaré est maintenant lancé, les vannes sont ouvertes et pas près de se refermer. En réalité, il est assez fier de lui et prend plaisir à me détailler la manière géniale qu'il a utilisée pour se débarrasser du gêneur. Je suis enfin rassuré, Alassane et Inoussa ne m'ont pas menti. Je suis un tueur, mais je peux aussi me comparer à un vengeur. Un chevalier des temps modernes qui protégerait la veuve et l'orphelin. Ben voyons.

— OK, je vois que tu ne cherches pas à te moquer de moi, tant mieux. Puisque tu es dans de très bonnes dispositions, ouvre ton coffre et sors tout l'argent qu'il y a dedans. Vite !

Il ne se le fait pas dire deux fois et se lève, toujours sous la menace de mon pistolet. Le coffre est dissimulé derrière une peinture abstraite que j'emporterais volontiers, mais elle est un peu trop volumineuse. Dommage.

Soumaré dépose sur son bureau une mallette qu'il ouvre pour moi. À vue de nez, il y a beaucoup. Désiré va être content.

— Qu'est-ce que je vais faire de toi maintenant ? Tu sais que je peux revenir te voir. Pas ici bien sûr, mais n'importe où. Tu pourrais me promettre de laisser ta femme tranquille, de cesser de l'empoisonner ? Et bien sûr de ne pas chercher à me poursuivre ?

— Je vous le promets ! Je vais la faire soigner dès aujourd'hui !

J'ai été flic trop longtemps, je sais immédiatement lorsqu'on me ment. Ce type n'a aucun regret et n'en aura jamais. Je ferme les yeux un instant, priant pour un salut que je ne mérite plus, et mon index se crispe sur la détente…

34

Téo est rentré à la maison : il faut évidemment faire une énorme fête… Les Pirtakis invitent les Cardon, sans Sébastien puisqu'il n'est malheureusement pas là, et les Choukroun au grand complet, à un couscous « comme là-bas » le dimanche midi. L'idée au départ était de faire le méchoui du siècle, mais le temps ne s'y prête guère. Il fait un froid de canard et la météo annonce même des risques de chutes de neige.

— Il neige une fois tous les mille ans en Provence, et ça tombe juste quand mon fils rentre à la maison ! Qu'est-ce que j'ai fait au bon Dieu ? se plaint Cloé.

Dès le vendredi matin, elle commence à préparer son repas en allant sur le marché d'Aubagne. Elle y a là son vendeur préféré qui connaît bien ses habitudes et lui accorde régulièrement de petites ristournes. Risque pas que pour fêter le retour de Téo, elle fasse ses courses à Auchan ! Rapidement, son panier est plein : carottes, navets, tomates et belles courgettes, ainsi que de superbes oignons. Ensuite, direction le boucher marocain de la rue Rastègue pour le collier d'agneau, les côtelettes de mouton et la vieille poule, sans oublier les merguez bien sûr. Comme elle n'a ni le temps ni vraiment l'envie de passer des heures à s'occuper des desserts, elle les a déjà commandés à

Carnoux, chez *Elfondel*. Tout un assortiment de pâtisseries algériennes. Et tant pis s'il y en a beaucoup trop : c'est le retour de Téo, non ? Son petit va se régaler, il n'a pas dû en manger beaucoup, chez les sauvages, des makrouts aux amandes, des montécaos, des cornes de gazelle ou encore des samsas au miel et des cigares miel et amandes ! Bon, les gâteaux d'*Elfondel* sont moins bons que ceux qu'elle cuisine, mais elle n'a vraiment pas le temps. Heureusement, pour le reste des ingrédients du couscous, elle a déjà tout à la maison, elle a vérifié dans ses placards. Raisins secs, pois chiches, harissa, ras-el-hanout, cumin : elle a tout !

Téo a emprunté la vieille voiture de son père pour aller à Aix-en-Provence se renseigner à la fac. Ses parents ne sont pas opposés à ce qu'il reprenne des études, bien au contraire, cela les ravirait. Ils ne sont pas riches, mais ont quand même un petit pécule de côté. Les Carnussiens, du moins les anciens, sont restés fidèles à Sandro Pirtakis, et continuent de fréquenter son salon bien qu'un autre coiffeur se soit installé depuis quelques années. Un véritable coiffeur, pas un réducteur de têtes. Mais Sandro est des leurs, un pied-noir pur jus, et cela compte beaucoup. Et puis, ils sont habitués à ses carnages et peuvent ainsi continuer à se moquer les uns des autres lorsque, chacun à son tour, ils ressortent du salon avec le crâne quasiment rasé. Alessandro a bien essayé de s'améliorer, il y a longtemps. Il craignait qu'avec la concurrence ses clients se mettent à le bouder. Sans rien en dire à personne, en catimini, il s'était inscrit à une formation à Marseille, un cours de recyclage pour professionnels qui avait lieu deux fois par semaine, le soir. Il était assidu et consciencieux, et commençait même à améliorer son style. Il découvrait qu'il existait d'autres moyens que la tondeuse pour couper les cheveux. Oui mais voilà, ses fidèles clients ne se reconnaissaient plus en sortant de chez lui, ils étaient mécontents. Où était passée la fameuse coupe Sandro ? Alors il avait laissé tomber la formation et les ciseaux qui allaient avec. Fini les ampoules aux doigts, il reprenait sa vaillante tondeuse et conservait ses clients.

Grâce à leurs économies, les Pirtakis peuvent se permettre de payer les études de Mélia et Téo. D'autant plus que leur fille travaille à chaque période de vacances pour les aider et qu'ils savent que Téo va faire de même. Il s'est assumé seul pendant les deux ans qu'il a passés à voyager, et il va continuer, ils en sont persuadés. À l'université d'Aix, Téo se fait remettre des dossiers d'inscription aux facs de droit et d'anglais, il hésite encore. La facilité serait sans doute de choisir l'anglais qu'il parle couramment. Mais il se demande bien ce qu'il ferait d'un DEUG ou d'une licence dans cette matière. Prof ? Aucune envie. Le droit, en revanche, lui offrirait plus de débouchés. Depuis qu'il a appris que son copain Sébastien était entré à l'école de police, l'idée de le rejoindre lui trotte dans la tête. Pourquoi pas, après tout ? Il pourrait être un excellent flic, à l'image de Tracy Johnson sans laquelle il serait plus que probablement emprisonné pour de longues années. Incorruptible évidemment, impitoyable avec les truands, mais humain et à l'écoute, juste et droit. Un bon flic, quoi. Pas l'habituel facho raciste imbibé de bière qu'il rencontre fréquemment dans les rues. Oui, pourquoi pas ? Le droit, donc, lui serait très utile, se dit-il.

Il va attendre Murielle sur le quai de la gare Saint-Charles à Marseille en début de soirée. Il a encore la voiture de son père et a prévenu ses parents qu'il ne rentrerait pas dîner, il invite sa copine de toujours au restaurant. Quand il la voit descendre, il est estomaqué. Murielle est belle à couper le souffle, bien plus que dans son souvenir. Ils s'étaient à peine vus pendant les deux ans précédant son voyage : elle, déjà à Paris pour ses études, et lui encore au lycée. Puis il y avait eu le service militaire, suivi de son petit voyage autour du monde. Il avait laissé une jeune fille, une belle adolescente, et il retrouvait une déesse !

— Ce n'est pas possible ! Comme tu es belle !

Murielle, qui peine à descendre le marchepied avec sa valise, cherche à masquer sa confusion. Elle rougit au compliment spontané de Téo, pleure et rit tout à la fois puis laisse tomber son bagage sans ménagement et se jette au cou de son plus vieil ami, l'étreignant à lui en briser les cervicales.

— Mon Téo ! Laisse-moi te regarder.

Elle le lâche et recule de deux pas, essuyant ses larmes.

— Tu es tout bronzé, la vache ! Presque beau !

— Toujours aussi gentille, je vois. Ta valise, c'est pour laisser là, ou bien on l'amène ? Parce que, je ne veux pas dire, mais elle gêne un tantinet au milieu du quai !

— Il vaut mieux qu'on la prenne, j'ai quelques photos à toi dedans. Si ça t'intéresse, bien sûr.

Murielle s'apprête à ramasser la valise, mais Téo l'enlace à son tour et la serre fort.

— Ma copine préférée... Tu m'as manqué, tu sais ?

— Bien sûr, je vais te croire.

Si cela pouvait être vrai, pense-t-elle. Toi, tu m'as énormément manqué, Téo. *Mon amour... Que va-t-on devenir ?*

— J'ai pensé qu'on pourrait peut-être aller au restau, si ça te dit, à moins que tu veuilles que je te dépose chez tes parents ?

— Non ! Le cri a jailli, un peu trop fort. Non, se reprend Murielle plus doucement. Je veux bien qu'on aille manger quelque part, ce serait sympa, tu pourrais me raconter ton voyage, tout ça tout ça.

— Très bien, donc on va cours Julien. *La Raclette*, c'est OK ? J'ai une formidable envie de me goinfrer de fromage et de charcuterie ! Si le restau existe encore.

— Tout me va. Je suis avec toi, je suis heureuse. Si ça a fermé, il y en a d'autres.

La Raclette existe toujours. Comme il est tôt, la salle est encore à moitié vide et les deux amis n'ont que l'embarras du choix pour décider où ils vont s'asseoir. Ils s'installent dans un petit coin au fond en se disant qu'en cas d'affluence soudaine ils seront toujours tranquilles, et commandent deux coupes de champagne en apéritif pour fêter comme il se doit leurs retrouvailles. À la serveuse qui veut prendre leur commande, ils répondent qu'ils mangeront un peu plus tard, mais que ce sera la raclette complète. Après avoir trinqué, Téo se lance et commence par le Brésil. Le temps défile à toute vitesse sans qu'ils s'en aperçoivent. Ils boivent une deuxième coupe, puis demandent enfin leur raclette et commandent une bouteille de morgon rouge pour l'accompagner. En même temps que Téo raconte, Murielle sort les photos, qu'elle a classées par ordre d'arrivée et elle illustre ainsi le récit de son copain. Elle frissonne d'angoisse lorsqu'il aborde l'épisode de son incarcération en Floride, puis finit par en rire quand Téo regrette de ne pas avoir d'image de sa cellule.

— On m'avait tout confisqué, je n'avais pas mon appareil. Si c'est pas malheureux !

— Je crois que tu peux t'estimer heureux qu'ils te l'aient rendu, oui.

— Pas faux. Comme toujours, tu vois le bon côté des choses.

À l'évocation du séjour à Tahiti, Téo fait rêver son amie en décrivant les paysages paradisiaques, puis la rend visiblement folle de jalousie en racontant Émeraude. Cela le surprend puis le fait éclater de rire. Il commence à se rendre compte de l'attachement que Murielle lui porte, différent de celui d'une simple amie. Mais ils ont beaucoup bu tous les deux, et il met cette impression sur le compte de l'alcool.

Quand il parvient à la partie australienne de son voyage, Murielle lui fait remarquer qu'elle est un peu surprise qu'il n'y soit pas resté plus longtemps.

— Pourquoi ne pas avoir poussé jusqu'à Alice Springs quand tu étais aux Flinders Ranges ? Ou même jusqu'à Darwin ?

— Ouh là, on dirait que tu connais bien l'Australie, dis donc.

— Non, pas vraiment, j'ai juste un peu regardé des cartes pendant ton voyage, pour pouvoir imaginer.

— Ah, OK. Donc, pour répondre à ta question, je dirais que je ne sais pas vraiment. J'avais fait l'erreur de louer une voiture, tout ça parce qu'on m'avait mis en garde. Pas beaucoup de trafic dans cette partie de l'Australie. Si je restais en rade au milieu du bush je risquais de me dessécher sur pied en un rien de temps. Mais du coup j'étais seul pour rouler, et je n'en avais pas l'habitude. Bon, en plus, c'est vrai que je commençais à avoir un peu le blues. Et puis on parle de distances énormes, là. Adélaïde-Darwin, ce n'est pas Marseille-Paris. Bon, en tout cas, je suis rentré à Adélaïde après les Flinders, j'ai rendu ma bagnole, et j'ai continué en stop. C'était incomparable. Beaucoup mieux !

Après la raclette, ils n'ont plus faim mais commandent quand même un dessert, ni l'un ni l'autre n'ayant envie que la soirée se termine. Téo parle alors de son idée de reprendre des études et Murielle l'encourage à choisir le droit.

— Tu pourrais être avocat, c'est certainement fantastique comme métier !

— Oui, ou bien flic, comme Seb. C'est dommage que tu ne le voies pas plus. Il est tout proche de Paris, non ?

— Oui, mais avec mon ex-copain, ce n'était pas facile. Julien était d'une jalousie extrême.

— Ah, ah. Et connaissant mon Sébastien, ça ne devait pas le faire.

— Pourquoi tu dis « connaissant mon Sébastien » ?

— Ne me dis pas que tu n'es pas au courant qu'il est fou amoureux de toi.

Murielle hésite un peu, puis répond :

— Oui, bien sûr, je sais. Mais il n'a jamais rien dit ni rien fait pour me draguer ou me séduire.

— Rien de plus qu'il ne fait naturellement depuis toujours, sans même s'en apercevoir, d'ailleurs. Mais toi, il ne t'intéresse pas ?

— Non, c'est mon ami. Un ami qui m'est cher, mais un ami.

— Ah oui, j'oubliais ce fameux pacte. Nous sommes tous liés par le sang, pas vrai ? Amis et rien qu'amis…

— Oh ça… Je pense qu'on pourrait commencer à dire que ce pacte d'enfant est un peu obsolète, non ?

— Que veux-tu dire par là ?

— Pas grand-chose de plus. Nous étions des gamins, nous avons grandi, peut-être que nous ne pensons plus la même chose.

— Donc tu pourrais sans problème craquer pour Seb…

— Je pourrais, mais je n'en ai pas envie. Mon cœur penche pour un autre vieil ami.

— Tu me fais peur, là.

— Il n'y a vraiment pas de quoi. Ce serait un crime si tu m'embrassais ?

— Pas un crime, non. Un immense plaisir au contraire. Mais nous avons beaucoup bu, Murielle. Ce serait raisonnable ? Tu ne le regretterais pas ensuite ?

— Et toi ?

— Je ne sais pas.

— Alors emmène-moi dans un endroit où nous pourrons nous embrasser, et on verra bien demain si on regrette. J'ai très envie que tu me serres, Téo.

35

— Monsieur Soumaré vous fait dire qu'il ne veut pas être dérangé avant une grosse demi-heure. Même pas au téléphone. Il étudie des dossiers que je viens de lui remettre.

La secrétaire ne m'a pas entendu sortir du bureau et lève à peine le nez de l'écran de son ordinateur. J'étais prêt à lui raconter un gros mensonge à propos d'une bouteille de champagne qu'on aurait débouchée pour sceller un hypothétique accord de coopération. Ceci pour expliquer le bruit produit par le coup de feu. Mais je n'ai pas à le faire, tout est tranquille dans le bâtiment. Alors je sors paisiblement et rejoins la Toyota. Désiré m'a vu et a déjà mis le moteur en marche.

— Tout va bien Désiré, il n'y a pas lieu de s'affoler. Conduis doucement. Nous quittons Ouaga. Même route qu'hier, mais en sens inverse.

— Oui patron.

Tout à coup, je suis épuisé. Le contrecoup de ce qui vient de se passer, du nouveau meurtre que je viens de commettre. J'ai beau chercher toutes les excuses possibles, bien que je vienne probablement de sauver une femme, je ne suis ni plus ni moins qu'un meurtrier et je ne vaux guère mieux que tous les Soumaré du monde. Désiré lorgne la mallette que j'ai dérobée à ma victime.

— Oui, j'ai réussi à me faire rembourser. Mon ami Soumaré était dans de bonnes dispositions ce matin.

— Ah tant mieux, patron.

— Mais ça n'a pas été facile, Désiré.

— Trop difficile, patron.

— Comme tu dis. Mais tu as de la chance, tu vas être plus riche ce soir.

Nous roulons à travers la ville dans laquelle le trafic est resté fluide, et nous rapprochons tranquillement de l'embranchement qui nous mettra sur la route de Kaya, la route du Nord. Finalement, je me repère quand même. Nous passons le rond-point des Nations-Unies et prenons l'avenue Thomas-Sankara, sur laquelle se trouve l'hôpital Yalgado, où il ne faut surtout pas aller selon mon chauffeur. Puis nous y sommes. Désiré tourne à gauche, et nous quittons Ouagadougou. Je m'accorde un long soupir et me remets à respirer normalement, me rendant compte que j'étais quasiment en apnée depuis que nous avions laissé l'entrepôt. Lorsque nous passons Loumbila, il n'y a toujours aucune voiture de police à nos trousses. Je suis – presque – définitivement rassuré. Cela m'étonnerait grandement qu'un hélicoptère puisse nous pourchasser. De toute manière, puisque personne ne nous a pris en chasse directement à la sortie du parc du groupe Kamissoko, il est impossible que quiconque sache dans quelle direction nous fuyons. Si ça se trouve, me dis-je, le corps de Moussa n'a pas encore été découvert. Mais cela m'étonnerait quand même. Tout à coup le ciel, qui jusque-là était noir mais semblait pouvoir réussir à contenir son trop-plein d'eau, craque de toute part et déverse sur nous un torrent de pluie en cascade semblant infranchissable. Impossible de distinguer la route, nous n'y voyons plus rien.

— Nous devons nous arrêter, patron.

— Pas question, Désiré, nous continuons. Roule doucement, c'est tout. Et mets tes lumières, qu'on nous voie.

Je le sens hésiter fortement, il n'a pas envie d'obéir.

— Ne discute pas, fais ce que je te dis. S'il te plaît.

La route n'est plus qu'un vaste lac. Peut-être mon chauffeur a-t-il raison ? Après tout, c'est son pays, ici. Qui suis-je pour lui imposer mon point de vue ? Mais il ne sait pas que je viens de tuer un homme... S'il était au courant, peut-être n'aurait-il même pas ralenti. Heureusement, une accalmie survient, mettant un terme à mes interrogations. Les nuages sont vidés ou en tout cas ne débordent plus, et la route redevient visible, nous permettant de constater que nous roulions au beau milieu de la chaussée.

— Ah, c'est pas facile, patron. J'espère que la brousse ne va pas être inondée.

— Nous verrons bien, Désiré. Si c'est le cas, nous stopperons le temps qu'il faudra. Mais pas ici, c'est impossible ! Et puis il est tôt, à peine 10 h 30, nous avons la journée.

— Oui patron, ça va aller.

Effectivement, la pluie a eu beau être très violente, elle n'a pas duré suffisamment longtemps pour créer des poches d'eau susceptibles de nous arrêter. De toute manière, après avoir abandonné le goudron, nous sommes les trois quarts du temps en hors-piste. Alors, si nous rencontrons une flaque trop importante, nous la contournons. Ce n'est pas plus compliqué.

Désiré est moins loquace qu'à l'aller et moi-même suis pris par mes pensées. Nous roulons donc en silence. Je n'ai pas eu à donner mon nom à Soumaré pour obtenir mon rendez-vous, Bernard Delcroix doit donc vraisemblablement pouvoir prendre l'avion sans risque à Niamey. C'est ce que j'espère. Que vais-je faire de tout le fric de la mallette ? Je ne peux rien garder, et hésite à tout donner à Désiré. Il y en a pour une véritable fortune, ça risque de lui monter à la tête. D'un autre côté, je ne peux me résoudre à en jeter, ce serait trop débile dans cette région du monde ravagée par la misère. Je suis de toute évidence devant un casse-tête, et décide en définitive de m'en remettre à Alassane pour trouver une solution intelligente. Nous avons convenu de nous retrouver ce soir, ou le suivant en cas de contretemps, à la villa où nous avons dormi, près de la Grande Mosquée.

La nuit nous surprend alors que nous sommes encore assez loin de Niamey, mais nous décidons de poursuivre. Le ciel, désormais étoilé, ne menace plus de vouloir nous noyer, et il y a bien longtemps que nous n'avons plus croisé un véhicule, le dernier étant une mobylette surchargée de poulets qui zigzaguait au milieu des dunes dans un équilibre précaire. Ce n'est donc pas non plus la circulation qui pourrait nous faire peur. De toute manière, nous progressions déjà tout doucement à cause des risques de crevaison si la voiture venait à rouler sur des épineux, et surtout à cause des risques évidents d'ensablement. L'arrivée de la nuit ne change rien pour nous.

36

Le lendemain de leur soirée un peu trop arrosée terminée en beauté par un câlin bien agréable quoique légèrement inconfortable dans la voiture du père de Téo, les deux amis-amants s'étaient retrouvés un peu gênés, avaient convenu qu'ils avaient peut-être fait une erreur et qu'il valait mieux en rester là. Murielle n'en pensait pas un mot, mais elle avait préféré faire comme si, car elle ne voulait pas brusquer l'homme qu'elle aimait encore plus depuis qu'il lui avait fait l'amour si tendrement, malgré des conditions pour le moins inadaptées. Téo viendrait à elle, ce n'était qu'une question de temps, et elle était capable d'attendre. Le garçon quant à lui se découvrait des sentiments qu'il ne pensait pas éprouver pour son amie et avait peur qu'ils ne soient que le fruit d'une illusion, due en partie à l'alcool absorbé en trop grande quantité, due à ces retrouvailles tellement faciles et tellement agréables, et due évidemment également à la beauté parfaite de Murielle. Il redoutait de se tromper et gâcher ainsi leur magnifique amitié si ancienne. Dans la voiture, entre deux câlins, la jeune femme avait enfin bien voulu lui raconter sa vie parisienne, ses études et la maîtrise qu'elle obtiendrait à la fin de l'année, ainsi que sa hâte de devenir enseignante. Il faut dire que durant tout le repas, malgré les questions de Téo la concernant, elle n'avait voulu parler que du long voyage qui venait de se terminer. Ensuite, à contrecœur, chacun était rentré chez ses parents pour un repos mérité. Et c'est en se retrouvant le lendemain qu'ils avaient pris la difficile décision. Amis, pas amants…

C'est donc en tant que simples amis qu'ils se retrouvent le dimanche pour apprécier le délicieux couscous que Cloé Pirtakis a préparé. Téo n'y coupe pas, il est obligé de répéter une fois encore toute l'histoire de son voyage. Il a mis au point une version courte, heureusement, et arrive à se goinfrer de l'excellent plat de sa mère entre deux phrases. Les Cardon lui donnent des nouvelles de Sébastien. Leur fils vient juste d'intégrer l'école de police après avoir travaillé dur pour réussir le concours, et il a déjà de très bons résultats : il faut dire que ce qu'il fait lui plaît, qu'il est très enthousiaste. Ils sont ravis d'apprendre que Téo reprend ses études et qu'il envisage comme une possibilité d'entrer lui aussi dans la police.

En fin d'après-midi, Téo raccompagne Murielle au train. La séparation est difficile et Murielle pleure bien plus qu'elle ne l'a fait en revoyant Téo deux jours auparavant. Malgré leur décision de rester sages, juste avant de monter dans son wagon, Murielle se jette au cou du garçon et l'embrasse tendrement. Puis elle saute sur le marchepied et s'enfuit à l'intérieur, de peur de ne plus pouvoir partir, laissant sur le quai un Téo bouleversé.

Puis la vie reprend son cours. L'année scolaire est déjà bien avancée, mais grâce à des contacts qu'a

Olivier Choukroun à la fac d'Aix, Téo a pu s'inscrire en première année de DEUG de droit. Il est fortement motivé et travaille sans rechigner pour combler son retard. Fin juin, très fier de lui, il peut annoncer à ses parents qu'il est admis en deuxième année.

Murielle obtient sa maîtrise, ce qui n'est une surprise pour personne. Elle entre à l'Éducation nationale et, pour son premier poste, est nommée à Orléans. Téo et elle s'écrivent régulièrement, des lettres dans lesquelles ils n'osent pas livrer leurs sentiments et qui les déçoivent autant l'un que l'autre sans vouloir se l'avouer. Ils n'ont jamais parlé à qui que ce soit de leur très – trop – brève aventure. Ni à Mélia qui régulièrement interroge son frère à propos de ses relations avec Murielle, ni surtout à Sébastien qui, ils le savent, vivrait très mal une telle révélation. Leur ami poursuit avec succès sa formation, est régulièrement en stage à Paris et voit Murielle chaque fois qu'il le peut. Ou plutôt chaque fois qu'elle ne peut éviter de le rencontrer, car elle trouve qu'il évolue mal et a de plus en plus tendance à manifester des opinions qu'elle juge réactionnaires. Qui plus est, il prend la mouche lorsqu'elle le lui fait remarquer. Alors, ne voulant pas qu'ils se fâchent, n'importe quel prétexte devient bon pour échapper à une visite de sa part. Et lorsqu'elle apprend sa nomination à Orléans, elle est ravie de ne plus avoir à mentir. Dans une lettre, elle parle à Téo de sa crainte de le voir entrer lui aussi dans la police et de se faire contaminer par un environnement fasciste. Mais celui-ci en rigole, il n'est pas comme Sébastien qui depuis tout petit est du genre psychorigide. Il ne risque pas de changer, pas avec l'expérience qu'il a acquise au cours de son voyage, pas en ayant connu et apprécié une personne comme Tracy Johnson. Aucun risque. S'il devient flic, il dit bien *si* car il n'est pas encore certain de vouloir faire ce job, il restera égal à lui-même, qu'elle se rassure.

Pendant l'été 1982, ils ne se voient pas. Murielle est en vacances avec ses parents en Grèce où ils vont chaque année depuis deux ans, et Téo a retrouvé son emploi de serveur dans le restaurant cassidain où il avait travaillé avant de partir au Brésil.

La rentrée scolaire a lieu le 7 septembre pour Murielle, à Orléans. Pour son premier poste, elle se voit confier des classes de sixième et de cinquième, ce qui lui convient parfaitement. Elle est encore très jeune et n'aurait voulu pour rien au monde avoir à enseigner à des élèves de quasiment son âge. Téo et elles continuent de s'écrire, mais elle le voit s'éloigner doucement et ne sait comment faire pour y remédier, à part d'aller se jeter dans ses bras, ce qu'elle n'ose pas. Alors peu à peu, elle se résigne et recommence à sortir avec d'autres hommes, généralement des profs, qui ne l'intéressent pas vraiment.

Téo reste assidu et sérieux en fac, il veut son DEUG et se donne les moyens de réussir. Parallèlement, il se rapproche de Sébastien duquel il obtient le maximum d'informations sur le métier de policier et se laisse convaincre que c'est cela qu'il doit faire, d'autant qu'avec les connaissances acquises en fac de droit, le concours d'entrée devrait lui être relativement facile. Sébastien encourage néanmoins chaudement son copain à potasser dur et à effectuer les démarches d'inscription le plus tôt possible. Les deux amis sont toujours célibataires, pour la même raison. Sébastien aime Murielle, il le sait depuis longtemps, et même s'il n'accorde plus que peu d'importance à son pacte d'enfance, il ne veut pas risquer d'essuyer un refus de la part de son amie. Alors il rumine en silence sa frustration et gâche par un comportement brutal et égoïste les rares relations occasionnelles qu'il se permet en attendant que Murielle vienne à lui. Téo aussi aime Murielle, mais il n'en a tout simplement pas conscience. Pas encore. Il se croit attiré par elle uniquement à cause de son époustouflante beauté, et ne veut pas gâcher leur belle amitié en sortant avec elle.

37

Il est plus de 23 heures quand Désiré coupe le contact du vaillant Land Cruiser qui est venu à bout de la longue traversée entre Ouaga et Niamey. Nous avons subi une nouvelle pluie diluvienne au beau milieu de nulle part et avons bien failli rester bloqués pour la nuit. Mais Désiré s'est comporté en as du volant, tel Ari Vatanen au rallye Paris-Dakar, en un tout petit peu moins rapide, et n'a pas voulu renoncer si près du but. Nous sommes perclus après tant d'heures assis dans la voiture, mais heureux d'en avoir terminé. Alassane s'est levé en entendant le 4 × 4 se garer sur le parking, et vient nous accueillir. Je devine à son visage qu'il est déjà au courant. Sans doute par sa mère, ou bien par Inoussa. Plus certainement par les deux. L'une devait être en pleurs, inconsciente du danger auquel elle échappait, et l'autre très certainement le plus heureux des hommes.

Conscient qu'il est très tard, je demande quand même à Désiré d'attendre un moment avant de partir et entraîne Alassane à l'intérieur pour discuter de la fortune que je transporte et dont je ne connais même pas le montant exact. Mon commanditaire n'en finit plus de me remercier d'avoir si parfaitement exécuté ma mission, mais je le stoppe : je ne peux faire attendre plus ce brave Désiré, et je veux le rétribuer à sa juste valeur. Une fois le compte effectué, je ne peux retenir un sifflement d'admiration et d'étonnement. La mallette contient quatre millions de francs CFA ! Combien pour Désiré et combien pour des bonnes œuvres ? Alassane parvient à me convaincre de ne pas donner trop en une seule fois à mon chauffeur, il risquerait de tout flamber. Comme je veux qu'il ait au minimum deux des quatre millions, estimant qu'il les mérite, nous convenons de lui remettre deux cent mille ce soir et de lui demander une adresse où Alassane s'engage à lui faire parvenir chaque mois la même somme pendant les vingt prochains mois. Le reste, il le distribuera à parts égales entre plusieurs associations humanitaires qui œuvrent au Burkina. Et comme il est stupéfait que je ne veuille rien garder de cette manne providentielle, il m'annonce qu'il va doubler mes gages. Dès le lendemain, puisqu'il quitte Niamey par le même vol que moi, mon compte au Belize sera crédité des cinq millions qu'il me devait déjà, augmenté de dix autres millions, en bonus. Cela me touche, et même si j'estime ne pas mériter une telle prime, je l'accepte sans hésiter. Après tout, le jeune Alassane est désormais à la tête d'une immense fortune et va bientôt disposer d'un formidable outil pour la faire prospérer, le groupe Kamissoko.

Je retrouve mon Désiré endormi, affalé sur le siège arrière du Toyota. Lorsque je lui touche l'épaule, il sursaute, ouvre les yeux et regarde autour de lui, ne sachant manifestement pas où il se trouve.

— Tout va bien, Désiré, c'est moi. Tu es réveillé ?

— Oui patron, désolé.

— Ne le sois pas, tu as conduit comme un chef toute la journée et je comprends que tu sois crevé. Bon, tu te souviens que je t'ai promis de l'argent ?

— Oui patron.

— Alors voilà ce que je te propose. Tout de suite, là, maintenant, tu vas avoir deux cent mille. Ça te va ?

— Oh patron ! C'est beaucoup trop !

— Ferme-la et écoute, imbécile. J'ai besoin que tu me donnes une adresse postale. Tu vas recevoir chaque mois un peu d'argent pendant deux ans. À toi de ne pas tout gaspiller. Mais je sais que tu es intelligent, tu ne le feras pas. Profites-en pour te construire une belle maison. Pour ta femme et toi. Et pour vos futurs enfants. Ou alors achète-toi plusieurs femmes…

— Ça ne risque pas, patron !

— Prends ton argent maintenant, tu l'as bien mérité. Mais si j'étais toi, je ne conduirais plus cette voiture et je me ferais oublier du Libanais, son propriétaire.

— Non, mais en tout cas, d'accord patron.

— Allez, donne-moi cette adresse et va-t'en vite.

Le lendemain matin, Alassane passe le plus clair de son temps au téléphone. Cela me convient parfaitement, j'ai besoin de tranquillité et n'ai pas encore totalement récupéré des évènements de la veille. Vers midi, il me propose d'aller manger en ville. Ici, il n'a pas peur que nous soyons vus ensemble, et nous devons être à l'aéroport vers 14 heures pour l'enregistrement. Nous quittons la villa et marchons un tout petit peu avant de croiser le taxi qui nous amène au centre-ville où nous décidons à ma demande de nous promener.

Je n'étais jusque-là jamais venu en Afrique, et on ne peut pas dire qu'à Ouaga j'étais dans de bonnes conditions pour jouer les touristes. Maintenant que ma mission est terminée et que je suis reposé, je suis plus attentif à ce qui se passe autour de moi et prends un réel plaisir à observer l'animation de la ville et les marchands de rue qui vendent tout et n'importe quoi.

Un attroupement est formé devant l'étal d'un commerçant qui manifestement, à l'odeur agréable qui s'en dégage, vend de la viande. Une fournée est certainement en train de cuire. Tel le corbeau par l'odeur alléché, je m'approche pour voir de quoi il s'agit. Et je reste pantois à la vue de l'enseigne « Poulet télévisé ». Je me retourne alors vers Alassane qui a remarqué mon étonnement et dont le visage s'éclaire d'un grand sourire.

— Vous n'avez jamais vu de poulet télévisé, je présume ?

— Jamais. Qu'est-ce que c'est ?

— Regardez mieux, vous allez comprendre.

Je m'approche au plus près et réalise enfin. Devant moi, dans une grande rôtissoire, une batterie de poulets est en train de cuire. On dirait une grande télévision dont le programme serait un tantinet répétitif : des gallinacés dorant et tournant sur eux-mêmes jusqu'à cuisson totale.

— Vous avez compris, pas vrai ?

— Très imagé, c'est le cas de le dire. J'adore !

38

En définitive, Téo ne se contente pas du DEUG de droit, il poursuit en faculté jusqu'à obtenir sa licence en juin 1984. C'est un parcours sans faute dont il est fier, d'autant qu'il a préparé en parallèle le concours d'entrée à l'ENSOP, qu'il doit passer en septembre. S'il est reçu, il intégrera l'école début janvier 1985 et sera flic dix-huit mois plus tard. Peut-être sera-t-il amené à travailler avec son copain Seb ? Sans doute pas. La probabilité d'être nommé dans le même secteur que son ami d'enfance est infime, et il ne souhaite de toute manière pas vraiment se retrouver sous ses ordres. Ils sont en contact régulier, par téléphone ou par courrier, ou même à Carnoux où Sébastien revient plusieurs fois par an, et Téo n'apprécie pas forcément la façon dont il évolue. Depuis qu'il est inspecteur, ses manières sont devenues cassantes, il supporte encore moins qu'avant d'être contrarié et affiche de plus en plus ouvertement des opinions réactionnaires et racistes. Il a perdu le peu de sens de l'humour qu'il avait et a tendance à voir tout en noir, continuant peu à peu à glisser vers l'aigreur et la jalousie, des traits de caractère qui vont aller en se renforçant.

Sébastien n'a pas eu l'affectation qu'il désirait et en est très déçu et amer, reprochant à ses formateurs, sans leur laisser voir, de ne pas l'aimer ni l'apprécier à sa juste valeur. Ce qu'il ne remarque pas, avec les œillères qui le caractérisent, c'est qu'au contraire, le 18e arrondissement de Paris dans lequel il a été nommé est une formidable opportunité lui permettant d'apprendre rapidement le métier de flic de terrain et représente un tremplin extraordinaire pour obtenir une promotion. Ses formateurs, à qui il en veut énormément à tort, ont appuyé sa nomination dans ce quartier sensible pour récompenser le travail sérieux et intelligent qu'il a fourni durant les dix-huit mois passés à l'école.

Il n'a pas oublié Murielle, mais celle-ci est à Orléans, prise par un métier qui la passionne et ne répond que de façon laconique aux courriers qu'il lui adresse. Il enrage de l'imaginer avec d'autres hommes et de ne pas l'avoir à lui. Mais au moins elle n'est pas avec Téo, pense-t-il souvent avec rancœur, en se souvenant des sentiments flagrants que Murielle lui portait. Bien qu'il l'ait encouragé à se présenter au concours d'entrée à l'école de police, Sébastien espère secrètement que Téo se plante et soit recalé. Depuis que son ami est revenu de son voyage autour du monde et qu'il s'est mis sérieusement au travail, tout lui réussit. Il lui en veut pour ça et a peur qu'il ne devienne bien meilleur flic que lui. Téo a beaucoup mûri et appris au contact des autres, il fait preuve d'une grande confiance en lui et d'un charisme naturel qui lui valent l'admiration de tous. Il sait aussi être à l'écoute des autres et est capable de beaucoup d'empathie. Pour toutes ces qualités, Sébastien devrait l'apprécier davantage, mais au contraire, il le jalouse encore plus et a tendance à vouloir le rabaisser. Il a bien tort, car même s'il est vrai que Téo va devenir un excellent flic, à Paris dans le commissariat du 18e, Sébastien Cardon est très bien noté par ses supérieurs qui lui reprochent uniquement son manque de souplesse et de diplomatie dans ses rapports avec ses collègues.

Murielle, dont la vie sentimentale est inexistante puisqu'elle est incapable d'envisager une relation durable en dehors de celle qu'elle rêve d'avoir avec Téo, a totalement abandonné tout effort pour rencontrer quelqu'un. Elle prépare son agrégation de lettres modernes, se jetant à corps perdu dans le travail afin de ne plus penser à son imbécile de copain qui ne lui donne même plus de nouvelles. La dernière fois qu'ils se sont rencontrés, à Carnoux lors de vacances scolaires, alors qu'elle rêvait encore qu'il la serre à nouveau dans ses bras et lui avoue son amour, l'insouciant ne lui avait parlé que de droit, de police, et de tout ce qu'il pourrait faire en tant que flic pour assurer la sécurité de ses concitoyens tout en améliorant l'image de la vieille institution. Il allait être un bon flic, respectueux des gens, honnête et compatissant, à l'image de celle qui lui avait donné envie de s'engager dans cette voie. Terriblement déçue de se rendre compte que son amour n'était pas partagé, et même si elle appréciait l'état d'esprit de Téo, Murielle avait eu bien du mal à ne pas afficher sa tristesse, qu'elle avait dissimulée sous un masque de froide politesse.

Lors de cette fatidique rencontre que Téo attendait avec fébrilité, il était tellement heureux de revoir sa

Murielle qu'il craignait qu'elle ne se sente brusquée, comme forcée, s'il exposait des sentiments qui, il commençait à en prendre conscience, allaient bien au-delà du seul attrait de sa beauté. Alors il avait temporisé, parlé de tout et surtout de rien. Et avait fini par se dire qu'il avait bien fait, car sa belle donnait l'impression de se désintéresser totalement de lui.

C'est un terrible quiproquo qui sépare ainsi durablement les deux amis. De retour à Orléans, Murielle étudie avec encore plus d'acharnement et récolte les fruits de son immense labeur en étant reçue au concours extrêmement difficile de l'agrégation.

Téo fait de même de son côté : il est reçu major au concours d'entrée à l'école de police, poursuit sur sa lancée et brille tout au long de sa formation. Il est incollable dans toutes les matières et excelle au tir, toutes armes confondues. Sa licence en droit et ses années de pratique d'arts martiaux sont pour beaucoup dans ses succès, ainsi que son ouverture d'esprit et son caractère bien trempé qu'il a forgés lors de son périple de deux ans. Il n'a pas oublié Murielle, mais a relégué le problème dans un recoin de son cerveau et se donne à fond dans sa nouvelle vie, qu'il apprécie plus qu'il ne s'y attendait. À l'école de Cannes-Écluse, puis au commissariat du 15e où il est nommé, tout le monde l'adore. Il est sérieux et compétent, jamais hautain ni cassant avec qui que ce soit, et toujours prêt à rendre service si cela lui est possible. Très rapidement, bien plus tôt que cela n'est prévu par le règlement de la police, il obtient l'affectation dont il rêve : la brigade des mineurs en Seine-Saint-Denis.

À peu près à la même époque, à la fin de l'année scolaire 1986, Murielle obtient une mutation qu'elle attend depuis qu'elle est agrégée. Pour la rentrée universitaire suivante, elle sera professeur à l'université Bordeaux-Montaigne.

Sébastien lui aussi poursuit sa route, il bénéficie d'une promotion et est nommé à la brigade des mœurs au commissariat du 9e arrondissement.

39

À mon retour de Niamey, je retrouve avec plaisir mon appartement de la rue Mouffetard. Le voyage depuis le Niger s'est déroulé sans problème, Bernard Delcroix ne fait pas l'objet d'un mandat d'arrêt international. Pas encore…

Je laisse passer deux jours avant de consulter l'état de mon compte ouvert au Belize. Je suis très loin d'être un spécialiste en finance internationale et suppose, à tort, qu'il faut du temps pour que l'argent d'Alassane parvienne sur mon compte. J'apprendrai plus tard que je me trompais : pour les gens très riches, un simple clic de souris peut faire franchir en une microseconde tous les océans du globe à des millions de dollars.

Sur les conseils d'Alassane, j'ai fait l'acquisition d'un ordinateur portable Apple et peux ainsi constater, après avoir entré successivement les indispensables mots de passe, que je suis plus riche de quinze millions de francs CFA. Si j'avais su que le métier de tueur à gages gagnait aussi bien, je n'aurais jamais été flic…

J'ai maintenant suffisamment d'argent pour avoir l'esprit libre et penser sereinement au projet que je mûris depuis presque cinq ans, mais ce que je viens de gagner, avec l'Albanais et ce Moussa Soumaré, ne suffira jamais à m'assurer la retraite tranquille au soleil dont je rêve. Je sais qu'il va me falloir, même si je me hais pour ça, accepter d'autres contrats. Jusqu'ici, je suis parvenu à respecter la promesse que je m'étais faite : n'éliminer que des ordures. Mais vais-je pouvoir continuer ? Et comment être certain que je ne me trompe pas ? Qui suis-je pour décider ainsi du droit de vie ou de mort d'un homme qu'on me charge d'abattre ? Suis-je Dieu ?

Dans une autre vie, lorsque j'étais flic, j'ai trop souvent arrêté et fait enfermer pour des années des brutes sanguinaires, des caïds avec un casier long comme le bras, qui avaient été de gentils gosses, des adolescents insouciants qui pensaient que pour sortir de la misère dans laquelle ils vivaient, ils pouvaient faire deux trois cambriolages, voler quelques bagnoles, même aller jusqu'à braquer une bijouterie, et qu'après ce serait fini, ils se rangeraient, achèteraient un commerce, pourquoi pas, et vivraient une vie d'honnêtes citoyens. Mais ils n'avaient jamais pu s'arrêter, ils étaient pris dans un engrenage infernal et ce qu'ils avaient n'était jamais assez. Un beau jour, ils étaient devenus irrécupérables.

Cela n'allait-il pas être mon cas ? À quel moment serais-je capable de dire « stop ! J'ai assez d'argent pour vivre mon rêve jusqu'à la fin de mes jours » ? À quel moment, surtout, allais-je me tromper et abattre quelqu'un qui ne méritait en rien d'être considéré comme une ordure ?

Je secoue la tête pour chasser les idées noires qui m'assaillent. Il faut que je me fasse confiance, je ne peux tout simplement pas faire autrement que d'accepter encore quelques contrats. À moi d'étudier très sérieusement chaque cas avant de me lancer et de donner mon accord. À moi également d'être plus gourmand et de me faire payer beaucoup plus. Mon capital retraite grossira ainsi plus vite.

Étant parvenu à ces conclusions, je décide de me concentrer à nouveau sur mon projet. Il me faut une voiture, je vais donc en acheter une dès aujourd'hui, rien ne m'en empêche. J'ai l'argent, des papiers en règle, une adresse officielle, tout va bien. Ensuite, je vais descendre à Carnoux. Téo Pirtakis va descendre à Carnoux avec la bagnole de Bernard Delcroix. Ce n'est pas ce que je vais faire de plus raisonnable, mais comment y échapper ?

J'ai repoussé du mieux que j'ai pu, le plus longtemps possible, cette difficile décision, mais je ne peux plus me dérober. Le besoin irrépressible d'aller me recueillir sur les tombes des personnes qui ont le plus compté pour moi est désormais trop fort. Rien que de m'imaginer dans le petit cimetière, tout en haut de cette colline où enfants nous avons fait mille et une bêtises, je suis pris de tremblements et des larmes me viennent aux yeux. Je ne saurais dire, des sentiments que j'éprouve à cet instant, lequel l'emporte sur l'autre. Ma tristesse infinie et inconsolable, ou cette haine incommensurable qui ne me quitte plus depuis des années ?

Définitivement en proie à de trop sombres pensées, je décide de remettre à plus tard dans la journée l'achat d'un véhicule, et enfile un jogging et des tennis pour aller courir au parc voisin, le Jardin des plantes, afin de me vider la tête.

Enfin, après trente minutes de course, je suis en nage mais presque en paix avec moi-même. J'ai les idées plus claires et ma confiance en l'avenir revient peu à peu. À la manière de Désiré, je me lance un « ça va aller, patron » qui tient plus de l'autosuggestion que d'une certitude réelle. Ensuite, après une douche rapide, je ressors pour avaler une brochette de poulet dans un restaurant qui propose de la cuisine grecque près de chez moi. J'ai déjà eu l'occasion d'y goûter et n'ai pas été déçu. Après quoi je vais choisir ma nouvelle voiture chez un concessionnaire Toyota que j'ai repéré dans le quartier, boulevard Saint-Marcel. Il me faut un véhicule spacieux dans lequel je puisse cacher aisément des armes volumineuses, et dont la tenue de route reste fiable même à grande vitesse s'il m'arrive de devoir fuir précipitamment. Je ne pense pas avoir besoin d'un 4 × 4, je ne vais aller avec ni au Niger ni au Burkina, et j'opte donc pour ce qui me semble convenir à mes besoins, une voiture pas très jolie, plutôt discrète, un modèle baptisé du nom étrange de « Picnic », et qui est, condition *sine qua non*, disponible aujourd'hui même.

Ensuite, une fois toutes les formalités terminées, je rentre chez moi préparer mon départ pour Carnoux. La voiture est garée dans ma rue, où j'ai eu la chance de trouver une place libre. Je n'ai plus qu'à espérer que personne ne la vole d'ici demain.

40

Au commissariat du 9e arrondissement, rue Chauchat, l'inspecteur Sébastien Cardon ne ménage pas sa peine pour satisfaire ses supérieurs. Depuis sa sortie de l'école de police et sa nomination dans le 18e, il a fait du chemin. Il n'est pas forcément aimé des autres flics, mais on le respecte en même temps qu'on le craint. Il met toute son énergie et son intelligence au service d'une ambition débordante. Son désir le plus cher est d'intégrer avant deux ans la brigade de recherche et d'intervention, communément appelée « brigade anti-gang », dont le siège se situe au célèbre 36 quai des Orfèvres.

En 1987 et 1988, il arpente les trottoirs de Pigalle au moins autant que les prostituées qu'il traque ou protège selon les besoins des enquêtes qu'il dirige. Il est désormais responsable d'une équipe de jeunes et de moins jeunes policiers qu'il conduit avec beaucoup de fermeté, souvent trop, ce qui lui vaut des inimitiés durables, qu'il regrettera par la suite.

En tant qu'officier de police judiciaire, il mène des actions dans le domaine du proxénétisme et des crimes et délits sexuels. Cela l'amène à parfois croiser la route de Téo qui, à la brigade des mineurs, est régulièrement confronté aux mêmes problèmes. Murielle est ailleurs, bien loin de leurs préoccupations professionnelles, et Sébastien pourrait donc se relâcher un peu et cesser de voir en Téo un rival. Mais il n'en est rien : il lui faudrait pour cela oublier que son camarade, censé être moins doué que lui, est sorti major du difficile concours d'entrée à l'ENSOP, que tout juste six mois après avoir terminé l'école, Téo a déjà eu l'affectation qu'il désirait, et aussi et surtout qu'autour de lui, il n'entend que des louanges sur ce petit prodige et sur le fantastique travail qu'il accomplit chaque jour en Seine-Saint-Denis. Mais il sait cacher son jeu, il est passé maître dans l'art de la dissimulation. Pour Téo, qui est à mille lieues d'imaginer les tourments qui minent son camarade, son meilleur ami au monde reste et restera toujours Sébastien. Celui-ci profite de cette candeur pour ralentir, perfidement mais très discrètement chaque fois qu'il le peut, le travail de son camarade d'enfance. Il distille au compte-gouttes et selon l'occasion qui se présente une information erronée, un nom mal orthographié, une fausse adresse ainsi que de multiples autres détails insignifiants qui tendent à diminuer les performances du jeune inspecteur sans qu'il puisse s'en apercevoir. En dehors de ces manquements à son éthique, dus à l'animosité maladive qu'il entretient envers Téo, Sébastien est un bon flic, loyal et respectueux de la déontologie de la police. Il dirige avec succès de nombreuses enquêtes, et notamment la traque d'un tueur en série qui agresse exclusivement des prostituées, ramassées de préférence rue Saint-Denis ou au bois de Boulogne, en infiltrant une agente de police sur les trottoirs de la célèbre rue parisienne. À cette occasion, il sauve la vie d'une jeune toxicomane qui vend ses charmes pour pouvoir se payer sa dose d'héroïne et se débrouille pour la convaincre de participer à un programme de désintoxication. Il la retrouvera malheureusement plus tard à nouveau sur le trottoir et l'utilisera comme pièce maîtresse d'un plan diabolique.

Malgré des résultats plus que satisfaisants, il n'obtient jamais l'affectation qu'il convoite, principalement à cause de sa rigidité, son autoritarisme et son manque de popularité. Et il devient de plus en plus aigri et revanchard. Il ne sombre pas dans l'alcoolisme comme nombre de ses collègues, mais s'investit beaucoup moins dans son travail de terrain et abandonne tout effort pour paraître sympathique avec les autres policiers. En 1989, alors qu'il n'a plus résolu aucune affaire importante depuis bien longtemps, il demande à être muté à l'Inspection générale des services, la police des polices, et sa requête est acceptée. Les seules personnes qui le considèrent encore comme un ami parmi ses collègues se comptent sur les doigts d'une seule main, et Téo qu'il n'a plus vu depuis des mois en fait partie. Il n'est toujours pas conscient de la rancœur de Sébastien à son égard et continue à voir en lui l'ami d'enfance qu'il a cessé d'être depuis longtemps. Pour lui, la vie est belle, il ne doute plus un seul instant d'avoir choisi la profession pour laquelle il est fait. Bien que son quotidien soit essentiellement constitué de viols, d'agressions sexuelles, de violences familiales ou encore d'actes de pédophilie, sa foi en l'être humain ne s'altère pas. Il reste inconditionnellement optimiste et cherche coûte que coûte à privilégier la prévention par rapport à la répression. En tant que chef d'enquête, il a souvent une dizaine d'affaires à traiter et chaque dossier nécessite des investigations très lourdes. Les trois quarts concernent des viols ou des agressions sexuelles sur mineurs de moins de 15 ans, souvent avec des circonstances aggravantes. Ce sont des crimes passibles de la cour d'assises, qu'il est impossible de traiter à la légère. Malgré cet emploi du temps souvent surchargé, Téo lit et s'informe beaucoup. Il n'a pas oublié qu'il doit à une policière américaine d'être ce qu'il est, et cherche à adapter en France ce qui se pratique dans certaines villes outre-Atlantique. Il propose à sa hiérarchie une série de moyens à mettre en œuvre pour que le policier n'apparaisse plus, aux yeux des jeunes, comme étant uniquement l'agent répressif, mais aussi comme un fonctionnaire protecteur et amical auquel ils aient envie de s'identifier et qu'ils admirent. Pêle-mêle, lors d'une entrevue qu'il a sollicitée auprès du commissaire, il suggère plusieurs propositions originales, dont par exemple que des agents prennent en charge l'enseignement de la sécurité routière auprès des adolescents. Il se souvient de la passion pour les mobylettes et les motos qui animait la troupe de copains de Carnoux, et imagine que cela les aurait intéressés.

— Peut-être serait-il aussi très productif d'admettre des jeunes des quartiers au sein des associations sportives réservées aux enfants de policiers ?

— Rien que ça ?

— Pourquoi pas ? Qui cela gênerait-il ? Certainement pas les enfants eux-mêmes. Et si cela froisse une ou deux mamans, tant pis pour elles.

— Bien, et ensuite ?

— Ensuite ? On pourrait organiser des fêtes et y inviter tous les jeunes. Les bénéfices récoltés serviraient à une réalisation exemplaire à leur profit. Ce pourrait être une piscine par exemple, ou bien un terrain de basket. Ou quoi que ce soit d'autre qui puisse les occuper à autre chose que se droguer, dealer ou voler des bagnoles, et qu'ils auraient contribué à édifier. On pourrait intégrer des flics dans des équipes sportives. Je connais plein de collègues qui jouent au foot et qui seraient ravis d'aller se coltiner avec des apprentis voyous sur un terrain de sport. Ils apprendraient à se respecter, et je suis persuadé que ces jeunes en viendraient à vouloir leur ressembler.

— Pirtakis, tu es un incorrigible idéaliste ! Mais pourquoi pas, je vais réfléchir à tout ça, donne-moi un peu de temps.

— J'ai encore beaucoup d'autres propositions, si vous les voulez…

— Holà ! Calme-toi un peu, pas si vite. Fais-moi une note détaillée et je verrai.

— Merci monsieur.

Les propositions de Téo peuvent prêter à sourire, mais elles sont plus que sérieuses et font de lui un précurseur en matière de police de proximité. Il excelle dans ce qu'il fait et est fier d'être resté fidèle à ses idéaux humanistes, ce qui ne coulait pas forcément de source en intégrant la police.

41

Je suis parti très tôt de Paris, 5 heures du matin. À cette heure-là, la circulation étant encore fluide, je n'ai pas eu à endurer les inévitables bouchons qui viendraient un peu plus tard, accompagnés des traditionnels concerts de klaxons et de leur pendant, les invectives et autres insultes en tous genres.

Je conduis prudemment et reste loin de la limite de vitesse autorisée. Ce n'est pas que ma voiture soit en rodage, ça, je m'en fous complètement, je n'envisage de toute manière pas de la garder assez longtemps pour que le moteur puisse me jouer des tours. En revanche, cela me déplairait au plus haut point d'être arrêté pour un stupide excès de vitesse et de devoir présenter mes faux papiers à un flic pointilleux. Je ne peux me permettre ce genre d'excentricité. Après cinq heures trente de conduite éminemment soporifique, pendant lesquelles je me suis arrêté plusieurs fois pour avaler du café noir afin de ne pas sombrer dans un profond sommeil, je suis enfin à Lyon. Si je pouvais me le permettre, j'y ferais volontiers une halte pour rendre visite à d'anciens copains flics. Mais je doute fort que ceux-ci soient ravis de me recevoir. Je suis devenu un paria, la honte de la profession, et rien ni personne ne pourra y changer quoi que ce soit. J'oublie donc cette idée et poursuis ma route en m'accordant quand même un break vers midi, le temps de déjeuner rapidement d'un steak-salade dans un restaurant d'autoroute et de boire un énième café.

À 15 heures, je suis à l'entrée de Carnoux, et je me demande si je vais parvenir à aller jusqu'au cimetière tant mon émotion est grande. La ville a encore changé en cinq ans. Pour ce début d'été, elle est plus fleurie que jamais, et je la trouve magnifique. J'aimerais me rappeler comment était ce tout petit village lorsque les familles de pieds-noirs fraîchement rapatriés d'Afrique du Nord y débarquaient pour poser définitivement leurs valises, de mauvais bagages dans lesquels ils avaient jeté à la hâte le peu qu'ils pouvaient sauver, emporter avec eux, dans leur fuite d'un pays où ils étaient nés mais qui n'était désormais plus le leur. J'aimerais me rappeler mais n'y parviens pas. Je vois juste un semblant de route, quelques pistes, et plusieurs villas éparses à flanc de colline. Mes souvenirs se sont envolés, disparus avec mes illusions et mes espoirs.

Au prix d'un énorme effort, je continue de rouler jusqu'à destination. Arrivé au parking, je coupe le moteur et reste encore un peu assis dans la voiture. Je me force à respirer et tente de chasser, sans y parvenir, toute la haine qui est en moi. Ma famille est là, tous ceux qui comptaient pour moi reposent ici, et je le dois à une seule personne. Une personne qui paiera le moment venu, je me le suis juré. Je leur ai promis. Mais d'abord, je veux aller leur dire un dernier au revoir. Je le leur dois.

Presque chancelant, je sors du Picnic, verrouille les portes et pousse la grille d'entrée. J'ai tout d'abord du mal à me repérer. Lorsque je suis venu ici la dernière fois, c'était entouré de gendarmes armés qui me dirigeaient et me serraient de très près. Comme si j'allais m'échapper ! Je venais enterrer et pleurer mes parents et ma sœur... Quand ils avaient appris mon arrestation et son motif, ils s'étaient entassés dans la vieille voiture familiale et mon père avait foncé vers Marseille, comme un fou. Sur l'autoroute est, il avait zigzagué au milieu de la circulation qui est toujours très dense. Il n'avait pas l'habitude de conduire si vite, mais il devait arriver immédiatement, il aurait déjà dû être à l'hôtel de police pour crier à ces imbéciles qu'ils se trompaient, qu'il était impossible que son fils chéri ait pu faire ce dont ils l'accusaient. En évitant une voiture qui déboîtait devant lui, il avait perdu le contrôle de son antique 504 Peugeot qui avait alors enchaîné une dizaine de tonneaux, ne laissant aucune chance à ses occupants. Arrivés presque immédiatement sur les lieux de l'accident, les pompiers n'avaient pu que constater le décès de l'ensemble des passagers. Heureusement, tous les autres usagers qui circulaient à proximité étaient parvenus à éviter sans trop de dégâts la berline devenue folle, et ainsi le pire avait été évité.

Je finis par trouver les tombes. Alessandro Pirtakis. Cloé Pirtakis. Mélia Pirtakis. D'innocentes victimes dont les sépultures sont à peine fleuries, presque abandonnées. Je me laisse aller à pleurer à chaudes larmes, adresse à chacun un petit message d'amour et implore leur pardon. C'est moi qui suis à l'origine de leur disparition ! Si je n'avais pas été si aveugle, rien de tout ça ne serait arrivé ! Puis je me ressaisis, sèche mes yeux bien que je sache que c'est inutile, et me déplace à nouveau dans le cimetière, à la recherche de la dernière demeure de Murielle, l'amour de ma vie. Je repère vite le caveau familial des Choukroun, il n'est pas loin de celui des Pirtakis et n'est occupé que par le cercueil de mon amie, dont les parents sont toujours vivants. J'imagine que le terme « vivant » ne veut sans doute rien dire s'agissant de personnes qui ont perdu leur unique enfant dans des circonstances dramatiques. Il me sera impossible d'aller leur présenter mes condoléances, je sais qu'ils me haïssent et je ne veux pas leur infliger une nouvelle peine. Une stèle est dressée à la mémoire de Murielle, et la tombe est recouverte de fleurs, ultime témoignage de l'amour dont elle est toujours l'objet. Je suis venu les mains vides et ne dépose donc rien sur la pierre tombale, hormis le torrent de larmes qui jaillit à nouveau de mes yeux, et qui pourrait presque inonder le sol.

Je vais exprimer mon immense amour d'une autre manière. Je vais venger Murielle. Je ne sais pas encore exactement comment ni quand, mais je vais le faire. Et j'apprendrai comment elle est réellement morte. Je le jure.

42

Murielle ne se plaît pas à Bordeaux. En fait, elle ne se plaît nulle part où Téo n'est pas. Elle demande à être mutée, avec en tête de ses priorités Paris puisque c'est là que son amour se trouve. Mais elle n'ignore pas que l'Éducation nationale sait être taquine et qu'elle a peu de chances de voir sa demande aboutir. Alors, plutôt que de rester en France à mille lieues de la capitale, elle indique en second choix Nouméa, où une université vient de s'ouvrir. Si elle n'a pas Paris, au moins se retrouvera-t-elle dans un endroit du monde où elle sera obligée de faire l'effort d'oublier Téo. Dans la mesure où en haut lieu on prend la peine d'examiner sa demande, ce qui n'est pas gagné.

Peu avant la fin de l'année universitaire, elle trouve néanmoins dans sa boîte aux lettres un courrier officiel, sous enveloppe à en-tête du rectorat. Elle l'ouvre fébrilement, pour découvrir qu'elle vient d'être nommée à l'université de la Nouvelle-Calédonie de Nouméa. C'est une surprise de taille et finalement une excellente nouvelle pour Murielle qui a abandonné tout espoir de conquérir le cœur de celui qu'elle aime depuis l'enfance. Téo répond à ses lettres, mais il ne lui parle que de son travail et évite tout sujet personnel. La veille de son départ, sur une impulsion, elle lui écrit quand même une dernière lettre, qu'elle poste de l'aéroport juste avant d'embarquer dans son avion. Elle regrette déjà sa décision de quitter la France mais n'y peut plus rien changer, elle est mutée à Nouméa et va devoir y rester au minimum deux ans, que cela lui plaise ou non.

Lorsqu'il décachette l'enveloppe, Téo ne s'attend certainement pas à voir sa vie bouleversée. Murielle lui écrit régulièrement, des lettres qu'il juge fades et impersonnelles alors qu'il espère chaque fois que l'impossible miracle se produise enfin : que sa meilleure amie lui envoie un signe, même infime, qu'il n'est pas qu'un simple camarade pour elle. Depuis qu'ils ne se sont plus vus, après cette merveilleuse soirée commencée au restaurant et terminée dans sa voiture, il a énormément pensé à Murielle qui occupe désormais toutes ses pensées en dehors de son travail.

Mon très cher Téo,

Lorsque tu liras ces mots, je serai sans doute déjà dans l'avion, en route vers une nouvelle vie.
Ce n'est pas de gaieté de cœur que j'ai décidé ce qui s'apparente à une fuite. Mais je ne supporte plus d'être géographiquement - presque - près de toi et d'en être finalement tant éloignée affectivement.
Depuis cette magique soirée passée dans tes bras, nous nous comportons presque comme des étrangers.

Je suis si loin de toi !
Et tu écris si peu…
Pourtant, je ne regrette en rien ce que nous avons fait ce soir-là.
Tu es mon ami, Téo. Sans doute le seul. Et le plus cher aussi.
Il faut que je t'avoue aujourd'hui ce que j'aurais dû te dire il y a longtemps déjà et que je n'ai pas osé.
Et maintenant je sais qu'il est trop tard.
Je t'aime, Téo, mon amour. À la folie.
J'ai l'impression de t'aimer depuis toujours…
Mais la gamine que j'étais, ta petite voisine de classe tellement casse-pieds, ne le savait tout simplement pas. L'adolescente était trop fière pour se l'avouer, et la jeune femme que je suis devenue en a pris peu à peu douloureusement conscience.
Mais ma plus grande peur était d'être rejetée. Qui étais-je pour prétendre mériter ton amour ?
J'avais ton amitié et ne voulais pas risquer de la perdre.
Alors je me suis tue, j'ai gâché ma chance d'être la plus heureuse des femmes, et maintenant je vole vers l'autre bout du monde pour tenter de t'oublier, sachant que cela ne sera jamais possible.

Mais j'aurais au moins essayé.
Je ne vais plus écrire, je ne vais pas téléphoner non plus.
J'espère être un jour à nouveau heureuse comme je te souhaite d'être heureux.
Je ne t'oublierai jamais mon grand amour.
Avec mille baisers et mon immense tendresse,

Murielle.

Heureusement, Téo s'était confortablement installé dans son meilleur fauteuil pour lire la lettre de son amie, car ses jambes sont devenues toutes molles, au risque de ne plus pouvoir le porter. Alors qu'une larme vient brouiller sa vue, il tente de relire cette étonnante confession. Il s'essuie les yeux et reprend au début. Il se force à relire lentement, mais n'y parvient pas. Il dévore les mots, avale en une seconde le début de la lettre pour stopper net sur cette formule magique : *Je t'aime, Téo, mon amour. À la folie.* Son cœur cogne si fort dans sa poitrine qu'il s'attend à le voir en sortir. Ne va pas me faire un coup de calcaire, se dit-il, pas maintenant ! Respire et calme-toi. *Je t'aime, Téo, mon amour*... Moi aussi je t'aime, Murielle ! À la folie ! Qu'écrit-elle ? Je serai dans l'avion... Quel avion ? Pour aller où ?

Téo parvient finalement à reprendre ses esprits et recommence à réfléchir normalement. En premier, il compose le numéro de téléphone du domicile de

Murielle, mais il tombe sur un disque qui lui annonce que la ligne n'est plus attribuée. Et merde ! se dit-il. Les Choukroun, alors. À la troisième sonnerie, c'est Denise qui répond.

— Allô ?

— Madame Choukroun, c'est Téo.

— Ah… Téo, comment vas-tu ?

— Bien madame, merci. Je cherche à joindre Murielle, mais son téléphone doit être en dérangement car un disque me dit que le numéro n'est plus attribué.

— C'est exact, Murielle a résilié son abonnement.

— Elle est donc réellement partie ?

— Oui mon garçon, déjà.

— Mais où ? Pourquoi ?

— Pourquoi, tu dois bien le savoir. En ce qui concerne le « où », elle m'a fait promettre de ne pas te le dire.

— N'importe quoi ! Mais vous allez me le dire, pas vrai ?

— Certainement pas ! Je viens de te dire que j'ai promis. Depuis le temps, tu me connais, non ?

— Vous ne pouvez pas me faire ça ! En plus, vous ne lui rendez pas service, elle sera heureuse que je lui parle.

— Pardi. Si tu le dis. Mais tu n'es pas flic, dis-moi ?

— Si, bien sûr.

— Alors fais ton enquête, mon garçon. Avec les moyens dont vous disposez, ce ne doit pas être si difficile, non ?

— Vous en avez de bonnes, vous. Votre fille n'est pas une criminelle, que je sache. Mais je vais suivre votre conseil, je vais lancer un mandat d'arrêt international contre elle. Le motif ? Elle vient de m'assassiner en me brisant le cœur.

— Ah, ah. Tu as toujours été un rigolo, toi. Bon, je n'ai pas que ça à faire, alors je te souhaite bonne chance. Au revoir, Téo.

Denise Choukroun raccroche avant que Téo puisse ajouter un mot. Quelle vieille bique ! Si elle se croit marrante, c'est raté. Mais elle n'a pas totalement tort, j'ai des moyens et je vais trouver où Murielle est partie, sûr !

Le troisième coup de téléphone de Téo est pour la faculté de Bordeaux. Il a rapidement trouvé les coordonnées du secrétariat dans l'annuaire téléphonique et composé le numéro.

— Faculté de Bordeaux-Montaigne, bonjour.

— Bonjour madame, je cherche à joindre une de vos enseignantes, mademoiselle Murielle Choukroun. Vous auriez ses coordonnées, par hasard ?

— Vous savez que nous sommes en vacances ? Vous avez de la chance, normalement le secrétariat est fermé, mais je passais par là. Quel nom vous dites ?

— Choukroun, Murielle Choukroun.

— Mademoiselle Choukroun ne fait plus partie de notre université, monsieur, désolée.

— Je sais bien, mais vous devez savoir où elle a été mutée, non ?

— Bien sûr, mais pourquoi devrais-je vous le dire ?

— Je suis un ami à elle et je voudrais la joindre, tout simplement.

— Je vois. Mais si vous êtes réellement un ami, je m'étonne qu'elle ne vous ait pas donné sa nouvelle adresse. Donc désolée, mais je ne peux rien vous communiquer sans son accord.

Tu fais chier, connasse ! Téo est d'habitude d'un calme olympien, même avec les pires ordures, mais il commence à perdre patience. Cette maudite secrétaire sait où se trouve Murielle et ne veut rien lâcher. Il hésite un instant à utiliser son statut de policier pour intimider la petite fonctionnaire, mais ce n'est définitivement pas son genre, et il sait que de toute manière cela serait inutile. Il n'a aucun moyen de forcer qui que ce soit à la fac de Bordeaux à lui révéler la nouvelle affectation de son amie, à moins d'obtenir une commission rogatoire auprès d'un juge d'instruction, ce qui est totalement inenvisageable et serait complètement stupide. Obligé de prendre son mal en patience, après avoir raccroché, il saisit la lettre pour la relire plus calmement et réfléchir un peu.

Lorsque tu liras ces mots, je serai sans doute déjà dans l'avion, en route vers une nouvelle vie. Dans l'avion ! C'est par là qu'il faut chercher ! Téo est certain de tenir le bon raisonnement. Mais il ne va plus rien tenter par téléphone. Il vaut mieux que je me pointe avec ma jolie gueule aux comptoirs des compagnies, ça marchera mieux. Et s'il le faut, je peux aussi montrer ma carte de police et faire la grosse voix. Si je ne me déplace pas, je n'arriverai à rien.

En refusant de donner le moindre renseignement à Téo, la secrétaire de la fac lui a à son insu quand même fourni un indice intéressant qui ne lui a pas échappé. Elle a admis que Murielle avait obtenu une mutation. Pour un poste à l'étranger, quel que soit le pays d'expatriation, c'est évidemment le ministère de l'Éducation nationale qui prend à sa charge le déplacement, et dans le cas présent, le voyage en avion. Le monde est vaste, mais les compagnies aériennes réellement sérieuses ne sont pas si nombreuses et Téo est presque persuadé que l'État doit trier sur le volet les compagnies qu'il choisit pour ses fonctionnaires. Il va donc en priorité interroger les grandes compagnies nationales et évidemment en premier lieu Air France, à l'aéroport de Roissy où il se rend immédiatement. Dès le premier contact avec l'employée qui l'accueille au comptoir de la compagnie, il devine que la chance est avec lui. La jeune femme est souriante et semble très impressionnée lorsqu'il se présente, carte officielle de police à l'appui, comme inspecteur de la brigade des mineurs à la recherche d'une femme soupçonnée d'avoir enlevé un enfant et voyageant sous le nom de Murielle Choukroun. Elle n'hésite pas une seule seconde et entre le nom dans son ordinateur, qui ne tarde pas à fournir sa réponse : une femme de ce nom-là a décollé l'avant-veille, sur le vol en partance pour Nouméa, Nouvelle-Calédonie. Mais l'hôtesse est surprise, cette passagère semble avoir voyagé seule puisqu'aucun enfant n'a *a priori* été enregistré en même temps qu'elle.

— Ce n'est pas grave, nous pensons qu'elle se fait accompagner d'une autre femme dont nous ignorons le nom. Maintenant que grâce à vous nous savons où elle s'est rendue, nous allons pouvoir sauver l'enfant et certainement arrêter les complices. Vous êtes trop forte ! La police vous doit une fière chandelle.

Fou de joie d'avoir si facilement réussi à localiser Murielle, Téo abandonne l'employée d'Air France toute rougissante après le compliment. Mais après quelques pas, il fait demi-tour et revient vers le comptoir.

— Excusez-moi, une dernière question : vous avez un vol sur Nouméa dans… disons, deux jours ?

— Une petite seconde, je regarde. Oui, monsieur. Nous assurons quatre vols par semaine. Après-demain, départ à 13 h 30, arrivée à La Tontouta à 22 h 15. Le vol fait une escale à Colombo. Vous voulez réserver ?

— Heu…

Téo n'hésite qu'une demi-seconde, il peut se débrouiller avec sa hiérarchie. Il a des congés à récupérer de toute manière, et l'enjeu est trop important pour tergiverser des heures.

— C'est d'accord, je vais prendre ce vol.

Après avoir payé son aller-retour sur Nouméa, Téo prend le chemin du commissariat. Il lui faut maintenant négocier une semaine de vacances. Il arrivera en Calédonie un vendredi soir et sera de retour à Paris le dimanche soir suivant, bien crevé, mais au moins aura-t-il eu du temps à passer avec Murielle. Si je la trouve, ajoute-t-il pour lui-même.

Après avoir extorqué ce qu'il voulait à son supérieur qui ne peut rien lui refuser, Téo poursuit sur sa lancée, cherche et obtient de l'OPT, l'Office des postes et télécommunications en Calédonie, un numéro de téléphone correspondant à un nouvel abonnement, au nom de Choukroun Murielle, à Nouméa, son statut de policier facilitant grandement ses recherches. Il n'a pas l'intention d'appeler sa copine avant d'être sur place, ni même ensuite à moins d'y être obligé, seulement s'il ne la localise pas, ce qui l'étonnerait fort. Son intention est de lui faire la surprise en arrivant à l'improviste, mais juste au cas où, au moins a-t-il le moyen de la joindre.

43

Après le cimetière, j'ai prévu de rendre une visite amicale aux parents de Sébastien. Cela m'étonnerait fort qu'ils soient ravis de me revoir, mais leur réaction lorsqu'ils vont me découvrir sur le pas de leur porte m'intéresse. Et puis j'ai très envie qu'ils informent leur fils que je suis passé à Carnoux. Qu'il sache, si tant est qu'il ne se soit pas tenu au courant, que je suis sorti de prison. Étant donné que je n'ai jamais rien dit ni fait qui puisse lui laisser penser que je sais tout de ses actes odieux, il n'y a aucune raison qu'il se méfie de moi.

Lorsque je frappe à la porte de la villa que les Cardon occupent depuis leur arrivée à Carnoux, c'est Francine qui vient ouvrir. Elle a toujours été une gentille femme, et manifestement, elle l'est restée. Elle semble réellement heureuse de me trouver devant chez elle et me serre sans hésiter dans ses bras, allant même jusqu'à essuyer une petite larme. Elle a beaucoup vieilli depuis la dernière fois que je l'ai vue, et si je l'avais croisée dans la rue, j'aurais peut-être eu du mal à la reconnaître.

— Téo ! Je suis heureuse de te voir ! Comment vas-tu ?

— Bien madame, merci.

— Ainsi donc tu es sorti de prison, c'est bien, dit-elle en jetant un regard derrière elle, par-dessus son épaule. Allons faire quelques pas dehors. Je suis contente de te voir, mais Georges m'en voudra si je te propose d'entrer. Il ne t'a toujours pas pardonné ce que tu as fait.

— Je comprends.

— Tu as payé ta dette à la société, non ? Alors à quoi bon ressasser le passé ? Mais bon, tu le connais, il est comme ça. En pire, je dois avouer. Il a eu un accident cardiaque l'an passé, et depuis il est quasiment cloué à la maison. Insupportable. Mais je ne vais pas t'embêter avec mes problèmes. Tu n'as pas de chance, tu as raté Sébastien à deux jours près. Il était là quelques jours, cela lui aurait fait plaisir de te revoir.

— Et à moi donc ! Toujours chez les bœuf-carottes, à l'IGS ?

— Oui, tu le connais, c'est ça qui lui plaît. Parfois je me dis qu'il est un peu tordu, mon fils.

— Ne dites pas ça, il faut bien qu'il y ait des policiers qui fassent ce boulot.

— Bon, on change de sujet, d'accord ? Maintenant que tu es libre, que vas-tu faire ?

— Je ne sais pas encore. J'ai toujours aimé voyager, alors j'envisage de peut-être repartir. Je ne sais pas trop…

— C'est une bonne idée, mais tu as de l'argent ?

— Un peu, oui. Ne vous tracassez pas.

— Alors tant mieux. Téo, je suis contente de t'avoir revu, mais j'ai peur de laisser Georges seul trop longtemps…

— Je comprends, madame Cardon, je dois y aller de toute façon. Dites à Sébastien que je suis passé et transmettez-lui mes amitiés.

— Ce sera fait, Téo. Allez, je t'embrasse !

J'abandonne la gentille femme sur le pas de sa porte et remonte en voiture. Après avoir démarré, je prends la direction de Cassis. C'est là que j'ai envie de passer la nuit avant de reprendre la route pour Paris dès demain matin.

Un peu tordu, Sébastien ? Allons donc ! Pauvre femme, si elle savait ! Et moi qui lui dis que je suis d'accord, qu'il faut des policiers pour faire la police à l'intérieur de la police. Le plus beau, c'est que je le pense vraiment. Mais pour cela il faut des policiers intègres, pas des psychopathes comme Sébastien ! Bon, calme-toi, ça ne sert à rien de s'énerver.

À Cassis, je file directement en centre-ville me garer dans un parking face à la grande plage, puis je pars à la recherche d'un hôtel. Le premier dans lequel je me renseigne est le *Cassitel*, à deux minutes du port. Parfait pour moi. J'ai de la chance, il y a une chambre disponible, donc je ne prospecte pas plus. Comme le réceptionniste me propose de visiter avant de payer, je lui signifie que ce n'est pas la peine. Je ne suis ici que pour une nuit, et même s'il advenait que la chambre soit petite et le lit inconfortable, ce serait toujours mille fois mieux que ma cellule de la centrale de Melun. Une fois mon sac jeté sur le grand lit, je quitte la chambre pour aller me balader dans la petite ville. Il est encore tôt, il fait très chaud, et les nombreux touristes se pressent sur le quai du magnifique port de plaisance.

Tout le monde, adulte comme enfant, a une énorme glace à la main et déambule en tenue décontractée. C'est l'été, c'est Cassis.

Une multitude de souvenirs me reviennent pêle-mêle et je dois me poser sur un banc face à la mer car mes jambes me lâchent à nouveau.

Je suis avec Murielle sur ce même port, c'est une belle journée de février, en 1991 sans doute. Le ciel est une immensité bleue, l'air est froid et sec. Nous sommes attablés au *Bar Canaille*, nous nous régalons d'un excellent plateau de fruits de mer tout en sachant que le meilleur reste à venir, un sublissime gâteau au chocolat, spécialité de la maison. Nous avons légèrement abusé du vin blanc, un bodin ou bien un paternel, je ne sais plus, et nous rions aux éclats sans raison. Nous sommes les plus heureux.

Je suis au Bestouan, au milieu de la bande de copains, sur le grand rocher d'où nous plongeons inlassablement, enchaînant sauts de l'ange, sauts carpés, magnifiques plats également, bombes aussi bien sûr, avant de remonter pour recommencer aussitôt, jusqu'à être crevés, aller s'allonger pour bronzer ou bien quitter la plage un instant, le temps de traverser la route pour se payer un polo à la chlorophylle ou au citron chez Manou.

Je chasse ces images du passé, elles me font plus de mal que de bien, et je me lève. Il faut que je bouge, sinon, les larmes vont s'inviter à nouveau et je n'y verrai plus rien. Je passe devant la petite crêperie *Au Grand Marnier*. Combien de crêpes avons-nous ingurgitées ici ?

— Mais merde ! J'ai poussé ce cri et les touristes se sont retournés, inquiets de voir ce fou parler seul. Oui, merde enfin, je dois cesser de penser à tout ça.

La sonnerie de mon téléphone vient à ma rescousse. Je sors le petit appareil de ma poche en me demandant qui peut bien m'appeler.

— Allô.

— Le Russe ?

44

Arrivé à La Tontouta, Téo loue une voiture au comptoir Hertz puis se rend directement à l'hôtel de Nouméa où il a réservé une chambre depuis Paris. Les cinquante kilomètres qui séparent l'aéroport de la capitale sont vite parcourus, mais il est déjà relativement tard, presque minuit, lorsque le voyageur effectue les formalités à la réception. Pour l'horloge interne de Téo qui est toujours à l'heure française, il n'est que 15 heures. Il n'a pas sommeil, d'autant plus qu'il a dormi une grande partie du vol entre le Sri Lanka et la Calédonie. Alors, après une bonne douche, il ressort en ville pour manger un morceau et repérer l'université qui n'existait pas encore lors de son séjour en 1981.

Mais quand le lendemain son réveil sonne, il regrette de ne pas s'être couché plus tôt et peste contre le maudit décalage horaire. Pour s'éclaircir les idées, il passe un moment sous une douche froide puis va se goinfrer dans la salle du petit déjeuner avant de revenir dans sa chambre pour se préparer. Il veut absolument surprendre Murielle et a prévu tout un déguisement pour l'aborder quand il l'aura trouvée. Au commissariat où il travaille, il arrive régulièrement que des enquêteurs aient besoin de modifier leur aspect afin d'éviter de se faire repérer, et une maquilleuse de la police lui a fourni ce dont il avait besoin, en plus de lui faire une rapide initiation au maquillage professionnel. S'il s'applique bien et parvient à garder son sérieux, il doute fort que son amie puisse le reconnaître.

C'est un blond bedonnant et couvert de vilains boutons sur tout le visage qui pénètre dans l'université de la Nouvelle-Calédonie et se dirige vers le secrétariat. Une paire de lunettes aux énormes verres teintés masque heureusement une partie des boutons qui semblent purulents. Je suis Robert Redford, pense Téo en souriant.

— Bonjour madame, je suis nouveau ici et je cherche le cours de madame Choukroun.

La secrétaire, une employée entre deux âges, les cheveux attachés en queue-de-cheval par un élastique, et une antique paire de lunettes posée sur le nez, apparaît à Téo comme le sosie de Tartine, le personnage de B.D. Il ne lui manque que quelques poils au menton, pense-t-il en réprimant difficilement un sourire. Mais je peux bien me moquer, moi, vilain comme je suis, ajoute-t-il en lui-même.

D'ailleurs, la gentille petite dame est visiblement de cet avis, car elle ne peut réprimer un mouvement de recul lorsqu'elle découvre « Robert Redford ».

— Mademoiselle Choukroun ? Les lettres modernes… Attendez un peu… Voilà, j'y suis. L'amphithéâtre se trouve de l'autre côté de la grande cour, après un long couloir. Vous ne pouvez pas le manquer.

— Merci madame.

Téo s'éloigne, sous le regard réprobateur de l'employée qui se dit que son jeune interlocuteur ne doit pas dépenser une fortune en savonnettes.

L'amphi n'est qu'à moitié rempli et le cours de Murielle a déjà commencé lorsque Téo pénètre dans la grande salle en faisant tout pour se faire remarquer. Il claque bruyamment la porte, trébuche en ratant une marche, puis s'assoit en soupirant. Il s'étonne lui-même de parvenir à faire tout ce cinéma. En réalité, il est très ému de revoir sa merveilleuse amie dans son rôle de professeure, sérieuse mais plus belle que jamais, même si elle lui a jeté un regard noir lorsqu'il a perturbé son cours. Il appréhende le moment où elle le reconnaîtra et le repoussera peut-être. Malgré tout, il va continuer à faire le pitre, c'est ce qu'il a prévu de faire. Et puis quoi, c'est ce qu'il a toujours fait au lycée, non ? Murielle va tomber raide amoureuse de son Redford calédonien, sûr et certain !

Il se met debout puis s'assoit aussitôt, remue sans arrêt, renifle et tousse, lève un doigt comme pour intervenir et poser une question, puis le repose et se détourne. Tout pour exaspérer la prof, ce qui semble fonctionner car Murielle est indéniablement très énervée, bien qu'elle tente visiblement de ne rien laisser paraître et qu'elle poursuit son cours sans faire de remarques à ce stupide élève. Téo est ravi : quand il ira lui demander un entretien à la fin de son exposé, elle n'aura aucune envie de refuser et le remerciera certainement d'avoir mis le foutoir dans son amphi. Il s'en délecte d'avance tout en admirant l'aisance avec laquelle elle parle et se déplace devant tant d'élèves. Il ne saurait dire quel est le sujet de la leçon, il est bien trop concentré sur Murielle pour savoir ce qu'elle dit.

Lorsque les étudiants se lèvent et quittent la salle, Téo rassemble tout son courage et descend vers le pupitre, la gorge sèche. Il doit maquiller sa voix mais doute fort de pouvoir y parvenir.

— Madame, je peux vous parler ?

— Vous êtes ?

— Robert Raiforde, un nouvel élève. J'ai adoré votre cours.

— Ah bon ? Je ne m'en serais pas doutée ! J'avais plutôt l'impression que vous étiez là uniquement pour mettre du désordre.

— Oh non, madame, je ne me permettrais jamais ça !

— Quel nom avez-vous dit ?

— Raiforde, madame. Robert. Presque comme l'acteur, mais en plus beau.

— C'est vous qui le dites. J'espère qu'à l'avenir vous serez plus tranquille et que vous arriverez à l'heure à mon cours. Bon, que puis-je pour vous ?

— J'arrive de France où j'étudiais le droit. Alors vous comprenez, j'ai besoin de cours de soutien.

— Mais j'enseigne aux étudiants qui préparent leur licence ! Vous êtes certain de ne pas vous tromper ?

— Ben non, madame, la secrétaire, celle qui ressemble à Tartine, m'a dit de venir ici. Vous êtes bien madame Straisante ?

— Mais non ! C'est une blague, ma parole ! Je vais lui dire que vous la comparez à Tartine ! Et je ne connais aucun professeur du nom de Straisante... Raiforde et Straisante. Vous me faites marcher. C'est un bizutage, c'est ça ?

La colère de Murielle a totalement disparu, elle commence même à s'amuser.

— Et puis, vous me semblez un peu vieux pour être encore étudiant. Vous êtes maquillé en plus ! Allez, tu es qui ? J'avoue que tu m'as bien eue !

— Madame, je vous promets que là d'où je viens, on m'a affirmé que vous étiez la meilleure prof du monde.

— Ah bon, et tu viens d'où ?

— Vous ne connaissez pas. Un petit village de Provence.

Murielle sursaute au mot « Provence » et se met à détailler avec plus de concentration le visage de son interlocuteur.

— Quel village ? parvient-elle à articuler alors qu'elle reconnaît enfin Téo, sans y croire vraiment.

— Carnoux-en-Provence, Murielle.

45

Le Russe ? Tout d'abord, je ne comprends pas et pense qu'il s'agit de quelqu'un qui a composé un mauvais numéro, avant de me souvenir de ce que j'ai dit à Baptiste : si jamais il donnait mes coordonnées, je m'appelais désormais « le Russe ».

— Oui. Qui le demande ?

— Je préférerais ne pas parler au téléphone. Où peut-on se rencontrer ?

— Nulle part pour l'instant, j'en ai bien peur. Il va vous falloir m'expliquer succinctement de quoi il retourne par téléphone. Si je suis intéressé, alors je pourrai peut-être envisager un rendez-vous.

— Vous êtes méfiant, je vois.

— Très. C'est un vieux reste de l'époque stalinienne.

— Ah, ah. Je vous rappelle dans un moment.

— Comme vous voulez.

Je raccroche en pestant après moi. J'ai quitté Paris sans prendre le temps d'ouvrir la boîte postale qu'il me faut. Et pourtant la procédure est simple ! J'ai trouvé en surfant sur Internet plusieurs adresses dans Paris où il est possible de louer une boîte postale sans formalités compliquées ni contraignantes. Pas de preuve d'identité, pas de facture EDF, pas d'empreinte de carte bancaire. Un nom et un paiement, quel qu'en soit le moyen, point. Il va falloir que je m'en occupe très vite car je ne veux plus rencontrer des commanditaires. Bien trop dangereux.

Le type qui vient d'appeler a cassé ma machine à remonter le temps, mes souvenirs s'en sont allés, et ce n'est pas plus mal. J'ai soif tout à coup, alors je vais m'asseoir au *Bar de la Marine* qui, comme avant, lorsque nous venions à Cassis nous détendre, est toujours bondé. Mais je suis tout seul et n'ai besoin que de peu de place. Je peux donc m'installer au comptoir pour boire tranquillement une pression bien fraîche en admirant le port et en réfléchissant à l'appel que je viens d'avoir. Je ne peux croire que c'est pour un nouveau contrat. Purée ! À ce rythme-là, je serai bientôt multimilliardaire ! Ou à nouveau en taule... Je ne sais si j'ai vraiment envie de me retrouver au cœur de l'action si rapidement après mon retour d'Afrique, mais je ne vais pas cracher sur quelques liasses. Ma tirelire au Belize n'est certainement pas assez remplie pour assurer la retraite que je veux vivre.

J'ai fini ma bière et suis rentré à mon hôtel depuis une demi-heure lorsque la sonnerie de mon téléphone se fait à nouveau entendre. Je n'attendais plus cet appel.

— Allô.

— J'ai changé d'appareil, nous pouvons parler.

— Bien, je vous écoute.

— J'ai un travail pour vous.

— Avant que vous alliez plus loin je veux m'assurer qu'on vous a bien renseigné sur les conditions qui déterminent le choix de mes contrats.

— Je sais, oui. Rien que des ordures.

— C'est bien ça. Poursuivez, alors.

— Vous n'allez pas être déçu. La cible est un homme. Il a tué ma fille unique à coups de poing. Elle était sa femme. Il la battait et elle ne voulait ni le quitter ni porter plainte. Les gens sont étranges parfois. Elle l'aimait, disait-elle. Il a fait de la prison pour ça. Je pourrais presque m'en satisfaire. À vrai dire, je m'en suis accommodé jusque-là. Mais il se trouve que j'ai entendu dire qu'il recommence. Je ne supporterai pas qu'il fasse une autre victime innocente.

— Pourquoi faire appel à moi ? Prévenez la police, elle est là pour ça, non ?

— Que peut-elle faire s'il n'y a pas de dépôt de plainte ? Rien !

— Et…

— Et moi ? Si je pouvais, je le tuerais de mes propres mains. Mais je suis en fauteuil, monsieur le Russe. Cloué sur deux roues, impuissant, et cela me brise ! Ah, comme j'en rêve, de me lever et d'aller le lui faire payer, à ce monstre ! Mais ce n'est pas possible. Alors je vous appelle pour que vous soyez mon bras, le prolongement de ma volonté, et que même si ça ne me fait pas revenir ma petite fille, au moins j'aurai contribué à sauver une vie.

— Je vois. Il faut que j'étudie le cas. Où se trouve ce charmant garçon ?

— Il habite Paris, dans le 14e arrondissement.

— Bien. Je suppose que c'est urgent ?

— Très urgent.

— Je vais avoir besoin de tous les renseignements que vous avez sur lui, ça ne doit pas manquer s'il était votre gendre. Ensuite je vais étudier la faisabilité, puis je fixerai mon tarif.

— J'ai beaucoup d'argent, ce ne sera pas un problème. Je veux qu'il disparaisse, c'est tout.

— Je ne vous promets rien. Seulement d'étudier ce dossier. Appelez-moi demain en fin d'après-midi, je vous communiquerai l'adresse d'une boîte postale où vous devrez déposer une enveloppe avec les renseignements. N'oubliez pas de joindre des photos, bien sûr.

— Ce serait plus simple si nous nous rencontrions.

— Désolé, mais si vous insistez encore une fois, je laisse tomber et vous pourrez faire appel à quelqu'un d'autre.

— Bien, bien, excusez-moi. Je crois que j'ai compris.

Le type a coupé la communication et je suis groggy. Tu parles que je vais tuer cette ordure ! Plutôt deux fois qu'une si ce gars dit la vérité. Je le ferais même gratuitement s'il le fallait !

Il faut que je me calme, je ne dois pas m'impliquer. C'est un contrat, sans plus. Une mission comme une autre, avec un salaire… pas comme les autres. Seule différence. Rien de personnel. Comme au cinéma.

Je retourne sur le port, il faut que je boive. Pas que je me saoule, mais j'ai besoin de boire suffisamment pour chasser cette image récurrente : un type battant sa femme à lui en faire perdre la vie.

46

Heureusement, Murielle avait un trou dans son emploi du temps. Sinon, elle ne sait pas ce qu'elle aurait fait. Quand elle a vraiment compris que cet imbécile d'étudiant était son Téo, elle l'a serré très fort contre elle et l'a embrassé malgré ses horribles pustules, se couvrant de l'infâme maquillage.

— Beurk ! Mais c'est vraiment dégueulasse ce truc !

— J'aime quand tu me complimentes, Murielle. Je suis heureux d'avoir fait tout ce voyage pour entendre ça.

— Mais tu es fou ! Que fais-tu là ? Je suis si heureuse !

— J'ai reçu ta lettre, voilà tout.

— On ne va pas rester là, l'amphi est repris dans cinq minutes, viens, j'habite à deux pas. Tu ne peux pas rester avec ces trucs sur le visage. D'ailleurs, je vais te demander de marcher loin de moi tant que nous sommes sur le campus. Je viens à peine d'arriver et ma réputation est morte si on me voit avec toi.

— Je ne sais pas ce que j'ai mangé dans l'avion, ça ne devait pas être très frais. Ce matin, j'avais ces petits boutons.

— Petits ? Ta vue a souffert aussi ! Essuie-toi, je te dis.

Murielle sort de son cartable un mouchoir en papier et le tend à Téo qui, immédiatement, alors qu'ils croisent un groupe d'étudiants, s'en sert comme pour presser un bouton, comme pour en extraire du pus.

— Arrête ! Malheureux ! Mais j'ai trop honte !

Murielle crie, mais elle est morte de rire et finit pliée en deux quand le garçon en rajoute encore alors qu'ils approchent du secrétariat.

— On va remercier Tartine ?

Chez Murielle, Téo se démaquille enfin et raconte de quelle manière – intelligente et brillante – il a retrouvé sa copine.

— Bravo, inspecteur. Je suis admirative. Et maintenant ?

— Maintenant ? Je suis venu te dire que je suis le plus idiot des hommes. Que j'ai failli te perdre parce que je n'ai jamais voulu admettre que je t'aime à la folie. Que je suis ici pour te ramener avec moi ou, si ce n'est pas possible, pour me débrouiller afin d'obtenir ma mutation en Calédonie. Si tu veux de moi... Ouf ! J'ai failli oublier de le dire.

— Tu es fou... Complètement fou ! Je t'aime tellement, Téo !

Les deux amoureux s'enlacent enfin, pour ne plus se lâcher avant d'être totalement repus l'un de l'autre, ce qui leur prend un long moment.

— On a un peu dérapé, non ? Mais c'était un peu mieux que l'autre jour dans la bagnole de mon père.

— L'autre jour ? Tu as une notion du temps qui t'est personnelle. Cela fait mille ans que j'attends ce moment, figure-toi !

— Et tu crois qu'on va se faire un petit peu la gueule, faire comme si on était gênés et dire qu'on en reste là ?

— Alors là ! Si tu penses que tu vas t'en tirer à si bon compte une seconde fois, tu te fourres le doigt dans l'œil jusqu'au coude, mon p'tit gars !

À contrecœur, Murielle retourne à la fac où elle doit assurer encore un cours. Téo en profite pour dormir une petite heure. Le vol, le décalage horaire et le… dérapage l'ont épuisé. Quand son amie revient, ils vont déjeuner en ville et abordent alors plus sérieusement les problèmes que leur nouvelle situation va susciter. Téo tente d'argumenter en faveur d'un retour de Murielle vers la métropole, mais la jeune femme s'y oppose totalement. Elle n'aurait plus de poste et risquerait l'année suivante d'être nommée loin de Paris, ce qui reviendrait au même que d'être à Nouméa.

— Tu me vois enseigner dans la Creuse ?

— C'est beau la Creuse, ça a beaucoup de charme. Tu n'as jamais entendu parler de la bréjaude ?

— Non, vas-y, je redoute le pire.

— Et tu as bien raison. Non, en fait je déconne. Rien que pour la bréjaude, tu te damnerais pour être nommée dans la Creuse. Imagine une délicieuse soupe au lard et au chou, garnie de pain de seigle. C'est la bréjaude.

— Ah oui, je vais faire ma demande de mutation immédiatement.

Téo finit par convenir qu'il n'a d'autre option que de tenter de se faire muter. Pourquoi pas après tout ? L'île est immense et il est bien placé pour savoir, puisqu'il y a vécu quelques mois, que la police n'a pas à rester les bras croisés. Il y a du boulot. Les évènements des années précédentes en témoignent également.

La semaine passe trop vite. Les souvenirs de son voyage reviennent à Téo qui endosse à la perfection un beau costume de guide pour faire découvrir à son amoureuse la capitale calédonienne et ses environs. Les adieux sont déchirants, Téo refusant que Murielle fasse inutilement le trajet aller-retour vers l'aéroport.

— On va arriver là-bas et tu vas juste me déposer. Et dans la voiture, on sera tellement tristes qu'on ne parlera même pas. Alors reste tranquille ici, tu ne me verras pas moins.

— Oui mais j'ai l'impression de t'abandonner.

— Ce n'est pas toi, mais moi qui t'abandonne. Tu parles, je me casse, j'en ai déjà ras le bol de toi !

— Salaud !

— Je te promets de revenir très vite. On ne peut pas me refuser une mutation. Je suis le superflic du neuf-trois.

— Oui, c'est justement pour ça que je m'inquiète, ils ne vont pas te lâcher.

Après avoir bien pleuré, Murielle finit par laisser Téo partir. Il est en retard et va devoir rouler vite. S'il se faisait arrêter par des collègues, ce serait le comble.

Fatalement, au cours de la semaine, le cas Sébastien Cardon est venu sur le tapis. Murielle redoute sa réaction lorsque Téo lui apprendra la nouvelle, mais celui-ci en rigole.

— Arrête de te faire du souci, Murielle. Je sais bien qu'il était amoureux de toi, mais ça fait combien de temps que tu ne l'as pas revu ? Deux ans ? Trois ans ?

— Ça m'inquiète quand même. Il a des réactions excessives parfois.

— Je suis bien placé pour le savoir. Ses collègues ne l'apprécient pas vraiment. Mais c'est notre ami, non ?

— Oui, bien sûr.

— Alors je vais lui annoncer la nouvelle en arrivant. Si j'attendais, c'est là qu'il risquerait de tiquer.

— Bon, tu le connais mieux que moi maintenant. Fais comme tu le sens.

47

Le lendemain, je ne peux quitter Cassis sans m'offrir le plaisir du petit déjeuner complet de chez *Monsieur Brun*, de l'autre côté du port. C'est presque moins cher qu'à l'hôtel et c'est divin. Tout y est : tartines de baguette croustillante, oranges pressées, brioche, boisson chaude, viennoiserie, beurre, confitures et pâte à tartiner. Au bord de la mer, avec le clapotement des vagues et le soleil qui pointe le bout de son nez, je n'ai plus envie de partir. Pourtant une longue route m'attend, je ne dois pas traîner.

Alors, puisqu'il le faut, je finis par me lever et vais récupérer mon sac au *Cassitel* avant de rejoindre le Picnic qui n'a pas bougé, heureusement.

Je suis à Paris huit heures plus tard. Il n'est que 16 heures et je vais pouvoir, du moins je l'espère, aller ouvrir cette boîte postale qui m'est indispensable. Après ma conversation avec le type en fauteuil, j'étais retourné sur Internet me renseigner davantage, et mon choix s'est arrêté sur une société qui loue ce qu'il me faut, pas très loin du 5e, rue de Sèvres, juste à côté de l'hôpital Necker, à l'angle de l'avenue de Saxe.

Ayant laissé ma voiture au parking, je file prendre le métro à la station Cardinal-Lemoine sur la ligne 10 jusqu'à Duroc. Cela m'oblige à marcher un peu mais ce n'est pas plus mal, j'en ai bien besoin après tant d'heures au volant. Le trajet est court : dix minutes de métro plus dix minutes de marche et je me retrouve devant le numéro 157 rue de Sèvres, antenne de la société BoitPos dans le 15e arrondissement. Leur pub ne mentait pas : en cinq minutes chrono je suis l'heureux détenteur de la boîte 666 et, si je reste sérieux, plus personne ne verra à quoi je ressemble. Je dormirai plus sereinement. Je dispose du code qui me permet d'ouvrir la porte d'accès aux boîtes pendant les heures de fermeture et je peux en faire ce que j'en veux : le communiquer ou pas à des expéditeurs éventuels, ce n'est pas le problème de la direction de BoitPos qui s'en contrefout du moment que l'abonnement est payé chaque mois. Étant donné que je viens de régler pour les six prochains mois, je suis tranquille. Il ne me reste plus qu'à attendre que mon client appelle. Je lui ai dit « en fin d'après-midi », ce qui n'est pas vraiment précis. Cela peut être dans deux minutes comme dans deux heures. Pour patienter, je décide de rentrer à pied chez moi. Si je ne me perds pas, j'en ai au moins pour une bonne heure en marchant relax. C'est idéal pour mon corps et parfait pour réfléchir tout en profitant du beau temps exceptionnel qui règne pour une fois sur la capitale.

Mon bonhomme est pressé, car il appelle à 5 heures alors que j'arrive tout juste aux jardins du Luxembourg.

— Allô.

— Bonjour. Comme convenu, je vous rappelle.

— Très bien. Vous avez de quoi noter ?

— Oui, vous pouvez y aller.

— C'est au 157 rue de Sèvres, dans le 15e. À l'angle de la rue de Saxe. La boîte dans laquelle vous devez déposer les renseignements porte le numéro 666. Ne tardez pas trop, la porte ferme à 19 heures.

— J'y vais tout de suite alors. Comment je dois faire ensuite ?

— Vous êtes joignable à ce numéro ?

— Oui, je suis allé l'acheter hier uniquement pour ça.

— Alors je le mémorise. Je vous contacterai ce soir ou demain, ne m'appelez plus.

— Ne tardez pas, je vous en conjure.

— Pas de souci. Au revoir.

Je décide immédiatement de faire demi-tour. S'il est réellement en fauteuil, mon gars ne va sans doute pas venir en personne déposer son enveloppe, mais j'ai quand même envie de voir celui qui fait office de facteur. C'est une réaction stupide qui ne m'avancera à rien, mais de toute façon je dois bien retourner à la boîte pour y prendre le dossier. Il faut juste que je fasse attention à rester discret. Le type a dit « j'y vais tout de suite », donc j'allonge mon pas. Je dois impérativement arriver rue de Sèvres avant lui, ce serait nul qu'il passe à BoitPos sans que je le sache et que je poireaute jusqu'à la fermeture pour ne pas risquer de le voir arriver alors que je suis à l'intérieur ! Donc j'accélère encore, et me retrouve bientôt au petit pas de course. Pas besoin de jogging demain… Presque arrivé, je reprends une allure plus discrète pour ressembler au badaud moyen, puis me poste à l'entrée de la voie qui mène au parking de l'hôpital Necker.

En réalité, je n'avais absolument pas besoin de me cacher. Très rapidement, je vois s'arrêter contre le trottoir un scooter conduit par un petit jeune dont la veste porte en gros dans le dos le logo CAP Express. Bien sûr ! Un service de messagerie ! Je suis resté trop longtemps hors circuit en taule, le monde a évolué sans moi et je suis dépassé. Évidemment que ce type en fauteuil n'a besoin de personne pour l'aider ! Un coup de fil avec le portable, il suffit de tendre le bras, et un gars coiffé d'une petite casquette vient chercher son courrier pour le déposer dix minutes plus tard n'importe où dans Paris.

Finalement, c'est plutôt mieux comme ça, ce n'est certainement pas l'employé de CAP Express qui va aller se planquer dans un coin pour voir à quoi ressemble « le Russe ». Dès qu'il a disparu, je vais ouvrir ma boîte et m'empare d'une grosse enveloppe puis ressors en regardant quand même alentour. On ne se refait pas… Je me doute bien qu'il n'y a personne, mais on ne sait jamais. Pour le coup, j'estime avoir assez marché et couru, alors je rentre en métro. Bien installé dans mon fauteuil, un verre de bon vin blanc près de moi – difficile de refuser le luxe quand on en a été privé si longtemps –, je décachette l'enveloppe et sors le dossier. Il est composé de plusieurs photos, d'articles de journaux et d'une note manuscrite. Sur celle-ci, le nom de ma cible ainsi que son adresse et sa profession. Il est vigile et accessoirement conducteur pour la Brink's. Cela n'arrange pas forcément mes affaires, mais je ferai avec le cas échéant. Les journaux ont trait à la mort de la pauvre fille de mon commanditaire. Il semble se désintéresser totalement du fait que je puisse l'identifier. Bon ou mauvais point ? Je ne saurais dire. Il risque de se révéler assez imprudent en ce qui concerne la mission que je vais entreprendre et cela m'inquiète un peu. Si je lui donne mon accord, je penserai à changer de boîte postale ensuite. Les photos sont celles d'un beauf et je m'y attendais. Un gros, plus ventru que musclé, un frimeur à la con qui me fait déjà horreur. Sur le cliché que je préfère, Anthony Barrosa, puisque c'est son nom, porte un débardeur dégueulasse et son ventre pendouille de partout au-dessus de sa ceinture. J'espère qu'il sera habillé pareil le jour de sa mort…

48

Le lundi juste après son voyage en Calédonie, c'est un Téo aux yeux cernés qui arrive au commissariat. Il aurait besoin de deux jours de repos – minimum – mais ne les a pas. Le concept de période de repos postvacances n'a malheureusement pas encore été inventé. Il se rend directement au bureau du commissaire et demande s'il peut le voir.

— Entre mon grand. Alors, ce voyage ? Non, ne réponds pas, ce n'est pas la peine. Fatigant, hein ?

— Patron, c'était épuisant, oui !

— J'imagine à ta mine reposée que tu as trouvé ta chérie ?

— Oui monsieur.

— Le contraire m'aurait contrarié, je dois dire. Alors, tu l'as convaincue de rentrer en France ? Bon, c'est la France là-bas aussi, mais je me comprends.

— C'est-à-dire patron, elle vient juste d'arriver à Nouméa, alors ce n'est pas évident évident.

— Tu as échoué dans ta mission, toi le grand négociateur du neuf-trois ? J'ai du mal à le croire.

— Vous n'avez jamais vu Murielle. Elle a du caractère. Et puis elle me connaît depuis que j'ai 5 ans. En fait, elle m'embobine depuis que j'ai 5 ans, je dois dire.

— Et donc, vous allez vivre le grand amour à distance ?

— Ben…

— Ah non ! J'ai besoin de toi ici, Téo !

— Mettez-vous à ma place, monsieur. Elle est très importante pour moi.

— Je ne suis pas certain que tu veuilles vraiment que je me mette à ta place, mon garçon. Mais bon, je te comprends quand même. Tu es venu me dire que tu voudrais une nouvelle affectation, c'est ça ?

— Oui monsieur.

— Tu as bien pris le temps de réfléchir ? Ici, tu vas grimper les marches à vitesse grand V, tandis que là-bas, excuse-moi, mais c'est quasiment une mise à la retraite.

— Un an ou deux, patron. Ensuite je reviens et je casse la baraque !

— Et tu crois qu'on va t'attendre ?

— Oui, je sais, je prends un gros risque… Mais je ne peux faire autrement. Si je ne vais pas à Nouméa, je le regretterai toute ma vie.

— Je suis assez d'accord avec toi, et comme je viens de le dire, je te comprends. Je vais appuyer ta demande. Fais une belle lettre et je me charge de ça. Deux ans, hein, pas plus ?

— Promis.

— Deux, ça peut passer. Mais si tu restes hors de l'Hexagone plus longtemps, tu passeras aux oubliettes. Et n'oublie pas de rester en contact avec moi. Je pourrai aider pour que tu ne sois pas versé dans un service pour lobotomisés à ton retour. Tu vaux mieux que ça.

Je ne devrais pas être à la retraite avant trois ans, mais n'attends pas trop.

— Merci beaucoup, patron.

— Maintenant, va travailler un peu, fainéant !

Téo quitte le bureau de son commissaire pour rejoindre l'équipe d'inspecteurs avec lesquels il travaille. Ils sont comme toujours sur plusieurs affaires à la fois, et Téo se voit attribuer un cas d'abus sexuel présumé. L'enfant va être amenée par sa mère qui pense que son mari abuse de leur petite fille de 9 ans. Le problème est que l'enfant ne veut pas en parler.

— Pirtakis, tu es le plus fort pour ça. Que ce soit les coupables ou les victimes, tu arrives à délier toutes les langues, toi. La mère devrait arriver d'un moment à l'autre, accompagnée de l'assistante sociale.

— OK, j'ai un coup de fil à donner et suis dispo ensuite.

Téo s'assoit à son bureau et compose le numéro du standard de l'IGS pour demander Sébastien. Après avoir patienté quelques instants, il entend la voix de son ami :

— Inspecteur Cardon, j'écoute.

— Salut Sébastien, c'est Téo.

— Téo ! Quelle surprise ! Ça fait plaisir, dis-moi ! Que me vaut cet honneur ?

— J'ai une grande nouvelle à t'annoncer, mais pas au téléphone. Ça mérite qu'on se voie. En plus cela fait bien trop longtemps. Quand es-tu libre ? Ce soir ?

— Ce soir, non, j'ai un dîner en ville. On peut dire demain soir ?

— Bien sûr, c'est super. Où ça ?

— Si c'est si important, ça mérite un bon restau. Surtout si c'est toi qui invites. *La Petite Chaise*, tu connais ?

— Pas du tout.

— Tu vas découvrir alors. C'est 36 rue de Grenelle dans le 7e. Je vais réserver. Quelle heure ?

— Je ne sais pas, on va dire 20 heures ?

— OK pour 20 heures. À demain alors.

Téo repose le téléphone sur son socle, satisfait. Le plus dur reste à venir, mais au moins a-t-il pris rendez-vous avec Sébastien. Une partie du chemin est faite.

Ensuite, il se consacre au cas d'abus sexuel présumé. Il reçoit d'abord la mère et la questionne longuement pendant que la gamine, qui se prénomme Alice, est avec l'assistante sociale. Téo pose les questions habituelles pour vérifier si les suspicions sont légitimes. À l'issue de cet entretien il doit avoir déterminé le milieu familial dans lequel évolue la fillette, qui la garde, s'il y a eu des indicateurs précis de modification du comportement et si oui, lesquels, et enfin si des examens physiques ont eu lieu et, dans l'affirmative, quels en ont été les résultats.

Après quoi, il passe à son entretien avec la fillette. La mère et l'assistante sont présentes, mais il leur demande de rester un peu en retrait. Il désire que l'enfant oublie peu à peu leur présence. Habilement, il installe un climat de confiance par des questions et des mots anodins, puis continue avec des interrogations plus précises mais les plus ouvertes possible afin de ne pas influencer la petite. Cela prend beaucoup de temps, mais Alice finit par baisser sa garde et raconter son histoire, confirmant ainsi les craintes de sa mère. Le papa se livre depuis plusieurs mois à des attouchements sur sa fille. Des examens physiques sont probablement inutiles, mais il convainc néanmoins mère et fille qu'il vaut mieux en réaliser et les laisse partir avec l'assistante sociale en direction du cabinet médical.

Quand il en a terminé avec son rapport, il est déjà tard, et il a peur qu'avec le décalage de neuf heures, Murielle soit déjà couchée. Il s'isole du mieux qu'il peut étant donné qu'il ne dispose pas d'un bureau individuel, puis appelle la Calédonie. Son amie attendait l'appel avec impatience et ils bavardent longuement. Téo est heureux de pouvoir lui dire qu'il a déjà discuté avec son patron et que dès qu'il le pourra, il la rejoindra. Il lui apprend également qu'il dînera avec Sébastien le lendemain soir, que son copain avait l'air ravi d'entendre sa voix, qu'elle ne se fasse pas de souci. Enfin, après de multiples embrassades qui lui amènent des commentaires moqueurs des autres policiers tentant de ne pas perdre une miette de la conversation, il coupe la communication et se met en devoir d'écrire sa demande de mutation.

49

Je décide de ne pas rappeler mon handicapé le soir même. Il est plus intelligent d'aller d'abord repérer cet Anthony Barrosa et d'essayer d'imaginer comment je vais procéder si monsieur Fauteuil et moi tombons d'accord. Je voudrais identifier la copine – ou la femme – aussi, pour vérifier s'il la bat. Normalement, ça se remarque un tantinet… Il a beau avoir une vraie gueule de con, ce n'est pas encore un crime d'être laid et on ne tue pas les gens pour ça. Pas moi en tout cas.

Le lendemain, je vais en métro jusqu'au 11 rue d'Alésia et suis bien content de trouver un pont juste à côté car il se met rapidement à pleuvoir et, comme un idiot, je n'ai rien prévu pour me protéger. Ni parapluie ni imper. Il faisait meilleur à Cassis ! Et je n'ai évidemment aucune idée de l'heure à laquelle je vais apercevoir cet Anthony. Mais il me tarde, quel bel homme ! Je fais le pied de grue depuis déjà deux bonnes heures lorsqu'enfin mon beauf apparaît, mais pas d'où je l'attendais. Il ne sort pas de l'immeuble, il se dirige vers lui et je réalise qu'il vient de sortir de la voiture qui est passée devant moi deux secondes avant pour se garer le long du trottoir, une vingtaine de mètres plus loin. Je note mentalement l'heure : 9 h 30. Il a dû travailler de nuit et vient se reposer.

Je mémorise également le modèle de son véhicule, une BMW M3 qui correspond parfaitement à son look d'outre à bière. Je ne sais pas pourquoi, mais je ne suis pas étonné. Il roule les mécaniques dans sa tenue Brink's en se dirigeant vers la porte du 11. Je me suis fait tout petit, mais il ne m'accorde pas un regard et c'est tant mieux. Alors qu'il s'apprête à composer le code pour ouvrir la lourde porte d'entrée, celle-ci s'entrebâille et une frêle jeune femme apparaît. Elle a un bref sursaut en découvrant Barrosa, je la devine se raidir alors qu'il s'approche d'elle et qu'elle tente sans succès de se décaler. Puis il la serre dans ses bras et se colle à elle sans ménagement. Enfin, ses grosses pattes descendent sur ses fesses, qu'il pétrit puis écarte afin de glisser une main entre ses cuisses. La jeune femme résiste, parvient à se libérer et s'éloigne rapidement en passant devant moi, très vite. Elle porte une paire de lunettes avec des verres très larges qui cachent une partie de son visage. Pas assez cependant pour dissimuler totalement des marques violacées. J'entends Barrosa la traiter de salope, de petite pute frigide, et dire qu'il réglera ça plus tard dans la journée. Puis il compose le code et pénètre dans l'immeuble, disparaissant de ma vue. Au moins suis-je édifié : l'homme est comme on me l'a décrit. Il me reste maintenant à organiser son exécution. Mais Paris n'est pas Ouagadougou, et les moyens de la police française sont immenses. Qui plus est, le meurtre d'un citoyen ordinaire va déranger bien plus que celui d'un dealer albanais. Il faut donc que j'assure beaucoup plus mes arrières. Je me suis comporté en véritable débutant pour mon premier contrat et n'ai pas envie de faire les mêmes erreurs. J'ai abattu Kojak de loin, et me croyais en sécurité. La suite de l'histoire m'a prouvé que non. Si les flics avaient été plus réactifs, plus observateurs et plus intelligents, je risquais très gros. Je dois suivre « Tony », je suis persuadé que ce gros porc se fait appeler comme ça, et le dégommer sur son lieu de travail à très longue distance. Rue d'Alésia, ce sera tout simplement impossible. Il arrive, descend de sa BMW de frimeur et entre dans l'immeuble. Beaucoup trop rapide pour viser sereinement avec la certitude de toucher la cible. Beaucoup trop de gens dans la rue pour ne pas risquer une bavure. Là où il bosse, vu la dégaine de sportif qu'il a, il ne doit pas bouger beaucoup et je pourrai donc prendre mon temps. Encore faut-il qu'il soit visible et pas enfermé dans un bâtiment.

Je reviendrai ce soir avec ma voiture pour pouvoir le filer et découvrir où il bosse. Ensuite, j'étudierai tous les éléments pour déterminer comment je dois procéder. J'ai bien peur de ne pouvoir faire l'impasse sur l'achat d'un fusil plus performant. L'arme que j'ai ne sera pas efficace pour un tir très longue distance, mais je rechigne à devoir prendre le risque de rencontrer à nouveau le type qui me l'a fournie. Moins les gens en savent, moins ils peuvent parler. D'ailleurs, à ce sujet, il faut que je pense à demander à monsieur Fauteuil comment il a eu mon numéro de téléphone. Ce ne peut être que par Baptiste, mais je n'arrive pas à faire le lien entre ces deux-là et cela m'inquiète. Je n'aime tout simplement pas l'idée que mes coordonnées soient accessibles à n'importe qui, et bien sûr, en premier lieu, aux flics.

Une fois rentré chez moi, j'appelle donc mon commanditaire. J'ai décidé de lui extorquer un maximum. Le boulot n'est pas simple, je vais devoir prendre un certain nombre de risques, et, bien que je le ferais volontiers pour rien à cause de la particularité de la cible, Fauteuil n'a pas à le savoir. De plus, il m'a dit que je pouvais y aller, il a du pognon. Donc pas de remords ni d'hésitations inutiles, je fonce.

— Allô ?

— Le Russe.

— Ah, je suis content de vous entendre. Comment allez-vous ?

— Très bien, merci. J'ai eu votre enveloppe, et nous allons parler du boulot que vous me demandez. Mais avant cela, je voudrais que vous me disiez comment vous avez eu mon numéro.

— Bien sûr, j'ai d'ailleurs été surpris que vous ne me posiez pas la question, hier. Vous savez, je n'ai pas toujours été en fauteuil. À une certaine époque, je faisais les quatre cents coups, comme on dit. Je peux bien en parler, parce que tout ça, c'est fini maintenant. Bien fini, oui… J'ai commencé jeune, je dois dire. Je cambriolais des appartements et des maisons, puis je me suis laissé tenter par de petits casses. Rien d'important, des bijouteries, des boutiques de luxe. Puis une chose en entraînant une autre, avec mes amis, nous en sommes venus aux banques. Pour le fric, pour l'adrénaline… J'avais l'impression de vivre tellement intensément ! Malheureusement, un beau jour, ce qui nous pendait au nez est arrivé. Le braquage a mal tourné, et quand nous sommes sortis de la banque, tout ce que Paris compte de flics nous attendait. Il y a eu une fusillade et je suis le seul à avoir survécu. Si on peut dire. Une balle dans la colonne m'a privé de l'usage de mes jambes.

Pendant qu'il dit ça, mes poils se hérissent. Je me souviens de cette affaire. Les médias les avaient appelés « Le gang des Ours » car ils braquaient les banques leurs visages toujours dissimulés sous des masques d'ours. Sébastien était à la sortie de la banque ce jour-là pour attendre les gangsters. Comme le type vient de me le dire, tous les policiers disponibles avaient été appelés, tous services confondus. Mon ami s'était longtemps vanté d'être l'auteur du coup de feu qui avait immobilisé le braqueur, sans que rien ne permette de le prouver avec certitude. Eh bien mon gars, si tu savais, me dis-je. Si ça se trouve, non seulement je vais te débarrasser du meurtrier de ta fille, mais en prime je vais te venger. Quelle coïncidence !

— Dans ces années-là, poursuit mon interlocuteur, je connaissais bien Baptiste. C'est par lui que j'ai eu votre téléphone.

— Ah, d'accord.

— C'est pendant que j'étais en taule, et donc déjà en fauteuil, que ce salaud a tué ma Christine. Sinon je l'aurais buté moi-même.

— Je vais m'occuper de lui, ne vous inquiétez pas. Mais cela va être compliqué et demander beaucoup de préparation. Cela implique beaucoup de risques, aussi.

— J'ai compris. Dites-moi combien vous voulez.

— Cinq cent mille.

— Je suis trop vieux pour perdre du temps à négocier. Vous aurez vos cinq cent mille. Comment les voulez-vous ?

Je lui explique rapidement comment faire parvenir la somme sur mon compte au Belize puis je raccroche. J'aurai la moitié disponible dès le lendemain, et le solde après le travail.

50

Téo arrive au restaurant *La Petite Chaise* à 20 h 20. Il sait que Sébastien est déjà là, avant de pousser la massive porte aux poignées cuivrées, nul besoin de vérifier. Son ami n'est jamais en retard, tout simplement.

Effectivement, il l'aperçoit immédiatement, assis dans le fond de la salle, qui lui fait de grands signes puis se lève pour l'accueillir.

— Téo, je suis content !

— Excuse-moi pour le retard, mais c'est impossible de se garer dans ce quartier.

— Compliqué, oui. Assieds-toi. Comment vas-tu ?

— Bien, et toi ?

— La routine, tu sais ce que c'est. Mais non, tu ne dois pas savoir, j'entends que tu cartonnes là où tu es.

— Il ne faut pas tout croire, les gens exagèrent vite.

— Bon, tu bois quoi ?

Les deux amis commandent une bonne bouteille de vin rouge ainsi que leurs plats, puis parlent un moment de leur travail respectif en attendant que leurs assiettes arrivent.

Téo trouve son ami en forme et plus décontracté qu'en de précédentes occasions, alors il se lance.

— Je reviens de Nouvelle-Calédonie, je suis allé y passer une semaine.

— Ah bon ?

— Murielle a été nommée à Nouméa. Je suis allé la voir.

— Ah…

Sébastien a pâli, mais se reprend vite et parvient à sourire.

— Je n'étais pas au courant, elle ne m'a rien dit.

— À moi non plus, en fait. Mais quand j'ai appris qu'elle avait quitté Bordeaux, j'ai fait des recherches.

— Tu es flic, non ?

Sébastien s'attend au pire, mais il ne veut surtout pas laisser voir la haine qui le submerge. Depuis le temps qu'il subit les vexations et les quolibets de ses collègues, il est passé maître dans l'art de dissimuler ses sentiments. Il reprend donc d'une voix enjouée :

— Et donc, elle va bien ?

— Très bien. Si je t'ai appelé hier, c'est pour te dire que je vais aller la rejoindre. Nous allons vivre ensemble.

Avec un self-control admirable, Sébastien lève son verre et s'écrie :

— Mais c'est formidable ! Quelle bonne nouvelle ! Trinquons !

— C'est vrai ? Tu n'es pas fâché ?

— Pourquoi voudrais-tu que je le sois ? C'est écrit depuis toujours que vous devez être ensemble. Murielle est amoureuse de toi depuis des années.

— Et toi amoureux d'elle…

— Oui, je l'étais tout du moins. Mais je n'avais pas ma chance, j'ai tout fait pour l'oublier.

Téo a du mal à le croire, mais il fait comme si, trop heureux de s'en tirer à si bon compte. Sébastien donne habilement le change mais en lui-même il maudit mille fois ce traître sans scrupule qui lui vole la seule femme qu'il ait aimée depuis tout petit. Il ne peut cependant s'empêcher de tenter de dissuader Téo d'aller vivre en Calédonie.

— Mais, et ta carrière ? Comment tu vas faire ?

— Je demande ma mutation.

— Non seulement tu vas te rouler les pouces et t'emmerder comme un rat mort, mais en plus, adieu les promotions. Pourquoi tu ne resterais pas en France ? Tu vas là-bas de temps en temps, et Murielle fait de même, tu ne crois pas ?

— Non, ça ne fonctionnerait pas. Je suis persuadé qu'on finirait par se lasser et se séparer.

Justement, mec, justement.

— Mais non, pourquoi tu dis ça ? Beaucoup de couples fonctionnent comme ça. Et ça marche très bien.

— Non. De toute manière, j'ai déjà envoyé ma demande de mutation et mon commissaire m'a promis de l'appuyer.

Espèce d'infâme petit connard, je te jure que tu le paieras très cher !

— Eh bien alors, toutes mes félicitations, bravo et bon vent à vous deux. Je suis heureux pour vous.

Le repas se poursuit, la conversation repart vite sur des sujets ayant trait au boulot. C'est surtout Téo qui parle et qui raconte sa vie à la brigade des mineurs. Bien qu'il ait soutenu le contraire à Sébastien, il sait qu'il va regretter ce travail qu'il adore et il se demande si cela ne va pas perturber ses relations avec Murielle. Il ne s'imagine pas tourner en rond sans rien d'intéressant à faire quand il sera à Nouméa. Accaparé par ses propres réflexions et soucis, il est loin de pouvoir imaginer la tempête qui fait rage dans le crâne de son ami. Sébastien est déjà en train de se demander comment il pourrait faire pour tuer dans l'œuf cette relation dont il ne veut surtout pas entendre parler.

Au moment de se quitter, avec un aplomb remarquable, il serre Téo contre lui et lui donne le baiser de Judas.

Durant les deux mois qui suivent, Murielle et Téo passent des heures au téléphone, de plus en plus impatients de se retrouver. La demande de mutation de Téo a été approuvée, ce n'est plus qu'une question d'heures pour qu'il embarque dans l'avion en direction de Nouméa.

Sébastien prend souvent des nouvelles de son ami et n'essaye plus de le convaincre de rester. Il passe des heures à chercher comment se venger de cet affront. Murielle est faite pour lui, Murielle *est* à lui. Téo n'arrivera qu'à la rendre malheureuse. Cela tourne à l'obsession, il n'arrive plus à penser à autre chose qu'à sa vengeance. Mais il est conscient que tant que son ancien ami sera en Calédonie, il ne pourra parvenir à rien. Donc il va tout faire pour que cette situation ne dure pas. Et quand Téo sera enfin revenu, alors que Dieu ait pitié de lui, il regrettera d'être venu au monde…

51

Loin de n'avoir rien d'intéressant à faire en Nouvelle-Calédonie, Téo croule sous une importante charge de travail. Fort de l'expérience acquise à la brigade des mineurs de Seine-Saint-Denis, il parvient peu à peu à faire briser le tabou qui règne autour des violences conjugales en général et des violences sexuelles en particulier, notamment dans la société kanake où les viols collectifs, appelés « la chaîne », n'étaient jusque-là que très peu criminalisés. Il a aussi la chance de pouvoir s'occuper de quelques affaires importantes, notamment un dossier laissé à l'abandon et vieux d'une dizaine d'années : l'enlèvement, la séquestration, le viol puis le meurtre d'une femme de Dumbéa. Grâce aux recherches faites par Téo sur des empreintes génétiques d'un homme ayant commis des violences sur son épouse, présentant à ses yeux des similitudes avec l'affaire non résolue, celle-ci avait pu être élucidée et le violeur condamné à quinze ans de réclusion à l'issue d'un procès retentissant.

Murielle s'épanouit dans son travail de professeure de faculté, ne regrette pas un instant d'avoir décidé de quitter Bordeaux, et encore moins d'avoir écrit cette lettre à Téo avant de partir. Le couple vit un bonheur sans partage, Téo profitant de son expérience calédonienne acquise lors de son séjour de 1981 pour faire découvrir à son amie les innombrables merveilles du Cailloux. Il retourne à Koné, accompagné cette fois par Murielle, avec laquelle il randonne à cheval une semaine complète dans l'imposant massif de la Chaîne centrale. Patrick Dirkaso est heureux de le revoir, et bien plus heureux encore de faire la connaissance de sa magnifique femme.

Fidèle à la ligne de conduite qu'il s'est fixée, Sébastien reste en contact et écrit régulièrement au couple. Il donne ainsi l'image d'un camarade chaleureux et pas rancunier. Il ne manque pas non plus une occasion pour faire très souvent miroiter à Téo, sans en avoir l'air, des affectations intéressantes en métropole.

Les amoureux plongent ensemble, profitent des îles, jouissent de la vie qu'ils se sont construite. Seule ombre au tableau, mais ils se disent qu'ils ont bien le temps pour ça et qu'ils sont jeunes : ils n'ont toujours pas d'enfants à l'horizon malgré l'entrain qu'ils mettent à tenter d'en fabriquer un.

Deux ans passent ainsi à une vitesse fulgurante. De guerre lasse, Murielle s'est rendue aux arguments de son copain. S'il veut poursuivre une carrière passionnante dans la police, il ne peut rester plus longtemps à Nouméa. Chacun de son côté, grâce à des appuis qu'ils doivent à leur compétence, leur gentillesse et leur professionnalisme, ils parviennent à obtenir globalement ce qu'ils désirent : Téo est muté à la brigade des mœurs à Marseille, et Murielle est nommée à la faculté d'Aix-en-Provence. Cela va l'obliger à de nombreux déplacements, mais professionnellement parlant, elle sera mieux à Aix qu'à la fac Saint-Charles de Marseille.

Sébastien n'a jamais été aussi sympa et détendu avec eux, et quand cela leur arrive d'en parler, ils se moquent d'eux-mêmes et des craintes qu'ils avaient tous les deux d'annoncer leur relation à leur ami d'enfance. La carrière de Sébastien évolue tout doucement, il gravit les échelons de la profession aussi lentement que le permet le règlement, personne parmi ses supérieurs n'ayant envie de lui donner de promotion avant d'y être obligé par les critères d'ancienneté. Celui qui n'est toujours qu'inspecteur principal a d'autres préoccupations. Téo est de retour sur le sol français, l'heure de sa vengeance a sonné. Il ne pouvait rêver mieux pour son pire adversaire qu'une affectation à Marseille, et aux mœurs qui plus est. Il lui reste encore à peaufiner son scénario, digne des superproductions hollywoodiennes. Quelques détails, et il sera définitivement libéré de son rival.

Pendant qu'à Aix, Murielle tente de se persuader qu'elle ne regrette pas Nouméa, Téo s'investit comme à son habitude à fond dans son travail. Il fonctionne comme il l'a toujours fait, préférant être sur le terrain plutôt que devant un ordinateur. Il enquête, récolte des renseignements, recueille des témoignages, met en place des dispositifs de planque et de filature, procède à des perquisitions et à des arrestations. Ne ménageant pas sa peine, il tisse des liens particuliers avec des prostituées, des filles qui sont de précieuses informatrices et souvent des éléments clés dans la résolution d'affaires compliquées.

Sébastien continue de placer ses jalons. Il téléphone fréquemment à Murielle et, l'air de ne pas y toucher, fait parfois de fines allusions à l'investissement particulier qu'a Téo dans son travail. Il prête une oreille attentive et amicale aux doléances qui échappent parfois à son amie, et qu'elle regrette aussitôt. Dans le même temps, il se met discrètement à la recherche de la prostituée qu'il avait aidée à participer à un programme de désintoxication. Il a peu de doutes : si elle est encore de ce monde, il la retrouvera sur le trottoir de la rue Saint-Denis, ou pas loin. Après de brèves investigations, quelques soirées à arpenter le quartier de Pigalle et le bois de Boulogne, quelques visites dans des commissariats pour y consulter en catimini des mains courantes relatives à des interpellations pour racolage, il la localise enfin. Elle est en piteux état, a évidemment replongé dans la drogue et est condamnée à très court terme si elle ne fait rien. Sébastien n'a aucun mal à la convaincre de jouer le rôle auquel il la destine. En échange, il lui promet une nouvelle cure et un suivi à long terme. Comme il reste encore un peu d'instinct de conservation et quelques neurones à la junkie, elle se hâte d'accepter. Elle ne connaît pas la victime du piège auquel elle va participer et quand bien même ce serait le cas, elle s'en fout comme de sa première piquouse.

Dès lors, le sort de Téo, l'étoile montante de la brigade des mœurs, est scellé. Ce n'est plus qu'une question de temps avant que Sébastien puisse enfin être libéré du poids de la haine qui l'habite depuis si longtemps, en réalité bien avant le fameux dîner à *La Petite Chaise*.

52

Je n'ai pas vraiment de doute sur la fiabilité de monsieur Fauteuil, mais je vérifie quand même le lendemain l'état de mon compte à la BBI. Je suis plus riche de deux cent cinquante mille francs et en suis assez satisfait. Après ce contrat, je vais lever le pied et me consacrer au plus important. Ensuite ? Je verrai. Peut-être un dernier travail pour mettre un peu de beurre dans les épinards, ça ne peut pas faire de mal, et je m'envolerai vers une eau turquoise sans aucun projet de retour. Mais je n'y suis pas encore.

J'ai fait une petite recherche sur le Net, mon handicapé se nomme Paul Frochard. Si Sébastien l'avait tué, je ne serais pas en passe de devenir multimillionnaire. Bien plus riche que je ne l'avais jamais imaginé. Sauf parfois quand je rêvais de gagner au Loto. J'ai vu des photos de Frochard, il a fait l'objet de nombreux articles à l'époque, je peux désormais mettre un visage sur sa voix. J'aime bien.

Si les horaires du beau Tony sont réguliers, alors il n'y a pas lieu que je me presse, je retournerai rue d'Alésia en fin d'après-midi, en voiture et avec de quoi manger et boire. Une planque à l'ancienne, comme un bon flic.

Mais merde Téo, tu n'es plus flic, tu es tueur à gages. Ah... oui, ce n'est pas exactement pareil...

J'ai eu la chance de pouvoir garer mon Picnic presque en face du 11 de la rue d'Alésia. Pas immédiatement, en fait. Quand je suis arrivé, il n'y avait aucune place aux abords de la porte de l'immeuble de Tony – peut-être « Tonio » ? – alors j'ai dû aller bien plus loin, en espérant qu'il ne sorte pas à ce moment-là. Mais j'avais pris la précaution de venir en avance, donc cela n'a pas été le cas. J'ai vite rejoint le bout de terrain sous le pont, ma place réservée la veille, pour attendre mon apollon en me disant que quand il se montrerait, j'aurais le temps de courir à ma voiture avant qu'il ne disparaisse. Mais quand une gentille mamie est venue récupérer sa Volvo, alors j'ai foncé, et une minute plus tard, j'avais pris sa place, et je restais tranquillement assis au volant. Maintenant j'ai l'œil sur la grosse BMW et attends depuis environ une heure, sachant que Tony, j'ai décidé que Tonio n'allait définitivement pas, ne tarderait plus. À moins qu'il soit de repos. Non, il bosse, me dis-je alors que je vois enfin son gros bide émerger vingt minutes plus tard. Tant mieux, je n'ai pas envie d'avoir poireauté tout ce temps pour rien et devoir recommencer demain. Barrosa est dans sa flamboyante tenue Brink's, il sifflote, a l'air en forme, de bonne humeur. Je n'ai pas à faire demi-tour car la BMW démarre et s'en va dans le sens de mon stationnement, alors je n'ai qu'à suivre en restant le plus discret possible. La circulation est dense et mon gars n'a aucune raison de s'inquiéter, donc c'est facile. Il va directement prendre le boulevard périphérique en direction de l'ouest et roule n'importe comment, ce qui ne m'étonne qu'à moitié. Il slalome au milieu des voitures, obligeant fréquemment les autres usagers à se rabattre. Cela rend ma filature un peu plus compliquée, mais pas tant que ça car cela ne l'avance pas à grand-chose. Il est trop stupide pour se rendre compte que tous les risques qu'il prend lui font gagner quelques mètres, sans plus. Grosse bagnole et tout petit cerveau. Je redoute qu'il me mène comme ça jusqu'à l'autre bout de Paris, mais non, il sort du périphérique en direction de Pont-de-Sèvres et nous finissons à l'Aqua-boulevard de Paris. Il laisse sa voiture sur l'immense parking et j'en fais autant. Pas de risque qu'il me repère, l'endroit est noir de véhicules. Je le suis à pied maintenant, de loin, et le vois se rapprocher d'un autre employé de la Brink's, vêtu du même uniforme en tout cas. Ils discutent un moment, le temps que le second fume une cigarette, puis ils se serrent la main et le fumeur abandonne Barrosa. Son service est certainement terminé, et Tony le remplace. Bien, il est donc *a priori* seul. Maintenant que l'autre l'a abandonné, il se remet en marche, visiblement pour effectuer sa patrouille. Je ne peux rester là, immobile au même endroit. Alors je m'éloigne et retourne à ma voiture. Je connais désormais son lieu de travail et suis persuadé qu'il va rester là jusqu'au lendemain matin. Je dois à présent attendre qu'il fasse nuit pour juger s'il sera possible d'intervenir ici et si oui, comment. La proximité d'un *McDonald's* m'arrange bien, je vais patienter un moment là-bas tout en m'empoisonnant, me dis-je. Puis je réalise qu'il y a aussi le cinéma Gaumont juste à côté et cela me donne très envie d'aller voir un film. C'est encore mieux, car lorsque je sortirai il sera vraiment tard et nous approcherons bien plus des conditions réelles de mon éventuelle intervention. Je passe d'abord au cinéma et constate que j'ai le temps d'aller manger. Un film dont la projection démarre dans quinze minutes attire immédiatement mon regard : *Donnie Brasco*. J'en ai entendu parler. Une histoire de flic infiltré dans la mafia. Une histoire d'amitié trahie aussi... C'est celui-ci que je vais aller voir, bien sûr !

Au final, je survis – de peu – à mon hamburger-frites, et me régale en regardant Johnny Depp et Al Pacino dans ce petit chef-d'œuvre qui dure quand même deux heures. Mais on ne les voit pas passer, et je suis surpris de constater qu'il fait nuit noire quand je sors du cinéma pour rejoindre ma voiture, où je décide d'attendre que la foule de spectateurs se disperse et qu'il ne reste plus personne avant de faire quoi que ce soit. Mais il y a toujours du monde car le McDo reste ouvert et attire d'autres inconscients dans mon genre. Alors je vais quand même me promener pour voir si je peux localiser Barrosa, et j'ai de la chance. Je l'aperçois au loin, assis sur une chaise à côté d'une petite cahute et semblant dormir à moitié. La vigilance personnifiée... Même s'il effectue quelques rondes, j'ai bien l'impression que c'est là, sur cette chaise, qu'il passe le plus clair de son temps de travail. Cela est parfait pour moi, difficile de manquer une cible immobile.

J'en ai assez vu, inutile de prendre plus de risques en m'approchant maintenant. Ce serait stupide qu'il me remarque en train de l'observer. Je vais rentrer chez moi et reviendrai demain repérer les alentours pour décider si j'ai une possibilité de dégommer l'apollon tout en restant très loin. Je vais sans doute devoir pour cela venir jusqu'à la cahute et donc peut-être me montrer au collègue de Tony, mais ce n'est pas très grave, je vais me maquiller un peu et ça ira comme ça.

53

Sébastien sait qu'il ne peut se permettre de commettre la moindre erreur s'il veut éliminer son rival. Téo n'est pas stupide et les collègues de l'IGS de Marseille non plus. Il va prendre son temps, il n'est plus à un mois près, cela fait plusieurs années qu'il prépare sa vengeance. Et il n'a rien d'autre à faire. Sa vie est vide, complètement creuse, sans aucun réel centre d'intérêt. Mis à part son obsession.

Il commence par s'occuper du souteneur de la prostituée. Jouant le jeu habituel de tous les flics, alternant menaces et promesses, il obtient que le proxénète laisse la fille – elle s'appelle Julie Martin – tranquille. Ensuite, il se charge de remettre celle-ci plus ou moins sur pied, afin qu'elle voie qu'il tient ses promesses et pour qu'elle ait une totale confiance en lui. Également pour qu'elle ait les idées à peu près claires et ne fasse pas n'importe quoi. Après quoi, il l'envoie à Marseille avec pour mission d'établir un contact avec Téo, le plus facile étant de se faire arrêter. Elle ne doit pas en rester là : il faut faire miroiter au policier des révélations sur un réseau de prostitution, en échange de quoi elle lui demandera de la laisser tranquille. Il faut qu'elle se débrouille pour être vue plusieurs fois en sa compagnie dans différents endroits, de préférence louches et discrets.

Sébastien s'est assuré les services d'un photographe parisien soupçonné de diffuser des photos à caractère pédophile, qu'il avait arrêté lorsqu'il était aux mœurs. Il avait été obligé de le laisser en liberté à l'époque car il n'avait pas suffisamment de preuves pour le faire incarcérer. Mais il lui avait fait gober qu'il lui faisait une fleur, et depuis il le tient à sa merci en lui laissant croire qu'il a un dossier bien rempli sur lui. Le type ne peut rien lui refuser. C'est lui qui a pour mission d'immortaliser les rencontres entre Téo et Julie Martin.

Mais cela ne suffit pas à Sébastien, qui veut pour son ancien ami un dossier accablant. Dès la nomination de Téo à Marseille, il a pris le risque de mener une investigation personnelle sur un petit malfrat originaire d'Europe de l'Est qu'il a rencontré dans le cadre d'une enquête sur un flic ripou et il a désormais suffisamment de preuves à charge contre lui pour l'envoyer croupir en prison de nombreuses années. Goran Kovacevic officie dans le trafic de mineurs, garçons ou filles, peu importe, et il n'hésite pas une seule seconde quand Sébastien lui promet l'immunité en échange d'un témoignage destructeur contre un flic marseillais.

Totalement inconscient de ce qui se trame contre lui, Téo poursuit la tâche qui lui a été confiée, avec son énergie et son humanité habituelles. Il sait que les femmes sont les premières victimes de la prostitution et il déteste cordialement les proxénètes, qui le lui rendent bien. Depuis qu'il a débarqué à la brigade marseillaise, les cellules de la prison des Baumettes ont accueilli un bon nombre de ces sales individus, qui y ont gagné un logement gratuit pour quelques années.

Alors que Julie Martin arrive au terme d'une mini-cure de désintoxication dans un très discret établissement médical parisien, Téo est en train de se pencher sur le dossier particulièrement intéressant d'une enquête qu'il vient d'entreprendre et qui s'annonce explosive : celui d'un établissement échangiste de la cité phocéenne, le *Moulin à Vent*, qu'il soupçonne d'accueillir des prostituées. Rien de bien nouveau sur notre belle Terre, se dit-il en parcourant ses notes, si ce n'est qu'il me semble que beaucoup de gens qui fréquentent ce lieu de plaisirs ne devraient en aucun cas y être vus.

Au cours de nombreuses planques qu'il a effectué aux abords du *Moulin à Vent*, à la faveur de plusieurs conversations eues avec des professionnelles, il a pu apprendre et vérifier que des personnalités politiques ainsi qu'au moins un haut gradé de la police profitaient des largesses du propriétaire de l'établissement. Lorsque Téo s'en est ouvert à son supérieur direct, le commissaire Raoul Glangetas, celui-ci lui a conseillé la plus grande prudence.

— Tu marches sur des œufs, Pirtakis. Si tu ne fais pas bien gaffe, tu risques d'avoir chaud aux fesses. Il y a parfois des moments dans la vie d'un flic où il vaut mieux savoir tourner la tête pour ne pas avoir les yeux qui piquent.

— C'est une très belle phrase, commissaire, je suis admiratif, mais j'avoue ne pas en avoir bien compris le sens.

— Comme tu voudras, inspecteur. Mais ne viens pas te plaindre auprès de moi en cas d'irritation persistante, je ne pourrai pas distribuer de collyre.

— Bien reçu, commissaire. Merci.

Pas complètement certain de vouloir déchiffrer le message de son supérieur ni d'en tenir compte, Téo a poursuivi son enquête.

Peu à peu, il acquiert la certitude que le haut gradé et les politiciens sont rétribués non seulement pour fermer les yeux sur ce qui se passe au *Moulin à Vent*, mais aussi dans beaucoup d'autres établissements en région Provence-Alpes-Côte d'Azur. Il n'est bien sûr pas seul dans cette enquête et ne peut empêcher que certains résultats de ses investigations ne transpirent. Il poursuit malgré des pressions de plus en plus fortes, certain qu'il parviendra à faire éclater la vérité.

Malheureusement pour lui, il est en train de creuser sa propre tombe. Le piège que lui construit Sébastien depuis Paris n'aurait sans doute jamais pu véritablement fonctionner et avoir un tel succès si Téo n'avait pas eu des individus à la solde du crime organisé au sein même de la police, déchaînés contre lui.

Un funeste jour de novembre 1992, Sébastien Cardon décide qu'il est enfin prêt. Julie Martin est à Marseille depuis plusieurs mois et a rencontré Téo pour de multiples entretiens, mélangeant vraies et fausses informations. Le photographe pédophile, qui se nomme Matthieu Rivière, a tous les clichés possibles des rendez-vous du policier et de la prostituée. Goran Kovacevic connaît enfin son texte sur le bout des doigts et est prêt à le réciter.

Téo Pirtakis ne va pas tarder à être arrêté puis mis en examen pour proxénétisme et tentative de trafic d'êtres humains.

Le jour de son interpellation, il est autorisé à donner un appel téléphonique. Il appelle Murielle et lui explique très brièvement la situation, à laquelle lui-même ne comprend pas grand-chose. Il est persuadé qu'il s'agit là d'une nouvelle tentative pour lui faire abandonner le dossier sensible du *Moulin à Vent*. Murielle est effondrée et terrorisée. À son tour, elle prend le téléphone, pour informer les parents de Téo qu'un drame est en train de se jouer à l'hôtel de police.

Alessandro embarque sa famille dans la vieille 504 et rejoint à toute vitesse l'autoroute est. À peu près au niveau de La Valentine, presque au tiers de la distance à parcourir pour rejoindre Marseille, la Peugeot part en tonneaux, broyant les Pirtakis et anéantissant Téo.

54

Le lendemain, je me suis déguisé en artiste peintre. Une petite perruque de cheveux blonds bouclés – moi tout petit –, un chapeau de paille et une salopette car je ne recule devant aucun cliché, et un petit chevalet ainsi que quelques tubes et deux pinceaux font l'affaire. Je suis Paul Cézanne réincarné. À ceci près que j'ai également dans ma poche un appareil photo doté d'un téléobjectif très puissant. Arrivé près du parking de l'Aquaboulevard, je m'aperçois d'une chose que je n'ai pas remarquée la veille et dont j'aurais évidemment dû me souvenir : ici même, à cent mètres, ou à peine plus, de l'endroit où j'étais stationné hier, se trouvent les locaux de l'Association nationale de tir de la police. Bon, en vrai, ce n'est pas très important. Si j'interviens ici, je dis bien si, ce sera très tard dans la nuit, le stand de tir sera fermé et tous les flics seront partis depuis belle lurette. C'est un détail qui n'est pas gênant. Et si je venais m'entraîner là pour être plus sûr de moi ? me dis-je en souriant. Pirtakis, tu es un rigolo ! Sans me presser, l'air de flâner et de chercher un modèle intéressant, je m'approche petit à petit de mon but : la cahute près de laquelle j'ai observé Barrosa. Je pose le chevalet de temps en temps, tourne la tête en tous sens, soulève mon chapeau pour me gratter le crâne, reprend mon petit trépied et avance encore jusqu'à parvenir à destination. L'employé Brink's est celui que j'ai vu discuter avec Tony, et comme de bien entendu, il vient à ma rencontre. Lui ayant expliqué que je cherche à peindre un beau paysage aux alentours de l'Aquaboulevard, il me permet de me balader à ma guise et j'imagine en rigolant intérieurement qu'il doit se demander ce que je peux qualifier de « beau » dans le coin. Rassure-toi mon bonhomme, rien du tout, je suis à cent pour cent d'accord avec toi. Ce qui ne m'empêche pas de détailler le plus précisément possible tous les bâtiments proches et éloignés, en tentant de m'imaginer sur leur toit. Duquel me sera-t-il le plus facile de tirer avec précision ? À partir duquel pourrai-je me débiner avec le plus de rapidité ? Il va me falloir monter au sommet de chacun pour prendre la bonne décision. Pour m'y retrouver plus facilement une fois retourné à mon véhicule, je prends un maximum de clichés que j'assortis d'annotations. Le vigile est éberlué, il a certainement fini par décider que je suis un fou irrécupérable et me regarde avec compassion.

— C'est magnifique, vous ne trouvez pas ? je lui demande en parvenant difficilement à garder mon sérieux.

Le type hésite quand même un peu avant de répondre :

— Heu… je ne sais pas, c'est vous l'artiste, pas vrai ? Mais vous devez avoir raison.

Quand j'étais petit, on me disait qu'il ne fallait jamais contrarier un fou. Il a dû entendre la même chose…

Tu es un gentil, toi. Promis, je ne te tirerai pas dessus. Rien que sur mon Tony chéri.

Je le quitte en le remerciant mille fois de son hospitalité, ne craignant qu'une seule chose. J'en ai trop fait et il va appeler l'hôpital psychiatrique dès que j'aurai le dos tourné.

Personne ne vient me passer une camisole de force, et je quitte l'Aquaboulevard sans être inquiété pour me rendre non loin de là, dans un groupe d'immeubles qui peuvent s'avérer parfaits pour ma mission.

Cela me prend plus de trois heures pour parvenir enfin à la quasi-certitude d'avoir trouvé l'endroit idéal pour me servir de base de tir. Mes photos, prises des environs de la cahute du vigile, n'ont capturé en général que le haut des bâtiments, il m'est donc difficile de me repérer depuis la rue. Ensuite, de nombreux immeubles disposent de codes d'entrée, je suis obligé de les éliminer, trop compliqué. Certains sont très faciles d'accès, je parviens au toit aisément, mais une fois là-haut, je me rends compte que je n'ai pas le bon angle de tir. Depuis quelques-uns, je n'aperçois même pas mon vigile et sa cahute. Enfin, lorsque je suis près de renoncer, alors que je suis remonté dans ma Toyota, je réalise que la solution est peut-être devant mon nez depuis le début : le chantier d'un petit centre commercial est là, juste à côté de ma voiture. Bien sûr, aucun bâtiment n'est encore suffisamment haut pour faire l'affaire, mais il y a là plusieurs grues, dont certaines dépassent largement la hauteur dont j'ai besoin. Impossible d'y accéder de jour, il va me falloir revenir cette nuit. Je croise les doigts : pourvu qu'il n'y ait pas de vigile !

Je suis de retour peu après minuit. Habillé tout de noir, une cagoule et des gants – noirs également – dans la poche. Je ne les mettrai qu'au moment de monter. J'ai stationné ma voiture dans une ruelle proche du chantier, je suis prêt pour mon ultime repérage. Après être descendu du Picnic, je reste aux aguets et cherche à écouter les bruits de la rue, mais tout me semble silencieux. Pour l'instant je n'ai vu personne, mais cela ne veut rien dire. Un ou deux gardiens peuvent être en train de faire une ronde, le chantier est assez vaste pour que je puisse ne pas les voir immédiatement. Alors j'attends encore. Dix minutes passent sans que j'aie vu ou entendu d'autre bruit que le bourdonnement de la ville. Rassuré, je pénètre sur le chantier. J'ai compté trois grues. *A priori*, toutes peuvent convenir, mais j'ai une petite préférée. Elle est plus proche de la sortie et me semble plus récente, en meilleur état. Si je dois dévaler les escaliers à toute vitesse, ce sera plus facile depuis celle-ci, me dis-je. Je m'en approche, vérifie une dernière fois que je suis seul, puis enfile ma cagoule et mes gants et entame l'ascension. Je ne compte pas les marches, mais je peux affirmer qu'il y en a ! Heureusement que je suis encore sportif, sinon je renoncerais aussitôt. Et encore, je ne suis pas chargé d'une arme tout sauf légère ! Parvenu à la cabine du grutier, je suis essoufflé mais ravi. D'une part, il y a là assez de place pour installer mon fusil sur son trépied, et d'autre part, j'ai une vue parfaitement dégagée sur la cahute du vigile. Anthony Barrosa est en pleine action, affalé sur sa mauvaise chaise. Je suis persuadé que si j'étais à côté de lui, je l'entendrais ronfler. Pourvu qu'il ne se fasse pas virer avant que j'aie pu m'organiser correctement ! Je reste plus d'une heure dans mon observatoire, et suis pleinement rassuré. Le quartier est d'un calme olympien, personne ne s'est approché du chantier, personne n'a rendu visite à Tony le magnifique pour constater qu'il n'en foutait pas une rame. Je dois maintenant tester la descente. J'aurais dû grimper avec du matériel encombrant, me dis-je, cela aurait été plus réaliste. Tant pis, je ne vais pas revenir rien que pour ça, je me débrouillerai. Au besoin, j'abandonnerai le fusil sur place. Cette idée me traverse l'esprit, mais je l'oublie aussitôt. Tout simplement impossible. Je ne veux pas qu'on puisse déterminer si facilement d'où Barrosa a été dégommé.

55

Depuis la salle d'interrogatoire dans laquelle il a été enfermé, Téo cherche vainement à comprendre ce qui lui arrive, mais il n'est pas vraiment inquiet. Mis à part mener cette enquête brûlante, il n'a rien à se reprocher. Et même ça, il ne se le reproche pas. Il ne fait que son travail, et tant pis pour les flics ripoux qui ont décidé d'abandonner leur honneur en frayant avec des malfrats.

Il tombe des nues lorsque le commissaire de l'IGS lui apprend de quoi il est accusé. Une dénonciation anonyme parvenue au siège de la police des polices fait peser de sérieux doutes sur l'intégrité de l'inspecteur Téo Pirtakis, jusque-là promis à un bel avenir au sein de la « Grande Maison », tant ses résultats sont bons et tellement il est populaire.

— Inspecteur Pirtakis, je suis le commissaire Chavrout. Je crois que nous ne nous sommes jamais rencontrés.

— Commissaire. Je ne vais pas vous dire que je suis ravi de faire votre connaissance, ce serait mentir.

— Bien, maintenant que les présentations sont faites, je vais quand même vous dire que je suis étonné, Pirtakis. J'ai l'habitude de traiter avec des flics qui traînent derrière eux des valises de problèmes et qui n'ont aucun avenir. Ils sont aigris, boivent, trompent leur femme, ont besoin d'argent pour entretenir leur maîtresse, jouent aux courses ou à je ne sais quoi d'autre. J'arrête là, la liste serait trop longue. Mais vous ! L'étoile montante de la police, un parcours sans faute, un palmarès inégalé que tout le monde vous envie : quel besoin avez-vous de faire ce dont on vous accuse ?

— Justement, commissaire, de quoi m'accuse-t-on ?

— Vous allez me dire que vous n'en avez aucune idée ?

— Aucune.

— Bon, s'il faut en passer par là... Vous êtes accusé de proxénétisme et de tentative de trafic d'êtres humains.

— Quoi ? Mais d'où sortez-vous des conneries pareilles ?

— Baissez d'un ton, s'il vous plaît, Pirtakis. Je ne suis pas sourd et vous me cassez les oreilles.

— Vous savez pertinemment que ce sont des conneries. C'est encore à cause du *Moulin à Vent* ?

— Je ne sais de quel moulin vous voulez parler, on verra peut-être ça plus tard. Si ce sont des « conneries » comme vous dites, elles sont de grande qualité et ont l'air bien réelles. Nous disposons à l'heure actuelle de plusieurs témoignages tendant à montrer que vous cherchez à développer un réseau de prostitution dans tout le Sud-Est.

— Des témoignages ? De qui ?

Chavrout fouille dans sa sacoche et en extrait plusieurs photos. Il en fait passer une à Téo.

— Reconnaissez-vous cette jeune femme ?

— Bien sûr. C'est une prostituée du nom de Julie Martin.

— Vous admettez la connaître, donc.

— Évidemment, c'est une de mes informatrices. Une bonne qui plus est. Quelques-uns des renseignements qu'elle m'a fournis ont été à l'origine de plusieurs arrestations.

— C'est pour la remercier que vous lui avez promis de la sortir du trottoir et de lui donner la responsabilité de vos filles lorsque votre réseau serait opérationnel ?

— N'importe quoi.

— Et lui, vous le connaissez ?

Chavrout fait glisser une nouvelle photo vers Téo, qui s'en empare et l'observe attentivement avant de la rendre au flic.

— Non, jamais vu, désolé.

— Eh bien lui, il vous connaît ! C'est le moins qu'on puisse dire. Il ne tarit pas d'éloges à votre encontre. Vous lui plaisez.

— Ah oui ? Et il a un nom ?

— Goran Kovacevic.

— C'est la première fois que j'en entends parler.

— Un gentil personnage. Doux comme un agneau, semble-t-il. Plusieurs fois condamné dans son pays d'origine, la Serbie. Meurtre, coups et blessures avec intention de donner la mort, trafic d'êtres humains, proxénétisme, et je ne sais quoi d'autre. Pour lui aussi, la liste est longue. Ce brave homme affirme que vous lui avez commandé des filles, jeunes et fraîches de préférence, pour vous implanter ici.

— Ben voyons. Je présume qu'il est en prison en France ?

— Il a été interpellé il y a quelques jours.

— On lui reproche quoi ?

— Traite de mineurs, garçons et filles, en vue de les prostituer. Il affirme travailler pour vous.

— Et vous me dites ne rien savoir sur le *Moulin à Vent* ?

— Ne cherchez pas à m'embrouiller, Pirtakis.

— Bien sûr, il n'a rien à gagner en me mettant en cause ?

— Une réduction de peine et la garantie qu'il ne sera pas extradé.

— Rien que ça. Et vous n'imaginez pas une seconde que ça ressemble à un gros coup monté, ce truc ?

L'interrogatoire se poursuit plusieurs heures, véritable dialogue de sourds. Téo passe enfin son coup de téléphone, avec les conséquences que l'on sait. De fortes pressions, venant de très haut, font qu'un couvercle bien hermétique est posé et maintenu fermement sur la bouillante marmite de l'enquête sur le *Moulin à Vent* dont le dossier disparaît miraculeusement. Les mêmes fortes pressions venues de très haut incitent l'IGS à conclure rapidement son enquête en défaveur du petit inspecteur Pirtakis.

Après quelques mois d'instruction pendant lesquels Téo a été maintenu en détention provisoire, le verdict d'un procès éclair tombe, tel un couperet : l'inspecteur Pirtakis est jugé coupable de tous les délits qui lui sont reprochés. Pour des raisons de sécurité, il ne peut être incarcéré aux Baumettes. Il va donc être dirigé vers la prison de Fleury-Mérogis où il purgera une peine de cinq ans. Il peut s'estimer heureux : sans ses admirables états de service, il aurait certainement écopé d'une peine bien plus lourde.

Murielle et lui ne se sont plus revus, sauf au cimetière pour l'enterrement des parents de Téo et lors des quelques trop rares visites qui leur ont été autorisées. Sébastien a manœuvré habilement, prenant souvent des nouvelles de son amie et distillant peu à peu le germe du doute dans son esprit. Téo a beau être son ami, son frère même, les preuves sont là, et elles sont accablantes : il est sans aucun doute possible coupable des faits qu'on lui reproche, Murielle doit l'oublier, en faire son deuil. Et lui est là, disponible pour l'aider.

56

Descendre les nombreuses marches de la grue n'était pas si difficile, ce qui m'a confirmé, si besoin en était, que mon choix est le bon. C'est de ce perchoir qu'il me faut opérer. Et puisque Paul Frochard est pressé, je vais agir vite. Je préfère autant, d'ailleurs, car il est toujours possible que Barrosa soit déplacé sur un autre lieu, ou soit tout simplement viré compte tenu de l'ardeur qu'il met à mériter son salaire.

Je loue une petite fourgonnette au nom de Pierre George. Je n'ai pas encore fait usage de ce nom et je suis tranquille, rien ne le connecte à Bernard Delcroix ni à Alain Rignart. Avant de passer à l'action proprement dite, j'ai encore une dernière chose à faire. Il me faut retourner de nuit près du chantier, trouver exactement où je vais me garer, et surtout choisir plusieurs itinéraires de dégagement. Il est hors de question que je sois obligé de partir à l'aveuglette en cas de fuite précipitée. Rejoindre le boulevard périphérique depuis l'Aquaboulevard est très simple et vraiment rapide, mais je ne suis pas persuadé que ce soit le meilleur choix en cas de poursuite. À l'heure à laquelle je commettrai mon forfait, le périph sera désert et je n'aurai aucune chance d'échapper à une voiture puissante. Il me vaut mieux opter pour les petites rues et un itinéraire plus compliqué. Après plusieurs essais et plus d'une heure de conduite, je suis satisfait, je sais parfaitement par où passer en cas d'urgence.

Le jour J, la lune est quasiment inexistante, la nuit est donc très sombre et j'apprécie. C'est un bon point. Mon arme est démontée, emballée proprement dans le grand sac de sport noir que j'ai acheté à cet effet et le trépied télescopique est rangé avec elle. Je laisse la fourgonnette là où je l'ai prévu, et avant de sortir le sac, je fais un tour dans le quartier, surtout pour me rassurer, car je ne désire pas me retrouver nez à nez avec un promeneur nocturne mon arme en bandoulière. Mais je n'ai jamais vu personne et là encore, il n'y a pas âme qui vive. Lorsque j'entame l'ascension, je me félicite de m'être levé tôt le matin même, puis d'avoir fait une longue sieste une partie de l'après-midi. Je suis en pleine forme et gravis les marches presque sans m'essouffler. La première chose que je fais, arrivé en haut, est de vérifier si Barrosa est là. La vue du gros tas vautré sur la chaise me fait chaud au cœur. Je n'aurai pas à me farcir à nouveau les mille et une marches. Je commence alors tranquillement et méthodiquement à assembler le fusil après avoir installé le trépied, tout en repensant à ce que j'ai fait en début de soirée. Avant de procéder à l'élimination de ma cible, je voulais, une dernière fois, avoir la confirmation sans équivoque que Barrosa bat sa femme et qu'il est réellement l'incurable brute que Frochard m'a décrite. Je suis retourné 11 rue d'Alésia, où j'ai attendu de le voir partir à son « travail » pour sonner chez lui et avoir une conversation avec madame. Je m'étais déguisé, bien que cela ne serve pas à grand-chose : si elle devait me voir à nouveau, ce serait parce que j'avais été interpellé. Et alors, qu'elle me reconnaisse ou pas serait devenu le cadet de mes soucis. Je me suis fait passer pour un employé municipal agissant suite à une dénonciation anonyme pour violence verbale et physique de son mari envers elle, et je venais pour éventuellement établir la véracité de ces allégations. Elle avait le visage encore plus marqué que lorsque je l'avais vue pour la première fois et était terrorisée à l'idée que son mari apprenne qu'elle avait ouvert sa porte à un inconnu. Madame Barrosa avait évidemment refusé d'admettre que son mari la battait. Elle avait fait une mauvaise chute dans les escaliers et la faute lui en incombait. Comme je n'étais certainement pas là pour enregistrer une plainte, j'ai donc approuvé ce qu'elle disait et l'ai laissée tranquille. En me disant qu'elle serait encore plus tranquille dès le soir même.

Mon arme montée et vérifiée, je me reconcentre, vérifie dans la lunette de visée que Tony ronfle comme à son habitude, et me prépare mentalement à appuyer sur la détente. Je respire lentement, tente de faire le vide dans mes pensées. Je ne vais pas tuer un homme, je vais abattre une bête. Je l'ai déjà fait, pour de l'argent, et cela ne m'empêche pas de dormir ni de me regarder dans la glace. Alors je n'ai aucune hésitation à avoir pour éliminer ce porc. En le tuant, je sauve plus que certainement une vie. À moins qu'il ne disparaisse, sa femme est condamnée à très brève échéance. Je le sais, Paul Frochard le sait également. Il ne s'est pas trompé, et ne m'a pas menti, j'ai constaté de mes propres yeux les traces laissées par l'amour sans limite que Barrosa porte à sa femme. Frochard et moi sommes les victimes collatérales des débordements bestiaux de tous les Barrosa de la Terre. Nous avons souffert plus que nous le pouvions, et pleuré la disparition d'êtres qui nous étaient chers. Tellement…

Je respire calmement. Barrosa rêve sans doute, j'ai son visage presque en gros plan devant mes yeux tellement la lunette est puissante. Il bave et je frissonne. Une petite pression supplémentaire, le bruit assourdi grâce au silencieux, une petite flamme qui fuse du canon, et Barrosa ne bave plus. Il ne bavera plus jamais, sa tête vient d'exploser. Sa femme est libre.

Je ne perds pas de temps inutilement. Je sais que ma cible a été atteinte, j'ai vu les dégâts. Je commence calmement à démonter mon matériel tout en scrutant les alentours. Sur le chantier, tout est calme. Rien non plus dans les rues voisines. Tout est maintenant dans le sac, je démarre ma descente, concentré. Pas question de manquer une marche et d'aller m'étaler, voire de me casser quelque chose et de rester bloqué. Je suis à moins de quinze marches du sol lorsque j'entends des pas. Un homme s'approche. Je m'immobilise, mais il m'a déjà remarqué. Merde ! Il marque un temps d'arrêt puis s'avance en titubant. Ouf ! C'est un poivrot qui marmonne des paroles inintelligibles en me montrant du doigt. Il me fixe de son regard alcoolisé en tentant vraisemblablement d'accommoder, puis il poursuit sa route qui est incroyablement sinueuse. Avec mes vêtements noirs, ma cagoule et mes gants, il va sans doute croire avoir rêvé au diable. Ou à des extraterrestres. Peu importe, il ne se souviendra pas de moi, il n'a rien vu de mon visage.

Mes pieds ont rejoint la terre ferme, je me hâte maintenant vers la fourgonnette, charge mon sac dans le coffre, ôte cagoule et gants puis démarre en direction du boulevard périphérique. Il est inutile que je m'inquiète, le quartier est totalement calme, personne n'a rien entendu.

57

Dans les jours et les mois qui suivent l'arrestation de Téo, Murielle est le pilier qui l'empêche de sombrer, son soutien indéfectible. Elle le connaît depuis l'enfance et l'aime depuis aussi longtemps. Il ne peut être coupable de ce qu'on l'accuse. Elle est brisée, comme lui, lorsque toute sa famille meurt dans cet horrible accident en se rendant à Marseille. Elle délaisse son travail et réclame à cor et à cri un droit de visite plus fréquent. En haut lieu, les personnes qui ont intérêt à l'embastillement du jeune inspecteur font valoir qu'elle n'est pas de sa famille et n'a aucun droit. Moins il parlera avec l'extérieur, mieux cela sera. Murielle a encore foi en son amour de toujours, mais peu à peu cependant, surtout grâce à la perfidie de Sébastien qui s'est érigé en protecteur et qui ne recule devant aucune calomnie du moment qu'elle peut l'aider à concrétiser son infâme dessein, la jeune femme en vient à douter. Tout le monde autour d'elle est persuadé de la culpabilité de Téo, en premier lieu sa mère qui n'a jamais vu d'un bon œil leur relation et aurait préféré Sébastien comme gendre, et son père ensuite, qui n'a pas vraiment d'opinion et se contente de penser comme sa femme. C'est moins fatigant et moins risqué. C'est surtout l'opinion clairement exprimée des autres policiers qui perturbe le plus la jeune femme. Des collègues de Téo, qui étaient ses amis, se détournent de lui et le honnissent. Elle connaît la valeur de ces hommes-là, leur compétence professionnelle, et finit par se dire qu'ils ont raison. Qu'ils ne peuvent qu'avoir raison, que son Téo l'a trompée et qu'il s'est laissé corrompre par le milieu dans lequel il évoluait, peut-être, pourquoi pas, sans s'en rendre compte lui-même, ajoute-t-elle pour atténuer cette terrible accusation.

Heureusement pour elle, elle a Sébastien, ami inébranlable, bouée insubmersible qui l'empêche de sombrer, sur qui elle peut compter à tout moment. Celui-ci la presse de demander une mutation sur Paris afin qu'il puisse veiller sur elle. Il se fait du souci et a très peur qu'elle ne plonge dans une grave dépression nerveuse.

Cela fait un an et demi que Téo est à Fleury-Mérogis lorsqu'il reçoit la lettre qui l'achève. Murielle lui annonce que Sébastien l'a demandée en mariage et qu'elle a accepté. Elle regrette tout le mal qu'elle lui fait sans doute. Elle n'aime pas Sébastien comme elle a pu l'aimer lui, mais elle a besoin de quelqu'un en qui avoir confiance, quelqu'un sur qui s'appuyer. Elle a trop souffert et aspire au réconfort. Elle espère qu'il comprendra, lui pardonnera et l'oubliera. C'est le pire moment de la vie de l'ex-policier, qui ne supporte sa terrible détention que grâce à l'espoir qu'il a de revoir l'amour de sa vie. Son procès en appel vient de se terminer, il confirme la sentence prononcée en première instance : cinq ans de prison. Alors qu'il se comportait jusque-là en détenu modèle, le prisonnier matricule 2731 devient une bête enragée, manque de peu de tuer à coups de poing un codétenu qui se moquait de lui et passe plusieurs mois à l'isolement. Quand il en sort, il est un autre homme et n'a plus goût à rien. Les longues lettres qu'il a écrites à Murielle n'ont jamais eu de réponse. Il ne parle plus aux surveillants, ne communique plus avec les autres détenus, et refuse de participer à quoi que ce soit.

Il lui faut une longue année pour refaire surface. C'est une lettre, la première depuis très longtemps, qui opère cette transformation. Elle vient de Murielle, enfin ! Il a reconnu la fine écriture et son cœur bat la chamade. Fébrilement, il extrait la lettre de l'enveloppe, laquelle a déjà été ouverte par l'administration pénitentiaire.

Mon Téo,

Je ne sais comment t'écrire cette lettre. Cela fait plusieurs brouillons que je commence puis que je déchire et que je jette à la poubelle. Je ne veux plus hésiter encore, et même si tu me trouves incohérente, je me lance.

Tout ce que je pourrai dire ne me fera jamais pardonner du mal que je t'ai fait. Je suis tout simplement impardonnable.
J'ai douté de toi et n'aurais jamais dû. J'ai cessé de t'écrire, et là encore, je n'aurais jamais dû. Je t'ai

abandonné pour me jeter dans les bras de Sébastien et pour ça, je vis l'enfer. Mais ce n'est rien par rapport à ce que tu endures depuis si longtemps. Et pour n'avoir rien fait !
Je sais depuis hier soir que tu es totalement innocent des crimes dont tu as été accusé. Je n'en ai malheureusement aucune preuve, mais je le tiens de Sébastien. C'est lui, et lui seul, qui depuis des années - en fait depuis que nous vivions ensemble - a imaginé et mis sur pied un piège dont le seul but est de t'envoyer en prison pour te punir de lui avoir volé mon cœur. C'est un grand malade.
Et dire que j'ai épousé cet homme ! Cruel, violent, jaloux maladif, égoïste, la liste de ses défauts serait trop longue à énumérer ici. C'est un réel psychopathe qui me fait très peur. Hier, alors que pour la deux millième fois nous nous disputions, je lui ai jeté au visage que je t'aimais encore, que je n'avais jamais cessé de t'aimer. C'est la vérité.
Il a vu rouge, et m'a frappée très brutalement. Ce n'était pas la première fois, non, mais c'était la pire !
Puis, ne se contenant plus, il m'a annoncé très fièrement que c'était grâce à lui que tu étais en prison.

Il a payé des gens pour faire des faux témoignages. La prostituée droguée, le Serbe, même un photographe !
Je vais faire une demande pour venir te voir, je vais tout te raconter. Mais j'ai très peur, il devient fou. Je n'ai pas dormi à la maison, cependant je dois y retourner pour prendre des affaires. Je vais essayer d'y aller en son absence car s'il me voyait, il serait capable du pire !
J'espère pouvoir te visiter bientôt. Je ne te demande pas de me pardonner, c'est impossible. Je voudrais seulement tenter de t'aider à sortir de là où tu es.
Je n'ai pas le droit de te le dire, mais je le fais quand même : je t'aime de tout mon cœur, Téo.
Je n'ai jamais cessé de t'aimer.

Murielle.

Téo lit puis relit la lettre de Murielle. Ce qu'il en retient d'abord, c'est qu'elle l'aime ! Il est fou de joie, exulte intérieurement, et a bien du mal à ne pas hurler. Il ne peut se le permettre, pas ici, pas en prison. Murielle lui revient, la vie est de nouveau belle. Ensuite, il réalise de quoi son amie lui parle, et il ne lui faut pas longtemps pour comprendre qu'elle a raison, que Sébastien était bien placé pour monter ce piège diabolique.

Téo est le seul sans doute à savoir depuis toujours qu'il est innocent. Il sait qu'il est victime d'une machination, mais a toujours cru que cela était en rapport avec l'affaire sur laquelle il enquêtait à l'époque, le *Moulin à Vent* et ses ramifications mafieuses. Il n'a jamais imaginé que son ami d'enfance pouvait être capable d'un tel machiavélisme pour s'emparer de Murielle. Malheureusement, que Sébastien l'ait avoué à sa femme dans un accès de colère ne veut pas dire qu'il sera facile de le prouver. Téo est bien conscient qu'il va plus que probablement avoir à aller jusqu'au bout de sa peine. Enfin, alors qu'il relit une troisième fois la missive, il se met à redouter le drame. Sébastien est un dangereux malade capable du pire, comme le dit si bien Murielle. Quand elle viendra, il lui fera promettre de ne plus s'en approcher. À moins qu'il arrive à obtenir la permission de lui téléphoner.

Mais il est déjà trop tard. Téo ne va jamais avoir l'occasion de donner ce conseil à la femme de sa vie. Elle est déjà morte, sous les coups d'un mari qui s'est transformé en bourreau.

58

Paul Frochard est ravi que je lui téléphone. Je pensais lui apprendre que Barrosa ne ferait plus jamais de mal à personne, mais il le sait déjà par la presse. Il a lu les journaux et repéré l'entrefilet qui parle du meurtre inexpliqué d'un obscur vigile. De toutes les hypothèses envisagées, celle d'un règlement de comptes entre truands semble la plus plausible, la police ayant découvert au domicile du mort une quantité non négligeable de résine de cannabis. Monsieur Fauteuil n'en finit plus de me remercier chaleureusement.

— Félicitations, je savais que je pouvais compter sur vous. Ma petite est vengée, merci. Je vais dès maintenant faire le nécessaire pour que le solde que je vous dois soit viré. Vous allez avoir une bonne surprise, monsieur le Russe.

— Que voulez-vous dire ?

— Vous verrez bien, mais ne vous inquiétez pas, vous allez être content.

— D'accord. Allez, au revoir.

— Adieu.

Je ne comprends pas trop ce qu'il a voulu dire par « bonne surprise », mais j'imagine que je le saurai assez tôt, en allant consulter mon compte bancaire. Je me désintéresse vite de cette conversation, mes pensées vont au break que j'ai décidé de m'accorder.

J'ai enchaîné plusieurs contrats d'affilée et j'aspire à une période de tranquillité avant de me consacrer au seul projet qui m'intéresse réellement. Alors je coupe mon téléphone « professionnel », isolant ainsi le Russe du reste du monde. J'ai besoin de temps, et pas seulement pour préparer ma vengeance. Je veux me reposer, souffler et profiter de ma nouvelle vie d'homme libre. Et je dois aussi penser à organiser ma vie d'après. Celle de quand je serai également libéré des promesses que j'ai faites. Celle à Murielle, que j'ai prononcée du fond de ma cellule le jour où j'ai appris qu'elle était morte, tombée sous les coups d'un homme qui avait été son mari et mon meilleur ami tant d'années auparavant. Celle que je me suis faite en recevant la dernière lettre de mon merveilleux amour, postée la veille de son décès, m'apprenant l'ignoble trahison de celui qui s'était transformé en Caïn sans que je le soupçonne une seconde, celui qui m'envoyait des messages de réconfort pendant ma détention provisoire, celui qui m'assurait de son soutien indéfectible, celui qui jurait de tout mettre en œuvre pour prouver mon innocence. Celui que j'allais tuer quand je serais prêt, que j'allais faire souffrir au-delà de l'imaginable, celui qui m'implorerait de l'achever pour que son calvaire cesse. Celui-là même qui m'avait envoyé croupir cinq ans en prison et avait brisé tous mes rêves. Celui qui en réalité avait tué Téo Pirtakis aussi irrémédiablement que s'il reposait maintenant six pieds sous terre.

Même si je respirais encore, même si j'étais encore capable de rire et même s'il m'arrivait encore un jour d'aimer à nouveau, celui qui avait été un enfant innocent avec des rêves plein la tête était mort et bien mort, et il réclamait vengeance. Et celui qui remplaçait maintenant Téo Pirtakis lui avait juré qu'il s'en occuperait, qu'il ne laisserait pas ces crimes impunis, quitte à y laisser la vie. Il ne pouvait mourir deux fois de toute manière. S'il survivait, s'il parvenait à honorer ses promesses, alors il aurait droit à une nouvelle chance, il devait y croire.

C'est pourquoi je suis en train de réfléchir devant une mappemonde au lieu idéal pour tout recommencer. J'ai voyagé en Amérique du Sud, en Amérique du Nord, en Polynésie et en Océanie, je ne sais si j'ai envie de retourner maintenant dans ces différents endroits. J'y ai connu énormément de joies, mais comme moi, ils ont dû beaucoup changer. Il faut que je parte à la découverte d'un lieu nouveau, vierge de tout souvenir, une terre où je pourrai me reconstruire. Je viens de faire un bref séjour dans un petit pays d'Afrique de l'Ouest et le peu que j'en ai vu m'a donné envie. Désiré m'a donné envie. Alors pourquoi pas ? Je pointe mon index sur le vaste continent, ferme les yeux et imprime à mon doigt un mouvement circulaire puis l'immobilise et ouvre les yeux. Mince, j'ai trop bougé et suis au milieu de l'océan Atlantique. Je recommence donc, en centrant bien l'index sur la carte. Yeux clos, petits cercles, grands cercles puis à nouveau petits cercles, puis stop. Et je regarde. Mon doigt est sur l'Afrique du Sud, pas loin de la ville de Durban. Je vais sur Internet pour voir avec plus de précision s'il y a là une ville et je trouve un village qui porte le joli nom de Umgababa. Cela me plaît et je décide que cela mérite au moins d'aller voir sur place à quoi ça ressemble. Après tant d'années je ne dois plus savoir parler anglais, mais cela ne me fait pas peur, je sais qu'avec un peu de pratique je vais très vite redevenir à l'aise dans cette langue. J'ai définitivement besoin de faire une pause et de prendre le temps de réfléchir sereinement – si cela est possible – à l'élaboration finale de mon plan. Durban ou Umgababa valent bien Paris, pour ça. Et puis, ces villes sont en bord de mer, je vais pouvoir nager et peut-être même plonger. Alors oui, pourquoi pas ?

Avant de prendre une décision finale, puisque je suis sur Internet, j'en profite pour vérifier les conditions d'entrée sur le territoire de la République sud-africaine. Rien de bien méchant. J'ai un passeport qui est loin de sa date d'expiration et le visa peut m'être délivré sur place à l'arrivée. Je n'ai qu'à prendre mon billet. Seule interrogation : à quel nom vais-je le prendre ? Je me décide pour Alain Rignart, il n'a encore rien fait de répréhensible et dispose d'un compte en banque au Belize qui ne cesse de grossir.

Je fais rapidement une réservation, toujours sur le Net, et imprime mes billets. Je décolle dans deux jours pour Durban avec un avion d'Air France. Le voyage durera quatorze heures et je ferai escale à Johannesburg. Tout cela me convient parfaitement, j'ai la sensation de revivre et suis tout excité.

Le lendemain, je consulte mon solde au Belize. Il n'a pas augmenté de deux cent cinquante mille, mais de sept cent cinquante mille. Cinq cents de trop. Une bonne surprise, m'a dit Frochard. Effectivement ! Mais je suis étonné quand même, alors je l'appelle. Je n'aurai pas dû, car ce que j'apprends m'attriste vraiment. Mon commanditaire est gravement malade, un cancer en phase terminale contre lequel il lutte depuis trop longtemps et qui va avoir raison de lui sous peu. Son médecin lui a donné un mois maximum à vivre. C'est pourquoi il était si pressé. Il lègue toutes ses économies, le fruit préservé de ses nombreux casses, à des œuvres caritatives et m'en fait profiter également dans une moindre mesure. Je le remercie chaudement : que faire de plus ?

59

Après leur très violente dispute et la fuite de Murielle, Sébastien a aussitôt regretté de s'être laissé emporter à une telle colère. Il voulait faire mal, très mal à cette femme qu'il adore depuis toujours mais qui ne le lui rend pas. À force de laisser libre cours à sa jalousie viscérale, il a réussi à éloigner Murielle de lui. Bien sûr, elle était venue à lui par dépit, après avoir été trahie par l'homme qu'elle aimait, bien sûr elle n'était pas amoureuse folle de lui, mais s'il avait pu se dominer, passer au-dessus de son ressentiment envers Téo, mais aussi envers elle qui avait choisi l'autre plutôt que lui, s'il avait été capable de voir la tendresse qu'elle ressentait, la reconnaissance qu'elle éprouvait pour lui qui lui tenait la main et l'aidait à surmonter sa douleur, alors il aurait gagné son cœur avec le temps et aurait pu vivre heureux, peut-être. Au lieu de ça, il avait à chaque minute de sa vie cherché dans les yeux de Murielle, dans ses paroles et dans ses actes, la preuve qu'elle aimait encore ce Téo de malheur, et qu'elle pensait toujours à lui.

Il l'épiait, la surveillait constamment, fouillait dans ses affaires et l'interrogeait quotidiennement sur son emploi du temps, lui rendant la vie infernale et créant de nombreuses disputes. Il ne manquait jamais une occasion de dénigrer celui qui avait été son meilleur ami, rabaissant celle qui avait eu la stupidité de lui faire confiance. Bien évidemment, il n'avait pas toujours été comme ça. Après l'arrestation de Téo et pendant son procès, il redoublait d'attentions envers Murielle et ne se permettait jamais la moindre parole déplacée à propos de son camarade. Il jouait parfaitement son personnage et cela avait porté ses fruits. À défaut de gagner l'amour de Murielle, il avait gagné sa tendresse et elle s'était rapprochée de lui jusqu'à accepter de devenir sa femme. Peu après, Sébastien n'avait plus cherché à faire semblant, il s'était montré sous son vrai jour, sa jalousie maladive reprenant le dessus, éloignant celle qui ne demandait en fait qu'à l'aimer. Il avait créé son propre malheur et s'y enfonçait un peu plus chaque jour, jusqu'à complètement craquer et raconter à son ingrate femme comment il s'était débarrassé de son rival. Par bravade, juste pour lui montrer à quel point lui, Sébastien Cardon, le flic que personne n'aimait, le mari trompé – au moins en pensées –, pouvait être brillant et redoutable, comment il avait mystifié tout le monde, flics, juges et avocats, tout le monde confondu.

Mais maintenant que Murielle était partie, qu'elle avait claqué la porte et qu'il se retrouvait seul, il regrettait amèrement. Par ce stupide accès de colère, il venait de perdre définitivement celle qu'il adorait et risquait de gros problèmes si elle parvenait à convaincre quelqu'un de la véracité des aveux qu'il venait de lui faire. Désemparé, mais également très triste, il avait empoigné la première bouteille d'alcool qu'il avait trouvée et avait commencé à boire, bien décidé à se saouler. Comme il ne buvait jamais, cela arriva vite, et il s'endormit à même le sol, dans la cuisine de la belle maison qu'ils occupaient Murielle et lui, 12 allée des Chevaux-Ru à Chatou dans le département des Yvelines. Lorsqu'il se réveilla le lendemain, il continua de boire, pas exagérément, juste ce qu'il fallait pour entretenir un état de semi-conscience dans lequel il se sentait mieux, et perdit la notion du temps.

Murielle a fui la veille au volant de sa petite Twingo, et s'est réfugiée dans un hôtel d'Argenteuil où elle a passé la nuit. Elle a écrit et posté la lettre à Téo, et veut profiter de l'absence de Sébastien pour bourrer ses deux valises de tout ce qu'elle pourra y tasser et quitter définitivement ce mari qu'elle déteste désormais. Elle sait qu'il est de repos pour la journée mais qu'il doit assister à une conférence que donne un éminent criminologue le soir même. C'est le moment qu'elle choisira pour se rendre à son domicile. Sébastien est toujours ponctuel et ne manque jamais rien qui ait trait à son boulot. Elle est donc tranquille et ne s'inquiète pas, elle va juste faire vite, tout simplement.

Lorsqu'elle l'aperçoit affalé et somnolent dans son large fauteuil, une bouteille de vodka à ses pieds, elle pense immédiatement à battre en retraite pour revenir plus tard. Mais elle est bien trop fière et ne veut pas fuir une seconde fois. La jeune femme va faire ses valises comme prévu, en laissant Sébastien cuver. Elle se rend au premier étage où se trouve leur chambre et a commencé à vider son placard lorsque Sébastien la rejoint. Il a sur le visage son masque habituel de repentance, celui qu'il adopte après chaque dispute pour qu'elle lui pardonne. Pourquoi pas, cela fonctionne à tous les coups. Mais pas aujourd'hui, s'est juré Murielle. Plus jamais ! Sébastien est d'abord gentil et humble. Il n'aurait jamais dû s'emporter à ce point et dire de telles bêtises qui n'ont aucun sens et qu'il a inventées juste pour lui faire du mal. Il regrette sincèrement de l'avoir frappée, il ne le fera plus jamais. Mais quand Murielle refuse toute discussion, il voit rouge et se met à l'insulter sans retenue. L'esprit obscurci par tout l'alcool qu'il a ingurgité, il perd toute mesure et la frappe violemment, à coups de pied et de poing, sans pouvoir s'arrêter. Il est heureusement complètement saoul, et très peu de coups portent, mais Murielle est désormais terrorisée, elle se protège du mieux qu'elle peut avec les bras et profite d'un instant de répit, d'une perte d'équilibre momentanée de Sébastien, pour fuir vers l'escalier. Si elle parvient en bas, ce sera tout de suite la porte d'entrée et la rue ! Elle sera sauvée, à l'abri de son mari devenu fou. Mais elle n'a pas cette chance. Sébastien s'est rué sur elle alors qu'elle parvenait à l'escalier, elle perd à son tour l'équilibre, trébuche et cherche à attraper la rambarde pour se rétablir. Malheureusement, sa main glisse et elle dévale les escaliers, sa tête cognant avec un bruit sourd les marches puis le mur, avant de finir très violemment contre le sol. Lorsque Sébastien la rejoint, elle respire encore faiblement ; alors son premier réflexe est de se ruer sur le téléphone et d'appeler les secours. Puis, son cerveau malade lui indique qu'il tient là sa meilleure chance de ne plus jamais être inquiété par les stupides révélations qu'il a faites la veille. Si Murielle décède, c'est d'un accident après tout ! Elle a trébuché dans les escaliers et il a tout fait pour la sauver, mais ils avaient bu, surtout lui, et il n'a réussi qu'à appeler les pompiers qui sont arrivés trop tard. Oui, ça pourrait marcher, se dit-il, si je me débrouille bien. Alors il repose le combiné, laisse Murielle à son destin et remonte les escaliers pour mettre de l'ordre dans la chambre, ranger les habits et les valises. Pour les secours, cela peut attendre encore un peu.

60

Sébastien est flic depuis suffisamment longtemps pour faire de trop graves erreurs. Il agit très vite, ce qui vient de se passer l'a totalement dégrisé. En quelques minutes, la maison est en ordre et toutes les affaires que Murielle avait commencé à charger dans ses valises ont réintégré les placards. Il n'espère qu'une chose : que personne dans la rue n'ait vu rentrer la Twingo. Pour les bruits de la dispute, il ne se fait aucun souci, il n'y a pas de voisin immédiat et la maison est bien insonorisée.

Quand les pompiers arrivent, ils ne peuvent que constater le décès et Sébastien appelle donc la police. Ce sont deux jeunes flics de Rueil-Malmaison qui sont dépêchés sur place, il ne les connaît pas et se présente comme étant l'inspecteur principal Cardon, de l'IGS, ce qui les impressionne et oriente favorablement leurs premières constatations. Leur collègue et supérieur fait un récit assez précis de l'accident dont a été victime sa femme et son chagrin leur apparaît comme étant bien réel. Il faut dire que Sébastien ne joue pas la comédie. Maintenant qu'il a dessaoulé, il commence à prendre la mesure de sa perte et est effondré. Il aimait sincèrement Murielle, à sa façon. D'un amour malsain, égoïste et mesquin, chargé de jalousie et de ressentiment, laissant peu de place à la tendresse, à la générosité ou au désintéressement, mais pour lui, il s'agissait d'amour. Il pleure sincèrement Murielle, ou du moins croit la pleurer. Mais en réalité il pleure sur lui-même, s'apitoie sur son propre sort en voyant un de ses derniers rêves d'enfance s'envoler. Il ne sera jamais ce mari aimant qu'il aurait tant voulu être, ce policier brillant que Murielle aurait admiré. Il n'est qu'un homme brutal qui vient de tuer sa femme. Mais ce n'est pas sa faute ! Pas réellement. Si elle lui avait donné son cœur, totalement, sincèrement, au lieu de le garder pour l'autre, cet autre qui bien que croupissant en prison lui fait encore et toujours de l'ombre ! Alors oui, il pleure à chaudes larmes, même si ce n'est pas vraiment pour Murielle.

Mais il doit se ressaisir, faire attention à ce qu'il dit car il risque gros dans cette affaire. Il ne doit pas laisser sa haine obscurcir son jugement, il lui faut manipuler astucieusement ces flicaillons tout de suite, ici même, pour qu'ils concluent à l'accident et que d'autres policiers plus expérimentés ne viennent pas fourrer leur nez dans cette affaire. Il a de la chance, ses jeunes collègues ne remettent pas un seul instant en question sa version des faits. Il s'agit d'un accident. Un très regrettable accident pour lequel ils plaignent cet inspecteur dont la peine est si visible et si réelle.

Même si quelques personnes qui connaissent bien Sébastien tiquent et remettent en doute la thèse de l'accident, cela reste du domaine d'hypothèses formulées en privé, et le dossier Murielle Cardon est rapidement et définitivement clos dès le lendemain.

Heureusement pour Sébastien, sa femme a choisi de dormir à Argenteuil. Si elle avait passé la nuit dans un hôtel de Chatou ou même de Rueil-Malmaison, il en aurait certainement été autrement.

Téo n'apprend la mort de celle qu'il aime qu'une semaine après. L'enterrement a déjà eu lieu et il ne peut lui dire au revoir. Sans nouvelles depuis la lettre, il est très inquiet et après de nombreuses demandes, il obtient une autorisation spéciale pour un appel téléphonique. N'ayant pas les coordonnées de Murielle, il appelle ses parents à Carnoux et prend ainsi connaissance du drame de la bouche même de Denise Choukroun, qui l'insulte et lui demande de ne plus jamais appeler.

Quand il raccroche, il est comme mort lui aussi. Son corps se glace en même temps qu'il se couvre de sueur et il se met à trembler comme une feuille, puis ses jambes le lâchent et il s'évanouit. Lorsqu'il se réveille à l'infirmerie de la prison, il apprend qu'il a fait un malaise vagal et que ce n'est pas grave.

Il reste prostré durant plusieurs jours, incapable de s'alimenter, et refuse de sortir de sa cellule. Il veut mourir, tout de suite, maintenant. Sa vie n'a plus aucun sens. Mais peu à peu, alors que les surveillants, qui apprécient ce détenu sans histoire, commencent à s'inquiéter sérieusement, Téo revient à la vie et accepte de manger et boire à nouveau. Il vient de prendre l'engagement de venger Murielle et de faire subir à celui qui était son mari mille fois pire que ce qu'elle a dû endurer. Pour lui, il ne fait aucun doute que c'est Sébastien qui a ôté la vie de celle qu'il aime. Ce n'est pas la peine d'essayer d'en convaincre qui que ce soit, la parole d'un taulard ex-flic ripou n'a aucun poids contre celle d'un inspecteur principal de la police des polices. Il va finir sa peine sans rien dire ni tenter, et quand il sera dehors, il disparaîtra en tant que Téo Pirtakis, afin que Sébastien ne puisse pas réitérer son stratagème et réussir à le faire accuser à nouveau d'un délit qu'il n'aura pas commis. Pour ça, il doit désormais nouer des liens avec d'autres taulards, il a besoin d'appuis pour obtenir de faux papiers, et il a énormément besoin d'argent. Ce ne sont pas les maigres économies qui lui sont restées après avoir payé ses avocats qui vont lui permettre de se procurer ses nouvelles identités. Il doit donc trouver un moyen de gagner de grosses sommes, et vite de préférence. Bien évidemment, aucun moyen honnête ne lui vient à l'esprit, alors il va non seulement entrer dans la clandestinité, mais de surcroît, parce qu'il n'a pas d'autre choix, il va devenir gangster. En espérant ne pas retourner derrière des barreaux avant d'avoir pu venger Murielle et aussi ses parents, qui sont les victimes collatérales du piège que lui a tendu son ex-meilleur ami.

Jusque-là, Téo évitait de frayer avec les autres pensionnaires de Fleury. Il maintenait ses distances, tout simplement, se tenait autant que possible à l'écart des habituelles bagarres et petites combines. Il faisait cela sans agressivité, sans afficher un quelconque sentiment de supériorité, et pour ça, il était respecté. Il y avait bien eu un ou deux imbéciles à son arrivée qui lui avaient cherché des poux dans la tête, parce qu'il était nouveau, parce qu'il était flic, parce qu'il était brun, ou grec, ou tout autre prétexte fallacieux. Téo s'était efforcé gentiment de les dissuader de poursuivre, mais ils avaient continué. Alors ils étaient passés par la case hôpital, bien amochés, et n'avaient plus recommencé. Ni eux ni personne d'autre, sauf un qui s'était moqué de lui quand il avait reçu cette lettre si triste de Murielle qui lui annonçait son mariage. Celui-là avait failli perdre la vie.

Mais désormais il a besoin de quelqu'un, il ne peut plus se contenter du *statu quo* qu'il a peiné à établir. Il sait vers qui se tourner, mais n'est pas certain que celui auquel il pense va accepter de lui apporter son aide. Le détenu s'appelle André Santini, mais tout le monde le connaît sous le nom de Dédé. Il purge une peine incompressible de cinquante ans dont il reste trente ans à faire. Comme il a déjà 60 ans, autant dire qu'il a peu d'espoir de revoir le soleil hors des murs de la prison. C'est un Corse, éminente figure du milieu marseillais dans ses jeunes années, à la belle époque des frères Guérini et de Tany Zampa, condamné à de nombreuses reprises, évadé une fois puis repris après deux ans de cavale, un irrécupérable qui a abattu deux flics lors de son dernier braquage qui a mal tourné, et les ex-collègues de Téo lui en veulent beaucoup. À Fleury tout le monde le respecte, c'est un truand à l'ancienne, un homme au grand cœur, à la droiture mille fois prouvée et qui peut plus que certainement aider Téo, s'il accepte de le faire.

Quand le détenu 2731, l'ex-flic déchu, lui expose son projet, Dédé éclate d'abord de rire. Un bon gros rire bien sonore, cela fait sans doute longtemps qu'il n'en a pas entendu une si bonne. Mais il aime bien Téo, il l'observe de loin depuis son arrivée et apprécie sa manière d'être, le respect sans obséquiosité ni peur qu'il témoigne en général aux autres détenus, et également, il respecte son désir évident de tranquillité.

— Putain, on peut dire que tu t'es bien fait embrouiller, toi ! Et par ton meilleur copain… Ça, ça ne se fait pas ! Mais ça ne m'étonne guère, de la part d'un flic. Chez nous, ça ne serait jamais arrivé !

— Forcément, au lieu de tendre un traquenard au gêneur, vous l'auriez dégommé, pas vrai ?

— Ah, ah, ah ! Si, bien sûr, et ça aurait été plus vite et plus sûr, aussi. Regarde ce qui se passe maintenant : tu vas finir par sortir d'ici et tu vas te venger. Ce gros con de flic aurait mieux fait de te tuer. Mais ton histoire me plaît. Excuse-moi, pas le fait que ta femme ait été tuée, ni tes parents bien sûr, ce qui me plaît c'est que tu vas buter ce type et laver ton honneur. Ça, ça me plaît, oui !

Je connais le gars qu'il te faut, il a son business à Paris, il s'appelle Baptiste. C'est un Corse comme moi, tu peux lui faire confiance. Je vais lui en toucher deux mots et aussi te dire comment le joindre. Quand tu l'appelleras, dis-lui simplement que tu viens de ma part, il saura. Il est réglo, mais un conseil : ne l'emmerde jamais, ne fais jamais rien contre ses intérêts, il n'a pas le pardon facile.

61

Malgré les nombreuses difficultés auxquelles je vais devoir penser pour faire face à la mise en route de mon projet, je profite au maximum de ce petit voyage en Afrique du Sud. Après une courte escale à Johannesburg, mon avion se pose à Durban où je ne reste pas. J'ai décidé d'aller d'abord à Umgababa que je vois comme un coin tranquille et reposant où je vais pouvoir réfléchir en toute sérénité. Lorsque j'arrive sur place dans la Toyota que j'ai louée, je me rends compte que je ne me suis pas trompé. La ville est petite et me semble particulièrement calme, hormis le bruit de l'océan qui jette de furieuses vagues sur l'immense plage de sable doré. Peut-être vais-je pouvoir surfer ? Cela m'étonnerait, je suis un peu vieux désormais, mais j'irai quand même voir si de jeunes fous profitent des rouleaux, cela me plaira. Umgababa est tellement calme qu'il n'y a qu'un seul endroit où dormir, mais il vaut le détour et j'en tombe amoureux dès que je le vois. Il s'appelle *Le Train* et se compose de trois wagons posés sur d'authentiques rails, à une centaine de mètres de la plage, du côté de la rivière. Un wagon est aménagé en salle de restaurant, et les deux autres comportent chacun deux chambres assez rustiques. L'ensemble est peint de couleurs vives et gaies, et je me dis que je ne pouvais trouver mieux. Lorsque Baptiste m'avait payé en liasses de billets de cinq cents francs j'avais immédiatement ouvert un compte à la Société générale au nom de Bernard Delcroix et je m'en félicite une fois arrivé à Umgababa où j'aurais eu du mal à me servir de ma fortune au Belize. En revanche, ma carte bleue française me permet de retirer dans n'importe quel distributeur automatique et je ne m'en prive pas car le pays me plaît et je passe plus de temps à jouer au touriste qu'à me concentrer sur ma vengeance. À partir d'Umgababa, je rayonne dans le KwaZulu-Natal, visite des réserves naturelles telles que celles d'Umbogavango, où le temps semble s'être arrêté il y a bien longtemps, et celle d'Oribi Gorge qui possède des falaises et des forêts spectaculaires, très impressionnantes. Je plonge enfin, depuis le temps que cela ne m'est plus arrivé, avec toujours le même plaisir inchangé. Je tente aussi le surf mais suis bien rouillé et décidément trop vieux pour m'y remettre. En résumé, je profite bien plus que je ne travaille, mais je ne me sens pas prêt à venir habiter ici. J'ai finalement plus besoin que je ne le pensais du bruit et de l'agitation de la ville. Lorsque j'arrive à cette constatation, je me dis qu'il est sans doute temps pour moi de mettre le cap sur Durban en quittant ma cabine de train avec tout de même une pointe de regret.

Sortant d'Umgababa, Durban est une ville immense. Je découvre un grand plaisir à m'y promener, rien que pour flâner et prendre le temps de ne rien faire. En discutant avec des passants, des commerçants de cette impressionnante ville, je réalise à quel point les contacts humains « normaux » m'avaient manqué. En prison, chacun porte une étiquette qui lui colle à la peau et induit un comportement stéréotypé. Le taulard envers le taulard, le surveillant envers le taulard, le taulard envers le surveillant, personne ne peut y échapper. Seul dans les rues d'une grande ville, anonyme parmi d'autres anonymes, je peux redevenir moi et la surprise d'une telle découverte me frappe de plein fouet. Si je survis à ma confrontation avec Sébastien, peut-être vais-je pouvoir vivre à nouveau.

Mon anglais étant revenu au grand galop, je passe des heures dans les cafés, les magasins, n'importe où, à discuter avec des gens ouverts, très fiers de leur pays, de leur président et de leur nation arc-en-ciel, qu'ils soient noirs ou blancs. Nelson Mandela est président de l'Afrique du Sud depuis 1994, à la grande satisfaction d'une écrasante majorité de Durbannais qui ont depuis toujours été opposés au régime de l'apartheid et au parti national au pouvoir, et qui partagent un espoir immense en l'avenir de leur toute jeune nation dirigée par cet homme exceptionnel. Je suis loin, très loin de Baptiste ou de Paul Frochard et des contrats que j'ai dû honorer. Je sais qu'il va cependant me falloir revenir sur terre, que je ne peux tout simplement pas tirer un trait sur le passé. J'y pense néanmoins pourtant plusieurs fois, pendant quelques fugitives secondes, avant que la haine à nouveau me submerge et que l'envie de tuer Sébastien ne réapparaisse.

J'ai décidé ce voyage pour préparer ma vie d'après, celle que je mènerai quand je serai enfin redevenu Téo Pirtakis et que mon but sera atteint. C'est pour ça que je suis venu en Afrique du Sud, pour regarder s'il me serait possible d'y vivre, et la réponse est oui, à deux cents pour cent oui. Ce que j'ai vu jusqu'à présent va au-delà de mes espérances, et me motive pour en découvrir encore plus. Je reste donc plus de temps que prévu à Durban, puis, ayant prolongé mon visa très facilement – il me suffit de prouver mes moyens financiers –, je reprends la route, pour remonter vers Johannesburg, m'arrêtant en chemin dès que le besoin s'en fait sentir. J'ai parfois conscience que ma motivation n'est pas que d'ordre touristique, et que si je prolonge mon séjour c'est aussi pour retarder le moment où je serai à nouveau un tueur, pour repousser l'heure de l'inévitable confrontation. Mais je chasse vite cette idée, je veux profiter de l'instant présent et ne penser à rien d'autre. Moins de sept cents kilomètres séparent Durban de Johannesburg, il me faut un mois pour couvrir cette distance. Un mois fantastique. Je fais des haltes dans presque chaque village ou ville, et surtout je m'autorise un énorme crochet par le Drakensberg – « montagnes du Dragon » en afrikaner –, une chaîne de montagnes entre l'Afrique du Sud et le Lesotho, qui offre des paysages à couper le souffle. Je ne peux m'empêcher de penser aux photos que je prenais pendant mon long voyage autour du monde, que j'envoyais à Murielle pour la faire rêver. Ce temps est si lointain maintenant, et il me manque tellement ! Je découvre la réserve de Giants Castle et ses nombreux chemins de randonnée, et voudrais ne jamais quitter cet endroit magique où la nature est d'une beauté sauvage indescriptible. Enfin, je parviens à Johannesburg, ville tentaculaire de presque douze millions d'habitants mais n'y reste pas plus de quelques jours. Après les immensités que je viens de parcourir, cette ville m'étouffe et j'ai l'impression de devenir claustrophobe. Je poursuis donc vers le Kruger National Park, but ultime que je me suis fixé avant de rentrer en France. Le mythe est conforme à la réalité : au cours d'une semaine de safari organisé, je côtoie de très près toutes les sortes d'animaux sauvages que compte le pays. J'assiste à la poursuite endiablée de girafes par un groupe de lionnes, poursuite heureusement rapidement abandonnée par les félins car le grand mammifère est capable de fuir avec une rapidité étonnante et que les lionnes ne voient sans doute pas l'intérêt d'aller s'épuiser derrière ces géantes alors qu'elles ont tant d'autres animaux moins véloces à portée de griffes. Un matin, la Land Rover de notre groupe se retrouve noyée dans une mer d'éléphants et plusieurs éléphanteaux viennent nous sentir du bout de leur petite trompe, sous le regard débonnaire des parents qui continuent de broyer les branches et les feuilles constituant leur repas.

Finalement, le jour arrive où je ne peux plus tricher avec moi-même. Je dois reprendre l'avion et rentrer. J'ai un serment à honorer : si je manque à ma promesse je ne pourrai plus jamais me regarder dans une glace. Je ne peux me défausser de la dette que j'ai envers Murielle et mes parents.

Pendant le vol, confortablement installé en première classe, j'ai le temps de revoir la liste de tout ce que je dois faire pour être opérationnel avant de retrouver Sébastien. Avec l'argent dont je dispose désormais, cela va être facile. J'aimerais ne pas remettre en service mon téléphone spécial Russe, mais je sais que ce serait sans doute une erreur. J'ai encore besoin d'argent.

62

Lorsqu'il discute avec le fameux Dédé, Téo n'en est qu'à un peu plus de la moitié de sa peine. Cela fait en gros deux ans et demi qu'il est à Fleury-Mérogis, il lui en reste presque autant à tirer et il envisage un instant de tenter de s'évader afin d'en finir au plus vite avec Sébastien. Mais c'est un projet fou, irréalisable, qui ne le mènerait qu'à prolonger son séjour derrière les barreaux. Rares sont les truands évadés qui peuvent s'enorgueillir d'être toujours en liberté. En tant qu'ex-flic, il est bien placé pour le savoir : une cavale se termine toujours en prison. Ou à la morgue, ce qui est équivalent. Non, il doit ronger son frein, rester le détenu modèle, le matricule 2731 qui ne crée jamais de problème, et il sera libéré avant la fin des cinq ans avec un peu de chance.

Malheureusement, c'est sans compter sur la rancune tenace des personnes impliquées dans le dossier du *Moulin à Vent*, ajoutée aux consignes que l'inspecteur Cardon de l'IGS s'est débrouillé pour faire discrètement passer à l'administration pénitentiaire : pour le détenu Pirtakis, aucune réduction de peine !

Téo sympathise avec Dédé et ils passent de longues heures ensemble. Le braqueur corse est vif d'esprit, très intelligent, et fort cultivé également. Tant d'années passées en prison à lire lui ont conservé le cerveau alerte, en plus d'en faire un puits de science. Il sait tout sur tout et ferait indubitablement un candidat redoutable à de nombreux jeux télévisés s'il pouvait y participer.

— Tu rigoles, répond-il à Téo lorsque celui-ci lui en parle, je braquerais plutôt la chaîne de télé et me ferais vite fait la malle, oui ! Ces jeux à la con, c'est tout truqué.

Téo acquiesce, mais il n'est pas dupe : il sait que son ami taulard serait fier de prendre cette petite revanche, de montrer à ceux qui l'ont dénigré toute sa vie que lui, André Santini, n'est pas le truand ignare et stupide qu'ils croient, et qu'il sait certainement beaucoup plus de choses qu'eux.

S'il était né ailleurs, dans une autre famille, se dit Téo, alors sa vie aurait été bien différente.

Pour son plus grand malheur, Dédé est né à Marseille, dans le quartier de La Rose du 13e arrondissement, un jour d'octobre 1935. Ses parents sont Alain et Germaine Santini. Alain est un affreux bien connu des services de police qui a déjà effectué quelques séjours en prison, et Germaine est mère au foyer. Elle élève, ou plutôt tente d'élever, ses trois garçons qui sont déjà des terreurs marchant dans les pas de leur père. Le petit André va peu à l'école, bien que Germaine essaye de l'y obliger et que les professeurs lui trouvent des dispositions. La vie de la rue l'attire bien plus que les salles de classe. Ayant grandi dans le milieu, il commence très tôt et devient proxénète, à Marseille d'abord, puis à Paris où il monte en même temps que

Tany Zampa et la bande des « Trois canards » essentiellement composée d'Italiens. Ensemble, ils se lancent dans le racket d'hôteliers parisiens puis diversifient leurs activités en ajoutant les jeux, le proxénétisme et les casses. C'est ce versant de sa vie de bandit qui intéresse le plus Dédé. L'action, les risques, l'adrénaline sont ses moteurs. Son ascension dans le milieu est indissociable de celle de Zampa, avec lequel il réussit le casse mémorable de la Caisse d'allocations familiales des Bouches-du-Rhône, la nuit du 31 décembre 1960. Zampa fait cinq ans de prison pour cette action d'éclat dont il s'est un peu trop vanté, mais Dédé passe au travers. Ce n'est que partie remise, car avant de finir à Fleury et de pouvoir discuter avec un ex-flic sympathique et charismatique, il a eu son content de séjours en prison. Qui sait ce qu'il serait devenu s'il était né d'un honnête commerçant ? Un coiffeur, pourquoi pas ? pense Téo avec un sourire.

— C'est quoi qui te fait rire ? C'est moi ?

— Je ne ris pas, je souris, ce n'est pas pareil.

— Oui, ben j'aime pas qu'on sourie de moi, figure-toi.

— Je ne souris pas de toi, Dédé. Je souris parce que je me rends compte que grâce à toi je reprends goût à la vie. J'ai enfin quelqu'un à qui parler, quelqu'un qui me comprend et qui est intelligent.

— C'est ça, passe-moi encore un peu de pommade. Tu veux ajouter de la vaseline en plus ?

— Sans vouloir te manquer de respect, non, ça ne me tente pas.

Dédé est un gentil qui joue au dur, mais Téo sait parfaitement de quoi il est capable. Dans les années

Zampa, il a fréquenté les plus violents des voyous et a très certainement participé à quelques exécutions sur ordre. Ce n'est pas en discutant devant une tasse de thé que Tany Zampa est devenu le maître incontesté des rues marseillaises vers la fin des années 1960. Téo se demande si le dénommé Baptiste a fait partie de cette même bande, mais il n'ose pas poser la question. Certaines choses ne se demandent tout simplement pas.

Grâce à son amitié avec Dédé, le temps passe plus vite et lorsqu'il est informé qu'il va être transféré à la centrale de Melun, Téo est presque triste. Mais il entame la dernière ligne droite avant sa libération et ce sentiment est de très courte durée. Le jour de son départ, il serre son ami dans ses bras et lui dit adieu. Il sait qu'il ne le reverra jamais et lui est reconnaissant d'avoir été là.

— Je ne te dis pas au revoir, je n'ai aucune envie de revenir ici. Merci pour tout, Dédé. Porte-toi bien et surveille tes arrières.

— Ne t'inquiète pas pour moi, inspecteur. C'est ma maison ici. Et je n'oublie pas, je vais parler à Baptiste. Il saura qui tu es. Même s'il n'aime pas les flics, il va t'aider.

Téo culpabilise quand même d'abandonner ainsi son ami mais la décision ne vient pas de lui, personne ne demande son avis à un détenu. Alors c'est sans un regard en arrière qu'il franchit la grille de cette horrible prison dans laquelle il vient de perdre quatre ans de sa vie. Une nouvelle cellule l'attend, de nouveaux codétenus et de nouveaux surveillants. Tout un monde qu'il va falloir gérer, avec lequel il va falloir composer. Avant d'enfin être totalement libre dans un an.

63

Je retrouve sans joie excessive mon appartement de la rue Mouffetard, même si à Roissy j'ai eu une petite frayeur et ai pensé ne jamais le revoir. En effet, lorsque j'ai débarqué et suis sorti de l'aérogare, les trottoirs fourmillaient de flics et j'ai pensé un instant qu'ils étaient là pour moi, que ma fausse identité m'avait trahi, ou bien qu'Alassane m'avait dénoncé, ou je ne sais quoi d'autre. Quand on n'a pas la conscience tranquille, il suffit d'un rien. Mais non, les policiers étaient là parce qu'un groupe de touristes venait de se faire dévaliser peu de temps auparavant alors qu'ils attendaient leur bus. Ils étaient sagement alignés à l'arrêt des navettes avec tous leurs bagages lorsque deux véhicules sombres s'étaient garés devant eux. Tout de suite après, plusieurs personnes sortaient et les aspergeaient de gaz lacrymogène puis emportaient valises et bagages à main. Un des touristes avait été légèrement blessé en essayant de défendre son bien et sa main nécessitait plusieurs points de suture. Les malfaiteurs étaient toujours en fuite et l'aéroport grouillait de policiers. J'en étais quitte pour une bonne sueur froide.

Après une douche revigorante, je suis d'attaque pour ressortir et aller me prendre un solide petit déjeuner dans une brasserie du coin. J'ai dormi pendant une grande partie du vol depuis Johannesburg et n'ai pas daigné ouvrir les yeux pour la collation servie à bord peu avant notre arrivée, vers 6 heures, et maintenant la faim se fait sentir. La capitale s'est transformée pendant mon absence, les arbres se sont déplumés et l'hiver est déjà là, forçant les Parisiens à hâter le pas dans la rue et à se couvrir plus chaudement. À l'intérieur du bar, les rares clients ont déposé leur manteau ou leur blouson sur le dossier de leur chaise, la salle est surchauffée et j'adore ça. Si je pouvais ne vivre qu'en été ! Je dis ça mais ne peux nier que j'ai apprécié les températures en Afrique du Sud, alors qu'il faisait un froid de canard dans les montagnes du Drakensberg. Il est vrai que l'air était sec et que les paysages n'étaient pas tout à fait les mêmes.

Je reste une petite semaine à Paris. Mon téléphone russe est de nouveau opérationnel, mais j'espère de tout cœur qu'il ne sonnera pas. Pas tout de suite. Je cours le matin au Jardin des plantes puis rentre à mon appartement pour y faire quelques exercices, abdos et pompes principalement. Je mange rarement chez moi, je préfère ressortir et marcher à nouveau dans les rues, choisir au hasard un petit restau, un bar à vin, ou une pizzeria. Je crois bien que je n'ai plus envie de me sentir enfermé entre quatre murs. L'après-midi cependant, je rentre quand même, et j'épluche les magazines d'annonces immobilières que j'ai achetés, ainsi que les parutions sur Internet. Ce sont souvent les mêmes, mais cela ne me dérange pas. Je suis à la recherche d'une maison isolée à la campagne, de préférence une ferme, et j'ai déjà opéré une première sélection. Maintenant, je dois affiner mon choix pour n'en conserver que trois ou quatre. Ensuite viendra le moment de prendre contact avec les agences, puis de visiter.

J'ai localisé Sébastien : cela n'a pas été très difficile, il m'a suffi d'appeler l'IGS à Paris et de me faire passer pour un ami à lui, un flic que je connaissais, et de demander à lui parler. Cinq minutes plus tard, je connaissais sa nouvelle affectation. La délégation interrégionale de Rennes. Pas forcément une promotion… Donc tant qu'à faire, si je pouvais trouver mon bonheur dans ce coin-là, ce serait parfait.

Dès que je dispose de trois possibilités proches de Rennes, je m'empresse de téléphoner aux différentes agences. Les annonces auxquelles je m'intéresse concernent des fermes dans des trous perdus et les personnes chargées de louer paraissent tellement heureuses qu'enfin quelqu'un réponde à leur annonce qu'elles me semblent prêtes à tout pour parvenir à se débarrasser d'habitations dont personne ne veut. J'ai rapidement les trois rendez-vous que je veux, sur trois jours différents mais consécutifs. Mes hôtels réservés, je n'ai plus qu'à prendre la route. Je me rends en premier à Le Bourgneuf-la-Forêt, une petite commune de Mayenne comptant mille sept cents habitants, dont la gare la plus proche est à six kilomètres. Je visite une ferme passablement délabrée, qui est idéalement située loin de toute autre habitation. Elle n'est entourée que de champs, de bois et d'étangs, tout ça sur la même propriété. Je suis tenté de la prendre tout de suite, mais finalement je décide d'aller d'abord voir les autres, celle-ci n'ayant que très peu de chances de me passer sous le nez. Je négocie quand même à cause de l'état plus que calamiteux des bâtiments, et promets de reprendre contact après avoir visité d'autres fermes. Pour l'occasion, je suis un écrivain à la recherche de tranquillité, amoureux de la nature et des animaux. Il m'aurait été difficile de me prétendre agriculteur. Dès que l'agent immobilier m'a quitté, je vais me promener dans les environs, histoire de vérifier qu'il n'y a pas de mauvaise surprise, pas de cabane occupée par des squatters par exemple, et que les terrains que l'on m'a montrés font bien partie intégrante de la propriété. Je n'ai aucune envie le moment venu de me découvrir des voisins envahissants. Ensuite, complètement satisfait, je quitte cet accueillant petit village pour aller dormir à Laval.

Le lendemain, c'est à Marcillé-Robert que je rencontre une charmante directrice d'agence qui tente vainement de m'intéresser à une sordide bâtisse située au milieu d'un hameau dont chaque maison – je ne sais si cela peut en porter le nom – est habitée par une famille nombreuse. La dame est très sympathique, très mignonne, et me donne l'impression que je ne lui suis pas indifférent, à moins que ce ne soit qu'une technique de vente. Mais ce n'est pas une femme que je recherche, malheureusement. Je la sens fort dépitée lorsque je lui annonce que je ne suis pas intéressé, sans préciser par quoi, avant de poursuivre ma route. Le prochain village dans lequel j'ai sélectionné une annonce, Sens-de-Bretagne, se situe au nord de Rennes, mais comme je veux éviter de dormir dans la ville où je pourrais par malchance rencontrer Sébastien, j'ai préféré réserver pour la nuit à Fougères, commune relativement proche de ma destination. Ce que je vois à Sens-de-Bretagne est aussi décevant que ce que j'ai visité la veille, sinon plus, car je n'ai pas la charmante dame avec moi. À la place, c'est un sexagénaire bourru et bedonnant qui me présente une masure idéalement située, loin de tout, et protégée – pour moi – par d'immenses champs en friche et des bois à perte de vue, mais totalement inhabitable à moins d'envisager un an de travaux intenses. Je remercie mon papy qui a sagement évité de me draguer, lui, et reprends ma route non sans avoir téléphoné au premier agent immobilier pour un nouveau rendez-vous dès le lendemain. Je retourne dormir à Laval et lors de notre deuxième rencontre, l'affaire est conclue. Bernard Delcroix est désormais locataire d'une immense propriété à Le Bourgneuf-la-Forêt, il va se consacrer à l'écriture en toute quiétude.

Je suis satisfait, mon projet a enfin démarré. Il faut maintenant que je procède aux aménagements nécessaires. La priorité étant de choisir dans le corps de ferme une pièce assez vaste pour y entreposer du matériel ainsi qu'une cage renforcée, et surtout de l'insonoriser à la perfection. L'animal que je dois y enfermer ne pourra certainement pas retenir ses hurlements lorsque je m'occuperai de lui.

64

Téo est finalement bien content d'être transféré à la centrale de Melun. C'est une petite prison située sur une île, au cœur de la ville, qui n'est pas surpeuplée comme Fleury. L'établissement compte trois cent huit cellules, dont trois cents sont occupées. Par ailleurs, énorme différence, il n'y a quasiment que des détenus en fin de peine, comme Téo, et aucun n'a envie de jouer au caïd et de chercher des noises à tout le monde, histoire de se faire respecter. Ici, chacun a déjà fait son temps et veut juste en finir dans le calme. La grande majorité des pensionnaires est autorisée à sortir dans la journée pour travailler et faciliter ainsi sa réinsertion. Cette possibilité est proposée à Téo, qui la refuse. Il n'est pas certain d'être capable de revenir se faire enfermer chaque soir. À la place, il fait beaucoup de sport, lit énormément et participe à la vie de la prison en s'occupant en cuisine. Il se dit souvent qu'il aurait été préférable qu'il fasse l'école hôtelière plutôt que droit puis flic. Il aurait ouvert son propre restaurant et ne serait pas en prison à tenter d'améliorer l'ordinaire de pauvres types comme lui.

Il passe aussi beaucoup de temps à réfléchir à ce qu'il va faire immédiatement à sa sortie de Melun. Il a les coordonnées de ce Baptiste, mais désire-t-il vraiment frayer avec un truand comme ce que lui en a dit Dédé le laisse supposer ? N'est-ce pas là le meilleur moyen de retourner *illico presto* derrière des barreaux ? Sans doute, mais il n'a pas le choix. En le jetant en prison, en le privant de sa liberté, l'État français ne l'a pas seulement enfermé, il lui a également retiré la possibilité d'exercer un métier qui lui plaisait et qu'il faisait parfaitement. Sans argent, ou très peu, et avec son casier judiciaire, il est condamné à vivoter, et cela n'est pas dans ses projets.

La veille de sa libération, il subit le passage obligé dans le bureau du directeur. À la centrale de Melun, c'est la règle. Chaque fois qu'un détenu quitte l'établissement, il est convoqué chez le patron pour les dernières recommandations. Tout le monde s'en amuse, même les matons, qui savent bien que le sermon prélibération ne sert à rien sinon à donner encore plus envie à l'heureux sortant de partir au plus vite. Mais le directeur ne déroge jamais à cette habitude dont il a pris l'initiative dès sa prise de fonctions.

— Pirtakis, assieds-toi.

— Merci, monsieur le directeur.

— Je suis content de te voir nous quitter. Demain, c'est le grand jour pour toi.

— Oui monsieur.

— Tu as de l'argent de côté ? Des économies ?

— Un peu.

— Débrouille-toi pour ne pas tout dépenser en futilités, tu vois ce que je veux dire.

— Oui monsieur.

— Je sais que tu ne pourras plus être policier, et toi aussi. Il paraît que tu étais un grand flic avant de faire le con. Tu es un homme intelligent, alors ne recommence pas à faire comme si tu étais idiot.

— Non monsieur.

— On m'a dit que tu n'as jamais assisté à l'office depuis que tu es arrivé ici. Cela ne veut pas dire que tu ne crois pas en Dieu, n'est-ce pas ?

— Heu…

— Ne te détourne pas de notre Seigneur, Pirtakis.

— Non monsieur.

— Au-dehors, tu vas te retrouver confronté à la tentation et au vice, ne te laisse pas corrompre à nouveau. Ce n'est pas facile d'être emprisonné, mais cela ne l'est pas plus de renouer avec la liberté. Si tu te sens en danger, proche de céder au démon, entre dans une église et parle au Seigneur. Promets-le-moi.

— C'est promis, monsieur le directeur.

— Alors c'est bien. Tu peux y aller maintenant. Bonne chance, Pirtakis.

— Merci monsieur, adieu. *Amen*, pense fortement Téo en se retenant de rire car il a failli dire « mon père ».

Lorsqu'il le raccompagne vers sa cellule, le surveillant lui demande, tout sourire :

— Alors, tu es passé chez monsieur le curé ?

— On le dirait bien. J'avais évidemment entendu parler de cette entrevue obligatoire mais je ne croyais pas que c'était si grave. Personne n'a jamais pensé à le faire interner ? Bon, je dis ça, mais ça part d'un bon sentiment. Il s'est peut-être juste trompé de vocation.

Le lendemain, Téo est à la porte de la centrale. Groggy, comme saoul. Retrouver la liberté après cinq ans d'incarcération provoque chez lui des sensations phénoménales et paradoxales. Il est évidemment le plus heureux des hommes, mais dans le même temps il est terrorisé. Il a purgé l'intégralité de sa peine. Personne ne va venir lui demander de pisser dans un bocal ni d'aller pointer chez un contrôleur judiciaire. Personne ne va lui demander d'accepter un boulot dont il ne voudrait pas. Personne, plus jamais, ne va lui dire ce qu'il doit faire. Il est enfin libre comme l'air !

Pourquoi se sent-il tellement angoissé alors ? Tout simplement parce qu'il n'a plus l'habitude d'avoir à décider quoi que ce soit dans sa vie. En prison, tout est organisé à l'avance et les jours se succèdent, invariablement identiques. L'heure du lever est décidée pour vous, ainsi que les heures des repas, des promenades et des activités. Quand vous avez la chance d'en bénéficier. La routine est un luxe rassurant. Sauf que le détenu est un pion que l'administration déplace à son gré.

Va-t-il avoir encore assez de ressort pour redevenir autonome ? Voilà une des grandes questions qu'il se pose. Et aussi – surtout – les décisions qu'il a prises en prison sont-elles raisonnables ? Ne serait-il pas plus logique de les oublier, ignorer son ressentiment, tenter d'ignorer sa haine ?

Alors qu'il vient de franchir la petite porte de la prison, son émotion est telle qu'il n'y voit plus rien pendant quelques longues secondes. Tout est trouble, comme si les lunettes qu'il porte s'étaient couvertes de buée. Il se force à respirer profondément, fait quelques pas, d'abord hésitants puis, peu à peu, plus confiants.

Et soudain il réalise pleinement ce qui lui arrive.

Il est libre ! Il hurle alors sa joie et sa rage, et enfin rasséréné, presque sûr de lui, il se met en marche.

65

Je n'ai jamais habité en Bretagne jusque-là, et ne le regrette pas. Au cours de cet hiver que je passe à Le Bourgneuf-la-Forêt, je suis constamment gelé. La météo peut se résumer en deux mots : pluie et gel. Lorsque je travaille à l'extérieur, des stalactites se forment aux extrémités de mes cheveux. Je regrette alors la célèbre coupe Sandro et ma tignasse rasée.

J'ai vaillamment attaqué l'immense chantier de rénovation de ma nouvelle demeure sans l'aide de personne, préférant ne me lier avec aucun artisan ou entrepreneur de la région. Je suis ici le plus incognito possible. Des nombreux petits boulots que j'ai exercés durant mon périple de jeunesse, j'ai gardé quelques souvenirs. En de fréquentes occasions j'ai été tour à tour, et selon le pays, manœuvre ou maçon. Je préférais, de très loin, faire le serveur dans un bar ou un restaurant, mais parfois je n'avais tout simplement pas le choix.

Il me faut tout l'hiver et une partie du timide printemps pour retaper la maison. Je ne m'occupe que de l'essentiel, mais même ce strict minimum me prend énormément de temps. Je ne suis définitivement pas un professionnel, je tâtonne et dois recommencer plusieurs fois certains travaux. Mais lorsque tout est terminé, je suis assez satisfait de ma réalisation. Plus aucune pièce ne prend l'eau, la cheminée de la grande salle à manger tire normalement, je ne suis plus enfumé à chaque bûche que je brûle et ma chambre est devenue un petit nid douillet. La partie qui m'a donné le plus de difficultés est l'aménagement de la pièce dans laquelle je vais parquer Sébastien. J'ai choisi une grande salle dans une dépendance directement contiguë à la maison et en ai construit une à l'intérieur. De A à Z, comme s'il n'y avait rien eu autour. Après avoir surfé sur Internet pour me documenter sur les matériaux et les techniques à employer pour insonoriser totalement une pièce, je suis devenu un véritable spécialiste. Les gypses, laine insonorisante, barres résilientes, panneaux acoustiques ou encore ruban à joint et scellant acoustique, n'ont plus de secret pour moi. Mon prisonnier pourra faire le bruit qu'il voudra, rien ne traversera les murs. Heureusement que j'avais opté pour une immense salle, car les différentes couches de murs que j'ai ajoutées l'ont sérieusement rétrécie.

Pendant les travaux, le Russe a été une nouvelle fois sollicité pour un contrat, mais j'ai décliné l'offre. Il m'a semblé que mon interlocuteur n'appréciait pas vraiment, mais il pouvait bien aller se faire voir, j'étais occupé.

Les seules constructions que j'ai eues à sous-traiter ont été la réalisation de la cage et d'une boîte métallique pouvant la contenir. Je ne sais pas souder et ne voulais pas risquer que les barreaux partent en lambeaux au moindre énervement de Sébastien. J'imagine qu'il va certainement piquer quelques crises. Je me suis donc adressé à un professionnel parisien qui a fait très exactement ce que je voulais. S'il s'est posé des questions quant à la destination de ce qu'il construisait, il ne m'en a rien dit et je n'ai donc pas abordé le sujet. Une fois les volumineux objets terminés, je suis allé en personne en prendre livraison et j'ai évidemment payé en liquide avant de les embarquer dans le véhicule utilitaire que j'avais loué pour l'occasion.

La cage fait un mètre cinquante de long pour un mètre de large et un mètre de profondeur. Les barreaux sont suffisamment espacés pour permettre à une main à plat de passer, mais pas plus, et le système de fermeture est facile à manœuvrer et semble à toute épreuve. La boîte, quant à elle, est légèrement plus grande et dispose d'un couvercle amovible. Le tout est en plaques d'acier, totalement hermétique, sauf un trou de dix centimètres de diamètre percé au centre du couvercle. J'ai décidé pendant mes travaux de maçonnerie que je n'aurai jamais le cran ni la méchanceté suffisante pour torturer mon ancien ami, bien qu'il ait commis le pire à mon encontre. Je ne suis pas un monstre et espère ne jamais l'être. Même si je suis devenu un assassin, j'ai la faiblesse de voir une différence entre supplicier quelqu'un pendant des heures et l'abattre à distance d'une balle dans la tête. Je réserve donc un autre sort à Sébastien, peut-être finalement pire, mais au moins je n'assisterai pas à son calvaire. Je me fais l'effet de jouer à l'autruche, mais ne change plus d'avis.

À mon retour de Paris, je me félicite d'avoir fait l'achat de deux palans. Un pour la caisse, un pour la cage. La boîte pèse un poids considérable, et sans ça je n'aurais jamais réussi à la mettre en place. J'ai creusé auparavant, à l'aide d'une mini-pelleteuse sur chenilles que j'ai louée, un trou profond de deux mètres dans lequel je dépose la boîte, puis je vais ranger la cage dans ma pièce magique, celle d'où aucun son ne filtre. Je n'ai plus qu'à aller rendre le véhicule : je suis prêt pour la prochaine étape de mon plan.

Pendant les semaines suivantes, je loue un studio minable dans un quartier à la périphérie de Rennes et surveille Sébastien en me rendant invisible grâce à de nombreux déguisements. Mon ennemi est un homme facile à suivre, il ne se doute de rien et n'accorde aucun regard au monde qui l'entoure. Il est sans doute bien trop important. La première fois que je l'ai revu, j'ai bien cru que je n'arriverais pas à me contenir, et j'ai dû me faire violence pour ne pas lui sauter dessus et le tuer sur place. Ensuite, cela est devenu plus facile, et ma haine s'est transformée en pitié. Ce type me fait pitié. Il mène une petite vie sans joie d'envieux maladif, c'est écrit sur son visage terne et ramolli. J'ai beaucoup de mal à retrouver en lui l'enfant joyeux qu'il était lorsque nous faisions nos conneries de gosses. Malgré mon malheur, malgré mes années de taule, je suis bien plus en forme que lui, bien plus jeune. Et cette constatation me remplit de bonheur. Je ne suis pas comme lui !

Sébastien habite un petit pavillon en banlieue rennaise, à Chantepie, allée Françoise-Dolto. Cela me fait sourire car si mes souvenirs sont bons, Françoise Dolto était une psychanalyste spécialisée dans la psychanalyse des enfants, et je me dis que le petit Cardon aurait eu bien besoin de ses services. Malheureusement, elle est décédée. Mais comme lui aussi très bientôt. Peut-être la retrouvera-t-il outre-tombe ?

Il habite seul, tel un Ebenezer Scrooge qui aurait traversé le temps. C'est vrai qu'il me fait penser à ce personnage de Dickens, du moins celui de la première partie du roman, avant qu'il ne se transforme. Comme lui, il ne doit connaître ni la bonté, ni la bienveillance, ni la charité. Comme lui, il est froid et solitaire, envieux et jaloux. Il est seul et cela va me faciliter la tâche. J'ai passé de longues soirées et des journées entières à m'assurer que personne d'autre ne partageait avec lui son domicile. Je connais désormais toutes ses habitudes. Il quitte la maison le matin un peu avant 8 heures et rentre le soir vers 18 h 30. Il ne revient jamais le midi. Une femme de ménage travaille pour lui trois jours par semaine, mais finit son service à 16 heures très précisément. Il ne reçoit jamais personne et ne sort jamais, sauf cas très exceptionnel. Je n'ai jamais vu une femme lui rendre visite et m'en réjouis. Personne ne va le pleurer, hormis ses parents.

L'été breton pointe très timidement son nez quand je m'estime enfin prêt à agir. Je ne voudrais surtout pas voir Sébastien partir en vacances et m'échapper pour un long moment.

Je loue à nouveau mon utilitaire et y embarque la cage. J'ai un pistolet à impulsions électriques, un Taser dont j'ai fait l'acquisition depuis longtemps déjà. Je suis plus que prêt physiquement car je m'entraîne presque chaque jour : jogging et mouvements de karaté, pompes et abdos. Le Taser devrait m'éviter d'avoir à user de la force, mais je préfère prendre mes précautions. J'ai répété mille fois le scénario de l'enlèvement, je dois pouvoir y arriver. Je vais y arriver…

66

Un vendredi soir de juin 1998, le 5 très exactement, jour de la Saint-Igor puisque je suis désormais « le Russe », je décide de passer à l'action.

Durant tout le trajet qui me rapproche de Chantepie, mon cœur bat à tout rompre, je ne suis que stress et panique à l'idée de tout foirer. Et si Sébastien m'avait repéré et qu'il m'attendait ? Si au moment de me servir du Taser je trébuchais et ratais ma cible ? Si sa rue était pleine de flics dissimulés dans des jardins, prêts à m'immobiliser et me jeter en prison ? Si… Tant de « si » me viennent à l'esprit que je me sens proche de faire un nouveau malaise et suis obligé d'aller me garer sur un parking pour me calmer et retrouver mes esprits. J'ai déjà fait bien pire que ça, beaucoup plus difficile et dangereux, tout va bien se passer.

À nouveau calme et concentré, je peux reprendre ma route, en me forçant à respirer lentement et profondément. Je me repasse dans la tête l'enchaînement des actions qui vont suivre. Je me gare dans la rue, pas devant chez lui, mais pas trop loin non plus. Je vais sonner, le Taser pend le long de mon corps. Il ouvre, je vise et je tire. Je l'empoigne avant qu'il ne tombe et le pose au sol. Je lui immobilise les poignets ainsi que les jambes et le bâillonne avec du ruban adhésif renforcé puis, rapidement, fouille ses poches afin de vérifier s'il n'y a pas un téléphone portable qui permettrait de le localiser en cas de recherche. Puis, de l'intérieur de la maison, je vais au garage que j'ouvre en grand. J'approche mon véhicule jusqu'à l'entrée du garage. Enfin, je reprends Sébastien et le traîne jusqu'à sa cage. Je l'y installe, ferme la porte à clé et ajoute les trois cadenas que j'ai achetés pour me rassurer pleinement. Enfin, j'éloigne suffisamment le fourgon pour pouvoir refermer le garage de l'intérieur, je repasse par la maison, en sors et ferme la porte. Je m'installe au volant et démarre sans bruit ni précipitation.

Quand j'arrive devant chez Sébastien, la rue est calme, aucun flic n'est caché où que ce soit. Il ne m'attend pas et ne me reconnaît pas plus grâce au déguisement que j'ai revêtu. Le Taser fonctionne à merveille et tout s'enchaîne à la perfection. Je suis parvenu à contrôler l'émotion soudaine que j'ai ressentie à être aussi près de cet homme qui fut si longtemps mon meilleur ami, que désormais je hais tant, et j'en suis fier.

À peine cinq minutes ont passé que je suis déjà hors de Chantepie, sur la route de Le Bourgneuf-la-Forêt où mon prisonnier a rendez-vous avec son destin. Je suis certain que personne n'a rien vu ni rien entendu. La disparition d'un inspecteur de police va rester un mystère non résolu.

Il me faut cinquante minutes pour parcourir les quelque soixante kilomètres qui séparent les deux agglomérations. Je roule sans jamais dépasser la limite autorisée et respecte scrupuleusement le code de la route, mais ne croise aucun véhicule de police. Ce qui n'empêche que je ne recommence à respirer mieux que lorsque je franchis la grille d'entrée de ma propriété. À la maison, je gare le fourgon près de ma pièce spéciale pour pouvoir y déposer la cage. Sébastien a bien sûr repris connaissance depuis très longtemps, il s'agite et hurle sous son bâillon, sans que je puisse comprendre un mot de ce qu'il essaye de dire. Je le saurai bien assez tôt, je ne me fais aucun souci pour ça. Mon second palan est là pour m'apporter son soutien indéfectible, et mon prisonnier est rapidement installé dans sa nouvelle maison. Pour l'instant, j'ai décidé de laisser la cage en position horizontale, mais ensuite, je la redresserai afin que cela soit encore plus inconfortable et épuisant. Sébastien est grand, et les dimensions que j'ai choisies ne lui permettent pas de se tenir droit ni de s'asseoir confortablement. Cela me plaît. J'ai prévu des anneaux pour amarrer solidement la cage au sol et je les utilise. Avec la rage qui va l'animer, mon prisonnier serait capable de déplacer des montagnes, j'en suis persuadé, et cela ne me dit rien.

Une fois que tout est en place, que les portes sont hermétiquement fermées, alors je coupe l'adhésif des poignets à l'aide d'un cutter, laissant le soin à Sébastien de libérer ses jambes et sa bouche, ce qu'il s'empresse de faire. Dans un premier temps, il se contente de me dévisager et ne dit rien. Il a le regard mauvais et certainement les neurones qui s'agitent en tous sens. Je me contente de l'observer, moi aussi. À cette différence que moi, je souris. Puis, n'en pouvant plus, il se lance :

— Tu fais une belle connerie, Pirtakis, tu le sais ?

— Bonsoir Sébastien. Comment vas-tu ?

— Arrête tes conneries ! Tu veux quoi ?

— Ça va, c'est confortable ? Tu préférerais peut-être un petit coussin ?

— Tu fais chier ! Tu veux quoi j'ai dit !

— Pas grand-chose, juste discuter avec un vieil ami. Nous sommes amis, non ?

— Va te faire mettre, connard.

— Tu sais quoi ? Il est déjà tard, je suis fatigué et j'ai faim. Alors je vais aller me servir un verre de sancerre bien glacé pour fêter comme il se doit nos retrouvailles, puis je mangerai une entrecôte poêlée au foie gras et je terminerai mon repas par un fondant au chocolat qui me fait déjà saliver, rien que d'en parler. Tu te souviens du gâteau au chocolat du *Bar Canaille* ? Le même. Bon, je ne te propose rien, cela fait un mois que je t'observe et j'ai bien vu que tu vis en ascète. J'admire, mais en suis incapable moi-même, désolé. Je te souhaite une bonne soirée et une bonne nuit. On se revoit demain, d'accord ? Ah, je dois te préciser que la pièce est totalement insonorisée, et que le premier voisin est *grosso modo* à cinq kilomètres. Donc pas besoin de t'égosiller, c'est inutile. Sur ce…

— Attends ! Tu te rappelles que je suis flic ?

— Oui, et ?

— On va me chercher, et tu vas retourner d'où tu viens. La prison que tu n'aurais jamais dû quitter.

— Si ça n'avait tenu qu'à toi, c'est certain. Bon, c'est tout ? Comment imagines-tu qu'on va me trouver ? Personne ne m'a vu chez toi. Et puis, ce n'est même pas ça l'important. Ce qui compte, c'est que personne ne va pleurer ta disparition. Au contraire, chez les flics, il n'y aura que des heureux. Et tu le sais aussi bien que moi. Tu es un monstre, mais pas assez con pour ne pas le savoir. Sur ce…

Je quitte la pièce sous un déluge d'insultes, il va sans doute falloir que je m'y habitue.

67

Le lendemain, après une nuit agitée au cours de laquelle j'ai eu bien du mal à trouver le sommeil, je rejoins Sébastien à la même place. Visiblement, il a encore moins bien dormi que moi. J'ai plusieurs fois été tenté d'aller vérifier s'il ne s'était pas libéré, mais je sais que c'est impossible et que cela n'aurait servi qu'à lui montrer combien je suis si peu sûr de moi. Je suis donc resté couché, le cerveau en ébullition.

— Tu as bien dormi ?

— Merde, Téo ! Qu'est-ce que tu veux ?

— Dis donc, une nuit en cage, ça calme on dirait ! Moi, ça m'a fait pareil à Fleury. Une fois, on m'a collé à l'isolement pendant plusieurs mois, j'en suis ressorti tout sage. C'était pourquoi ? Ah oui, j'avais failli tuer un pauvre type. Je venais de recevoir une lettre de Murielle qui m'annonçait qu'elle me quittait. Le type s'était moqué de moi.

— Bon, c'est pas que ça ne m'intéresse pas, mais je me demande toujours ce que tu veux.

— Je veux parler avec un vieux pote. Tu as soif ?

— Oui, merci.

— On va attendre un peu, il est tôt. Tout le temps que tu resteras ici, tu auras à boire trois fois par jour.

Un verre à chaque fois. C'est à toi de voir quand tu les voudras. Ça se passait bien, à l'IGS de Rennes ?

— Oui, pourquoi ?

— Pas de flic ripou qui monte un réseau de putes venues de l'Est ?

— De quoi tu parles, tu es devenu cinglé ? C'est quoi cette histoire ?

— Tu sais bien, un mec qui ferait comme moi, qui voudrait se faire des extras sur le dos de malheureuses prostituées.

— Tu as fait ce que tu as fait, je n'y suis pour rien. Tu veux pas me sortir de là ? Je te promets que je ne m'enfuirai pas.

— Je ne savais pas que tu étais devenu comique, Seb. Ah, ah, elle est bonne ! Non, tu restes bien sage dans ta cage. Mais je vais faire un geste, je vais te redresser.

Sans risquer de me faire empoigner un bras par mon prisonnier, j'accroche la chaîne du palan à l'anneau que j'ai fait souder au haut de la cage, puis petit à petit la redresse sur sa base. La position de Sébastien devient pire et j'adore.

— Merde ! Mais c'est horrible ! Et je ne peux même pas me mettre debout !

— Eh bien, assieds-toi alors.

— J'ai faim.

— Quel chieur tu fais ! Tout à l'heure. Quand on aura parlé. Donc, ce que tu dis, c'est que tu n'as rien fait pour m'envoyer en taule, c'est ça ?

— Bien sûr !

— OK. Je dois aller faire un tour en ville. Ça te laisse le temps de réfléchir aux réponses que tu vas me donner. Allez, sois sage mon grand.

Je quitte la pièce l'esprit tranquille. S'il n'a pu se libérer pendant la nuit, ce n'est pas maintenant qu'il commence à fatiguer qu'il va le faire. Je dois aller en ville acheter les journaux. J'ai besoin de savoir si on recherche un flic de l'IGS. Cela m'étonnerait, il est trop tôt, mais je vais quand même vérifier, il se pourrait qu'un voisin ait vu quelque chose.

J'évite en général les petits commerces de mon nouveau village, toujours pour la même raison : je ne veux me lier avec personne pour ne pas être forcé de parler de moi. Moins de gens m'auront vu dans ce petit bourg, mieux je me porterai. Si des curieux cancanent dans mon dos, ce n'est pas très important du moment qu'ils ont du mal à se souvenir de ma tête. Je vais donc à Laval, où je suis noyé dans la masse. J'achète plusieurs quotidiens mais un seul par magasin, puis je rentre chez moi pour les parcourir en présence de mon vieux pote.

Aucun ne parle encore d'une disparition inquiétante. Nous sommes samedi et il n'y aura sans doute rien avant mardi.

— Tu vas être déçu, personne ne parle de toi.

— Il est trop tôt, tu le sais bien. Mais ça va vite changer, crois-moi. J'ai soif, je veux mon verre.

— À ta guise, c'est toi qui décides.

Je lui donne un petit sachet d'eau qu'il engloutit en un clin d'œil.

— Eh ! Tu ne l'as même pas rempli !

— Trop boire à la fois, c'est mauvais pour la santé. Bon, tu es prêt à me parler du coup que tu as monté contre moi ?

— Et puis, qu'est-ce que ça va changer ?

— Ça va changer que tu vas m'expliquer pourquoi tu as fait ça.

— Tu le sais bien, pourquoi.

— Dis toujours…

— Tu n'avais pas le droit de vivre avec Murielle ! Tu as trahi notre serment.

— Et pour ça je devais passer cinq ans en taule, perdre celle que j'aimais, mes amis et mon travail ? Perdre mes parents dans cet accident de voiture ?

— Je ne savais pas que ça irait si loin.

— Pardi ! Tu le savais mieux que quiconque ! C'est exactement ce que tu voulais. Tu voulais que je souffre, je te faisais trop d'ombre. Mais comment as-tu pu faire une chose pareille ? Nous étions les meilleurs amis ! Et je t'avais expliqué, pour Murielle. Ce n'est pas comme si nous nous étions cachés.

— Tu savais que je l'aimais.

— Je le savais, oui, aussi bien que tu savais qu'elle était amoureuse de moi.

— Ce qui est fait est fait, Téo. Si je te dis que je l'ai regretté, tu ne vas pas me croire.

— Non, effectivement.

— Alors, à quoi bon tout ce cinéma ? Tue-moi ou relâche-moi. Nous perdons notre temps.

— Mon temps, je l'ai perdu en taule. Ici je m'amuse. Et toi tu préfères que je n'en finisse pas tout de suite, crois-moi.

— Tu vas me donner à manger ?

— Il est trop tôt, nous n'avons pas assez parlé.

— Tu vas me faire crever de faim, c'est ça ?

— On doit tous mourir un jour. Mais non, je ne pense pas que tu mourras de faim.

— De quoi alors ?

— À toi de deviner…

68

Sébastien n'en peut déjà plus physiquement. Dans cette maudite geôle, il ne trouve aucune position qui le soulagerait des multiples courbatures qui le font souffrir. Les dimensions de sa prison ont été calculées juste pour ça et Téo est ravi de le voir se contorsionner à tout instant pour soulager une partie de son corps. Cependant, après l'effroyable surprise de se découvrir ligoté et bâillonné dans une cage, celle de revoir Téo dans le rôle du kidnappeur et la peur de mourir qui a aussitôt suivi, Sébastien s'est peu à peu rassuré. Son ancien ami n'est pas un assassin, il ne va pas le tuer. Peut-être y a-t-il un moyen de le manipuler, d'arriver à l'amener à le relâcher plus rapidement ? Il ne peut être au courant pour Murielle. Personne n'est au courant. Si Téo savait, alors il ne donnerait pas cher de sa peau.

— Raconte-moi comment tu t'es arrangé pour me faire jeter en taule.

— Ça t'intéresse vraiment ?

— Bien sûr. J'ai longtemps cru que c'était à cause du *Moulin à Vent*.

— Ça a joué. Sans doute que sans cette enquête que tu menais, et qui dérangeait beaucoup de monde, je n'aurais pas réussi. Mais voilà, tu n'as pas eu de chance. J'ai poursuivi ton travail, discrètement, et j'ai découvert exactement qui étaient les personnes incriminées dans cette affaire. Je n'ai eu aucun mal à faire en sorte que ton dossier soit traité en priorité et avec sévérité.

— J'avais remarqué. Mais toi, comment as-tu fait ?

— Quand j'étais aux mœurs, j'ai plus ou moins aidé une pute toxico à décrocher de sa drogue. Plutôt moins que plus, puisque quand j'ai eu besoin d'elle, je l'ai retrouvée sur le trottoir et dans un sale état. Il a fallu que je lui paye à nouveau une cure. En échange de quoi elle a accepté de témoigner contre toi.

— Tu n'avais pas peur qu'elle te dénonce ?

— Pourquoi l'aurait-elle fait ? Je lui avais promis de m'occuper comme il faut d'elle, après, si tu étais condamné. Et c'est ce que j'ai fait, j'ai tenu parole. Grâce à moi elle est vivante au lieu d'avoir fini d'une overdose dans une cage d'escalier.

— Tu es un saint homme. Et ce Serbe ? Comment s'appelait-il ?

— Kovacevic. Goran Kovacevic. Lui, je le tenais par les couilles, il était sous le coup de multiples condamnations et s'il n'avait pas témoigné contre toi, il passait le reste de sa vie en taule. Il n'a pas eu à réfléchir longtemps.

— Tu es un saint homme et un bon flic. Ce type est toujours en liberté, je suppose ?

— Je n'en sais rien. À mon avis, il s'est taillé vite fait dans un autre pays. Il risquait trop gros en France. Mais il n'a pas dû rentrer en Serbie, c'était encore pire pour lui là-bas.

— Et le photographe ?

— Un minable pédophile que je tenais aussi.

— Bravo. Mais en réalité, j'avais raison. Sans le *Moulin à Vent*, ton minable dossier ne tenait pas la route. Tu es un nul, Sébastien. C'est tout ce que tu es. Pitoyable.

— Et toi tu es le plus fort et le plus beau, pas vrai ? Téo Pirtakis, le fils du célèbre Sandro Pirtakis, le coiffeur de tout Carnoux ! Pas le fils d'un inspecteur des impôts, d'un type qui fait chier le monde et rackette les honnêtes travailleurs. Tu veux que je te dise ? Ton père ne valait rien comme coiffeur, c'était un minable !

— Purée ! Ça remonte à loin, ta hargne ! Je croyais que ça datait de ma relation avec Murielle, mais c'est plus profond. Je te plains vraiment, mon pauvre.

— C'est ça ! Tu as toujours eu un grand cœur, Téo. Tout le monde t'aimait. Toutes les filles rêvaient de sortir avec toi, pas que Murielle. Et les copains ne juraient que par toi. Téo par ci, Téo par là, Téo tu peux m'aider pour ma bécane… Moi, je n'existais pas. Ou que par toi.

Téo est atterré, il réalise à quel point le ressentiment de son ancien ami est profond et remonte loin dans le temps. Il ne s'est jamais rendu compte de rien et se met à le regretter. S'il avait su, s'il avait vu… Puis il secoue la tête : non, ce n'est pas sa faute. Sébastien aurait évolué comme ça de toute manière, il n'a pas à culpabiliser.

— J'ai cru que tout ça changerait quand tu es parti en voyage. Mais au contraire, les copains ne parlaient que de ça quand on se voyait. Murielle, qui bien sûr était la seule à qui tu écrivais, moi je ne comptais pas, donnait des nouvelles à tout le monde. Téo est à Rio, Téo est sur le fleuve Amazone, Téo est à Miami, et encore et encore Téo ! Mais j'ai eu ma revanche, Téo le magnifique est devenu Téo le paria, Téo l'exploiteur de femmes. Un minable proxo de la rue Thubaneau à Marseille. Là, tu ne faisais plus rêver.

— Je suis désolé pour toi, Sébastien, je n'ai jamais été conscient de tout ça. Pour moi, nous étions une bande de copains. On déconnait et on s'éclatait ensemble, tous égaux.

— C'est comme ça que ça aurait dû être.

Sébastien tente pour la millième fois de se redresser mais n'y parvient pas.

— Putain Téo, je suis trop mal là-dedans ! Ouvre cette cage de merde, s'il te plaît !

— Je ne peux pas, Seb. Désolé.

À ces mots, et alors qu'il commençait à avoir un tout petit espoir, Sébastien craque et rentre dans une rage folle, hurlant et insultant Téo qui découvre encore une autre facette du caractère de son ancien ami.

— Je sors, je reviendrai quand tu seras calmé.

— Allonge cette cage, au moins ! S'il te plaît, je n'en peux plus.

Après sa crise, Sébastien se met à pleurer, s'apitoyant comme à son habitude sur son pauvre sort et implorant Téo de soulager son martyre.

— Tu me fais pitié, je t'allonge et vais te faire à manger.

À l'aide de l'habituel palan, la cage retrouve rapidement la position horizontale. Sébastien peut enfin se relâcher, retrouver un semblant de confort, et Téo quitte la pièce pour aller préparer le menu du jour, un plat digne de deux étoiles au guide Michelin : du riz blanc nature sans rien d'autre pour l'accompagner. Téo a décidé que tout le temps qu'il gardera son prisonnier, celui-ci ne mangera que ça. Riz blanc et un peu d'eau.

Il a eu à peu près ce qu'il voulait comme explication sur son propre cas et doit maintenant aborder la partie la plus difficile pour lui : la mort de Murielle.

69

— Tiens, voilà ton repas. Ne gaspille rien, le suivant sera ce soir uniquement. Comme tu peux le constater, l'assiette est fine et je ne peux pas la remplir trop, ça ne passerait pas à travers les barreaux. C'est sacrément étroit, ce truc ! Mal foutu, tu ne penses pas ?

Le regard que me renvoie Sébastien vaut mieux que mille réponses.

— Bon, profite de l'horizontale, parce que dans dix minutes, hop, on se remet debout.

— Je peux avoir à boire ?

— Oui, mais tu te souviens, hein ? Trois fois par jour, pas plus. Tu as déjà bu une fois. Tu es certain de vouloir de l'eau dès maintenant ?

— Oui, j'ai soif.

— Comme tu voudras, mais si j'étais toi, je ferais l'effort de m'habituer.

Je lui donne alors son petit sachet, qui, comme l'assiette, passe tout juste entre les barreaux.

— Il n'y a pas de couverts. Comment je vais manger ?

— Tu n'as plus de doigts ?

— Tu fais vraiment chier, Téo ! Et comment je vais faire pour pisser et le reste ?

— Tu es certain de vouloir parler de ça pendant que tu manges ?

— Oui, certain, j'ai déjà envie de pisser, figure-toi.

— Retiens-toi le temps de manger, et on verra ensuite.

J'ai heureusement pensé au problème. La cage ne permet pas qu'on y glisse un seau ni même une sorte de haricot comme ceux dont on se sert en milieu hospitalier. Alors j'ai acheté un grand bac et quand mon prisonnier va vouloir se soulager, je vais hisser la cage suffisamment haut pour y glisser dessous le fameux bac, et Sébastien n'aura plus qu'à uriner ou faire sa grosse commission, tout va tomber dedans. J'ai prévu un tuyau d'eau pour nettoyer les barreaux. Pas l'idéal, mais c'est le mieux que j'ai trouvé. Le système manque d'intimité, mais en taule également, il n'y a aucune intimité pour ça. C'est donc normal que Sébastien puisse se rendre compte de ce que j'ai eu à subir.

— Et si je n'arrive pas à me retenir ?

— Eh bien c'est ton problème, mon grand. Tu faisais pipi au lit étant gosse ?

Sébastien ignore la question, ça devient une habitude.

— Il est dégueulasse ton riz. Pas assez cuit.

— C'est fait exprès. Pour que tu le digères plus lentement, que tu n'aies pas faim trop vite. Je pense à ton confort, tu vois ?

— C'est ça.

Sébastien devait crever de faim parce que, bien qu'il critique mon riz, il a déjà tout avalé.

— Tu me sors de là, que je pisse ?

— Ah, c'est donc pour ça que tu as bouffé si vite ? Tu croyais que j'allais te sortir ? Tu es un grand rêveur, mon Seb. Tu n'es pas près de sortir, je te le dis. Non, on va faire plus simple. Et moins dangereux pour moi par la même occasion. Regarde ! Attention, ça va lever !

Je remets la cage verticale et vais chercher mon joli bac, que je glisse en dessous.

— Et voilà, les toilettes de monsieur sont installées !

— Tu veux que je pisse comme ça ?

— Ben oui, ça ne te plaît pas ?

— Et si j'ai envie de chier ?

— Pareil. Le grand luxe façon turque.

— Tu vas me donner du papier au moins ?

— Classe, la discussion ! Oui, tu as droit à quatre feuilles par jour. Pas plus, alors fais gaffe pour ça aussi.

J'ai très envie d'augmenter la gêne de Sébastien, mais le spectacle de son pénis en train de couler ne me passionne pas. Alors je détourne le regard jusqu'à ce qu'il n'y ait plus le bruit des gouttes touchant le bac.

— Ça y est ? Le gentil garçon a fini son pipi ?

Sébastien ayant effectivement terminé, je transporte le récipient jusqu'à un grand évier, le vide et le rince.

— Bon, parle-moi de ta vie avec Murielle, maintenant. C'était comment ?

— Je n'ai pas envie de parler de ça.

— Dommage, ce n'est pas vraiment toi qui décides ici, tu n'as pas remarqué ?

— Tu veux que je te dise quoi ?

— Tout. Comment elle était avec toi, comment ça se passait entre vous. Tout, quoi.

— C'est toi qui devrais être enfermé, tu es complètement malade.

— Si tu veux. Mais bon, j'ai déjà été enfermé cinq ans, si tu veux bien te rappeler. Et c'est sans doute ça qui m'a rendu comme je suis aujourd'hui. Alors… Bon, tu y vas ? Elle t'aimait, Murielle ?

— Elle m'adorait. Elle ne voulait plus entendre parler de toi.

— Continue comme ça, je n'aurai aucun remords quand tu iras au trou.

Là, il craque à nouveau et s'emporte violemment.

— Eh bien non, elle ne m'aimait pas, si tu veux tout savoir ! Eh bien non, elle ne t'oubliait pas ! Il n'y avait que toi, toi et encore toi ! Oh, elle ne le disait pas, elle faisait semblant de m'aimer, elle était aux petits soins pour moi, mais je sentais bien qu'elle se forçait et qu'elle pensait toujours à toi. Alors on s'engueulait. Oui, on se disputait souvent. Mais c'était de sa faute. À elle et à elle seule !

— Et donc ?

— Donc quoi ?

— Donc tu l'as tuée…

— Non ! Jamais je n'aurais fait ça ! Le jour où elle est morte, on avait fait la fête et elle avait bu plus qu'elle n'aurait dû. Elle est tombée dans les escaliers, je n'ai rien pu faire.

— Tu l'as tuée, dis-le.

— Non !

— Je ne sais même pas si tu me mens. Tu es tellement taré qu'au fur et à mesure du temps qui est passé, tu as dû finir par te persuader que tu n'avais rien fait.

Je ne devrais pas, mais j'ai pitié de toi, Sébastien. Tu es vraiment un pauvre type. Au sens premier du terme. Tu n'as pas de chance, tu es comme ça et ce n'est finalement pas ta faute. Et pas celle de tes parents non plus. Des braves gens, tes parents. Il n'y a que toi pour dénigrer la profession de ton père. À Carnoux, tout le monde l'adorait. Et l'adore toujours. Si tu avais ouvert les yeux, si tu n'avais pas pensé qu'à toi, tu l'aurais vu. Je suis allé à Carnoux dernièrement et je les ai rencontrés. Ils te l'ont dit ?

— Non, nous ne nous parlons pas beaucoup.

— Ah… Donc ils ne seront pas trop tristes, alors.

Quand je dis ça, je vois bien qu'il sursaute, je lis la peur dans ses yeux. Mais il ne dit rien, presque résigné.

— Tu n'as jamais osé regarder la vérité en face, Sébastien. Tu aurais pu parvenir à quelque chose, si tu l'avais fait. Mais au lieu de te forcer à être meilleur, tu dénigrais les autres et accusais le manque de chance. C'était la faute de ton père, la faute du moteur de ta mobylette, la faute des profs, la faute du ballon. Jamais de la tienne. Tu as toujours regardé la vie avec le mauvais angle, tu as toujours été jaloux des talents des autres, à tel point que tu ne voyais plus les tiens. Tu étais un gamin doué et tellement sympa, Sébastien ! Tu aurais pu avoir une vie si belle ! Tu étais bien plus doué que moi en classe, tu pouvais être tellement marrant à l'époque. Ton accent, qui me faisait mourir de rire, était irrésistible. Toutes les filles attendaient que tu les embrasses. Tu étais plus grand que moi, plus costaud aussi, et tu étais un élève appliqué et studieux.

Si tu avais ouvert les yeux, si tu n'avais pas passé ton temps à jalouser tout le monde ! Même avec Murielle, tu as eu tout faux ! Si tu n'avais pas été si aigri, si jaloux de moi, elle aurait été heureuse avec toi. Et elle serait toujours en vie… Tu étais mon copain, Sébastien. Je t'adorais. Il ne fallait pas me faire ça.

70

Ayant dit ça, Téo laisse son prisonnier seul avec lui-même, il n'en peut plus. Cette discussion, il l'a eue mille fois en pensée. En prison et dehors, depuis qu'il a été libéré. Il sait que sa vie et celle de Sébastien auraient dû être différentes, que leurs rêves d'enfants n'auraient jamais dû être brisés et oubliés. Qu'il n'en aurait sans doute pas fallu tant que ça pour que tous ces drames n'arrivent jamais et que Murielle, Mélia, Alessandro et Cloé soient toujours vivants. Que lui-même soit toujours en vie. Que Sébastien ne soit pas presque déjà mort.

Téo est psychologiquement épuisé, il lui faut aller marcher, s'aérer le corps et l'esprit. Il ferme soigneusement la pièce dans laquelle il retient Sébastien ainsi que toutes les portes de sa maison avant de partir parcourir la campagne deux longues heures. Il voudrait ne penser à rien d'autre qu'au paysage, aux oiseaux et au soleil qui pour une fois fait une timide apparition, mais il n'y parvient pas. Son cerveau revient toujours à cette question : que vais-je faire de Sébastien ?

Depuis la veille qu'il le retient prisonnier, sa détermination faiblit. Il avait déjà abandonné l'idée de la torture, et maintenant il en vient à douter de son droit à se faire vengeance lui-même. Et s'il obtenait une confession écrite ? Des aveux complets signés de la main même du Machiavel qui a imaginé un plan diabolique pour l'envoyer en prison ? Et d'autres aveux, signés eux aussi, pour l'assassinat de Murielle ? Cela pourrait-il lui éviter de tuer à nouveau ? Non, définitivement, non, cela ne fonctionnerait pas. Pas avec des aveux obtenus dans de telles conditions. Sébastien se rétracterait à coup sûr. Et puis lui, Téo Pirtakis, il serait bien obligé de rendre des comptes sur la vie qu'il mène depuis sa libération. Il retournerait immédiatement en prison. Et pas pour une peine de cinq ans ! Alors non, il doit rester fort et maintenir sa détermination. Aller jusqu'au bout de ce qu'il a prévu.

Quand il rentre de sa balade, il est regonflé à bloc, à nouveau prêt à affronter son ennemi sans faiblir. Mais il se rend soudain compte qu'il n'a rien mangé, son estomac émet des gargouillements significatifs et il se découvre une faim de loup. Alors il vérifie très rapidement que son protégé est toujours là, lui balance deux bêtises juste pour l'énerver, et va se préparer une salade et un steak. Ensuite, un café à la main, il retourne auprès de Sébastien.

— Hum… Ça sent bon, tu ne trouves pas ? Un bon café après le repas, j'adore ! Pas toi ?

Devant le mutisme affiché par son ami, il poursuit :

— Allez, on parle de Murielle ?

— On a déjà tout dit. Tu ne veux pas allonger cette caisse ?

— Ce n'est pas une caisse, Seb. Une caisse, on met des objets dedans, du matériel, ou encore des aliments.

Ça, c'est une cage. C'est fait pour y enfermer des animaux. Sauvages de préférence. Si tu me parles un peu de Murielle, je t'allongerai peut-être.

— Non, couche cette boîte d'abord.

— Tu es bouché, toi, ma parole ! C'est une cage, dis-le.

— Bon, OK, une cage. Tu es content ?

— Trop content ! Allez, pour le coup, je t'allonge.

— Merci, je n'en peux plus.

Tu m'étonnes, pense Téo, si c'était moi, je serais dans le même état. Alors, gentiment, il change la position de la cage pour permettre à Sébastien de se reposer un peu.

— Bon, tu me racontes la vérité ?

Sébastien hésite : qu'a-t-il à y gagner, après tout ?

— Je t'ai déjà dit la vérité, Murielle est tombée.

— Je veux bien te croire, qu'elle soit tombée. Mais elle n'était pas seule. Que faisais-tu, toi ?

— Rien, nous avions bu et nous rigolions. Elle s'est trop approchée des marches et elle a trébuché.

— Sébastien ! Murielle m'a écrit la veille de sa mort. Elle m'a dit qu'elle te quittait. Tu venais de lui avouer, pour moi. Et le lendemain vous faites la fête ? Tu n'as pas d'autre connerie à me sortir ?

Sébastien est acculé, mis par Téo en face de ses actes et de ses responsabilités. Cela fait trop longtemps, près de vingt-quatre heures, qu'il est enfermé, qu'il ne peut ni s'étendre ni réellement s'asseoir, ni se tourner aisément. Il n'a presque rien bu et quasiment rien mangé. Par faiblesse, mais peut-être aussi mû par de tardifs remords, il craque et finit par parler à son ex-meilleur ami.

— On ne faisait pas la fête, d'accord. Elle était venue récupérer ses affaires. Je ne devais pas être là, il y avait une conférence que donnait le grand criminologue Alain Bauer, et ma présence était requise. Mais j'avais passé la soirée de la veille à picoler après le départ de Murielle. Je n'ai pas vu le temps passer. Dans la journée j'avais encore plus ou moins bu. Quand elle s'est pointée, j'étais dans les vapes. Elle aurait dû s'enfuir et revenir à un autre moment. C'est ça qu'elle aurait dû faire ! Mais non, elle m'a ignoré, fait comme si je n'étais pas là et a commencé à remplir ses valises. J'ai vu rouge et nous nous sommes disputés. Je l'ai frappée et elle s'est enfuie vers les escaliers. Elle a raté une marche et a dégringolé jusqu'en bas. J'étais encore saoul, je n'ai pas réussi à me porter à son secours. Quand enfin j'ai été près d'elle, elle ne respirait plus.

— C'est comme si tu l'avais tuée de tes propres mains. Tu es impardonnable.

À l'évocation de ces souvenirs qui le hantent et qu'il parvenait jusque-là à refouler au prix de beaucoup d'efforts, Sébastien se laisse aller à pleurer. Il aimait sincèrement Murielle et regrette ce qu'il a fait.

— Tes pleurs sont ceux d'un lâche, Sébastien. En réalité tu t'apitoies sur ton propre sort. Tu n'es qu'une merde et je te hais. Je te laisse tranquille maintenant, je ne peux plus supporter de te voir. Je reviendrai plus tard t'apporter à boire et à manger. Profites-en pour réfléchir à ce que tu ferais de moi si nos rôles étaient inversés. Et ne cherche pas à te défausser, je pense que tu connais la réponse. J'ai pitié, je te laisse allongé. Remercie-moi.

Téo laisse passer une heure, qu'il met à profit pour se calmer, tout d'abord. Pendant le récit de Sébastien, son cœur s'était tellement accéléré qu'il craignait une crise cardiaque ou un nouveau malaise. Il ne maîtrisait plus ses mains qui tremblaient comme des feuilles. Une fois rasséréné, tout en préparant le riz de son prisonnier, il fait le point sur sa motivation et réfléchit une dernière fois à ce qu'il veut réellement faire. Ayant pris sa décision finale, il lui reste à déterminer quand il va agir. Le plus tôt est le mieux, décrète-t-il. Si j'attends, je risque de flancher.

71

J'ai fait le repas de Sébastien, et puisque c'est le dernier, j'ai ajouté une tranche de jambon à la portion de riz. Par ailleurs, j'ai préparé dix litres d'eau que j'ai répartis en mini-doses comme celles que j'ai déjà utilisées pour faire boire mon condamné. Il en usera comme il voudra.

— Ton repas, Seb. C'est un festin que tu vas faire ce soir. Jambon et riz !

— Merci Téo, je crève de faim.

— Tu déconnes, d'employer ce terme.

À ces paroles, je vois une sonnette d'alarme retentir dans son esprit et ses yeux s'affoler.

— Tu préfères manger en position verticale ou horizontale ? Je demande ça parce qu'ensuite, tu vas rester longtemps horizontalement.

Quand je dis « longtemps », ses yeux se calment. Ouf, doit-il se dire, ce n'est pas pour tout de suite.

— Je suis mieux allongé.

— C'est toi qui décides, pas de problème. Un petit caca ? Après ça va être difficile, je ne serai plus là.

Alors là, carrément, c'est de la joie que je lis dans les yeux de mon prisonnier. Si tu savais !

— Non, ça va pour l'instant. Ce n'est pas comme si je m'étais goinfré. Et puis avec ton riz, ça bouchonne pas mal.

— Regarde, quarante doses de vingt-cinq centilitres d'eau. Tu t'en sers comme tu le sens. Tout d'un seul coup ou petit à petit. Tu es chef.

— Qu'est-ce que tu fabriques ?

— Je vais te laisser, Sébastien. Je ne te supporte pas. C'est bien trop dur pour moi de rester à discuter avec l'assassin de Murielle, celui de mes parents. Tu ne les as pas tués de tes mains, mais c'est tout comme.

— Tu me laisses tout seul dans cette pièce ?

— Non, Seb, crois bien que j'aurais aimé pouvoir agir différemment, mais après ce que tu as fait, après les horreurs que tu as commises, que tu aies pu continuer à vivre comme s'il ne s'était rien passé, ce n'est tout bonnement pas possible. Il faut que tu payes, mon ami. En ce qui me concerne, je crois pouvoir dire que je ne t'en veux plus. Je pourrais presque te laisser partir et vivre. Mais pour Murielle, pour mes parents, c'est impossible. Désolé.

— Que vas-tu faire ?

— Te déplacer un peu, puis te laisser tranquille. Mange.

Après avoir passé l'assiette et les doses d'eau dans la cage, je quitte la pièce sans un mot de plus. Je vais avoir de plus en plus de mal à parler dans les minutes qui vont suivre. Je me fais horreur, mais ne veux pas reculer.

Je retourne au fourgon et l'approche de ma pièce spéciale. La nuit est tombée, j'écoute les bruits de la campagne qui m'entoure. À part le ululement lointain d'une chouette, tout est calme. Je peux sans risque sortir la cage et laisser crier Sébastien s'il le désire. Personne ne l'entendra. Mes premiers voisins sont à plusieurs kilomètres et je n'ai jamais vu un promeneur dans les environs de ma propriété.

J'ouvre en grand. Sébastien sursaute quand il voit le fourgon mais ne dit rien. Je pourrais presque entendre ses neurones fonctionner à toute vitesse. Que fait-il ? Où m'emmène-t-il ? Puis-je espérer ? Non Seb, aucun espoir.

Mon palan va me servir une dernière fois. En un instant, la cage est accrochée et hissée jusqu'à l'arrière du fourgon. Prenant bien soin de ne pas risquer de me faire attraper une main par Sébastien, je les pousse, lui et sa prison, à l'intérieur puis referme les portes. Me forçant à ne pas penser, je me dépêche d'aller au volant et démarre, les dents serrées et me maudissant. Trente secondes plus tard, nous sommes à la fosse que j'ai creusée et dans laquelle j'ai déposé la caisse métallique. Mon autre palan est là, prêt pour sa macabre mission. Une fois que j'ai ouvert les portes du fourgon, Sébastien commence à réaliser. D'abord sans voix, il se met ensuite à m'implorer de ne rien faire, de lui pardonner et de le laisser vivre.

Finalement, je crois que cela m'aide. S'il n'avait rien dit, s'il n'avait pas supplié comme un lâche, j'aurais eu plus de mal. Je serais allé jusqu'au bout du but que je m'étais fixé, mais cela aurait été plus difficile. À l'instant où il se met à geindre, il renforce ma détermination et m'ôte mes derniers scrupules.

C'est sous ses hurlements et ses pleurs que je descends sa cage au fond de la fosse et que je lui adresse un dernier regard. Sans un mot de plus, je referme la caisse avec le massif et très lourd couvercle. Dès lors, le bruit diminue. Bien sûr, Sébastien hurle de plus belle, mais le son est étouffé, presque imperceptible. À côté de la fosse, j'ai préparé un tube en plastique que je fixe au trou pratiqué dans le couvercle pour que Sébastien puisse respirer et continuer à vivre et souffrir tant qu'il aura de l'eau. C'est ainsi que je l'ai décidé. Ensuite il ne me reste plus qu'à recouvrir le cercueil de Sébastien de terre meuble et d'enfin semer sur le dessus des graines d'herbe sauvage poussant dans la région. Alors, je n'entends plus rien, Sébastien est rayé du monde des vivants.

Pris d'un soudain haut-le-cœur, je vomis mes tripes, secoué par de brutales convulsions. Quand plus rien ne sort, pas même de la bile, j'arrive enfin à me redresser et à m'éloigner de cet endroit maudit. Je charge le palan dans le fourgon, m'installe au volant et rejoins la maison où je me sers un énorme verre de whisky que j'avale cul sec avant de m'en servir un second immédiatement après.

Je viens d'enterrer une grande part de ce que je suis, de ce que j'étais. Une grande part de ma vie et de mon enfance, de mes rêves aussi. Je réalise qu'avec Sébastien c'est beaucoup de moi qui meurt dans ce trou. Je ne sais si je parviendrai à me racheter de l'abomination que je viens de commettre, je doute fort de pouvoir continuer à vivre, et sur le moment j'ai très envie d'en finir, d'aller chercher mon arme et de me tuer. De tout oublier et de rejoindre ceux que j'aime. À mon tour, je pousse un grand cri pour évacuer ce désespoir et me donner la force de vivre encore. Puis je bois le second verre, et enfin, attrape la bouteille et bois au goulot jusqu'à la dernière goutte.

72

L'intention première de Téo était de quitter définitivement sa maison de Le Bourgneuf-la-Forêt aussitôt après avoir enterré Sébastien. Mais il ne le peut pas. Cela serait assurément bien trop risqué de laisser la propriété libre d'être investie par des squatters, ou tout simplement que quelqu'un, le propriétaire, l'agent immobilier ou un promeneur vienne lui rendre visite et se promène dans le domaine alors que Sébastien est certainement encore en vie au fond de son trou. Il existe toujours une infime probabilité pour qu'il puisse être entendu et délivré. Cela serait catastrophique. Alors il reste plusieurs semaines, s'occupant comme il peut pour penser le moins possible à l'homme qui est en train de mourir à quelques mètres de lui. Il court, fait de la musculation et ses exercices de karaté, lit beaucoup, notamment les journaux locaux pour se tenir au courant des suites de la disparition de l'inspecteur de police. Comme il l'avait imaginé, l'affaire n'avait débuté que le lundi : la délégation interrégionale de Rennes s'interrogeait sur l'absence pour le moins inhabituelle de Sébastien Cardon qui manquait à l'appel et était injoignable. Dès les jours suivants, une enquête avait officiellement été ouverte pour disparition inquiétante. Cela avait fait grand bruit pendant quelques jours, et puis comme habituellement dans ce genre de cas, l'attention du public et des journaux s'était reportée sur un fait divers nouveau et plus croustillant. De plus, la France était en pleine coupe du monde, plus personne ne pensait à rien d'autre. Le cas de Sébastien n'avait droit qu'à un minuscule entrefilet noyé au milieu d'autres informations footballistiques. En l'absence de cadavre, l'hypothèse la plus souvent retenue était que le policier était parti refaire sa vie au soleil d'un lointain pays. Téo pouvait respirer.

Cela fait un mois jour pour jour qu'il a enseveli Sébastien lorsqu'il ferme la porte de la maison à double tour avec l'intention de ne jamais y revenir. Il conserve cependant les clés et sa location. Il a signé pour un bail de deux ans et n'a pas envie que la maison soit occupée par d'autres que lui avant très longtemps. Il a l'argent, cela ne le dérange pas de payer un loyer pour rien.

Il s'est débarrassé des palans et de tout ce qui pourrait l'incriminer si on découvrait un jour le corps. Il a méthodiquement nettoyé chaque millimètre carré de la propriété pour en faire disparaître la moindre trace d'empreinte digitale, espérant que celles qu'il manquait, le temps s'en occuperait. Il a ajouté de la terre par-dessus la fosse car après plusieurs pluies le sol s'était tassé, laissant bien visible un dénivellement bizarre, beaucoup trop géométrique. Il a rendu le fourgon, préalablement dépoussiéré à l'aide d'un aspirateur industriel très puissant, puis lavé au Karcher, javellisé, et bien sûr débarrassé de toute empreinte. Le véhicule de location ne pourra jamais le relier à Sébastien Cardon.

Il quitte la Bretagne avec malgré tout un petit pincement au cœur, la région est magnifique, calme, et l'air si pur… La fréquence et la violence des cauchemars qu'il a faits immédiatement après avoir enterré Sébastien ont diminué, jusqu'à presque disparaître. Il se dit qu'il aurait pu rester plus, finalement. L'idée de retrouver Paris et sa pollution ne l'enchante guère, mais il doit penser à son futur. En Bretagne, il a encore été sollicité une fois par son téléphone russe et a décliné l'offre. Il ne pouvait quitter si tôt Le Bourgneuf. Mais désormais, il est disponible et se doit d'accepter un nouveau contrat s'il s'en présente un. Il ne peut cracher indéfiniment sur une rentrée d'argent, ses économies ne sont pas encore suffisantes. Cependant, les propositions tardent. Un an passe avant qu'il entende à nouveau son téléphone sonner. Un contrat qu'il n'accepte pas. Il le regrette, mais la cible ne correspond pas aux objectifs qu'il s'est fixés. Rien ne permettant de supposer qu'il s'agisse d'une ordure, il laisse à un autre le soin d'abattre un innocent. Téo ne peut se résoudre à transgresser sa ligne de conduite.

Finalement, il reste à Paris jusqu'en juillet 1999 sans que quiconque fasse appel à ses services. Il met à profit tout ce temps libre pour apprendre comment gérer son compte au Belize et comment ouvrir d'autres comptes, cette fois-ci à son vrai nom. Téo Pirtakis n'ayant plus aucune raison de craindre une nouvelle action de Sébastien à son encontre. Il devient rapidement le parfait petit gestionnaire en finance internationale et dispose désormais de plusieurs comptes avec lesquels il peut jongler très aisément s'il le désire.

Alors qu'il est près de se décider à quitter la France pour aller s'installer à Durban, au matin du 1er juillet 1999, il reçoit un coup de téléphone de Baptiste. Celui-ci lui demande de venir le rejoindre à Marseille, il a besoin de lui de toute urgence pour un boulot de confiance. Lorsque Téo l'interroge pour en apprendre davantage, Baptiste élude la question et lui dit qu'il le renseignera de vive voix. Il se décide donc à prendre un TGV pour aller voir de quoi il retourne, il ne peut pas vraiment refuser d'au moins rencontrer celui qui lui a mis le pied à l'étrier, lui a offert son premier contrat et fourni ses faux papiers. Il a un mauvais pressentiment, mais choisit de l'ignorer. Des mauvais pressentiments, il en a déjà eu à la pelle, et ils ne se sont jamais vérifiés. Cela lui donnera l'occasion de faire un saut à Carnoux, pourquoi pas ?

Il arrive en fin d'après-midi gare Saint-Charles et se rend directement au rendez-vous que lui a fixé le Corse, en redoutant qu'il s'agisse encore d'un bar enfumé, l'adresse ne lui disant rien qui vaille. Effectivement, boulevard Dugommier, le *Bar des Sports* est encore pire que *Chez Paulo*, l'infâme bouge où il a rencontré Baptiste pour la première fois. L'avantage, avec l'épais nuage de fumée qui emplit la petite pièce, c'est qu'il n'y a pas une seule mouche. Ou elles ont décidé d'aller déranger d'autres buveurs dans d'autres bars, ou elles sont déjà mortes, asphyxiées par les cigarettes des nombreux fumeurs, et surtout par les gaz d'échappement des embouteillages de la rue. Le boulevard Dugommier est une artère sclérosée qui part du cœur de Marseille pour desservir les quartiers nord et l'autoroute du même nom. C'est un embouteillage permanent dans la journée, les véhicules y restent coincés des heures et les pots d'échappement se vengent d'une telle iniquité en cherchant à empoisonner tous les passants, lesquels, eux, peuvent se déplacer à leur guise. Malheureusement, le monoxyde de carbone ainsi que l'ozone ne font aucune différence entre les trottoirs et l'intérieur des bars contigus, et attaquent avec la même ardeur les promeneurs comme les poivrots. Téo distingue difficilement Baptiste, qui lui fait un grand geste. Peut-il réellement entrer dans un tel endroit ?

73

Ce bar est une abomination, me dis-je. Comment des gens normaux peuvent-ils rester plus d'une seconde ici ? C'est un mystère pour moi.

— Monsieur le Russe ! Approche, je suis content de te revoir !

— Magnifique, ce bar, Baptiste ! J'avais peur de vivre trop vieux, je suis maintenant rassuré, je n'en aurai pas le temps.

— Ah, ah, toujours le mot pour rire, j'aime ça !

— Bon, alors, de quoi s'agit-il ?

— Relax. Tu ne veux pas boire quelque chose ?

— Non merci. Mais comment fais-tu pour rester ici ? C'est une horreur ! Bon, allez, je vais boire une bière, si tu insistes.

Baptiste commande donc ma boisson au patron qu'il a l'air de bien connaître, puis se tourne vers moi.

— Si je t'ai demandé de descendre à Marseille, c'est que j'ai vraiment besoin de toi. Je suis devant un grave problème, et… je ne le dis pas trop fort parce qu'ils ne sont pas loin, mais mes hommes sont un peu trop cons pour m'enlever cette épine du pied.

— Je t'écoute.

— Voilà. Je n'en suis pas fier, mais l'autre jour j'ai fait une grosse connerie. D'abord, pour que tu comprennes bien, je dois te dire que j'ai grandi ici, à Marseille. Je veux dire, pas dans ce bar.

— Ah, ah, c'est toi qui fais de l'humour maintenant. C'est presque drôle, bravo.

— Bon. Mais tu aurais pu au moins faire un effort et rire une seconde, non ?

— J'ai essayé, je te promets. Mais…

— C'était trop nul, OK, j'ai compris. Tu es un sacré connard. Je continue. J'ai grandi à Marseille à la belle époque, avec Dédé et tous les autres. Et puis on est montés à la capitale, certains sont revenus ici, d'autres sont morts, et d'autres comme Dédé sont en taule pour un peu de temps encore. Moi, je suis à cheval sur les deux villes. J'ai des affaires ici et à Paris. Alors je fais souvent la navette. À l'époque, j'avais mon comptable de confiance ici. Même les gangsters ont besoin de tenir une comptabilité, tu le sais. On fait pas beaucoup de déclarations aux impôts, mais on tient nos comptes, histoire de savoir où on en est. Bon, je fais court, je vois que tu respires mal. L'autre jour donc, j'avais rendez-vous avec mon comptable. On a fait ce qu'on avait à faire et je suis parti de chez lui. J'avais ma mallette avec moi. Dedans, tous les comptes des établissements que j'ai ici et aussi à Paris. Ça, c'est pas le plus grave. Mon imbécile de gratte-papier m'a convaincu d'ouvrir des comptes à l'étranger, dans des « paradis fiscaux » comme il dit. Dans la mallette, j'avais aussi tous les numéros et les mots de passe. Heureusement, tout est codé, personne ne peut s'en servir, mais ils sont dans la mallette. Ce n'est pas tout : pour mon malheur, j'avais aussi apporté des documents qui n'avaient rien à voir avec la comptabilité de mes clandés, mais avec des ripoux que j'arrose ou que je fais chanter. Flics et politiciens. Des abrutis qui me rendent bien service. Le hic, c'est que cette putain de mallette, je l'ai oubliée dans le taxi qui m'a déposé à La Canebière.

— Ah. Elle est perdue, donc ?

— Eh bien non. Une espèce de petite connasse a pris le taxi juste après moi, c'est elle qui a la mallette maintenant.

— Et ?

— Et elle a trouvé mon numéro de téléphone dans mes papiers. Elle veut du blé en échange de la mallette.

— Où est le problème ? Tu n'as qu'à payer. Tu lui files le pognon, elle te file ton attaché-case. Fin de l'histoire.

— Ce n'est pas si simple. D'abord, du pognon, elle en veut beaucoup trop, premier point. Ensuite, qui me dit qu'elle n'a pas fait des copies de tous mes documents ? Qui me dit qu'elle ne va pas continuer à me traire ou qu'elle ne va pas aller aux flics ? Rien du tout. Que dalle !

— Alors tu veux faire quoi ?

— Moi ? Rien. C'est toi qui vas faire. Je veux que tu rencontres la dame et que tu t'assures qu'elle ne garde rien avec elle, qu'elle ne prépare pas un coup de Trafalgar contre moi. Ensuite, tu l'élimines.

— Je ne peux pas faire ça, Baptiste. Tu sais très bien que je refuse de tuer n'importe qui. Cette femme est stupide et inconsciente de vouloir t'arnaquer, mais ça n'en fait pas une ordure à mes yeux.

— Il y a beaucoup d'argent à gagner, réfléchis.

— C'est tout réfléchi. Je refuse, c'est tout.

— Bon, écoute. On ne va pas se fâcher comme ça ici. C'est les gaz d'échappement qui te polluent la tête, sûr. Va te promener, réfléchis bien à toutes les implications qu'un tel refus peut entraîner, et reviens me voir demain matin à 10 heures, d'accord ? Je dois la rappeler demain midi, cette salope. Ça te laisse le temps de gamberger. Et tu sais que de toute manière je vais la tuer. Alors c'est mieux si c'est toi qui t'en charges. C'est bien payé, je te promets.

Je me lève et quitte le *Bar des Sports* très en colère. Ce type est en train de me menacer et je n'aime carrément pas ça. « Réfléchis bien à toutes les implications d'un tel refus. » Ça veut dire quoi ? Il faut que je garde à l'esprit que ce type est un tueur, doublé d'un tordu de première. Avec son pote Zampa ils ont dégommé les Guérini il n'y a pas si longtemps. Il peut me tuer aussi, ou faire pire : se débrouiller pour me renvoyer en taule. Que m'avait dit mon copain Dédé à son propos ? « Il est réglo, mais un conseil, ne l'emmerde jamais, ne fais jamais rien contre ses intérêts, il n'a pas le pardon facile. » Merde, je ne sais pas quoi faire, me dis-je. Je vais réfléchir jusqu'à demain. La nuit porte conseil après tout.

Je me force à me détendre, tous mes muscles étaient contractés sans que j'en prenne conscience jusque-là. Je descends le boulevard Dugommier au milieu d'un concert de klaxons, et je tourne à droite arrivé à La Canebière pour me rendre sur le Vieux-Port où je me pose à la terrasse d'un bar en plein air, ouvert sur la mer et loin du monoxyde de carbone. Je réalise soudain que je n'ai pas touché à la bière de Baptiste et que je meurs de soif. Il fait un temps superbe, bien meilleur qu'à Paris, et malgré ce problème qui vient de me tomber sur les épaules, je suis heureux d'être là. Je vais trouver une solution.

74

Téo passe néanmoins la nuit à tourner en tous sens dans le lit de la chambre d'hôtel qu'il a louée au 11 boulevard de la Libération, un deux-étoiles minable où il se sent parfaitement à l'aise, principalement parce que personne n'a eu la mauvaise idée de lui demander une pièce d'identité. Il s'appelle Richard Lion pour une nuit et dort, ou tente de dormir, dans un lit d'une propreté douteuse et sur un matelas qui doit justement dater de la Libération de Marseille en août 1944. Mais son insomnie ne vient pas de la rusticité de la literie, elle est la conséquence des mille questions qu'il se pose sur ce qu'il va devoir ou pouvoir faire le lendemain.

Non seulement il ne peut pas exécuter froidement une femme au prétexte qu'elle tente d'extorquer de l'argent à un malfrat qui a fait bien pire, mais il ne peut pas non plus la laisser se faire exécuter sans agir pour empêcher ce crime. Il va devoir se mouiller et jouer serré. Comment ? Il n'en sait rien. Si je n'avais pas répondu à cet appel, se dit-il, tout aurait été bien plus simple. Pourquoi ne suis-je pas à Durban en train d'essayer de surfer ? Voilà la vraie question.

Au petit matin, sa décision est prise. Il va dire à Baptiste qu'il est d'accord pour tout : récupérer la mallette et flinguer la fille. Ensuite, il prendra effectivement les précieux documents, mais il enlèvera la fille et la mettra en lieu sûr le temps que la colère du Corse se calme. C'est un plan totalement bancal, mais que peut-il envisager d'autre en si peu de temps ? Baptiste devrait être satisfait de sauver ses papiers, non ?

À 10 heures, il entre au *Bar des Sports* en faisant mentalement un signe de croix. S'il y a eu moins de circulation durant la nuit, cela ne se voit pas. Pas grand-chose ne se voit d'ailleurs, tant l'air est opaque. Téo parvient quand même à distinguer Baptiste, probablement grâce à ses cheveux le faisant ressembler à un ver luisant qui aurait été suralimenté tellement ils – lui et ses cheveux – sont gras, et aux nombreuses pustules éclairant son doux visage d'ange.

— Mon chasseur russe ! Bonjour, comment vas-tu ?

— Bien, merci. Et toi ?

— Pas mal, pas mal du tout. Alors, la nuit t'a été profitable ?

— Sans doute, oui. Je vais faire ce que tu me demandes, Baptiste. Mais c'est la dernière fois.

— À la bonne heure ! Je savais que tu étais intelligent. Voilà comment je vois les choses : quand la fille appelle, on lui donne rendez-vous dans un coin tranquille, histoire de faire la petite transaction au calme. Quand elle est là, tu la butes et tu récupères mes affaires. Tu m'apportes ça, je te paye et au revoir.

— Et si elle veut choisir le lieu ?

— Dépendant d'où c'est, on peut accepter. C'est Marseille, ici. Si on se paye une petite fusillade dans la rue, c'est pas bien grave. On a l'habitude. Bon, faut pas dégommer des clampins qui passent par là, c'est tout.

— OK. Mais je suis venu à poil. Je n'ai pas d'arme.

— Tu parles d'un tueur ! Je vais te trouver ça, pas de problème.

— Combien je gagne là-dedans ?

— Deux cent mille, ça te va ? En jolis Pascal tout neufs.

— Les faux comme l'autre jour ?

— Ah, ah, je te retrouve ! Tu as fait l'école du rire, pas vrai ?

Téo sent bien que tout sonne faux chez le truand aujourd'hui. Il n'avait pas eu cette sensation aux rencontres précédentes, et cela déclenche une alarme silencieuse dans sa tête. Qu'est-ce que tu trames, le Corse ? se demande-t-il. Rentrant dans son jeu, il y va de sa mauvaise blague.

— Tu m'as appelé « chasseur » tout à l'heure. Tu connais celle de la chasse au léopard à casquette ?

— Non, raconte.

— Tu ne sais pas comment on chasse le léopard à casquette ?

— Non, je te dis. T'es bouché ?

— Écoute bien. Il faut d'abord repérer un point d'eau où le léopard à casquette vient boire. Pas une fois de temps en temps, hein ? L'endroit où il vient toujours, chaque fois qu'il a soif. Là, il y a forcément un chemin. Autour du chemin, des broussailles. Il y a toujours des broussailles près des endroits où le léopard à casquette va boire.

— C'est encore long ?

— Non, j'ai presque fini. Tu dois repérer le chemin. Il est étroit ce chemin. La largeur d'un léopard à casquette. Tu vois ce que je veux dire ?

— Putain, oui ! Accouche !

— Je te trouve bien impatient. C'est pas comme ça que tu vas pouvoir chasser le léopard à casquette, je te le dis ! Bon, je poursuis. Dans ce chemin étroit, de préférence dans un tournant, tu tends une corde, fine la corde hein, sinon il va la voir ! Tu tends une corde, dis-je, à la hauteur de sa tête. Pas plus haut, pas plus bas. Tu vois ce que je veux dire ?

— Mais putain !

— OK, OK… La corde est bien tendue, tu vas te cacher. Pas dans le vent, sinon il te repère, forcément. C'est pas con un léopard à casquette. Ne me regarde pas comme ça, j'ai fini, je te dis. Donc la corde est tendue, le léopard se radine. Il a soif, ça fait un moment qu'il n'a pas bu. Depuis la veille peut-être, on ne sait pas. Tout ce qu'on sait, c'est qu'il a soif, qu'il ne fait pas gaffe à grand-chose, alors quand il passe sous la corde, vlan ! Ça lui enlève sa casquette, d'un coup ! Et après, il suffit de le chasser comme un léopard normal.

— Pauvre monde… Elle est finie, j'espère ?

— Oui.

— Ouf ! Bon, j'ai un gars à voir, va faire un tour et reviens vers midi. D'ici là, j'aurai ton flingue.

— D'accord, à tout à l'heure.

Téo sort du bar en réfléchissant, perturbé et inquiet. Il est de plus en plus persuadé que son mauvais pressentiment de la veille est en train de se vérifier. Baptiste trame un coup tordu, mais lequel ?

Ayant vu le Corse pianoter sur son téléphone quand il quittait le bar, il décide de ne pas trop s'éloigner et de surveiller discrètement l'entrée, histoire de voir avec qui le gangster a éventuellement parlé. Il n'a pas à attendre longtemps. Un vilain avec une vraie gueule de sadique entre dans le bar tout juste deux minutes après qu'il en est sorti. C'est sans doute le gars qui apporte mon arme, se dit Téo, il n'y a pas de raison de s'inquiéter. Mais je vais me souvenir de cette tête de cauchemar. On dirait Boris Karloff dans *La Fiancée de Frankenstein* !

75

Je suis de retour au bar juste avant midi, de plus en plus angoissé. Je sais que cette histoire va mal tourner et je ne peux rien faire pour l'en empêcher. Baptiste est seul, l'affreux est ressorti peu de temps après être arrivé.

— C'est toi qui vas répondre. Donne-lui rancard aux Réformés, une église. Elle devrait aimer ça, non ?

— On va voir. Tu ne veux pas lui parler toi, plutôt ?

— Non, c'est ton affaire. Moi je ne fais que payer. Je te fais confiance, tu le sais.

Pas si sûr...

— Bien sûr. Mais si elle ne veut pas entendre parler des Réformés, je fais quoi ?

— Improvise, me fais pas chier.

— OK.

À peine ai-je fini de parler que le téléphone sonne et je m'en empare.

— Allô ?

— C'est monsieur Baptiste Paoli ?

Je n'en reviens pas, c'est assurément une voix de gamine !

— Non, un ami à lui. Monsieur Paoli m'a demandé de traiter avec vous. Vous désirez toujours faire une petite transaction ?

— Plus que jamais.

— Vous avez toutes les affaires de monsieur Paoli bien sûr ?

— Oui, j'ai tout. Ça vaut un paquet de fric, ça.

— Combien vous voulez ?

— Vingt mille francs. En liquide.

Vingt mille ! Et l'autre tordu qui me donne deux cent mille pour la tuer ! On marche sur la tête !

— Ça fait une grosse somme, ça !

— C'est ça ou je porte la mallette chez les flics.

— Non, ne faites pas ça. Écoutez, c'est une grosse somme, mais monsieur Paoli va accepter. Nous pourrions faire l'échange ce soir à l'église des Réformés, si vous êtes d'accord.

— Je ne sais pas où c'est, mais je ne suis pas d'accord. Au bowl de Marseille-Prado, à 18 heures, ce soir.

— Le bowl ? C'est quoi ?

— Le skatepark, près des plages du Prado. Vous ne connaissez pas ?

— Je vais trouver, ne vous inquiétez pas. Comment je fais pour vous reconnaître ?

— Je porterai un jean vert pâle et un blouson en cuir rouge.

— Je ne vais pas vous louper alors ! Apportez la mallette, et rien que la mallette. Nous sommes d'accord ?

— D'accord.

— Elle a raccroché, dis-je en me tournant vers Baptiste.

— Alors ?

— Alors c'est une gamine, Baptiste ! Il faut prendre tes affaires et la laisser partir. Elle veut vingt mille francs, tu te rends compte ? C'est une misère !

— Tu vas la tuer, et tu auras tes deux cent mille, plus les vingt mille.

— Je ne sais pas ce que tu as après elle, mais je ne discute plus. OK, je vais la buter. Ce soir, 18 heures, au skatepark du Prado.

— Parfait. Tiens, voilà ton arme, fais-en bon usage.

Baptiste me tend un magnifique SIG Sauer 9 mm. Avec ça, je peux en tuer quinze, de gamines, me dis-je. Je vérifie aussitôt, et effectivement, le chargeur est équipé de quinze balles de neuf millimètres. Mon Corse ne rigole pas. Il doit être sacrément vexé d'avoir laissé traîner son attaché-case.

L'ayant abandonné à l'intérieur de son bar de mort, je me retrouve dans la rue, toujours sans savoir quoi faire. Il est midi et une petite faim me le rappelle. Alors je décide d'aller prendre un sandwich à la plage du Prado, histoire de faire d'une pierre deux coups. Repérer l'endroit et me sustenter. Je passe d'abord au bowl. C'est une classique piste de skate, il y a beaucoup de monde, surtout des jeunes. Cela ne fait rien pour me rassurer. S'il y a autant de monde ce soir et que ça canarde, alors il va y avoir des blessés partout. Rien ne me garantit que la gamine va venir seule, elle est peut-être téléguidée par un groupe concurrent de Baptiste, après tout, je n'ai que sa parole dans cette histoire, et ça pue à plein nez. Ou alors, elle est peut-être vraiment seule, mais je verrais bien le Corse me doubler, envoyer un sbire du genre de Frankenstein buter la fille et moi avec, histoire de me faire porter le chapeau. J'hallucine sans doute, mais je ne sens toujours pas ce coup-là. Je vais doublement me tenir sur mes gardes, et aller louer une bagnole après mon sandwich. Ça ne peut pas faire de mal de pouvoir m'échapper à toute allure ce soir si cela devient nécessaire.

Je me suis avalé un énorme pan-bagnat suivi d'un expresso et suis maintenant au volant d'une Mercedes break que je vais parquer le plus près possible du lieu de rendez-vous. Ensuite, pour passer le temps, je retourne à mon hôtel faire mon sac. La chambre est déjà payée pour deux jours : si je dois y revenir, ce sera sans problème. Mais j'ai bien peur d'avoir à fuir précipitamment, alors je vais emporter mes affaires et les déposer dans la Mercedes. Je me connais, ce que je vais faire va mettre mon Corse en colère, il n'y a pas de doute. Et si je ne fuis que Baptiste, cela n'ira déjà pas si mal. Je redoute d'avoir à fuir également les flics dans cette histoire. Je n'utilise pas le métro, cela me fait du bien de marcher, ça me vide la tête. Et me prend également plus de temps que je ne le prévoyais pour faire l'aller-retour jusqu'au boulevard de la Libération. Il est 5 h 30 passées lorsque je rejoins le bowl après avoir jeté mon sac dans la voiture.

L'air de rien, je me promène et fais semblant d'admirer les skateurs qui évoluent sur la piste, tout en scrutant les alentours. J'aperçois mon affreux Boris Karloff qui se donne beaucoup de mal pour tenter de passer inaperçu, et réussis *in extremis* à réprimer un tressaillement de surprise. Une surprise qui n'en est qu'à moitié une. Je savais, je pressentais que j'allais le trouver là. En revanche, je n'arrive pas à m'empêcher de sursauter franchement lorsque la gamine du téléphone apparaît. Elle porte un jean vert et un blouson rouge, comme elle l'a annoncé. Mais sa tête ne m'est pas inconnue. Comment cela est-il possible ? C'est le portrait tout craché d'Émeraude. Exactement la même que ma si gentille amoureuse de Tahiti !

76

Téo est stupéfait. Il n'est pourtant pas victime d'une hallucination ! Cette gamine ressemble comme deux gouttes d'eau à Émeraude. Il n'a pas oublié le visage de sa gentille amie qu'il avait failli aller retrouver lorsqu'il était parti en Calédonie. Il s'en était fallu de peu, à l'époque. Il secoue la tête, ferme les yeux et les ouvre à nouveau. Non, il ne se trompe pas, la ressemblance est totale. Cette gamine est plus jeune que ne l'était Émeraude, mais autrement, c'est la même. Bon, c'est un mystère, mais il ne doit pas se laisser distraire par ça, il y a plus important. Discrètement, il aborde la jeune fille tout en surveillant du coin de l'œil le vilain qui tente de se cacher tout en se rapprochant. Un éléphant dans un magasin de porcelaine ne ferait pas pire. Quel âne, se dit Téo.

— Mademoiselle, nous nous sommes parlé ce matin.

La fille sursaute, elle regardait ailleurs et n'a pas vu Téo approcher.

— Ah ! Vous m'avez fait peur ! Vous avez l'argent ?

— Ne dites rien et écoutez-moi, je vous en conjure. Regardez-moi ! Je n'ai pas d'argent et je suis là pour vous sauver la vie. Baptiste Paoli a payé quelqu'un pour vous éliminer. Ne vous retournez pas, il nous regarde ! Vous me comprenez ?

— Je comprends surtout que si vous n'avez pas l'argent, je vais aller voir la police !

— C'est ce que vous auriez dû faire lorsque vous avez trouvé cette mallette. Maintenant, c'est trop tard.

— Je m'en vais, au revoir !

— Ne bougez pas, de grâce ! Baissez-vous !

Téo a hurlé et s'est jeté sur la fille pour la faire tomber, tout en sortant son arme. L'affreux, qui observait depuis le début la conversation, vient de sortir un revolver et a tiré dans leur direction. Heureusement, Téo le surveillait, les coups de feu n'ont atteint ni la fille ni lui. Les skateurs et les passants s'enfuient en hurlant alors que Téo fait feu à son tour, touchant mortellement l'homme de Baptiste, qui s'effondre.

Il ne craint plus qu'une chose maintenant, c'est qu'il y ait d'autres assassins dans les parages. Il relève brutalement la gamine qui est choquée, totalement désorientée, et l'empoigne en lui criant qu'elle doit le suivre. Elle a laissé tomber la précieuse mallette, alors Téo la ramasse puis s'enfuit précipitamment sans lâcher la fille, vers la Mercedes. La gamine n'oppose aucune résistance, elle est au-delà de toute réaction, comme K-O debout.

Par chance, Baptiste a eu un excès de confiance dans son homme de main, il n'y a personne d'autre pour se lancer à la poursuite du couple en fuite. Lorsque Téo le réalise, il ralentit sa course pour tenter de passer inaperçu, mais renforce sa prise sur le bras de la fille qui est en train de se ressaisir et se met à résister.

— Ils ont voulu vous tuer, vous en êtes consciente ?

— Lâchez-moi !

— Hors de question, vous venez avec moi, sinon vous ne passerez pas la nuit. Demain, si vous le voulez encore, je vous laisserai partir, c'est juré. Marchez plus vite. S'il vous plaît. On ne sait pas s'il y en a d'autres !

Téo redoute les tueurs à la solde de Baptiste mais également les flics qui vont immanquablement arriver dans les minutes qui suivent. Il lui faut déguerpir en quatrième vitesse. Ils sont déjà au parking. Grâce à la télécommande, les portières sont déverrouillées et Téo pousse la fille à l'intérieur puis fait très rapidement le tour par l'avant, entre lui aussi et verrouille les portes. Enfin, il met en route et démarre aussi calmement qu'il le peut. Des sirènes retentissent déjà et des gyrophares se précipitent par dizaines vers le bowl. Mais les policiers arrivent trop tard en ce qui concerne Téo et sa protégée. Pour Boris Karloff également. Plus personne ne peut rien pour lui, il vient de jouer sa dernière scène d'horreur dans un scénario qui ne lui convenait pas. Dans la Mercedes, qui file désormais bien plus vite en direction de l'autoroute est pour sortir le plus rapidement possible de Marseille, les choses ne sont pas simples pour Téo qui est confronté à une jeune fille qui panique, hurle et pleure tout à la fois.

— Laissez-moi descendre, je vous en supplie !

— Écoutez-moi…

— Je veux descendre !

La fille hurle tellement fort et s'agite tant que Téo redoute que des passants ne relèvent le numéro, pensant être les témoins d'un enlèvement. Il hausse le ton lui aussi :

— Ferme-la et écoute !

Le ton autoritaire fait heureusement son effet.

— Si je te voulais du mal, ce serait déjà fait, tu ne crois pas ?

— Je ne sais pas. Pourquoi vous ne me laissez pas sortir alors ?

— Tu irais où ? Je suis certain que tu n'es pas de Marseille. Tu n'as pas le bon accent, j'ai entendu ça ce matin au téléphone.

— Non, je ne suis pas d'ici.

— D'où ?

— Ça ne vous regarde pas.

— Tu as parfaitement raison, excuse-moi. Tu as lu les documents que contient l'attaché-case ?

— Oui. Je sais lire, figurez-vous.

La jeune fille s'est calmée, elle a visiblement moins peur et reprend du poil de la bête.

— Où m'emmenez-vous ?

— Dans un endroit où tu seras en sécurité. Le type que j'ai tué là-bas, c'est sur toi qu'il tirait.

En disant cela, Téo n'est pas totalement sûr de lui. Il pense en réalité que l'affreux voulait d'abord commencer par lui, puis qu'il se serait occupé de la fille ensuite, une fois les risques de riposte éliminés. Cela lui semble plus logique. Mais bon, avec un décérébré de cet acabit, va savoir, se dit-il.

— Pourquoi il aurait voulu me tuer ?

— Tu es stupide ou tu fais semblant ?

— Vous êtes méchant ! Il n'avait aucune raison, je ne demandais pas tant que ça. Vingt mille, c'est beaucoup pour moi. Mais pour lui, c'est rien. J'ai vu les papiers, ce bandit, Paoli, il a de l'argent !

— Donc tu as bien lu. Il y a des documents très compromettants, tu le sais ?

— Bof, j'ai pas tout lu non plus.

— Tu aurais dû. Et tu aurais deviné qu'avec ça, Paoli ne peut pas te laisser en vie. Tu en sais beaucoup trop sur lui, et surtout tu as la possibilité de donner tous ces papiers à de mauvaises personnes, des gens qui peuvent lui faire beaucoup de mal. Donc il doit t'éliminer pour que tu ne représentes plus un danger.

— Mais j'allais tout lui rendre !

— Parce que tu es honnête. Si on peut qualifier d'honnête une fille qui vole une mallette et fait chanter son propriétaire…

— Je ne l'ai pas fait chanter, c'était juste une transaction commerciale.

— Ben voyons. Mais tu as compris qu'ils ne vont pas en rester là. Ils vont te rechercher pour te tuer. Tu as payé comment ton taxi ? Celui dans lequel tu as trouvé le porte-documents.

— Avec ma carte bleue.

— Et voilà, tu peux aller te cacher où tu voudras, ils te retrouveront.

— Mais ils ne savent pas quel taxi c'était, non ?

— Pas encore, mais fais-moi confiance, ils ont des moyens. Avec ta carte bleue, ils vont savoir où tu habites et avec qui.

— Mon Dieu ! Maman !

— Eh oui, maman. Avec tes conneries, tu as mis toute ta famille en danger.

— Toute ma famille, c'est ma mère.

— Papa ou frère et sœur ?

— Que ma mère.

— C'est déjà ça. Il va falloir la prévenir et la mettre en lieu sûr elle aussi.

— Je ne peux pas ! Elle va me tuer !

— Tout le monde veut te tuer, alors. Mais si on ne la prévient pas, c'est elle qu'ils vont tuer. De plus, avant, ils vont se servir d'elle pour que tu viennes à eux et rendes les papiers. Après, ils vous tueront toutes les deux. Et moi avec car je t'ai aidée.

— Mais qu'est-ce qu'on peut faire alors ?

— Je vais te cacher dans un endroit qu'ils ne connaissent pas, et ta mère aussi. Ensuite, j'irai négocier ta vie. En espérant qu'ils acceptent.

77

J'ai réussi à quitter Marseille sans me faire arrêter ni me faire poursuivre par des hommes de main de Baptiste. Il avait donc bien misé toutes ses chances sur son affreux. Comme quoi, même le plus averti des gangsters peut accumuler les erreurs. Pourquoi a-t-il voulu me faire tuer, cela reste toujours un mystère pour moi dans l'immédiat. Ce qui ne fait plus l'ombre d'un doute, c'est que je suis en sursis si je ne fais rien.

Ma passagère s'est bien calmée, nous avons beaucoup discuté, et maintenant elle dort, épuisée par toutes ces émotions. Je ne lui ai pas encore demandé son âge ni son nom, on verra ça plus tard. Mais je ne lui donne pas plus de 18 ans. Sans doute moins. Que faisait-elle à Marseille ? Mystère. Il faut quand même que je me renseigne. Si quelqu'un l'attendait, il va obligatoirement y avoir une alerte enlèvement. Je le sais en tant qu'ancien flic, les moyens déployés sont immenses et je vais courir de grands risques avec elle dans ma voiture. J'ai déjà eu une chance de dingue de parvenir à quitter le Prado sans me faire repérer, je ne peux continuer à jouer avec le feu.

Mon idée est d'aller à Paris prendre rue Mouffetard les clés de ma maison de Le Bourgneuf, ainsi que des armes. Ensuite, aller en Bretagne planquer mon inconnue, appeler sa mère et la persuader de venir rejoindre sa fille. Puis revenir à Marseille et tenter de négocier avec le Corse, sachant que c'est perdu d'avance. Il voulait déjà me tuer avant que je parte avec la fille et la sacoche. Alors maintenant... Pourquoi m'a-t-il fait venir à Marseille s'il n'avait pas confiance en moi ? La réponse est qu'il avait déjà décidé de m'éliminer. Je n'en connais pas la raison, et peut-être ne la connaîtrai-je jamais. Avec des types comme lui, il suffit d'un rien. Un mot de travers, une mauvaise blague même ! Et je lui ai raconté une blague sur les Corses. Va savoir, me dis-je... Il faut que je réveille ma belle inconnue. Je la regarde dormir encore un instant. Je suis toujours autant estomaqué : c'est une Émeraude *bis*. Avec de petites différences bien sûr, mais quasiment la même. Peut-être avons-nous tous un sosie sur Terre ? Je lui attrape le bras doucement.

— Hello miss, il faut se réveiller.

Au contact de ma main, elle sursaute et ouvre les yeux immédiatement. Ne comprenant pas où elle est, elle est prête à paniquer à nouveau.

— N'aie pas peur, tout va bien. Tu te souviens, nous sommes en voiture. En sécurité, calme-toi.

Elle me reconnaît et heureusement semble rassurée. Elle doit avoir compris que je ne suis pas une menace.

— Ça va ? Tu te sens mieux ?

— Bof.

— Il faut que tu me répondes franchement, c'est très important pour notre sécurité à tous les deux. À Marseille, il y avait quelqu'un qui t'attendait ?

Je sens bien qu'elle hésite. Sans doute est-elle en train de réfléchir pour savoir si elle a un quelconque intérêt à mentir. « Oui, on m'attendait, il faut me ramener tout de suite, sinon on va me chercher », ou bien « Non, personne. *Comme ça, ce méchant type va se faire gauler pour kidnapping* ». Je pourrais entendre les neurones s'entrechoquer tellement elle cogite.

— Non, personne.

— C'est vrai ce mensonge ?

— Ah, ah, maman aussi elle dit ça. Non, je ne mens pas. Personne ne m'attendait. À la vérité, j'ai fugué de chez moi.

Merde ! me dis-je. Il y a donc sans doute quand même des recherches d'organisées.

— Ça fait longtemps ?

— Deux jours.

— Il faut que tu appelles ta mère. C'est indispensable, tu dois la rassurer. Quel âge as-tu ?

— Ça ne vous regarde pas !

— Si, maintenant, ça me regarde. Tu es dans ma bagnole et je risque ma vie pour toi, figure-toi ! Tu es mineure ?

— Oui, j'ai 17 ans. Je les ai eus en juin.

— Donc tu es bien mineure. Il faut que tu appelles ta mère. Dis-lui que tu vas bien, qu'elle ne s'inquiète pas puis passe-la-moi.

— Elle va s'affoler encore plus si vous lui parlez.

— C'est un risque à courir. On ne peut pas faire autrement. On va attendre de rejoindre une aire de stationnement. Il ne manquerait plus que je me fasse arrêter pour avoir téléphoné au volant !

— On est où là ?

— Près d'Aix-en-Provence.

— Et on va où ?

— Paris d'abord, puis la Bretagne ensuite.

— Cool…

Dès qu'une aire se présente, je vais garer la Mercedes dans un coin tranquille du parking.

— J'ai besoin d'aller aux toilettes, je peux ?

— Bien sûr. Je ne t'ai pas enlevée, tu te rappelles ? Je te protège. Mais appelle ta mère d'abord, OK ?

— Bien.

Elle cherche son téléphone au fond de sa poche, va dans ses contacts et appuie sur la touche d'appel.

— Ça sonne, me dit-elle. Allô, maman ? C'est Flora.

Je connais donc son prénom maintenant.

— Je vais bien, ne t'inquiète pas. Non maman, je ne suis pas à Bordeaux !

Ah, je sais aussi d'où elle vient désormais.

— J'ai eu un petit problème, maman. Non, rien de grave, rassure-toi.

Rien de grave, comme elle y va ! On a juste voulu me tuer, maman. Et puis c'est pas fini, on va recommencer. Mais pas grave.

— Je vais te passer quelqu'un qui veut te parler. Je t'embrasse, maman. Oui, je t'aime moi aussi.

— Allô ?

— Qui êtes-vous, monsieur ?

— Peu importe qui je suis, il faut que vous m'écoutiez.

— Mais…

— Taisez-vous et écoutez-moi ! S'il vous plaît. Il y va de votre vie et de celle de Flora. Votre fille a fait une grosse bêtise à Marseille. Elle a, on va dire, froissé un dangereux gangster qui veut la tuer maintenant. Grâce à moi, elle est en vie. Elle pourra vous le confirmer. Nous sommes actuellement en route pour Paris, puis nous irons en Bretagne où elle sera en sécurité. Mais ce n'est pas tout. Je suis persuadé que le gangster a les moyens de parvenir jusqu'à vous, en retraçant un paiement que Flora a fait avec sa carte bleue. Vous êtes donc vous aussi en grand danger. Je vous supplie de venir la rejoindre en Bretagne, sans rien dire à personne. Personne ! Je vous mettrai en sécurité le temps de trouver un compromis avec le voyou marseillais.

— C'est n'importe quoi ce que vous me racontez ! Passez-moi Flora !

— Tiens, ta mère veut te parler, elle ne me croit pas.

— Maman, ce que dit le monsieur est vrai. Je suis désolée, maman, tout est de ma faute ! Viens me rejoindre, maman. Non, je te jure, il ne me force pas et ne m'a rien fait. Promis, maman. Jure-moi de faire comme il a dit. Ne parle à personne. Je ne veux pas qu'on te fasse du mal à cause de moi ! Oui, je te le repasse. Elle veut vous parler.

— Allô. Oui, vous commencez à me croire ? Bien. Vous pouvez prendre un avion sur Rennes ?

— Oui, bien sûr.

— Alors je serai avec Flora à l'aéroport de Rennes demain matin, nous vous attendrons. Essayez de prendre le premier vol.

— Et ce soir ?

— Si vous le pouvez, c'est mieux, bien sûr. Mais nous n'y serons nous-mêmes pas avant demain.

— Bien, je vais voir comment je peux me débrouiller. Vous êtes monsieur… ?

— Mon nom n'a aucune importance, madame. Une dernière chose. Si vous avez effectué des démarches pour que Flora soit recherchée, annulez tout. Je ne tiens pas à être arrêté. Et vous non plus, cela la mettrait en danger.

— Comme vous voudrez. Passez-moi ma fille.

— Ta mère veut encore te parler.

— Maman ? Oui maman, je fais attention. Bien sûr, maman. Allez, je t'embrasse fort. Oui, moi aussi je t'aime. À demain.

Elle raccroche et se tourne vers moi.

— Je peux aller faire pipi maintenant ?

78

Le trajet se poursuit sans incident jusqu'à Paris puis Le Bourgneuf-la-Forêt où Téo et Flora parviennent après environ dix heures de route, vers 5 heures du matin. Le conducteur est épuisé, au contraire de sa passagère qui a dormi la majeure partie du trajet. Téo a fait un petit break à son appartement parisien pour souffler un peu et surtout prendre le plus discrètement possible les armes dont il sait avoir besoin. Mais il se verrait bien dormir une journée entière au lieu de repartir presque aussitôt pour Rennes.

La propriété de Le Bourgneuf-la-Forêt est inchangée et calme. Personne n'est apparemment venu squatter les lieux, personne n'a déterré de cadavre. Quand toute cette histoire avec Flora sera terminée, je devrais à nouveau éliminer toute trace de ma venue ici, pense Téo. Que la sépulture de Sébastien n'ait pas été découverte ne veut pas dire qu'elle ne le sera jamais. Si je survis à mon inévitable confrontation avec Baptiste, ajoute-t-il.

Sur la route de Rennes, Téo a tenté de questionner à nouveau Flora sur sa famille, mais elle s'est murée dans un mutisme boudeur lorsqu'il lui a demandé où était et ce que faisait son père.

— C'est un salaud dont je ne veux pas parler. Il a abandonné ma mère lorsqu'elle est tombée enceinte.

Fin de la discussion. Sacré caractère, pense Téo.

— Et je peux te demander pourquoi tu as fugué ?

— Pour rien, des conneries d'ado. Je voulais sortir et ma mère me l'avait interdit. Je suis sortie quand même, j'ai fait le mur. Mais à la soirée à laquelle je suis allée, je me suis fâchée avec mon copain. Il s'est mis à draguer une autre fille et ça m'a gonflée, alors je suis partie. Le pote chez qui avait lieu la soirée habite près de la gare, alors je suis allée boire un verre au buffet. Et sur un coup de tête, j'ai eu envie de monter dans un train, je ne voulais pas rentrer chez moi. Comme ça, juste pour rigoler. Mais il a démarré. Il allait à Marseille, je me suis dit : « Pourquoi pas ? » Voilà, c'est tout. Complètement stupide.

— C'est toi qui l'as dit… Et tu as dormi où ?

— Dans un hôtel, l'*Ibis* du Prado, près d'un stade de foot.

— Je vois, oui.

À Le Bourgneuf, la jeune fille est surprise de découvrir une si vaste propriété.

— Et vous n'habitez pas ici ?

— Non, je suis le plus souvent à Paris.

— Vous faites quoi comme boulot ?

— Tu es devenue curieuse, dis donc ! Je sauve les jeunes filles qui font des conneries. Voilà ce que je fais.

— Bon, vous ne voulez pas me dire, quoi.

— Tu as tout compris.

À peine arrivés, il leur avait fallu déjà repartir vers Rennes. Téo n'a pas pris le temps de regarder à quelle heure atterrit le premier vol en provenance de Bordeaux, mais ce ne doit pas être très tard. Il veut donc être sur place très tôt, d'autant plus que la mère de Flora est peut-être arrivée la veille.

Ils sont à l'aéroport vers 6 h 30, pour constater qu'il n'y a que deux vols par jour. L'un arrive à 12 h 15 et l'autre à 21 h 10. Téo est en train de s'insulter intérieurement de ne pas avoir pris la précaution de vérifier, lorsque Flora pousse un cri et se met à courir en direction d'une femme qui vient de pénétrer dans le hall de l'aérogare, loin d'eux. Téo remarque immédiatement que celle-ci est suivie de près par un homme aux allures de flic. Ça y est, nous y sommes, se dit-il, c'est la catastrophe. Puis, son cœur se met à cogner très fort dans sa poitrine. La femme s'est rapprochée et il ne peut croire ce qu'il voit. En face de lui, celle qu'il suppose être la mère de Flora semble aussi surprise que lui. Alors que sa fille court vers elle, elle ne lui jette pas un regard. Elle n'a d'yeux que pour Téo. Quand ils ne sont plus qu'à dix pas, ils crient, ensemble.

— Émeraude !

— Téo !

L'homme qui accompagne la mère de Flora s'est arrêté net, et Flora a fait de même, regardant, éberluée, tour à tour sa mère et le type qui l'a sauvée.

— Vous vous connaissez ?

Mais Téo et Émeraude n'entendent pas la question. Ils sont déjà face à face, presque collés, et se dévisagent.

— Oh mon Dieu ! Téo, ce n'est pas possible ! Et je n'ai pas reconnu ta voix !

— Moi non plus ! Je suis impardonnable puisque j'avais ton portrait sous les yeux !

Ils se regardent encore un instant, gênés, puis Émeraude prend conscience de la présence de sa fille et se jette à son cou.

— Ma grande fille ! Tu m'as fait tellement peur !

— Maman ! Je suis tellement désolée ! Si tu savais comme je m'en veux !

Pendant les retrouvailles mère fille, les deux hommes s'observent et se jaugent. Émeraude le remarque, alors elle dit :

— Téo, laisse-moi te présenter Marc, un ami qui travaille avec moi. Je lui ai demandé de m'accompagner, au cas où. Marc, je te présente Téo, un très vieil et très cher ami.

Les deux hommes se serrent la main, continuant de s'observer.

— Et maintenant, Téo, si tu m'expliquais ce qui se passe ?

— Pas ici, Émeraude. Et sans Marc, si ça ne te dérange pas.

— Et pourquoi ça ? demande Marc.

— Je suis désolé, Marc. Il n'y a rien de personnel, mais c'est comme ça. Émeraude, dis-lui.

— Mais enfin Téo, Marc est détective, c'est son travail de résoudre ce genre d'affaires.

— J'ai dit non, c'est tout. Fais-moi confiance.

Puis, se tournant vers Marc :

— Tu es flic ?

— Privé. Ancien flic.

— Crois-moi, je te rends service en refusant ton aide. Retourne à tes enquêtes et laisse-moi me débrouiller avec cette histoire. Émeraude, j'insiste, dis-lui.

— Tu sais ce que tu fais, Téo, n'est-ce pas ?

— Je sais parfaitement ce que je fais. Demande à ta fille.

Flora est muette depuis le début de l'échange. Elle est totalement perdue. Comment se fait-il que sa mère et ce type se connaissent, se demande-t-elle ? Qui c'est ce gars ? Très vieil et très cher ami, ça veut dire quoi ?

— Flora ? interroge Émeraude.

— Fais-lui confiance, maman, il m'a sauvé la vie hier soir. Un homme voulait me tuer.

79

— Et pourquoi quelqu'un voudrait te tuer, Flora ? Qu'as-tu fait ?

— Ne réponds pas, Flora. Pas maintenant, pas ici. Bon, Émeraude, il faut qu'on bouge. Marc, au revoir et merci d'être venu, c'était un plaisir.

Le Marc en question hausse les épaules et regarde Émeraude, interrogateur.

— Désolée Marc, je vais faire ce qu'il me demande. Pardonne-moi.

— C'est toi qui vois, Éme. Tu as mon numéro et je reste ici quelques jours. Alors si tu as besoin, appelle-moi.

— Merci beaucoup, Marc, tu es adorable.

— Merci Marc, tu es adorable, ne peut s'empêcher de répéter Téo, moqueur malgré la situation. Purée, quel idiot je fais, pense-t-il quand même aussitôt. Ce type ne fait que son travail, ne l'emmerde pas ! Excuse-moi, Marc, c'était stupide, désolé. Merci d'être venu pour aider Émeraude, elle ne pouvait pas savoir que j'étais impliqué dans cette affaire. Mais honnêtement, il vaut mieux pour tout le monde que tu restes là.

— OK, il n'y a pas de problème, mec.

Téo, accompagné d'Émeraude et Flora, quitte enfin l'aéroport pour rejoindre la Mercedes.

— Il faut que tu m'expliques maintenant, Téo.

— Attends encore deux minutes, s'il te plaît.

Une fois enfin sur la route, Téo raconte à une Émeraude très attentive les mésaventures de sa fille. Il ne parle bien sûr pas des raisons pour lesquelles il est en contact avec Baptiste Paoli, et ne dévoile pas plus ses réelles intentions pour la suite qu'il envisage de donner aux évènements.

Quand ils sont à Le Bourgneuf, il attribue une chambre à chacune des femmes, puis part un moment avec Émeraude se promener dans le domaine. Ils ont énormément de choses à se dire, beaucoup de questions à poser, dont, pour certaines, l'un ou l'autre n'a pas envie de donner les réponses.

Téo raconte la suite de son voyage après Tahiti, la Calédonie et les plongées fantastiques, l'Australie, son retour en France, les études de droit grâce ou à cause d'elle. Il parle de ses années merveilleuses, celles pendant lesquelles il était flic, un grand flic qui vivait avec une femme hors du commun, puis il passe vite sur les années de prison et celles qui viennent de s'écouler, laissant à son tour Émeraude raconter sa vie.

Celle-ci a bien du mal à commencer son récit. Elle bute et bégaie, semblant avoir besoin de vraiment réfléchir à ce qu'elle va dire avant de se lancer. Cela fait sourire Téo qui met ça sur le compte de l'émotion due à ces retrouvailles tellement inattendues.

Elle a tant bien que mal poursuivi ses études par correspondance pendant un an, puis toute la famille est rentrée en France où elle a pu continuer sa formation en fac, bien plus sérieusement, jusqu'à obtenir une licence puis une maîtrise de droit à la fac de Bordeaux.

Ses parents sont morts dans l'attentat perpétré contre le DC-10 de l'UTA au-dessus du désert du Ténéré, en septembre 1989. C'était son père qui était aux commandes lorsque l'avion avait explosé en plein vol, victime d'un attentat commandité par la Libye de Mouammar Kadhafi. Malheureusement, madame Castignac accompagnait son mari sur ce vol qui reliait Brazzaville à Paris, et les deux parents d'Émeraude avaient disparu en même temps, la laissant seule avec Flora qui n'avait alors que 7 ans. Elle est maintenant avocate depuis 1986 et vit seule à Bordeaux, où elle exerce. Elle plaide régulièrement au pénal et adore son métier. Elle n'avait jamais entendu parler des problèmes que Téo a rencontrés, sinon elle serait certainement venue le voir. Ou pas. Après avoir dit ça, elle ajoute qu'elle n'aurait sans doute pas osé.

— Je te comprends bien, Émeraude, et je suis très content que tu n'aies pas été au courant.

— Mais c'est une horreur ! Comment peux-tu supporter d'avoir été victime d'une telle machination ?

— Que puis-je y faire, Émeraude ? Le passé est le passé, laissons-le tranquille.

Téo dit ça mais il n'en pense pas un mot. Ou du moins, il s'est arrangé pour en finir avec ce passé et maintenant peut le laisser effectivement tranquille.

— Mais tu ne me parles pas du père de Flora ? Lorsque je l'ai interrogée sur ses parents, elle n'a voulu parler que de toi. Sur son père, elle m'a juste dit que c'est un salaud qui t'a laissée tomber alors que tu étais enceinte.

— Elle fabule, je ne lui ai jamais dit que c'était un salaud. C'est ce qu'elle veut croire. Son père est un homme merveilleux avec lequel j'ai vécu les meilleurs moments de ma vie. Quand il m'a quittée, il ne savait pas que j'attendais un bébé de lui.

— Mais après, il l'a su, non ? Il aurait dû assumer, enfin !

— Je ne lui ai jamais appris. Il ne le sait toujours pas.

— Merde alors ! Moi, ça ne me plairait pas ! J'aimerais savoir ! Après, le type en fait ce qu'il en veut, mais il faut qu'il sache ! Tu devrais lui dire. Ne serait-ce que pour Flora. Elle vit avec l'idée que les hommes sont des salauds. Regarde, elle a fugué de sa fête parce qu'elle a vu son petit copain draguer une autre nana. Si ça se trouve, elle se fait des idées, le gars blaguait peut-être tout simplement. Tout ça juste parce qu'elle a des *a priori* sur les mecs. Par ta faute. Il faut qu'elle sache qui est son père, et le type doit savoir qu'il a une fille. Merde, Émeraude ! Pour moi, tu as déconné !

— Tu penses vraiment ce que tu dis ?

— Sinon je ne le dirais pas. Crois-moi, même si le gars a une famille, il va être content de savoir. Cela ne t'oblige à rien par rapport à lui, juste que comme ça Flora connaîtra son père. Et inversement.

— Tu n'as pas de famille, toi ?

— Non, je viens de te raconter ma vie, tu le sais bien.

— Alors si tu apprenais que tu as une fille, tu serais content ?

— Bien sûr que je serais ravi ! Mais où… Mince Émeraude, ne me dis pas que…

— Si, Téo, je te le dis. Tu es le père de Flora.

80

Je regarde Émeraude, complètement abasourdi, puis me retourne pour voir si quelqu'un, Flora bien évidemment, a pu entendre ce que vient de dire mon amie. Nous sommes toujours seuls, je ne vois pas comment la jeune fille, ma fille, aurait pu approcher sans que nous la remarquions. J'ai d'abord beaucoup de mal à parvenir à penser encore de façon cohérente, puis mon cerveau se remet à fonctionner. Quand j'ai quitté Tahiti, Émeraude était donc enceinte de moi ? Le savait-elle ? Surtout, pourquoi ne m'en a-t-elle rien dit ? Et surtout, par-dessus tous les surtout possibles, je suis immédiatement au comble de la joie. Je suis le père d'une magnifique jeune fille ! Elle est rebelle et complètement débile, elle a mis sa vie en danger et par la même occasion celle de sa mère et la mienne, mais je l'aime déjà. C'est ma fille !

Sans réfléchir, je me jette au cou d'Émeraude et la serre très fort.

— C'est merveilleux ! Tu ne peux me rendre plus heureux, Émeraude ! Mais tu dois tout me dire, maintenant. Quand je suis parti, tu le savais ? Que tu étais enceinte, je veux dire.

— Non, tu as probablement déposé la petite graine notre dernière nuit, me répond Émeraude en rosissant de façon touchante.

— Mais tu prenais la pilule, non ?

— Si, mais il m'arrivait parfois de l'oublier un peu, ou de la prendre en retard. C'était une de ces fois-là.

— Mais quand tu as su, pourquoi n'avoir rien dit ? Je serais revenu, tu le sais, pas vrai ?

— Je n'en ai jamais douté, Téo. Et puis ? Ce n'était peut-être pas la vie dont tu rêvais à l'époque. Tu avais des voyages plein la tête, des rencontres à venir, des plongées par milliers. Beaucoup d'autres femmes à découvrir et à aimer... Que pouvais-je te proposer ? Une vie rangée à Tahiti, une petite île où tu aurais été coincé ? Non merci, je ne voulais surtout pas être celle que tu accuserais un jour de lui avoir coupé les ailes.

— Mais et toi ?

— Moi ? J'avais des parents merveilleux qui m'ont toujours comprise et soutenue. Et rapidement j'ai eu un double de toi. Une fille qui ne me donne que du bonheur. Enfin, presque...

— Oui, je vois un peu ce que tu veux dire. Et tu vis avec quelqu'un ? Tu as un homme dans ta vie ?

— J'ai eu des hommes, oui, mais non, je vis seule maintenant, Téo. J'ai un métier prenant, qui m'accapare de très nombreuses heures tous les jours, je ne suis pas très disponible pour m'investir dans une relation. Mais là n'est pas le réel problème. Je dois avouer que Flora n'a jamais supporté qu'un homme vienne vivre à la maison. Elle sait se rendre infernale quand elle veut.

— J'en ai eu un petit aperçu. Elle me plaît, ta fille ! Ma fille, je veux dire. Et ce Marc ? C'est ton copain ?

— Je viens de te dire que je suis seule, Téo. Non, Marc est enquêteur privé. Je fais appel à ses services régulièrement pour mon boulot. C'est un homme bien et j'ai une totale confiance en lui. Cela m'a coûté de refuser son aide ce matin.

— Crois-moi, ça vaut mieux pour lui. Tu n'as aucune idée de ce que sont capables de faire les voyous que Flora a contrariés. Mais tu as eu une relation avec lui, pas vrai ?

— Téo, tu es infernal ! Oui, tu es content ? J'ai eu une aventure avec lui. Mais c'est fini, et c'était il y a longtemps, me répond Émeraude en rosissant encore, un peu plus foncé, dois-je dire.

— Et pour Flora, qu'est-ce qu'on va faire ? Que va-t-on lui raconter ?

— Pour nous deux, tu veux dire ?

— Pour nous deux, oui, mais surtout pour moi. Pour son père, quoi.

— On ne peut faire autrement que la mettre au courant, tu ne crois pas ?

— Je suis d'accord. J'aimerais bien voir la tête qu'elle va faire en apprenant ça !

— Tu aurais vu la tienne !

— Moque-toi ! Tu es étonnante, ma copine Émeraude ! Je suis tellement heureux de te revoir ! Tellement heureux de cette extraordinaire nouvelle ! Notre fille est forte, tu sais ? Pendant la fusillade, elle n'a pas bronché.

— Arrête, tu me fais peur ! Je m'en serais tellement voulu s'il lui était arrivé quelque chose !

— En revanche, pour son éducation, tu n'as pas les félicitations du jury ! À 17 ans, vouloir racketter des truands !

— C'est ma faute. Avec mon travail, je dis sans arrêt qu'il faut faire payer les bandits. Et c'est vrai qu'ils me donnent beaucoup d'argent pour que je les sorte de la merde dans laquelle ils se fourrent. Ça a déteint sur Flora. Passons… Que comptes-tu faire maintenant ?

— Pour cette histoire ?

— Oui. Si ces gangsters recherchent Flora, il faut aller à la police et tout raconter.

— Non. Définitivement non, Émeraude. Je ne peux pas. Si ce Baptiste était arrêté, je retournerais directement en taule, et jusqu'à la fin de ma vie.

— Mais pourquoi ? Qu'as-tu fait ?

— Tu n'as pas envie de le savoir, crois-moi. Je vais régler ça d'une autre manière, en leur rendant ce qu'ils réclament : leurs précieux documents.

— Et ça va suffire ? Tu crois qu'ils vont laisser notre fille tranquille ?

— Il faudra bien.

Je sais parfaitement que c'est faux. Cela ne suffira jamais. Pas tant que Flora et moi serons en vie. Il va me falloir tuer toute la bande, ou au minimum le beau Baptiste.

— Mais par mesure de sécurité, nous allons photocopier tous les documents. Et je vais accorder une attention toute particulière à certains d'entre eux. Baptiste m'a dit qu'il arrosait des flics ripoux et faisait chanter des politiciens. Je veux savoir de qui il s'agit, je les connais certainement, et j'ai sans doute déjà eu affaire à eux.

En disant ça, je pense évidemment au *Moulin à Vent* et à ces charognes qui m'ont envoyé croupir en taule avec l'aide de Sébastien.

— Je sais comment contacter Baptiste. Nous allons arranger un rendez-vous discret à Marseille et faire l'échange. Les documents contre nos vies. Allons voir Flora, maintenant. J'ai envie de connaître ma fille.

81

Flora est dans le salon, les cheveux trempés. Elle a dû se doucher et est maintenant en train de lire les documents de la précieuse mallette. Il y a des feuilles étalées un peu partout, comme si elles n'avaient aucune valeur.

— Eh, fais gaffe à ça, Flora, il va falloir que je les rende ! dis-je.

— Mais oui, pff, je fais gaffe ! Maman, il faut que tu lises tout ça ! C'est incroyable ! Et encore je n'y comprends pas grand-chose. Toi, tu vas te régaler. Ce type Paoli a des dossiers sur un paquet de flics et de politiciens !

— Fais ce que te dit Téo, ma grande, range ça. Il faut qu'on parle.

— OK. Mais tu vas regarder après, c'est promis ?

— Oui, Flora, promis.

— Tu veux qu'on parle de quoi ? Tu vas m'engueuler pour ce que j'ai fait ?

— Je devrais. Mais non, nous allons parler d'autre chose.

Tout en discutant, Flora vient de finir de remettre en place tous les papiers dans la mallette qu'elle ferme et pose sur une table basse.

— Tu m'inquiètes, là. Je comprendrais que tu me passes un savon, je sais que je le mérite. Et vous, monsieur, je ne vous ai pas remercié. Je sais que je vous dois la vie.

— Plus que tu ne le crois, Flora.

Je dis ça avec un petit air narquois qui fait sourire Émeraude, ce qui n'échappe pas à sa fille.

— Qu'est-ce que vous mijotez, vous deux ?

Je regarde en direction d'Émeraude et la vois hésiter. Elle ne sait visiblement pas comment révéler à sa fille que je suis son père. Je suis tenté d'y aller franco et de tout balancer d'un coup, mais au dernier moment, je me reprends.

— Il est presque 9 heures. Personne n'a une petite faim ? Un café, ça vous dit ?

Émeraude saute sur l'occasion. Je ne saurai jamais si elle avait réellement envie d'un café ou si elle voulait manger, mais subitement elle meurt de faim et veut un thé.

— Du thé, tu as ?

Bien sûr, je viens de dire n'importe quoi, et ne sais plus comment faire. La maison est vide, totalement vide de toute nourriture. Rien à manger, rien à boire. Personne n'était censé y revenir avant très longtemps.

— Émeraude, tu devrais enguirlander copieusement Flora pendant une demi-heure, le temps que j'aille au village acheter de quoi petit-déjeuner, et ensuite on parlera, d'accord ? Je n'habite plus ici, alors les placards et le frigo sont vides. Je reviens tout de suite. Flora, tu veux quoi ? Croissant ou pain au chocolat ?

— Croissant et pain au chocolat.

— Pardi, j'aurais dû m'en douter. Ça marche.

Je m'échappe rapidement et reviens aussi vite, les bras chargés de viennoiseries, de thé et de café. J'ai pris également du lait et du sucre, mais mes achats se sont arrêtés là. Nous ferons de plus grandes courses tous ensemble, avant que je reparte vers Marseille.

Je n'ai pas l'impression qu'Émeraude ait vraiment fait la morale à sa fille, mais suis certain que pour la grande révélation de l'année, elle m'a attendu. Je ne sais si je dois m'en réjouir ou le regretter. Il est évident en tout cas que Flora se pose des questions. Elle nous observe en train de nous agiter dans la cuisine pour préparer le petit déjeuner et retarder le moment fatidique. Elle est loin d'être stupide, me dis-je.

— Bon, et si vous balanciez ce que vous avez à dire ? Maman ? Monsieur ?

— Téo, moi c'est Téo, d'accord ?

— D'accord. Mais ça ne vous dispense pas de parler…

— Voilà, tout est prêt. On va s'asseoir ? propose Émeraude. De toute manière, il vaut mieux que tu sois assise, Flora.

— Je crains le pire.

— Mais non. Voilà. Bon, je me lance, hein Téo ?

— Maman ! C'est un jeu ?

— Non, c'est juste que j'ai un peu de mal. Voilà… Tu as donc déjà compris que Téo et moi on se connaît d'avant, il y a longtemps, pas vrai ?

— Ben oui !

— En fait, on s'est connus quand il faisait un tour du monde, à San Francisco.

— Cool.

— On s'est plu, on est sortis ensemble, et quand j'ai dû rentrer à Tahiti, eh bien il m'a accompagnée. Nous vivions ensemble dans mon appart.

— Et papy et mamie étaient d'accord ?

— Oui, ils adoraient Téo.

— Mais tu avais quel âge ? Tu étais un peu jeune, non ?

— Pas tant que ça, 22 ans.

— Oui, ça va, dit-elle en secouant malgré tout la tête, les sourcils froncés, le cerveau fonctionnant à cent à l'heure. Mais tu as quel âge, là ?

— Je suis née en 1960, alors j'ai 39 ans.

— Et vous, Téo, vous êtes resté longtemps à Tahiti ?

— J'en suis parti en octobre 1981.

Flora fronce encore plus les sourcils, se concentrant visiblement. Une étincelle jaillit dans ses yeux verts, elle regarde tour à tour sa mère et Téo puis s'exclame :

— Et moi, je suis née en juin 1982. Ce que tu veux me dire, maman, c'est que Téo est mon père ?

— Oui Flora. L'homme qui t'a sauvé la vie hier soir est ton père.

— Et pourquoi vous n'êtes jamais venu me voir, espèce de salaud ? Pourquoi vous avez abandonné maman ?

Flora a fondu en larmes et s'est levée. Elle s'apprête à quitter la pièce.

— Il ne savait pas, Flora. Reste là, s'il te plaît. Écoute-moi. Je ne lui avais rien dit.

Flora fait demi-tour et reste immobile près de la porte.

— Mais vous auriez pu vous en douter, non ? demande-t-elle à Téo.

— J'aurais pu, oui. J'aurais certainement dû. Mais ta mère prenait une pilule, donc j'ai une toute petite excuse.

— Je vois. Je suis un accident, quoi !

— Non, tu n'es pas le fruit d'un accident, ma fille chérie. J'ai dit tout à l'heure à Téo que j'avais oublié ma pilule, mais je lui ai menti. Désolée, Téo. Tu n'es pas un accident, parce que je te voulais. Je te désirais par-dessus tout ! Je voulais un enfant de mon amour, un enfant de cet homme que j'adorais et que j'aime encore. Cet homme qui t'a sauvée hier soir.

82

Téo est surpris d'entendre son amie avouer si facilement qu'elle est encore amoureuse de lui. Il en est ravi, mais cela le gêne également. Depuis qu'ils se sont revus à l'aéroport, il se sent irrésistiblement attiré par elle et a du mal à réellement savoir si ce n'est pas uniquement dû au fait qu'il n'a pas touché une femme depuis Murielle, que ce n'est pas juste un besoin physique qui n'aurait rien à voir avec ce petit amour de jeunesse. Il ne veut pas renouer une relation qui serait à sens unique et risquer de décevoir désormais deux personnes. Réfléchis bien avant d'aller plus loin, se dit-il. Attends au moins d'être revenu de Marseille. Si tu en reviens...

La réaction de Flora était prévisible et est complètement normale. Après avoir hurlé et tempêté contre l'irresponsable qui les a abandonnées sa mère et elle, elle s'est radoucie et a posé mille questions à ce père qui l'intrigue fortement. Comment se fait-il qu'il soit apparu à point nommé pour la sauver, juste elle, sa fille ? Comment s'est-il retrouvé embringué avec des gangsters de cet acabit ? Comment a-t-il fait la veille pour être si courageux et si fort face à l'arme du bandit ? La jeune fille est impossible à faire taire. Elle veut tout savoir des voyages et de la vie de son père. Téo répond quand il le peut, élude quand cela est nécessaire, et pose lui aussi des millions de questions en retour. Père et fille font connaissance, à la plus grande joie d'Émeraude qui n'en revient pas de sa chance. Chance très fragile, tempère-t-elle. Que va-t-il advenir de Téo à Marseille ? Je ne veux plus le perdre, maintenant que nous nous sommes retrouvés par miracle. Flora aurait dû fuguer bien plus tôt ! plaisante-t-elle pour elle-même.

Vient malheureusement le moment où tout le monde doit redevenir sérieux et parler du problème Baptiste Paoli et mallette.

— Comme je te l'ai dit, Émeraude, il faut faire des photocopies de tous les documents ayant trait à la comptabilité des établissements de Paoli. Nous allons garder les originaux compromettant les ripoux, flics et politiciens. Si cela tourne mal pour moi, alors tu devras apporter l'ensemble aux flics que tu connais à Bordeaux. Choisis-les bien, il faut que tu aies une totale confiance en eux. J'en parle en connaissance de cause, les personnes incriminées par les dossiers du Corse sont très haut placées et ont le bras long. De plusieurs kilomètres. Il peut aller jusque dans le Sud-Ouest et contaminer des flics bordelais.

— Que veux-tu dire par « si cela tourne mal pour moi » ?

— Tu le sais, pas besoin d'en dire plus.

— Oui, eh bien cela ne me plaît pas !

— Ne t'inquiète pas. Ça ira. Je vais retourner à Marseille et contacter Paoli. Je lui rends ses papiers, ça gueule un peu parce que j'ai dégommé un de ses sbires, mais il ne va pas le pleurer trop fort, je le connais, ce n'est pas un sentimental. Ensuite je reviens et on fait la fête. Ça vous va ? Flora ?

— Oui ! On fait une super fête ! Et pourquoi pas avant ? Ce n'est pas tous les jours qu'on découvre à 17 ans qu'on a un père fort comme James Bond !

— On pourrait, c'est une bonne idée, mais malheureusement, on manque un peu de temps. Je préfère ne pas laisser à ces gangsters l'opportunité de se renseigner mieux sur ta mère et toi. Le plus tôt je les contacte, le mieux c'est. Je vais partir dès cet après-midi. Allons manger au restau, vous voulez ? Je connais à Laval un endroit sympa et super bon. Il faut de toute manière que je retire du liquide pour vos besoins. Interdiction de vous servir de vos cartes bleues, d'accord ?

— Mais…

— Non, Émeraude, pas de « mais ». Ces types ont des appuis, ils sont capables de choses que nous n'imaginons même pas. Vous ne devez prendre aucun risque. À Laval, je vais te louer une bagnole, que tu puisses être libre d'aller où tu veux à ta guise, et fuir s'il le faut. Si dans, on va dire trois jours, je ne t'ai pas téléphoné, alors va voir tes flics. Maintenant, on parle d'autre chose, d'accord ?

En milieu d'après-midi, Téo quitte Le Bourgneuf-la-Forêt en direction de Marseille. Ses armes ont réintégré le coffre, il avait dû les en sortir lorsqu'ils sont allés au supermarché à Laval faire des provisions. Il embrasse Émeraude tendrement et fait de même avec Flora, leur recommandant une dernière fois de ne rien faire qui puisse les mettre plus en danger. Alors qu'il quitte la propriété, il rigole de la bêtise qu'il a sortie à sa fille lorsqu'elle a découvert cette bizarre pièce totalement insonorisée.

— L'agent immobilier m'a dit que le locataire précédant enregistrait des livres audio qui ne souffraient aucun bruit parasite. Alors il avait aménagé la pièce spécialement afin d'avoir un son le plus pur possible.

Après un voyage qui lui paraît interminable, il entre dans Marseille vers 2 heures du matin. Il a réservé avant son départ une chambre dans un hôtel correct du centre-ville et peut donc se coucher immédiatement. Il est crevé. Durant les dernières vingt-quatre heures il a enchaîné plus de deux mille kilomètres et vécu autant d'émotions. Il doit dormir tout son saoul s'il veut être en forme le lendemain pour sa délicate confrontation.

Fort heureusement, il est en pleine forme physique et se réveille donc frais et dispo après quand même une courte nuit de sommeil. Il est 11 heures quand il se décide à appeler Baptiste.

— Allô.

— C'est le Russe.

— Espèce de salopard ! Tu ne perds rien pour attendre !

— Calme-toi et parle plus doucement, Baptiste. C'est mauvais pour ton cœur de t'énerver comme ça.

— Je vais te montrer ce qui est mauvais, moi !

— Il faut qu'on parle. J'ai ta mallette.

— Tout est dedans ?

— Presque tout. Je garde les dossiers des ripoux, tu gardes tes comptes et ton pognon. Je n'ai rien noté, je te le promets.

— Tu as tué un de mes hommes !

— Ce n'était certainement pas le meilleur, non ?

— Et la fille ?

— La fille, je lui ai expliqué. Elle n'a rien vu, rien entendu, et elle ne parlera jamais.

— Je vais peut-être te faire confiance sur ce coup-là. Retrouve-moi au *Bar des Sports* à midi.

— OK, j'y serai, compte sur moi.

Je suis conscient de jouer ma vie à pile ou face, mais ne peux rien faire d'autre. Baptiste va-t-il tenter de me tuer ? J'espère que non.

83

J'avais parié que Baptiste se contenterait de rentrer en possession de ses précieux comptes et de leurs numéros et mots de passe. Qu'il oublierait la mort d'un de ses larbins et la fille qui l'avait défiée, mais je me berçais de douces illusions. Sans doute parce que bien que j'aie eu beau me creuser la cervelle, je n'avais trouvé aucune solution qui me satisfasse. Je m'en remettais donc à ma bonne étoile. Comme si après tout ce qui m'était arrivé, la taule et ma déchéance en tant que flic, la mort de Murielle et celle de mes parents, je pouvais encore imaginer avoir une bonne étoile, un ange gardien qui veillerait spécialement sur Téo Pirtakis afin de le protéger des méchants du genre de Paoli. C'était la première erreur. La plus grave.

Je suis entré dans le bar en ne pensant pour une fois pas aux gaz d'échappement. J'étais concentré sur Baptiste et les occupants de l'infâme troquet. Mon Corse était posé sur la même chaise que la fois précédente. Elle avait survécu à son poids, il faut porter ça à son crédit. J'y ai vu un bon augure. Encore une erreur. Les clients avaient exactement l'air de ce qu'ils étaient : des idiots alcoolisés écrasés par la chaleur d'une canicule qui sévissait en Provence depuis trois jours, depuis que j'avais débarqué à Marseille en fait.

Je me suis fié aux apparences, c'était là ma troisième erreur, et elle me fut fatale.

Baptiste m'a fait signe d'approcher, un sourire aux lèvres, heureux de me voir, heureux comme on peut l'être en accueillant un vieil ami et je me suis fait avoir. Je n'avais aucune chance. À peine assis, je me suis retrouvé avec le canon d'un revolver entre les omoplates et deux affreux sont venus s'asseoir dans mon dos tandis qu'un troisième allait fermer la porte du bar. Les deux flingues que j'avais en poche devaient se dire que vraiment j'étais trop nul. Ils ont d'ailleurs très vite changé de place lorsqu'un des idiots alcoolisés m'a délesté de tout mon attirail.

— Mon ami russe ! Une petite blague corse ?

— Je ne sais pas. Tout à l'heure peut-être ?

— Ah, ah ! Eh bien tu vois, celle-là, elle me fait rire ! Elle est trop bonne, pour une fois ! Tout à l'heure, je suis au regret de te dire que tu ne pourras plus articuler grand-chose. Et que tu n'auras pas le cœur à blaguer.

Claquant des doigts, il fait signe à un de ses sbires de lui passer la mallette puis l'ouvre et en vérifie le contenu.

— Mes dossiers, ceux qui ne concernent pas les comptes, ils sont où ?

— En lieu sûr.

— Putain, cognez-le un peu, que ça lui délie la langue !

Je sais que mon calvaire ne fait que commencer. Les questions de Baptiste sont suivies par des coups que j'encaisse du mieux que je peux et je ne donne aucun des renseignements qu'il veut. Après un long moment, et alors que mon corps est au-delà de toute souffrance, comme anesthésié par la multitude de coups de poing et de pied qu'il a encaissée, Baptiste jette l'éponge, abandonne tout espoir que je lui livre un quelconque renseignement. Il demande alors à deux de ses hommes de s'occuper de moi « comme il faut », c'est l'expression qu'il emploie, et je devine à la seconde ce qu'il entend par là. Je ne passerai pas la nuit.

— Je t'ai donné ta chance, le Russe, mais tu n'as pas su la saisir, tant pis pour toi. Al et Mario vont t'emmener faire un tour en bateau. Tu aimes ça, le bateau ?

J'ai la mâchoire disloquée je pense, je ne peux pour l'instant plus parler. Ces fous m'ont tellement cogné que même si au dernier moment je voulais leur dire ce qu'ils attendent depuis une heure, je ne le pourrais plus. Mon cerveau commande encore, mais le reste de la machine ne fonctionne plus.

— Bon, si tu ne veux pas me répondre… Je te dis adieu, mon ami. Tu m'excuseras, je n'ai pas de blague de circonstance. On se reverra peut-être en enfer. Tu as été courageux et tu n'as rien voulu me dire. Crois bien que j'apprécie, en connaisseur. Mais cela n'aura servi à rien quand je retrouverai cette petite pétasse ! Je vais lui en faire baver avant de la tuer, je te le jure ! Maintenant, bon vent !

Au travers de mes yeux tuméfiés, je distingue difficilement un affreux qui vient d'entrer dans le bar.

— J'ai approché la tire, aidez-moi à charger ce connard.

Je sens des bras qui m'empoignent, on me soulève et on me soutient jusqu'au trottoir où un gros 4 × 4 est garé. Je suis poussé sans ménagement à l'intérieur, les portes claquent et la voiture démarre aussitôt. J'adorerais qu'il y ait un maximum d'embouteillages aujourd'hui, mais comme par hasard, la circulation est fluide. Ma bonne étoile…

Au bout d'un temps que je n'arrive pas à déterminer, mais toujours trop rapide et trop court en ce qui me concerne, je suis débarqué sur un petit quai. Au prix d'un gros effort, j'entrouvre un œil et reconnais l'endroit. Nous sommes à la calanque de Callelongue. Les affreux me jettent au fond d'une barque de pêcheur puis le moteur se met en route. Il tousse d'abord, et l'espoir qu'il ne démarre pas vraiment me submerge l'espace d'un instant. Très court instant où je me vois accorder un délai avant d'être exécuté en mer. Mais non, il se met à ronronner, l'un de mes tortionnaires largue les amarres et nous commençons à naviguer.

— Attache-lui les bras, à cet idiot, Mario, je n'aime pas le voir libre comme ça.

En plus de tout le reste, mes douleurs atroces, mes yeux quasi fermés et ma mâchoire comme en mille morceaux, je me retrouve avec les mains dans le dos, ligoté comme un saucisson. Et cela ne s'arrête pas là. Le Mario en question, aidé tant bien que mal par celui qui s'est improvisé capitaine de navire, commence à me lier les jambes à un bloc de béton. Ils vont me balancer en pleine mer, ces salauds ! Il me reste au mieux vingt minutes à vivre.

Ironie du sort, c'est aujourd'hui mon anniversaire, je viens de le réaliser. J'ai 40 ans et croyez-moi, j'aurais préféré les fêter différemment. Je tente de le dire aux deux affreux qui sont en train de me lester les jambes à l'aide d'une très vilaine plaque de béton, mais cela n'a pas l'air de les intéresser. Allez savoir pourquoi ! De plus j'ai le mal de mer. Tout en blaguant, en se moquant de ma gueule complètement cabossée – j'ai sans aucun doute le nez cassé, un œil fermé certainement en train de virer à l'écarlate, l'oreille droite à moitié arrachée et vraisemblablement quelques côtes de travers, en plus de ma mâchoire suppliciée –, l'un des deux ânes pilote comme un manche la barque de pêcheur dans laquelle ils m'ont traîné de force après m'avoir tabassé dans les règles de l'art.

Il est environ 15 heures, quelque chose comme ça. Difficile de regarder sa montre quand on a les mains liées dans le dos. J'essaie de me rappeler à quelle heure je suis né, mais je n'y arrive pas. Sans doute l'angoisse qui m'étreint à l'approche de ma mort imminente. Malgré tout, l'idée que je pourrais crever à la même heure que celle à laquelle je suis né dessine sur mes lèvres boursoufflées un sourire grotesque, puis, immédiatement après, m'arrache un petit cri de douleur. Je viens de rouvrir une plaie et ça fait un mal de chien.

— Regarde-moi-le, ce con ! Tu as mal, ma chérie ? Fallait y penser avant de nous mettre en colère. Remarque, si ça peut te rassurer, tu ne vas plus avoir mal très longtemps. Si tu aimes la plongée sous-marine, tu vas être servi, et pas qu'un peu. Là où on t'emmène, tu vas faire la plongée la plus profonde de ta vie. Bon, quand je dis « ta vie », je me goure sans doute un poil. Comment on dit, Albert, quand un mec est en train de crever ? Il est vivant ou il est mort ?

— Ferme-la, Mario. Regarde plutôt ce que tu es en train de faire. Pas question qu'il puisse se libérer, cet abruti ! Et ne m'appelle plus Albert ! Al ! C'est Al tout court, que je m'appelle, tu as compris ?

— Oh ça va, j'ai pas fait exprès ! Et il risque pas de les défaire, mes nœuds, je te garantis !

— J'espère pour toi.

Les deux abrutis qui m'ont embarqué à bord de la vieille barcasse au départ de la calanque de Callelongue, au sud-est de Marseille, dans le quartier des Goudes, n'ont de toute évidence pas inventé l'eau chaude, mais ils savent cogner. J'ai tout le corps en compote, pas un millimètre qui ne me fasse horriblement souffrir. Et Dieu sait que je ne suis pas douillet ! En revanche, j'entrevois une toute petite, une infime chance de ne pas couler à pic quand ils vont me jeter à la mer. L'imbécile prénommé Mario passe plus de temps à débiter des âneries qu'à se concentrer sur mes liens. Si je ne me noie pas immédiatement, alors je pourrai peut-être me libérer du béton qui me sert de chaussures. Ou plutôt de palmes. Quelle belle sirène je vais faire ! Non, purée, faut pas que je rie ! Cela fait un bon moment que nous naviguons maintenant. Sans montre, difficile à dire avec précision, mais quarante bonnes minutes, j'imagine. Vu la place du soleil, je peux affirmer que nous nous dirigeons vers l'est. Est sud-est, on va dire. Avec un peu de chance nous ne nous sommes pas trop éloignés de la côte. Mes deux marins d'eau douce ne doivent pas avoir envie de risquer un naufrage. Vu la dextérité avec laquelle Al Capone barre le Pitalugue, c'est sûr qu'il s'est improvisé skipper cinq minutes avant de quitter la calanque ! Encore un bon point pour moi si j'arrive à me libérer. Je suis un excellent nageur, et même cassé en mille morceaux comme je le suis, si je me laisse porter par le courant, je rejoindrai toujours la terre ferme, j'en suis persuadé. Si…

Aïe ! Albert met le moteur au ralenti ! Non, Al, il est un peu trop tôt pour mourir ! Tu ne veux pas qu'on remette ça à demain ?

— Fous-moi ce con à la baille, Mario, qu'on en finisse. Non, attends ! Dugland, tu veux toujours pas nous dire où est la fille ? Si tu fais ça, je te promets de te tuer avant de te balancer. Tu ne souffriras pas.

Comment veut-il que je lui réponde, ce crétin ? Il a oublié qu'il m'a démoli la gueule ?

— Ah, c'est vrai, tu ne peux plus causer. Bon, que veux-tu, c'est dommage, mais je n'y peux rien. Allez Mario, ouste ! À la baille !

Malgré moi, la terreur me saisit. Je tente de me débattre et hurle un cri silencieux – ou presque.

— Mmmm !

— Putain, il est lourd ce con, file-moi un coup de main, Alb… Al.

Albert quitte la barre et le voilà déjà à côté de moi.

Ne te presse pas, Albert, j'ai le temps !

— C'est vrai qu'il pèse ! On aurait dû le couper en deux, ah ah. Bon, à trois, d'accord ? Un petit effort et ce soir on bouffe à Port-d'Alon. Le patron m'a dit d'aller là-bas quand on aura fini.

— Vrai ? Super !

Merci les gars pour le renseignement, sympa.

— Mmmm…

Heureux de réussir à capter leur attention, roulant mon seul œil à peu près ouvert et bougeant difficilement ma tête, je fais en sorte qu'ils regardent mes mains, et m'offre l'immense plaisir de leur faire un magnifique doigt d'honneur. On ne pourra pas dire que Téo Pirtakis n'a pas fait une sortie en beauté !

— Quel connard ! Allez, on le vire ! Un, deux et trois !

Dans un mouvement énergique, sans l'ombre d'une hésitation, mes deux bourreaux me balancent par-dessus bord et je suis pris un peu tardivement d'une terreur indicible. Je vais mourir. Je suis mort !

Par chance, l'eau glaciale dans laquelle les deux ânes viennent de me jeter finit le travail commencé par l'adrénaline qui coule à flots dans mes veines. Alors que le béton m'entraîne irrémédiablement vers le fond, je parviens, au prix d'une immense souffrance et de formidables contorsions, à me libérer des liens qui immobilisaient mes mains. Galvanisé par ce succès, je m'attaque à ceux des jambes. Heureusement que j'ai pu remplir mes poumons d'air ! Je vais peut-être tenir assez longtemps pour me libérer et rester en vie ! Mario n'est pas le super Mario du ficelage, pour mon plus grand bonheur. Alors que mes jambes sont à nouveau libres, le bloc de béton poursuit sa course vers l'abîme et moi j'amorce ma remontée vers la surface, vers la vie.

Quand enfin ma tête émerge au-dessus de l'eau, j'ai l'impression d'aspirer tout l'air de la Provence. Ma bouche s'est miraculeusement ouverte en grand, réveillant une douleur insupportable. Peu m'importe, je respire ! Je vais vivre !

Non seulement je vais vivre, mais cela sera facile. J'aperçois la côte au loin, une distance que je me sais capable de franchir si je m'économise et si les courants sont avec moi. Je suis encore habillé. Alors je retire mes tennis qui se sont remplies d'eau, mais ne les jette pas, je vais en avoir besoin. Je les attache aux passants de mon jean à l'aide des lacets puis me mets à faire la planche. Je dois me reposer et voir où les vagues me mènent.

Elles me sont favorables, le courant est assez fort et il file droit vers la terre. Finalement, j'ai peut-être une bonne étoile, me dis-je.

84

Les longues heures qu'il a passées dans l'eau à nager et à plonger pendant des années sauvent la vie de Téo. Sans sa pratique et sa connaissance du milieu marin, il n'aurait jamais pu réussir à rejoindre la terre ferme après cinq heures à tantôt nager, tantôt se laisser porter par les vagues. Il reconnaît aussitôt la calanque dans laquelle il accoste. C'est la calanque de Port-Pin à Cassis. Il n'en revient pas d'avoir tenu si longtemps, il ne s'en croyait tout simplement pas capable. Mais l'instinct de conservation est un puissant moteur, la haine aussi. Et Dieu sait à quel point il veut vivre et faire payer Baptiste.

Il ne fait pas encore nuit, les journées sont très longues l'été en Provence, mais par chance il n'y a personne pour assister à sa sortie de l'eau. Maintenant qu'il se sait hors de danger, il ressent pleinement l'immense fatigue qui s'est emparée de chaque millimètre de son corps. Il a tout juste la force de se traîner à l'écart dans un recoin tranquille, puis il s'effondre, harassé, et s'endort immédiatement comme une pierre.

Son sommeil est loin d'être calme et serein, mais lorsqu'il se réveille trois heures plus tard, il se sent quand même beaucoup mieux. Les nombreuses heures qu'il a passées dans l'eau froide ont contribué pour beaucoup à calmer ses douleurs et le courant a fait d'excellents massages. Il a une gueule de catcheur qui aurait rencontré un tank, mais à part ça, il est raisonnablement capable de marcher et de s'exprimer intelligiblement. Il a froid car ses vêtements ne sont pas encore totalement secs, mais il se dit qu'ils termineront de sécher pendant qu'il marchera. Il a souvent randonné dans les collines cassidaines pendant sa jeunesse, il sait qu'il n'est pas loin du centre du petit village. Puisque Baptiste et ses acolytes sont à Port-d'Alon, il n'a aucun risque à aller jusqu'en centre-ville et prendre un taxi qui le mènera à son hôtel. Ensuite, il dormira pendant au moins quinze jours puis se vengera.

Cependant, bien que Port-Pin soit relativement proche du centre de Cassis, Téo met plusieurs heures pour faire la moitié du chemin. Il est toujours éreinté, son corps le fait atrocement souffrir. Par ailleurs, la nuit étant tombée, il bute régulièrement sur des roches qu'il a du mal à distinguer.

Il me sera impossible de trouver un taxi qui accepte de m'emmener à Marseille à cette heure-là, se dit-il, je vais dormir dans la pinède et trouverai ce transport demain. Aussitôt a-t-il pensé ça qu'il s'effondre de nouveau et se met à ronfler en un instant.

Quand le jour qui se lève le tire du sommeil, il est reposé, mais les courbatures et les coups qu'il a encaissés lui font encore plus mal que la veille, si cela est possible. Il est transi, mais heureusement marcher le réchauffe vite. Maintenant qu'il a récupéré et qu'il fait grand jour, se déplacer dans la pinède devient plus aisé. Il parvient assez rapidement à la plage du Bestouan, celle de son enfance, à laquelle il n'accorde aucun regard, se refusant à penser à son passé. Il poursuit vers le petit port, longe enfin le quai et arrive à la station de taxis. Par chance, il y en a déjà deux qui attendent le client lève-tôt, le Parisien qui serait tombé de son lit, dérangé certainement par le chant des cigales, et qui voudrait retourner au plus vite dans sa capitale en se faisant conduire à la gare Saint-Charles pour y attraper un TGV.

En voyant l'état de l'éventuel passager, les chauffeurs ne se disputent pas pour le charger dans leur voiture. Téo a une mine effroyable, ses vêtements sont en piteux état, et il le sait.

— Bonjour messieurs, oui je sais, on dirait que je suis passé sous un bulldozer. Mais c'est un peu ça en fait. Je suis parti randonner dans les calanques hier après-midi et j'ai fait une chute, du côté d'En-Vau. Pas très grave, mais j'ai quand même perdu connaissance un moment. Il m'a fallu du temps pour réussir à arriver jusqu'ici, et j'ai mal partout. Lequel de vous deux serait assez aimable pour me transporter jusqu'à mon hôtel à Marseille ? Je sais que mes habits sont très sales. Je paierai le double de la course.

Du coup, les chauffeurs se sentent plus motivés et, après une courte discussion, celui qui est désigné embarque Téo qui s'affale sur son siège et se rendort juste après avoir donné le nom de son hôtel.

Une fois qu'il a largement payé le brave homme dont il vient de dégueulasser la belle Audi, il se jette sous la douche dont il rêve depuis Cassis puis se met au lit, non sans avoir demandé qu'on le réveille à midi s'il n'a pas émergé d'ici là. Il dort d'une traite, d'un sommeil agité dans lequel une énorme tracto-pelle lui roule sur le corps à plusieurs reprises, puis le charge dans son immense godet avant de le jeter du cap Canaille, la magnifique falaise qui domine Cassis. De là, il ne tombe pas tout de suite à l'eau, mais cogne d'abord lourdement les rochers en contrebas puis roule sans jamais parvenir à freiner, jusqu'à la mer qui finit par l'engloutir.

C'est néanmoins la sonnerie du téléphone de la chambre qui le réveille.

— Il est midi, monsieur.

— Merci beaucoup.

Malgré le cauchemar, Téo se sent mieux. Ce qu'il voit dans le miroir de la salle de bains le rassure aussi un peu. Son corps est moins abîmé qu'il ne le redoutait. Avec un léger maquillage, je vais être presque présentable, se dit-il. Après une nouvelle douche et un passage dans une pharmacie pour acheter des anti-inflammatoires et des remèdes antidouleur, il se décide enfin à appeler Émeraude et Flora. Il les rassure, leur dit qu'il va bien, et ne parle évidemment pas de sa promenade en mer. Il a rencontré Baptiste et les pourparlers sont pour l'instant dans une impasse. Il faut réfléchir encore à comment en terminer avec cette histoire car il est persuadé qu'ils ne vont jamais parvenir à un accord. Il les embrasse, leur recommande de continuer à être vigilantes et leur promet de les rappeler très bientôt.

Ensuite, un solide repas s'impose. Téo n'a rien avalé depuis très longtemps, à part de l'eau de mer, involontairement, et son estomac réclame bruyamment qu'on s'occupe de lui. Tout en mangeant, le miraculé tente d'élaborer un plan pour se débarrasser définitivement du Corse. Celui-ci doit le croire mort à l'heure qu'il est. Albert et Mario ont dû lui raconter son grand plongeon, très fiers d'eux. Quand enfin sa tête avait émergé hors de l'eau, la barque était déjà loin, et s'ils l'avaient vu, ils auraient fait demi-tour immédiatement. Il n'a rien à redouter de ce côté-ci, mais il sait que le Corse ne va jamais lâcher et va continuer de chercher Flora. À moins de la cacher toute sa vie, il ne sera jamais tranquille. La conclusion s'impose d'elle-même : il faut éliminer Baptiste. Malheureusement, cela est bien plus facile à dire qu'à faire. L'homme s'entoure en permanence de gardes armés, il est impossible à approcher. Il faut le faire sortir de sa tanière et réussir à l'isoler un minimum. Comment faire ? Téo n'en sait rien. Il continue de se torturer les méninges. Il doit profiter du fait que le Corse le croit éliminé, qu'il ne représente plus aucun danger pour lui. Puisqu'il va continuer de chercher Flora, pourquoi ne pas amener Flora à lui, s'en servir comme appât ? Impossible, pense-t-il aussitôt après avoir eu cette idée insensée, il n'est pas question de faire courir le moindre risque à ta fille ! Tu es un grand malade ! Non, elle ne doit plus se mettre en danger… Mais pourquoi ne pas creuser cette idée tout de même ? Flora pourrait contacter à nouveau le gangster et essayer de lui extorquer, malgré tout ce qui s'est passé, une grosse somme d'argent. Arranger un rendez-vous où Baptiste serait plus vulnérable, où Téo pourrait l'atteindre de loin, avec son fusil. Une fois le Corse déclaré hors circuit, ses hommes de main abandonneraient certainement les recherches. Qu'auraient-ils à gagner en tuant Flora ? Strictement rien. Après, Téo aurait à décider s'il veut encore punir les deux affreux pour ce qu'ils lui ont fait subir, ou s'il les laisse à leur triste sort.

Il faut creuser cette idée, oui, au besoin la changer et l'améliorer.

85

Je pense que laisser Al Capone et son pote Super Mario en vie ne portera pas à conséquence, du moment que leur patron aura quitté ce bas monde. Je vote donc à l'unanimité pour les laisser vivre. Avec le job qu'ils ont et l'intelligence supérieure dont ils font preuve, ils trouveront bien vite un clampin qui leur en voudra assez pour les envoyer *ad patres* voir s'ils peuvent y emmerder quelqu'un d'autre. Donc, pas besoin que je prenne inutilement des risques pour faire le boulot dont un autre se chargera volontiers.

Pour Paoli, en revanche, je ne peux me permettre de mollir. Si je ne le tue pas, il trouvera Flora et s'en occupera à sa manière et du coup, moi avec, car j'ai comme dans l'idée que maintenant que nous nous connaissons, nous allons passer un peu de temps ensemble. Et bien sûr avec sa mère également…

Je commence juste à me rendre compte à quel point le fait d'avoir retrouvé Émeraude me comble de bonheur. Le fait qu'elle ait avoué m'aimer encore y est sans aucun doute pour beaucoup. Cela fait bien longtemps que personne ne m'a dit qu'il m'aimait. Peut-être Baptiste, mais cela ne devait pas être totalement vrai et sincère. Pour être complètement honnête avec moi-même, je dois avouer que je ne suis pas amoureux fou d'Émeraude et ne l'ai jamais été. Mais j'ai passé des mois merveilleux en sa compagnie, à San Francisco et à Tahiti. Elle a toujours été d'humeur égale, souriante, altruiste et généreuse, aimant faire la fête et partager sans compter. Si elle n'a pas complètement changé, la vie avec elle devrait ressembler à un conte de fées après les années que je viens de vivre. Si l'on peut appeler ça vivre.

Bon, me dis-je, nous n'en sommes pas encore là : il faut d'abord éliminer la menace de ce psychopathe gras du bide.

Je me force à oublier un instant mon amie, qui a réellement embelli en vieillissant et me plaît encore plus que quand nous avions 20 ans. Je demande mentalement pardon à Murielle pour m'autoriser à penser à une autre, mais je suis sûr qu'elle comprendrait et approuverait. Elle n'aurait pas voulu que je reste seul. Elle sait – elle savait – que je ne suis pas fait pour ça.

Je vais téléphoner à nouveau à Le Bourgneuf, et parler avec Flora et Émeraude. L'idée étant que Flora appelle Baptiste pour lui dire que j'ai disparu, qu'après lui avoir promis mon aide, je l'ai laissée tomber comme une vieille chaussette et qu'elle est terrorisée, qu'elle a compris son erreur et qu'elle est prête à réparer en lui rendant les dossiers qu'il avait sur les flics et les politiciens ripoux dans sa mallette afin qu'il la laisse tranquille. Le reste, elle ne l'a plus, c'est moi qui les lui ai pris et elle ne sait pas ce que j'en ai fait. Du fait qu'elle appelle de son portable, le Corse ne va pas savoir qu'elle est à mille kilomètres. Flora va lui donner rendez-vous, ou plutôt non, elle va lui dire qu'elle est prête à déposer les dossiers, qu'elle aura au préalable mis à l'intérieur d'un porte-documents, dans un endroit où il pourra les récupérer. Elle ne veut plus d'argent tout de suite, seulement qu'il vérifie qu'elle lui a bien tout rendu, et ensuite il lui donnera ce qu'il veut. S'il est d'accord pour ça, alors elle va le faire quand il voudra. Mais elle veut absolument qu'il vienne en personne : après ce qui s'est passé au bowl, elle n'a plus confiance qu'en lui. Bon, je sais que ça ne tient pas debout et qu'il va se dire que cette fille est folle à lier, mais je suis prêt à parier qu'il va se laisser tenter. Dans un premier temps, il récupère ses précieux papiers gratuitement, et dans un second, il propose évidemment de l'argent à Flora et la kidnappe ou la tue directement lorsqu'elle vient chercher son dû.

Après l'énorme raté de la fois précédente, il aura à cœur de montrer que quand le patron s'en mêle, ça fonctionne. Comme je reprends la forme, j'ose ajouter pour mon unique plaisir personnel, et en faisant référence à son horrible peau luisante, que Baptiste aime briller. Bon, je sais qu'elle n'est pas top, mais elle me fait quand même sourire, ce qui réveille mes douleurs faciales, j'aurais mieux fait de m'abstenir.

Je dois choisir, pour le lieu où déposer une nouvelle mallette, un endroit où mon Corse n'aura pas peur d'un guet-apens et qui me permette de l'avoir en ligne de mire aisément tout en me permettant une retraite rapide, également. En savourant un café, je continue de réfléchir à plusieurs endroits possibles qu'il faut que j'aille vérifier. Mais d'abord, je dois appeler les filles pour leur parler de mon projet un peu bancal. Je retourne donc à ma chambre et appelle Émeraude sur son portable. Mon idée ne lui plaît qu'à moitié. Elle la trouve très tirée par les cheveux.

— Je suis d'accord avec toi, Émeraude, mais pour l'instant c'est la seule que j'aie, et à mon avis il y a urgence. Flora n'entend pas ce qu'on dit ?

— Non, elle se repose, ou bouquine dans sa chambre.

— Je dis donc qu'il y a urgence. Ce type va chercher à supprimer notre fille.

— J'entends bien, mais une fois qu'il sera sur le lieu de rendez-vous, tu vas faire quoi ?

— Je n'ai pas d'autre choix que de le tuer, Émeraude.

— Et tu vas te retrouver en prison.

— Non, pas si je me débrouille bien. J'ai tué ce type l'autre soir, celui qui voulait tirer sur Flora. Est-ce que je suis en prison ? Non. Fais-moi confiance, ça va aller.

— Et s'il se méfie et ne vient pas chercher les papiers ?

— Retour à la case départ, on trouve une autre solution, voilà tout. Mais le type va vouloir montrer qu'il est plus fort que ses hommes et qu'il n'a pas peur. Il va venir aussi pour justifier qu'il lui propose un peu d'argent ensuite. Afin bien sûr de lui tendre un piège. Tu es d'accord pour demander à Flora de parler avec Paoli ?

— Je vais lui demander, on verra bien. Mais elle lui dira quoi exactement ?

— Demande-lui déjà si elle est partante, et si oui, je la brieferai. Dans l'immédiat, je vais aller faire un tour dans Marseille pour dénicher l'endroit idéal pour y attirer le beau Corse. Tu ne l'as pas vu, il te plairait !

— J'en suis certaine.

Je laisse Émeraude aller discuter avec Flora et pars en chasse, pour vérifier si au moins un des endroits auxquels je pense peut s'avérer correct. J'ai envie que celui-ci soit près du bowl, je ne saurais vraiment dire pourquoi. Peut-être pour que Baptiste, si jamais il n'acceptait pas de venir, puisse imaginer que Flora se terre dans ce quartier de Marseille et perde du temps à la chercher par là.

J'ai décidé de vérifier tout d'abord le premier endroit qui me soit venu à l'esprit. C'est un lieu dégagé où Baptiste n'aura pas peur que quelqu'un se soit dissimulé et où il pourra voir de loin qu'une mallette a été déposée : la statue de David, au rond-point du Prado, me paraît vraiment idéale. Tout d'abord, effectivement il est impossible de s'y cacher ; ensuite, de n'importe quel côté qu'on l'aborde, il faut traverser des routes à quatre voies, ce qui obligera Baptiste à l'immobilité après avoir pris la mallette, mais aussi freinera d'éventuels secours lorsque j'aurai tiré sur lui, et sèmera une pagaille monstre avec un maximum de conducteurs qui voudront s'arrêter pour voir ce qui se passe. Bouchon assuré dans les trois minutes…

Il me faut trouver aux alentours un point de tir parfait, en tenant toujours compte des fondamentaux, dont le plus important reste pour moi le dégagement rapide et discret après le tir. Je dois dire que j'ai de la chance, car un bâtiment d'habitation est justement en travaux à moins de deux cents mètres de la statue, et que le chantier m'apparaît être le lieu d'un désordre total. Si je passe par là chargé de mon gros sac, dans un sens ou un autre, personne ne va me remarquer, me dis-je. Pour en être certain, je vérifie immédiatement en montant sur le toit qui ressemble à un dépotoir mais à partir duquel j'ai une vue rêvée sur le beau David tout nu. C'est définitivement le meilleur endroit que je puisse trouver. Je dois cependant encore contrôler les rues adjacentes, voir si elles vont me permettre de filer aussi rapidement que je le désire, même en cas de circulation bloquée sur le Prado. L'examen est positif, rien ne ralentira ma fuite. J'approuve donc à cent pour cent le choix de l'allée Michel-Carlini située en face du rond-point. Il ne me reste plus qu'à revenir vérifier encore au moins deux fois si l'accès est aussi facile à d'autres heures, puis de parler avec Flora et lui dicter son texte. Je ne doute pas un instant qu'elle sera bonne comédienne.

86

Téo a repéré une première fois l'endroit qu'il a choisi en début d'après-midi, puis il y est retourné vers 17 heures une deuxième fois, et enfin à 21 heures pour la dernière fois. Chaque visite a confirmé qu'il a trouvé le lieu idéal. Il téléphone donc de nouveau à Émeraude pour lui dire qu'il est prêt, et qu'il souhaite parler avec Flora si elle est d'accord avec son plan.

— Tu es vraiment certain qu'il n'y a pas d'autre solution ? lui demande Émeraude. Cela me fait très peur que tu prennes tant de risques !

Si tu savais, pense Téo, je crois que je ne peux pas être plus en danger que je ne l'ai été hier.

— Je suis absolument certain. Ne t'inquiète pas, tout va bien se passer. Flora est là ?

Lorsqu'il a sa fille au bout du fil, Téo lui explique exactement ce qu'il attend d'elle et Flora lui confirme que cela ne va lui poser aucun problème.

— Je dois l'appeler quand ? Ce soir ?

— Non, je ne suis pas encore totalement prêt. Appelle-le demain matin vers 10 heures, et propose-lui 18 heures pour venir chercher ses papiers, d'accord ?

— Bien sûr. Je te repasse maman ?

— Oui, s'il te plaît. S'il veut une autre heure, accepte, cela m'est indifférent en réalité. Bye. Émeraude ?

— Oui, je suis là.

— J'ai besoin que tu fasses autre chose pour moi demain. Je voudrais que tu étudies les documents que nous avons photocopiés, ceux des comptes offshore de Paoli, pour que tu sois en mesure d'effectuer des transferts vers d'autres comptes demain à l'heure du rendez-vous.

— Des transferts vers quels comptes ?

— Les miens.

— Mais c'est du vol !

— Voler un voleur, c'est du vol ? Pas sûr. Voler le gars qui veut tuer ta fille, encore moins. Et voler un mort, alors là, pas du tout.

— Tu me fais peur, Téo.

— C'est lui qui devrait te faire peur, pas moi. Tu peux faire ça, oui ou non ?

— Et tu sais que pour ça aussi, tu peux aller en prison !

— Aucune chance, personne ne pourra remonter jusqu'à moi. Pour certaines banques, le secret et la protection de l'anonymat de leurs clients sont ce qu'elles ont de plus cher.

— Tu as bien changé…

— Je sais, mais on m'y a forcé. Et si je n'avais pas changé, Flora serait morte à l'heure actuelle, rappelle-t'en.

— Oui, excuse-moi. Je vais faire ce que tu me demandes.

— Prends de quoi noter, je vais te donner tous les numéros et mots de passe dont tu as besoin en ce qui me concerne. Ceux de Paoli, tu les as dans les photocopies.

— Mais pourquoi veux-tu que je fasse ça à l'heure du rendez-vous ?

— Si on transfère son fric trop tôt et qu'il s'en rend compte, il va devenir fou et annulera, il n'ira pas chercher la mallette. Et si on le fait après sa mort, j'ai peur que ça ne passe pas.

— Tu penses à tout, toi.

— J'aimerais, mais non, ce n'est pas le cas, malheureusement. Je vais vous laisser maintenant. On se rappelle demain après que Flora aura parlé avec le Corse, OK ?

— D'accord.

— Je vous embrasse.

Téo raccroche sans attendre de réponse d'Émeraude. Il doute qu'après le peu d'amabilité dont il a fait preuve, elle ait envie de lui manifester de la tendresse. Tant pis, se dit-il, au moins ça coupe court à toute discussion, et demain elle ne m'en voudra plus.

Il va ensuite manger rapidement dans un fast-food, puis retourne à son hôtel se coucher. Il lui reste encore beaucoup de sommeil à rattraper s'il veut être en forme le lendemain.

Il a demandé à la réception qu'on le réveille à 7 heures, et lorsqu'il ouvre les yeux, il constate qu'il a dormi sans être perturbé ni par une tracto-pelle, ni par le cap Canaille. Il est en bien meilleure forme que la veille et fait des étirements puis va essayer de courir une petite demi-heure avant d'aller prendre son petit déjeuner, mais n'y parvient pas : il a encore trop mal partout et se contente donc de marcher.

Juste après 10 heures, son téléphone sonne. C'est Flora, qui lui raconte la conversation qu'elle a eue avec le bandit.

— J'étais terrorisée, tout mon corps tremblait. Je n'avais pas à faire semblant pour qu'il se rende compte que j'étais morte de trouille !

— Et qu'est-ce qu'il a dit ? Il est intéressé ?

— Il est d'accord pour 6 heures, oui.

— Et il a bien dit qu'il venait en personne ?

— Ça, ça a été un peu difficile de le convaincre, mais il a fini par dire oui. J'ai été forte ?

— Très forte, je suis fier de toi.

— On ne va pas te tirer dessus comme la fois dernière, tu le promets ?

— Promis, personne ne va me tirer dessus.

— Alors ça va. Je t'embrasse et je te passe maman.

— Je t'embrasse aussi.

Téo vient de parler dans le vide, sa fille est déjà partie, le téléphone voyageant d'une main à l'autre.

— Téo ?

— Oui, je suis là. Tu vas bien ?

— Oui, oui. Flora s'est débrouillée comme un chef ! On va lui faire faire du théâtre, je pense. Bon, pour ces transferts, j'ai bien tout regardé, je vais savoir faire ça, pas de problème. Je m'en occupe à quelle heure alors ?

— On va dire 5 h 30, ça devrait être bon. D'accord ?

— OK. Si j'ai un problème, je te téléphone.

— Non. Pas de coup de fil avant que ce soit moi qui appelle. En espérant que ce soit l'amie à qui j'ai envie de parler, et pas à l'avocate…

— Si tu comptais me faire encore plus peur, eh bien c'est réussi !

— Mais non, ne te tracasse pas, je plaisante. Tout va aller. Je t'appelle ce soir. Bises.

— Je t'embrasse fort. Bonne chance.

87

Il me reste maintenant à aller acheter une belle mallette toute neuve dans laquelle je vais ranger quelques journaux locaux. Par exemple ceux qui parlent de la fusillade de l'autre jour au bowl. Baptiste n'aura pas le temps de les lire, mais ça donnera du grain à moudre aux neurones des flics qui seront chargés de l'enquête sur son assassinat. On va certainement parler d'un nième règlement de comptes à Marseille. Depuis des années, cette ville est renommée pour deux raisons, et pas des plus reluisantes : les attaques de fourgons blindés au bazooka, et les règlements de comptes entre truands. Si je ne laisse d'empreintes nulle part, les policiers ne vont jamais aller fouiner du côté de Téo Pirtakis.

Une fois l'attaché-case en ma possession, je fais également quelques petites dépenses destinées à améliorer mon incognito quand je vais me rendre sur le toit ce soir. Du fond de teint pour éclaircir ma peau qui est plutôt mate d'ordinaire, mais qui aujourd'hui tourne au violacé, une perruque blonde de cheveux bouclés et une paire de lunettes aux carreaux épais comme les vitraux de la cathédrale de Chartres. Je compte aussi me doter d'un sérieux embonpoint à l'aide d'un petit coussin, et sans avoir à me forcer beaucoup, je marcherai tout tordu. Si je ne suis pas totalement invisible, du moins ne se souviendra-t-on pas de moi tel que je suis.

Tout à coup, j'ai une soudaine pensée qui me glace d'effroi. Je m'immobilise puis me frappe durement le front. Purée ! Mais je suis le dernier des imbéciles, pire que Mario et Al Capone ! Je suis bien beau avec ma mallette flambant neuve, avec mon stock de journaux aux nouvelles défraîchies et mon déguisement à deux balles, mais comment ladite mallette va-t-elle aller se poser sur le socle de David ? Toute seule ? Par l'opération du Saint-Esprit ? Je suis vraiment trop con, me dis-je, comment ai-je pu ne pas penser à ça ? Si je la dépose moi-même peu avant 18 heures, Baptiste, ou l'un des larbins qu'il ne va pas manquer de placer aux alentours de la statue, va me remarquer et c'en sera fini de mon piège ; et si je la laisse beaucoup plus tôt, elle va disparaître avant l'heure, dérobée par un curieux. Je passe par un long moment de panique, puis parviens à me calmer. Ce ne devrait pas être si compliqué de trouver une jeune fille à qui faire croire que pour un pari ou une blague à un ami, j'ai besoin qu'elle me rende le service de déposer la sacoche sur la statue. Avec un petit billet de cinq cents francs pour aider, cela pourrait marcher. Mais je dois trouver cette personne tout de suite. Juste avant le rendez-vous, ce sera trop tard et bien trop hypothétique.

Je suis donc obligé de me rendre au Prado alors que je ne suis pas déguisé. C'est un gros risque que je prends là, mais je n'ai vraiment plus le temps ni l'envie de passer une heure maintenant à me grimer pour recommencer dès cet après-midi. Je zone un moment sur le parking du supermarché *Casino* qui est en face de David, me faisant l'effet d'être un vieux satyre en quête d'une proie et en espérant que je ne ressemble pas assez à ça, sinon je pourrais risquer qu'un brave passant appelle des flics. Je finis par avoir de la chance. Un groupe de jeunes filles d'à peu près l'âge de Flora passe non loin de moi et je les interpelle. Elles ne sont heureusement pas farouches, j'irais même jusqu'à dire que ce sont de joyeuses inconscientes et cela me convient parfaitement. Je n'ai aucun mal à les convaincre de ma supposée blague. L'une d'elles, juste avant 6 heures, ira placer la mallette sur le socle de la statue. Je suis alors en face d'un dilemme pour les récompenser : pour des raisons évidentes, je ne pourrai les payer après. Mais si je les paye tout de suite, elles risquent fort de ne jamais faire ce qu'elles ont promis. Que choisir ? Je n'ai d'autre option que de leur faire confiance, il faut leur donner l'argent avant, mais finalement pas maintenant. Je peux attendre 17 h 30. Je serai maquillé, elles m'auront donc vu sous mes deux aspects et pourront largement renseigner la police et l'aider à établir un portrait-robot ressemblant, mais je suis prêt à parier qu'elles n'en feront rien, qu'elles éviteront de parler aux flics. De toute manière, je n'ai pas le choix. Nous convenons donc de nous retrouver à 5 h 30 au supermarché *Casino*, au même endroit. Je les préviens que je serai grimé et leur explique comment.

Cette énorme épine presque levée de mon pied, je passe un long moment ensuite à l'hôtel à démonter mon arme et en vérifier chaque pièce. Je vais exécuter ce soir le contrat le plus important de ma vie. Le dernier aussi, je me le suis promis. Il n'est pas question de laisser une infime poussière, un grain de sable ou je ne sais quoi d'autre placé là par le destin, venir enrayer mon fusil, en bloquer le mécanisme au moment le plus crucial. Ce soir, je joue ma vie et celle de ma fille. Je n'ai aucun droit à l'erreur.

Une fois cette tâche accomplie, lorsque j'ai acquis la certitude qu'aucun problème ne proviendra de mon arme, je quitte ma chambre pour aller manger. Le fusil est dans son sac, et je dépose celui-ci dans le coffre de ma Mercedes avant de me rendre au restaurant de l'hôtel où je commande un copieux plat de pâtes.

Ensuite vient l'heure d'une courte sieste et j'arrive à me reposer encore un peu malgré la tension qui m'habite. Enfin, après une nouvelle série d'étirements qui me font parfois grimacer de douleur mais qui sont indispensables pour me remettre en route, je me consacre à mon maquillage et à mon déguisement.

Quand je suis satisfait, il est déjà temps d'aller prendre la voiture et de me rendre sur les lieux de mon ultime forfait.

Je n'ai pas l'habitude d'avoir un gros ventre, et même si le coussin que j'ai glissé sous mon tee-shirt est assez mince, je me fais l'effet de ressembler à Baptiste. À quand les pustules sur le visage et le cheveu gras ? Non, pour l'heure, ma crinière est blonde et magnifique, je ne me suis pas tartiné de saindoux.

Je gare mon véhicule dans une petite rue proche du bâtiment qui m'intéresse, puis me rends sur le parking du *Casino* retrouver, du moins je l'espère, les joyeuses délurées du matin. Elles sont ponctuelles et je respire mieux. Je les appelle et me fais reconnaître malgré mon déguisement. La mallette et un gros billet changent de mains, puis une fois hors de leur vue, je me hâte lentement, de la démarche que je me suis composée, tout tordu et hésitant, vers l'immeuble que j'ai choisi pour exécuter ma dernière cible. J'ai déjà traversé l'avenue du Prado, je suis en train de remonter la contre-allée en direction de l'allée Carlini lorsque j'ai la plus grosse frayeur de ma vie depuis qu'on m'a balancé à l'eau, dans un passé très récent. À une quinzaine de mètres de moi, marchant dans ma direction, je vois les trois personnes que je ne voulais croiser pour rien au monde à ce moment-là : Paoli et les deux affreux, les Laurel et Hardy du grand banditisme, Al et son meilleur pote, Mario. Heureusement, ils semblent bien plus occupés à observer les alentours immédiats de David que de porter leur attention sur un minable boiteux ventripotent qui se traîne sur leur trottoir. Je baisse un peu plus la tête et m'efface sur le côté, admirant mes chaussures, et ils passent à moins de cinquante centimètres de moi sans imaginer ce qu'ils ratent. Et dire qu'ils ne le sauront jamais ! Ce n'est certainement pas moi qui vais les appeler pour le leur dire. Mon cœur s'est arrêté le temps de les croiser, il recommence à peine à battre très timidement, sans l'oser vraiment. J'espère que la fille n'a pas encore déposé la mallette, sinon je suis foutu, Baptiste va la prendre avant que je sois en position de tirer ! J'abandonne ma démarche hésitante et me hâte vraiment. Désormais je n'ai plus une seconde à perdre. Si je m'étais retourné, j'aurais été rassuré. Les trois gangsters se sont immobilisés peu après m'avoir croisé, observant de plus belle les environs de la statue.

Enfin, je parviens à mon poste. Il est 17 h 50 et je peux désormais voir David et son socle.

Il n'y a pas de mallette. A-t-elle déjà été déposée et récupérée ? La fille attend-elle encore un peu pour poser le précieux colis, ou bien s'est-elle contentée de prendre l'argent et de garder le porte-documents ? Il me faut attendre encore pour éventuellement le savoir. Je scrute les alentours et repère enfin Baptiste. Il a les yeux rivés sur la statue. J'ai peut-être encore une chance, me dis-je, il n'a pas encore ce qu'il est venu chercher.

Mon arme est prête, je pourrais déjà lui tirer dessus, mais je n'ai pas encore localisé les deux chiens fidèles. Je dois absolument savoir où ils sont. Pas question de les laisser s'emparer de la pauvre fille que j'ai soudoyée, ils pourraient la tuer !

Je les trouve enfin, ils ne se sont pas séparés, c'est une chance. Ils ont traversé et sont du côté du *Casino*, en face de leur patron qu'ils semblent interroger du regard : qu'est-ce qu'on fait, patron ? D'un geste, Paoli leur donne l'ordre d'attendre. Tout va bien, je sais que la fille va arriver du côté de la plage et passer loin de tout ce beau monde. Mais je devrai faire vite : dès qu'elle aura abandonné son colis, les affreux vont lui coller au train. Je devrai être ultrarapide si je veux tuer Baptiste et sauver ma commissionnaire.

88

Lorsque je l'aperçois, mon cœur entre en survitesse et je n'ai plus que de l'adrénaline dans mes veines. J'ai l'impression qu'il n'y a plus que cinq personnes dans tout Marseille. Les trois malfrats, la fille et moi. Le temps semble s'être presque arrêté, tout se déroule maintenant au ralenti.

La fille s'avance vers la statue, porte la mallette et sourit, probablement amusée par la bonne blague à laquelle elle participe.

Baptiste lève le bras gauche et pointe ma factrice de son index, intimant à ses chiens de partir en chasse, puis il commence à traverser, sans attendre de vraiment le pouvoir en toute sécurité, forçant les véhicules à freiner et le contourner.

Je vois la fille déposer la mallette, rire franchement, puis se retourner vers la plage et s'éloigner.

Je vois Mario et Albert qui ont déjà traversé de leur côté et qui s'avancent discrètement vers la fille.

Je vois Baptiste qui s'empare de la mallette.

C'est le moment, il faut que je tire, sinon je ne pourrai plus assurer la sécurité de ma factrice.

Je me force à maîtriser ma respiration, n'y parviens pas, et je tire quand même.

Baptiste est mort avant de toucher le sol. Je ne m'attarde pas sur lui et fais feu sur Albert, c'est le plus dangereux. Lui aussi s'écroule, touché à mort. Enfin, alors que Mario s'est arrêté pour regarder son ami mourant et tenter de lui porter secours, je tire une nouvelle fois, l'atteignant en plein cœur.

La fille fuit en courant, mais je suis persuadé qu'elle ne saura jamais que les deux hommes qui viennent de mourir non loin d'elle étaient à sa poursuite.

J'ai maintenant un bref regard pour Baptiste Paoli, celui que j'appelais « le Corse ». Je n'aurai plus l'occasion de lui raconter une bonne blague, il est mort. De toute manière, il ne les aimait pas, elles ne le faisaient pas rire.

Il est grand temps pour moi de ranger mon arme et de fuir, le quartier ne va pas tarder à grouiller de flics.

Comme je m'y attendais et l'espérais, la circulation est totalement bloquée sur le Prado. Plus rien n'avance ni ne recule, pas même les véhicules de police qui se sont fait piéger sur les grandes artères. Au volant de ma Mercedes, je quitte le quartier sans me faire remarquer, en empruntant les petites rues. J'ai bon espoir que personne ne se souviendra d'un homme grassouillet, un peu boiteux, qui portait un gros sac.

Dès que je me suis suffisamment éloigné, j'ôte ma perruque et mon coussin puis m'essuie le visage avec des mouchoirs en papier. Je suis à nouveau Téo Pirtakis et espère désormais pouvoir le rester à tout jamais.

Je ne rentre pas directement à mon hôtel, je fais un détour par la calanque de Sormiou où je laisse ma voiture un moment, le temps de m'éloigner loin des vacanciers qui traînent là, jusqu'à un coin tranquille que je connais depuis ma jeunesse carnussienne, un coin qui surplombe l'eau et où la mer est étonnamment profonde. À l'abri des regards, très rapidement, je démonte mon arme et en distribue les morceaux à la Méditerranée qui les avale un à un sans poser aucune question. Je suis totalement certain que jamais personne ne les retrouvera.

Je suis maintenant libre de rentrer à mon hôtel et d'appeler Émeraude.

Lorsque je lui annonce la bonne nouvelle, elle fond en larmes, et j'entends Flora faire de même à côté d'elle. Puis elle me supplie de vite revenir à Le Bourgneuf-la-Forêt. Elle veut me voir, me toucher, et ne sera pleinement rassurée que lorsque je serai avec elles deux.

Alors, malgré ma fatigue, je vais payer ma note et annoncer au gérant que je dois me rendre à Nice immédiatement pour affaires. Comme je lui paye ma chambre pour vingt-quatre heures supplémentaires, cela l'indiffère totalement.

Après une nouvelle nuit de conduite pendant laquelle je fais plus souvent le plein de café que de diesel, j'arrive enfin à ma maison bretonne. J'ai bien sûr écouté les infos à la radio, et comme je m'y attendais, les meurtres des trois gangsters sont imputés à une guerre de territoires. Il y a peu de chance que je puisse être inquiété. Cela fait bien longtemps que Téo Pirtakis n'a pas mis les pieds à Marseille.

Cela fait longtemps, oui, mais je n'ai pas oublié à qui je dois d'être resté cinq ans en prison. Les dossiers originaux de Paoli vont être envoyés à la presse. Au moins, là, ils ne seront pas mis au rancart. Mes amis du *Moulin à Vent* vont avoir indirectement de mes nouvelles. Je suis le nouveau Don Quichotte, généreux et idéaliste, éternel redresseur de torts.

À Le Bourgneuf, je suis accueilli en sauveur. Émeraude et Flora n'en finissent plus de pleurer et rire à la fois et je fais comme elles. Je suis heureux et essaie d'oublier par où il m'a fallu passer pour en arriver là. Bien sûr, mes blessures ne passent pas inaperçues, mais j'élude les questions. L'heure est à la fête, plus aux inquiétudes. D'autant plus qu'Émeraude me confirme avoir effectué les virements. Elle n'ose m'annoncer le montant total qui a été viré sur mon compte au Belize et lorsque je lis le chiffre, je n'arrive même pas à savoir comment le prononcer, il y a tout simplement trop de zéros pour un homme qui vient de faire plus de dix heures de route.

Nous débouchons une bouteille de champagne qu'Émeraude a achetée dans une boutique de Laval la veille, « pour conjurer le mauvais sort », m'explique-t-elle.

— Trinquons ! dis-je.

— À nous ! Au bonheur de t'avoir retrouvé, Téo. Au bonheur que ma fille chérie soit encore en vie, grâce à toi.

— À mon bonheur d'avoir enfin fait la connaissance de mon père. Un père comme je ne pouvais en rêver de meilleur. Je ne sais comment te dire, papa, si tu veux bien que je t'appelle comme ça, je ne sais comment te dire combien je t'aime déjà, combien je t'admire pour ce que tu as fait, et combien j'espère de tout mon cœur que tu vas rester vivre avec nous.

Flora est toute rouge, se remet à pleurer, et Émeraude l'imite, rougissant à son tour, devenant bien plus foncée encore, rouge écarlate, cramoisie. Gentiment, elle demande à Flora de nous laisser un instant puis reprend :

— Je ne saurais dire mieux, Téo. J'aimerais tant que tu acceptes au moins d'essayer. Reste avec nous, je t'aime tu le sais, je t'ai toujours aimé, depuis la première seconde où je t'ai vu à Alcatraz. Il faut le faire quand même, une ancienne prison ! Mais c'est terminé, je sais que tu en as fini avec ça. Et je sais aussi que tu ne m'aimes pas comme je t'aime. Mais tu m'apprécies, et lorsqu'un homme comme toi apprécie une femme, c'est bien plus que lorsqu'un homme normal adore une femme. Tu ne te rends pas compte à quel point tu es exceptionnel, Téo. Tu rends la vie belle, tu lui donnes mille raisons d'être vécue.

À ces mots, je suis en pleurs moi aussi.

Je sais que si nous avons tous payé le prix de la trahison, si nous avons payé le prix de l'innocence perdue, celle de trois gamins qui jouaient insouciants à se poursuivre dans une cour d'école, qui jouaient à rêver leur vie et à faire des serments stupides, je sais que cette vie m'offre une seconde chance, et que je n'ai pas le droit de la laisser filer.

— On pourrait retourner habiter à Tahiti, qu'en penses-tu ?

À cette question que je lui pose, Émeraude pleure de plus belle et applaudit.

FIN

L'auteur

Né en 1957 à Sens, Fred Le Merre a été technicien pétrolier, moniteur d'équitation, restaurateur ainsi qu'instructeur pilote.

Il a parcouru le monde, surtout l'Afrique noire, et s'est finalement posé depuis 12 ans à l'île Maurice, Paradis qu'il fait découvrir aux touristes en Ulm hydravion.

Il écrit des romans policiers et d'aventures, ainsi que des nouvelles pour adolescents.

Composition et mise en page
Nord Compo à Villeneuve-d'Ascq

Cet ouvrage a été imprimé par
CPI Bussière à Saint-Amand-Montrond
pour le compte de France Loisirs
en mai 2019

Numéro d'éditeur : 94492
Numéro d'imprimeur : 2043933
Dépôt légal : mai 2019

Imprimé en France